KERAN'S DAWN

Braxianos – Livro 4

REGINE ABEL

CAPA
Regine Abel

Direitos Autorais © 2025

Este livro usa linguagem madura e conteúdo sexual explícito. Não se destina a menores de 18 anos.

Este livro é um trabalho de ficção. Nomes, personagens, lugares e incidentes são produtos da imaginação do autor ou são usados de forma fictícia. Qualquer semelhança com pessoas reais, vivas ou mortas, eventos ou locais é mera coincidência.

CONTENTS

ORDEM DE LEITURA

O universo das Crônicas Veredianas inclui a série Braxianos. Embora cada livro possa ser lido independentemente, com um arco de romance completo e sem suspense, para aproveitar totalmente a história abrangente, é recomendável ler as duas séries na seguinte ordem:

1. Escapando do Destino, Crônicas Veredianas 1
2. Destino Cego, Crônicas Veredianas 2
3. Criando Amalia, Crônicas Veredianas 3
4. Anton's Grace, Braxianos 1
5. Revés do Destino, Crônicas Veredianas 4
6. Ravik's Mercy, Braxianos 2
7. Mãos do Destino, Crônicas Veredianas 5
8. Krygor's Hope, Braxianos 3
9. Desafiando o Destino, Crônicas Veredianas 6
10. Keran's Dawn, Braxianos 4
11. Destino Imperial, Crônicas Veredianas 7

KERAN'S DAWN

Pelo povo e a coroa.

Quando Dawn assumiu a gestão do abrigo para híbridos Braxianos no planeta santuário Haven, ela jamais imaginou que seus últimos dias seriam marcados por uma série de assassinatos horríveis contra seus clientes. Com a polícia local falhando em capturar o assassino, ela faz um apelo desesperado por ajuda ao príncipe herdeiro Braxiano, Keran Xeldar. Em vez de enviar uma equipe, ele vem pessoalmente. Como todos os puros-sangues, Keran é um homem enorme, com músculos para dias e feições brutas que infundiriam medo nos corações mais intrépidos. Até mesmo seu sorriso é aterrorizante. E, no entanto, ela nunca se sentiu mais segura do que em sua presença, ou mais atraída por um homem.

Com sua coroação a apenas três meses de distância, Keran não está entusiasmado com esta missão improvisada. Mas, diante do passado vergonhoso de Braxia em relação aos híbridos, ele lhes deve uma. No momento em que aterrissa em Haven, toda a sua vida é virada de cabeça para baixo por Dawn Merrick. Pelos padrões humanos, ela é considerada comum. Para ele, ela é a mulher mais deslumbrante que já viu. Sua inteligência e dedicação altruísta ao bem-estar dos híbridos o atraem ainda mais. Mas o que deveria ter sido uma simples investigação de assassinato acaba se revelando uma conspiração de gelar o sangue para a qual nenhum deles está preparado.

À medida que se envolvem em uma teia de mentiras, enganos e manipulação, Keran e Dawn sobreviverão a esse jogo mortal ou traidores destruirão todo o império Braxiano de dentro para fora?

DEDICATÓRIA

Para aqueles que reconhecem que fugir dos horrores de um passado doloroso é o caminho mais seguro para que os eventos mais sombrios da história se repitam. Os pecados do pai não são os pecados do filho. Coloquem a culpa em quem ela merece e deixem que as gerações futuras construam alicerces baseados no respeito e na compreensão mútuos.

Violência só gera violência, e ódio alimenta ainda mais ódio. Somente por meio da reconciliação e de um esforço genuíno para mudar para melhor poderemos aspirar a um mundo onde vivamos em harmonia.

A história não é nossa inimiga. A história não é um porrete para punir as gerações futuras. Ela é um roteiro para a paz, para aqueles que sabem interpretá-lo.

CAPÍTULO 1
KERAN

Conforme os clãs adversários entravam na arena, a multidão irrompeu em gritos e aplausos. Em todos os rostos, tanto de homens quanto de mulheres, a mesma empolgação febril ardia ferozmente. Era como se estivéssemos prestes a testemunhar um duelo até a morte para permitir que um clã ofendido recuperasse sua honra após uma ofensa, e não apenas para desfrutar de uma partida brutal de Beikor.

Mesmo assim, os assentos da arena estavam lotados para que todos pudessem testemunhar o "mestiço" Gavin Aldriss liderando seu time. Metade dos presentes esperava vê-lo e seu clã aniquilados. A outra metade já apostava nas probabilidades insanas de que o jovem aniquilaria seus oponentes.

Eu pertencia àquela outra metade.

Sentado no camarote do Magnar, ao lado do meu pai, Ravik, e de sua companheira, Mercy, nós tínhamos a melhor vista possível da arena. Seus três filhos, os gêmeos Lissy e Garruk, e o caçula, Dregor, estavam sentados à esquerda do camarote com expressões de alegria. Apesar da pouca idade – nove anos para os gêmeos e oito para Dregor – meus meio-irmãos já prometiam ser tão fortes e ferozes quanto seus pais. Eu não pude evitar um sorriso orgulhoso quando os três uniram suas vozes à multidão que gritava enquanto Gavin caminhava em direção ao centro da arena, seguido pelo resto de seu clã.

Eu lancei um olhar de lado para o avô de Gavin, Krygor, sentado à minha direita. Normalmente, ele deveria estar em uma das duas fileiras abaixo de nós, com o restante do Conselho do meu pai e suas esposas. Mas o vínculo entre os Xeldar e os Aldriss havia evoluído há muito tempo para além do de rei e seus súditos. Nós éramos uma família.

— Estou surpreso que você esteja deixando o filhote liderar esta partida — eu disse, com um tom de diversão audível na voz — Achei que você estava louco para acertar algumas contas com o Clã Arthol.

Krygor bufou — Haverá muitas outras ocasiões para isso. Mas que humilhação maior para aquele filho de um krillik do que ter seu clã inteiro massacrado por um meio-sangue?

Eu dei uma risadinha — O menino virou uma fera.

— Sim — Krygor respondeu, orgulhoso — Olhando para ele, você nunca imaginaria que ele acabou de fazer dezoito anos. Ele já tem 2,18 m. Imagino que quando tiver 21 anos, terá quase 2,40 m, assim como nós.

Eu assenti lentamente enquanto refletia sobre suas palavras — Gavin tem dominado todos os duelos. É a primeira vez que eu vejo puros-sangues se esquivando de uma luta contra um híbrido.

— O sangue dos nossos ancestrais corre forte em suas veias — Krygor disse presunçosamente.

— O que Dheran acha disso? — eu perguntei cautelosamente.

Krygor bufou e me lançou um sorriso cúmplice — Dheran está empolgado. Ele quer destruir o Clã Arthol. Um bom Líder de Clã coloca seus melhores elementos nas posições certas. Orgulho e ego injustificados são o caminho mais rápido para a derrota e a humilhação.

— Fico feliz em ouvir isso — eu disse sinceramente.

Como primogênito de Krygor, o pai de Gavin, Anton, deveria ter sido seu herdeiro. Mas, sendo um híbrido – meio humano, meio Braxiano – Anton jamais teria tido chance contra os puros-sangues muito maiores e mais fortes que o teriam desafiado para o papel. Portanto, seu irmão mais novo, Dheran, um puro-sangue, foi escolhido como herdeiro de Krygor. De qualquer forma, Anton nunca teve tais ambições, tendo conquistado riqueza e poder insanos por conta própria com sua rede de barcaças de lazer e estações espaciais de entretenimento.

Mas seu filho Gavin desafiava todas as regras. O menino era enorme, com músculos grossos e bem definidos que rivalizavam com os das linhagens mais puras. A única coisa que denunciava sua mestiçagem eram suas feições. Sua mãe humana, Grace, era uma mulher de uma beleza de tirar o fôlego. E Gavin definitivamente herdou um pouco dessa beleza. Pelos padrões Braxianos, ele era ridiculamente bonito, embora se possa discordar pelos padrões galácticos.

Ele tinha o cabelo preto como breu, na altura dos ombros, do pai – uma característica comum entre a maioria dos Braxianos – e os olhos âmbar incomuns da mãe. Enquanto os puros-sangues tinham sobrancelhas extremamente fortes e proeminentes, com um nariz achatado e largo que nos dava uma aparência bruta – neandertal, segundo os humanos – Gavin tinha uma versão muito mais dócil dessas características, o que tornava seu rosto mais suave, em vez de ferozmente intimidador como o resto de nós.

Mas isso também era enganoso.

As duas equipes se posicionaram no amplo espaço retangular – doze homens de cada lado. Dez pilares de metal de dois metros de altura erguiam-se do chão. Seu posicionamento inteligente garantia que não fosse possível ficar em nenhum lugar da arena sem estar a um raio de cinco metros de um deles. A consciência situacional determinaria os vencedores e perdedores neste jogo. Assim que a partida começasse, esses pilares emitiriam uma descarga elétrica em um raio de três metros em intervalos regulares. Ninguém queria estar dentro do alcance quando isso acontecesse.

Meu pai se levantou e desceu os poucos degraus do nosso estrado elevado até se aproximar da grade de pedra do camarote. Um pequeno disco, do tamanho de uma moeda, ergueu-se do alto da grade e pairou logo abaixo do queixo do Magnar. Os quatro telões gigantes ao redor da arena exibiam uma imagem ampliada de suas feições assustadoras enquanto ele se preparava para se dirigir à plateia.

Um silêncio se instalou imediatamente quando as mais de cem mil pessoas que ocupavam a arena se acomodaram para ouvir seu rei. Uma mistura de admiração e preocupação cresceu dentro de mim. Para mim, nenhum Magnar anterior rivalizava com meu pai, seja em força, valores, devoção ao nosso povo ou nos sacrifícios que ele fez para ajudar Braxia a evoluir de seu passado sombrio, bárbaro e primitivo. E em poucos meses, ele abdicaria em meu favor.

Meu olhar percorreu a multidão – um recorde de público para uma mera partida de Beikor sem qualquer aposta importante. O mesmo respeito podia ser visto em todos os rostos, mesmo naqueles que odiavam meu pai e o que ele representava – embora relutante em alguns casos.

Eu tinha um longo caminho a percorrer para obter o mesmo respeito... se é que algum dia obteria.

Durante toda a minha vida, eu me preparei para este dia. Desde aprender nossa história para evitar repetir erros do passado, até estudar as estruturas econômicas, culturais e sociais de outros mundos prósperos, forjar alianças estrangeiras e me educar em todas as áreas relevantes para ser um governante completo para o meu povo, eu me esforcei para viver à altura do legado do meu pai. Mas nosso povo ainda me achava deficiente na única coisa sobre a qual eu não tinha controle.

Eu não possuía a força insana do meu pai.

Não se passava um dia da minha vida sem que eu passasse por um intenso treinamento físico e de combate. Eu não era fraco de forma alguma. Na verdade, eu tinha muito orgulho da minha destreza em combate. Eu podia contar nos dedos de uma mão os homens que tinham chance de me derrotar em um duelo justo. Ninguém conseguia derrotar meu pai, um contra um.

Mas, enquanto esse pensamento me passava pela cabeça, meus olhos se voltaram para o jovem Gavin. Ele estava parado orgulhosamente perto do centro da arena, com um sorriso irônico no rosto bonito enquanto encarava Jorak, o herdeiro do Clã Althor.

Ninguém, sério?

O rugido da multidão me assustou. Para minha vergonha, eu

percebi que havia ignorado o discurso do meu pai, perdido demais em meus pensamentos sombrios. Felizmente, tinha sido apenas a abertura habitual de uma partida, com os avisos sobre jogar com honra, mas com selvageria suficiente para dar um bom espetáculo.

Meu pai retomou seu assento, com a mão imediatamente pousada possessivamente na coxa de Mercy. Ela virou seu rosto deslumbrante para encará-lo com uma expressão terna que despertou em mim um anseio poderoso. Eu me alegrei por meu pai por ele finalmente ter encontrado sua alma gêmea e a felicidade que merecia. Embora eu não sentisse nenhuma atração especial por mulheres de fora do planeta, não podia negar que ela era a rainha perfeita do Magnar. Como parte dos meus deveres, eu visitei todos os clãs de Braxia. Nenhuma de suas filhas despertou meu interesse além do seu apelo físico. Nenhuma me pareceu material para rainha.

À minha direita, Krygor havia enlaçado a cintura de Hope com um braço igualmente possessivo. Ele também encontrou sua alma gêmea improvável em um ser de outro planeta. O fato de Hope ser uma Guldan puro-sangue, enquanto Mercy era uma híbrida Guldan-Verediana, certamente nos fez refletir. É verdade que foi apenas uma estranha reviravolta do destino, mas considerando a desavença entre Braxianos e Guldans, isso levantou muitas suspeitas.

Minha alma gêmea também é uma Guldan?

Eu estremeci só de pensar nisso.

Mas a trombeta anunciando o início do jogo chamou minha atenção. Quando a placa circular no centro da arena começou a se abrir, Gavin e Jorak cerraram os punhos e contraíram os músculos enquanto um rosnado profundo saía de suas gargantas. Eles estavam invocando seus poderes Berserker. Poucos Braxianos possuíam essa habilidade, o que os tornava membros honrados e respeitados de seus clãs.

Uma vez ativo, um Berserker emitia uma aura de poder que se espalhava por todos os membros de seu clã e por aqueles que considerava companheiros de clã ou familiares, transformando-os em Fúrias. Isso não apenas aumentava sua força e velocidade, como também elevava significativamente sua tolerância à dor, permitindo-lhes continuar lutando sem medo, mesmo quando gravemente feridos.

Minha pele formigou, e uma onda repentina de poder e sede de sangue percorreu minhas veias, me deixando atordoado. Eu quase me levantei de um salto para poder pular na arena e me juntar à briga.

— Ancestrais! — eu sussurrei, olhando com admiração para Gavin enquanto a bola disparava verticalmente para fora do buraco no centro da arena — O poder de Gavin é insano.

— Você consegue sentir a aura Berserker dele? — perguntou o Líder do Clã Boros Grumar, olhando para mim por cima do ombro com a mesma expressão atordoada que os outros Conselheiros demonstravam.

— Sim. Minha família inteira pode — eu respondi com naturalidade, enquanto lançava um olhar interrogativo para meu pai.

Meu pai e Mercy assentiram, confirmando que eles também estavam sentindo isso.

— Nós também sentimos isso! — Lissy exclamou com uma expressão presunçosa que nos fez rir muito.

Aquela garota era um saco. Cheia de travessuras, esperta para a sua idade e adorável demais para o seu próprio bem... ou melhor, para o nosso. Ela era a mistura perfeita dos pais, com os chifres negros Guldans, típicos de Mercy, curvando-se sobre a cabeça, as pontas afiadas e ferozes apontando para cima, uma versão mais delicada do nosso nariz largo e achatado Braxiano, e as manchas típicas que adornavam as laterais do pescoço, braços e pernas das Veredianas.

— O garoto deve ter vocês em altíssima estima para poder estender seus poderes a todos vocês — disse Boros em um tom estranhamente pensativo.

— Claro que sim — Krygor disse, como se insinuar o contrário fosse ofensivo.

— Os clãs Xeldar e Aldriss podem não ter laços de sangue, mas somos uma família — meu pai disse em um tom que não admitia discussão.

O olhar orgulhoso e afetuoso que Krygor lançou ao meu pai aqueceu meu coração. Ele foi seu aliado mais fiel durante os dias mais sombrios de seu reinado. Assim que eu ascendesse ao trono de Braxia, eu rezava para que ele me concedesse a mesma lealdade inabalável.

Mas o choque de corpos abaixo encerrou as discussões.

Ambas as equipes correram para pegar a bola, que teria caído de volta. Quando Gavin correu direto para Jorkal – o líder do clã adversário – eu presumi que ele pretendia derrubá-lo e tirá-lo do caminho. Quando ele pulou, com o pé à frente, presumi que fosse para chutá-lo no rosto.

Errado.

Antecipando a reação defensiva de Jorkal de agarrar seu pé – provavelmente para derrubá-lo – Gavin não deu ao adversário a chance de completar o movimento. Em vez disso, ele colocou o outro pé no ombro de Jorkal, usando-o como trampolim. Seu impulso o ajudou a se impulsionar mais alto e, ao mesmo tempo, a se libertar das mãos de Jorkal. O movimento fez Jorkal cambalear para a frente. Ele caiu de cara no chão ao mesmo tempo em que Gavin pegou a bola no ar.

O rugido extasiado da multidão abafou o que irrompeu de mim e dos meus colegas. Gavin aterrissou, rolando imediatamente para absorver o impacto da queda. Ele rolou de volta para ficar de pé, com o punho já erguido para socar o oponente que estava em seu caminho. Seu rival cambaleou para trás. Gavin se chocou contra ele para finalizá-lo. O garoto pisou em seu oponente caído enquanto seu tio Dheran e outros companheiros de clã empurravam os membros da outra equipe para longe.

Enquanto Gavin corria pelo campo, um som de sino ressoou, dando o aviso de cinco segundos antes do primeiro choque. Simultaneamente, as pontas dos pilares começaram a brilhar como um lembrete visual da explosão iminente. Todos os ignoraram, e Gavin continuou a correr em ziguezagues por todo o campo, desviando ou derrubando aqueles que seus companheiros não conseguiam controlar.

Segundos depois, uma explosão luminosa emanou da bola, firmemente aninhada sob o braço grosso de Gavin, e das pontas dos pilares, que liberaram sua descarga elétrica. O garoto não estremeceu nem hesitou, nem as pessoas em pé no raio dos pilares. As três primeiras descargas eram facilmente suportáveis. Era uma estratégia sensata segurar a bola o máximo possível no início da partida, enquanto ainda se tinha força e resistência para suportá-la.

Só era possível marcar dez pontos durante uma partida colocando a bola em cima de um dos pilares. Assim que todos os dez pilares fossem ocupados, a partida terminava. Colocar uma bola antes do primeiro zap dava um único ponto. Depois do primeiro zap, dava dez pontos. Cada zap depois disso dobrava o valor dos pontos, então vinte, quarenta, oitenta, cento e sessenta, e assim por diante. Assim que um time conquistava uma vantagem inicial significativa, ele corria para preencher os outros pilares com pontos menores para impedir que os adversários o alcançassem.

E Gavin conseguiu marcar pontos!

Nos três primeiros choques, Gavin segurou a bola, absorvendo a explosão sem pestanejar. Depois disso, ele se tornou criativo. Embora ocasionalmente jogasse a bola para seus companheiros de equipe, eles sistematicamente a devolviam assim que podiam. Fazia sentido, já que ele era mais rápido e mais forte, mais capaz de segurar a bola se fosse derrubado.

Ele a jogava no ar para si mesmo ou para um de seus companheiros uma fração de segundo antes da explosão, para poupá-los do dano. Quando o sétimo choque aconteceu, três membros do Clã Arthol não conseguiram escapar do raio de alcance dos pilares, em grande parte ajudados pela equipe do Clã Aldriss, que gentilmente chutou dois deles diretamente para dentro do alcance. Os três homens caíram no chão, seus corpos se contorcendo de dor devido à descarga elétrica brutal.

Instigado pelo Líder do Clã, que gritava furiosamente com o filho da lateral do campo para que ele recuperasse a maldita bola, Jorkal investiu contra Gavin. Colocar a bola naquele momento daria ao time Aldriss seiscentos e quarenta pontos. Mas esperar pelo oitavo zap, que estava a apenas doze segundos de distância, daria a eles mil duzentos e oitenta pontos. Uma diferença quase impossível de superar.

A multidão pareceu prender a respiração coletivamente quando, em vez de tentar evitar Jorkal, Gavin correu direto para ele. Como se estivesse em câmera lenta, e com os segundos antes do próximo choque sendo contados nas telas gigantes, nós vimos Gavin se abaixar enquanto se chocava contra o oponente. Nós pensamos que ele só queria derrubá-lo no chão, mas o garoto se endireitou, pegando Jorkal e carregando-o com uma mão sobre o ombro como um saco de batatas, a bola debaixo do outro braço.

Todos se levantaram rapidamente, os gritos ensurdecedores abafando os bipes de alerta dos segundos passando.

Oito... Sete... Seis...

Jorkal só conseguiu atingir seu rival nas costas algumas vezes antes de Gavin derrubá-lo, jogando-o no chão com força contundente.

Cinco... Quatro...

— Você quer a bola? — Gavin perguntou enquanto Jorkal tentava se levantar.

Três... Dois...

— Pegue — Gavin disse, jogando a bola nele.

Um.

A multidão enlouqueceu quando a descarga – quase o dobro da voltagem de um taser padrão – atingiu Jorkal.

— O quê? Você não quer? — Gavin perguntou, provocando, quando seu rival não respondeu, ocupado demais se contorcendo no chão, o corpo sacudido pelos espasmos da poderosa descarga elétrica — Então, deixa pra lá.

O merdinha pegou a bola sob o rugido de aprovação da torcida e do avô. Para minha surpresa, em vez de marcar no pilar mais próximo, Gavin jogou a bola para o tio Dheran. Ele lançou um olhar interrogativo para o sobrinho. Com um único aceno de cabeça, Gavin confirmou para ele prosseguir. Sorrindo, Dheran caminhou até o pilar mais próximo e colocou a bola em cima, com tempo de sobra para se virar e revidar contra o companheiro de equipe do Arthol, que havia tentado desesperadamente pará-lo, mas chegou tarde demais.

Embora Gavin merecesse em grande parte o crédito por essa primeira pontuação impressionante, ao entregar a bola para o tio marcar, ele fez a vitória ser do time, e não pessoal. A torcida reconheceu e gritou "Aldriss" em vez de "Gavin", como ele claramente pretendia. Meu respeito pelo garoto aumentou ainda mais.

Como esperado, eles rapidamente colocaram as próximas bolas com pontuações mais baixas para reduzir significativamente qualquer esperança de recuperação do time adversário. Uma parte de mim quase sentiu pena deles. O Clã Arthol era exponencialmente melhor do que isso. Eu não conseguia dizer se a luta contra Gavin ou seu movimento espetacular de abertura os havia desestabilizado, mas eles nunca se recuperaram. Eu nem poderia chamar de massacre, de tão patético.

O fato de muitos de seus companheiros de equipe terem sido gravemente eletrocutados em diversas ocasiões durante aquela primeira rodada não ajudou. Qualquer coisa além de um choque de nível seis causaria um estrago enorme em qualquer um. E a equipe Aldriss habilmente aproveitou a obsessão dos oponentes em alcançar Gavin para jogá-los diretamente ao alcance dos pilares momentos antes da explosão, mantendo-se em segurança e fora de perigo.

Em um esforço para apaziguar a multidão inquieta que queria mais carnificina e provavelmente piorar ainda mais a situação, o Clã Aldriss conseguiu pontuações altas novamente nas últimas três bolas, encerrando a partida com um placar espetacular de três mil seiscentos e vinte pontos a zero contra o Clã Arthol.

Enquanto a multidão rugia em aprovação, algumas vozes entre eles começaram a entoar o nome de Gavin, rapidamente imitadas por todos os outros. Embora ele tenha abaixado a cabeça graciosamente diante da aclamação, eu conhecia o garoto bem o suficiente para perceber que ele não estava muito confortável com isso. Seus tios, Dheran e Gorav, caminharam até ele. De pé, um de cada lado, cada um pegou uma de suas mãos e as ergueu em um gesto de vitória, deixando a multidão ainda mais animada, enquanto o restante de sua equipe os aplaudia.

— Um jovem extraordinário — Raylor Caldes disse pensativo — Espere ouvir esse cântico cada vez mais.

A maneira como ele pronunciou essas palavras chamou minha atenção. Ele sustentou meu olhar firmemente. Embora nossas famílias tivessem suas diferenças ao longo dos anos, e as coisas chegassem ao ápice quando seu filho primogênito tentou assassinar Anton em sua própria casa, o Líder do Clã Caldes havia percorrido um longo caminho apoiando nossa visão para Braxia. Ele também era alguém que eu conhecia bem o suficiente para ler sua expressão. E naquele momento, suas palavras continham um aviso inegável.

— O que você quer dizer com isso? — eu perguntei.

Ele se remexeu, inquieto, na almofada grossa, cor de vinho, sobre o banco de pedra em que ele e os outros estavam sentados. Eu podia ver suas engrenagens girando enquanto ele escolhia cuidadosamente as palavras.

— Há uma razão por trás desse recorde de público para uma mera partida de Beikor — Raylor disse — Há rumores crescentes entre os clãs de que o garoto seria um excelente Magnar quando Ravik deixar o cargo.

— Gavin não demonstra nenhum apetite por política ou por governar — Krygor argumentou severamente.

— Provavelmente porque nunca foi uma opção antes — Raylor retrucou — Mas as coisas mudaram. Até agora, nenhum híbrido havia demonstrado tamanha força. Ele é invicto na arena, seja em esportes ou duelos. Alguns até sugerem que ele poderia derrotar você, Ravik — Raylor acrescentou, lançando um olhar para meu pai.

— As pessoas claramente têm tempo demais para desperdiçar energia com fofocas — meu pai disse com desdém — O filhote é forte, rápido e muito esperto. Mas nada disso supera a experiência que só se adquire com o tempo.

Krygor grunhiu em concordância enquanto assentia lentamente. Embora eu também concordasse com a declaração do meu pai, foi a ausência de uma negação categórica que me marcou. Com essa omissão, meu pai estava reconhecendo que Gavin poderia de fato vencê-lo – não agora, mas em um futuro não muito distante.

— Todas essas fofocas não têm importância — Mercy disse com um aceno de mão desdenhoso — Como Krygor disse, Gavin não tem ambições políticas, muito menos para governar Braxia. Ele passou a vida inteira se preparando para o dia em que finalmente se reuniria com sua alma gêmea, minha sobrinha Zharina, no Quadrante Ocidental. Ele está contando os dias até seu vigésimo primeiro aniversário para poder se juntar às forças de paz do pai dela e ficar com ela. Nenhuma coroa, nenhuma riqueza, nenhuma promessa de poder o desviará deste caminho.

— Hmmm — Boros respondeu, parecendo pensativo e desconfiado — Acho que o tempo dirá.

— O tempo dirá — eu respondi com indiferença — Embora eu duvide muito que Gavin cobice a coroa, eu enfrentarei qualquer desafiante, seja ele quem for. Até lá, eu não desperdiçarei minha energia com fofocas e conjecturas.

Raylor abriu a boca para falar, mas a chegada improvisada de um guarda chamado Joron o interrompeu.

— Jakar Keran, há uma mensagem urgente para você — disse Joron, estendendo-me um cartão holográfico.

Eu aceitei, acenando com dois dedos sobre a interface para exibir a mensagem. Dawn Merrick... Levei um segundo para me lembrar de quem ela era. Eu dei uma olhada rápida no breve bilhete antes de xingar baixinho.

— Notícias desagradáveis? — meu pai perguntou com um olhar compassivo e um toque de zombaria. Ele estava gostando de se livrar cada vez mais das tarefas irritantes ligadas ao governo de um planeta bárbaro como o nosso.

— É uma mensagem de Haven — eu disse com uma expressão de desgosto — Parece que refugiados híbridos estão sendo caçados novamente.

— Filhos de um krillik! — meu pai sibilou — Será que eles estão tão desesperados para assassinar e intimidar inocentes que viajam até lá para isso?

— Aparentemente — eu disse a ele antes de me virar para Joron — Você pode dizer a ela que a resposta é sim — eu disse enquanto devolvia o cartão.

— Sim, Jakar — ele respondeu, curvando levemente a cabeça antes de sair do camarote.

Com minha ascensão a apenas três meses de distância, a última coisa que eu precisava era sair do planeta para lidar com esse tipo de confusão.

CAPÍTULO 2
DAWN

E u me sentei estoicamente diante do Conselho, fervendo de raiva silenciosamente. Sentados em uma longa mesa semicircular sobre um estrado elevado, eles se elevavam sobre mim com falsa simpatia. Apesar de virem aqui com baixas expectativas, sua desconsideração casual da nossa situação nunca deixava de me enfurecer.

Os Doze formavam o Conselho formal de Haven, um planeta seguro no Quadrante Oriental, onde pessoas de qualquer espécie que fugissem da perseguição podiam encontrar abrigo. Cada membro do conselho pertencia a uma espécie avançada de um planeta rico, membro do Conselho Galáctico. Seus planetas natais financiavam os esforços de caridade em Haven e também protegiam seus cidadãos.

Ou pelo menos na medida em que lhes convinha.

Algumas das espécies refugiadas se beneficiavam de muito mais apoio do que outras, especialmente as simpáticas como os Pelurianos. De pequena estatura, pacíficos, majoritariamente vegetarianos, com uma forte cultura religiosa que os proibia de levantar armas contra qualquer um, mesmo quando seu planeta natal estava sendo invadido, os Pelurianos se tornaram automaticamente os queridinhos galácticos. Forçados a fugir de seu lar, eles receberam uma onda insana de apoio, financeiro e de outros tipos. Corporações financiaram integralmente a construção de uma nova vila inteiramente dedicada a eles em Haven. Conglomerados agrícolas forneceram-lhes ajuda e recursos para cultivar vegetais compatíveis com o ecossistema de Haven, intimamente relacionados à dieta que desfrutavam em seu mundo original.

Políticos e celebridades faziam questão de divulgar qualquer contribuição que fizessem para a difícil situação dos Pelurianos. Não era tanto por bondade, mas sim pelos excelentes retornos de relações públicas que obtinham com isso.

E então, havia espécies como os híbridos Braxianos que eu estava aqui para representar. Os Braxianos eram muitas coisas, mas definitivamente não eram fofos. Enquanto as mulheres eram geralmente mais altas, maiores e mais fortes do que as da maioria das outras espécies, os homens eram o verdadeiro problema. Eles eram gigantes com músculos para dias, intimidadores, com feições brutas e uma propensão à violência e à beligerância. Naturalmente, isso não os havia cativado na comunidade galáctica. Patrocinar esforços para dar a eles uma vida melhor e mais segura não faria ninguém ganhar nenhum concurso de popularidade, muito pelo contrário.

Meu grupo não infringiu nenhuma lei. Eles simplesmente nunca aprenderam a se tornar queridos pelas pessoas que poderiam ter ajudado a garantir um futuro melhor para todos os refugiados híbridos. A maioria deles conseguiu escapar de Braxia em vários estágios de suas vidas, mas muitos chegaram aqui depois que suas mães – geralmente humanas – os deixaram logo após o nascimento.

Respirando fundo para controlar a raiva que eu temia transparecer em minha voz, eu lancei o que esperava ser um olhar não confrontador para Callan, o chefe Dantoriano do Conselho. Como todos os membros de sua espécie, ele era bastante atraente, com sua pele azul-escura e longos cabelos negros. Seus olhos prateados brilhavam quase como faróis em seu rosto moreno, onde até a esclera tinha um tom sombrio.

— Eu entendo perfeitamente o que você está tentando dizer, Callan — eu disse em um tom razoável — No entanto, estamos falando de pessoas morrendo agora. Essa é a sexta morte em poucas semanas. Uma ou duas seria uma coincidência infeliz. Este é um padrão inegável, especialmente considerando que os corpos encontrados apresentam tipos semelhantes de abuso e profanação. Nós precisamos de uma equipe de verdade dedicada a investigar esses assassinatos e rastrear o culpado antes que mais sangue seja derramado. Três outros híbridos estão desaparecidos, e temo que a próxima vez que os virmos será para colocá-los em um saco para cadáveres.

— Suas preocupações são extremamente válidas, Dawn. Você pode não acreditar agora, mas nós compartilhamos suas preocupações e nossos corações sangram por esses pobres homens. Infelizmente, você sabe que não temos pessoal ou recursos para realizar esse tipo de caçada — Callan disse com uma voz irritantemente, quase condescendente, sensata.

— É verdade, mas você poderia pedir aos planetas membros da aliança que enviassem patrulhas extras — eu argumentei — Eles já fizeram isso antes, quando tivemos uma onda de ataques aos celeiros.

Callan me lançou um olhar de "não seja absurda" que me enfureceu ainda mais — Aquele era um problema planetário que afetava todos os habitantes de Haven. Nós não podemos pedir ao Conselho Galáctico para que gaste despesas tão exorbitantes por apenas um punhado de...

— Por um punhado de quê, Conselheiro? — eu perguntei em tom seco, sem fazer nenhum esforço desta vez para esconder minha raiva e meu desprezo latente — Um punhado de mestiços Braxianos mortos é uma perda aceitável que não vale a pena abrir os cofres da administração do planeta, que jurou proteger todos aqueles que buscam refúgio em seu solo?

— Não coloque palavras ou intenções tão vis na minha boca — Callan respondeu em um tom muito mais áspero, enquanto os murmúrios ofendidos dos outros membros dos Doze ecoavam seu sentimento — Embora essas mortes sejam de fato lamentáveis, existem soluções muito menos custosas que poderiam ser usadas a curto prazo, enquanto nossas forças de paz locais investigam o caso da melhor maneira possível, com os recursos disponíveis.

Engolindo um comentário sarcástico – sabendo que aliená-los ainda mais não ajudaria nossa causa – eu assenti com firmeza, o que eu sabia que ele interpretaria como um pedido de desculpas e uma admissão de que eu havia falado fora de hora, embora isso não pudesse estar mais longe da verdade.

Aparentemente apaziguado, Callan endireitou os ombros, aliviando um pouco da tensão. Seu rosto assumiu mais uma vez aquela compreensão desagradável e a expressão paternal.

— Não há evidências suficientes de que os três híbridos desaparecidos tenham sido abduzidos ou assassinados. Pelo que sabemos, eles podem estar desmaiados em algum lugar, bêbados, ou aceitaram alguma oferta de fora do planeta e não se deram ao trabalho de informar sobre essa mudança em seu status. Não seria a primeira vez.

A cada uma dessas palavras, eu cerrava os dentes um pouco mais. Toda vez que eu buscava o apoio deles para o abrigo Braxiano, eles sempre usavam os incidentes extremos de um ou dois dos nossos membros mais problemáticos e os generalizavam para o resto do grupo para justificar sua recusa em ajudar.

— Você sempre menciona isso, mas quantas vezes isso realmente aconteceu? Uma vez não é um padrão. Mas três desaparecimentos seguidos, depois de seis assassinatos, isso sim é um padrão — eu retruquei.

Ele fez um gesto de desdém — De qualquer forma, ainda não há evidências suficientes para justificar uma intervenção em larga escala. Se os híbridos estão sendo caçados, há uma solução muito simples. Cada um deles vive espalhado em áreas isoladas, o que os torna alvos fáceis. Eles devem retornar ao complexo que lhes foi dado ou se mudar para as várias cidades para que qualquer assassino em série em potencial pense duas vezes antes de persegui-los até lá.

— Você sabe que os Braxianos não se dão bem em ambientes urbanos. Há uma razão para cada clã viver em seus próprios complexos — eu argumentei — Haven deveria ser um santuário para todos aqueles que vêm aqui em busca de abrigo. Os híbridos agora deveriam ser prisioneiros entrincheirados em Genxia para se beneficiarem dessa proteção?

Callan suspirou. Pela forma como seu rosto se fechou, eu percebi que a batalha estava perdida — Você tem razão, é injusto. No entanto, não podemos poupar recursos para proteger todos os seus "complexos" individuais quando cada um está espalhado por toda parte.

Desta vez, deixando de lado todo o fingimento, eu encarei o Conselheiro — Se os Pelurianos estivessem sendo caçados, você não teria problema em arranjar os fundos necessários para garantir a segurança deles — eu sibilei — Os híbridos Braxianos podem não ser fofos, podem ser rudes, adorar brigar, ser excessivamente tarados e, no geral, intimidadores, mas ainda assim obedecem às suas leis. Lembre-se bem de que muitos dos recursos essenciais de Haven são colhidos com o suor deles, e é a sua força que mantém as cidades a salvo da debandada de feras selvagens a cada primavera.

— Nós não esquecemos — interrompeu a Conselheira Linora em tom severo.

Com os lábios franzidos, a humana mais velha fixou em mim seus olhos castanho-escuros reprovadores. Ela costumava ser o voto decisivo que me ajudava a pender a balança a meu favor nas raras ocasiões em que eu conseguia arrancar algo dos Doze para sustentar o abrigo.

— Como Callan já declarou, nós lamentamos as perdas e sofremos diante da situação de seus protegidos. Mas precisamos encontrar um meio termo. Até que tenhamos mais pistas sobre quem está por trás desses assassinatos sem sentido, eles precisarão retornar a Genxia ou se reagrupar de uma forma que facilite a proteção dos nossos recursos limitados. Lamentamos não poder fazer mais neste momento, mas simplesmente não temos orçamento para isso. Nossa decisão é final.

Lutando contra as lágrimas de raiva e a vontade ardente de dar-lhes a bronca que mereciam, eu me levantei da cadeira e assumi a expressão mais estoica possível. A rigidez nas minhas costas e ombros não enganaria ninguém, mas continuar a queimar pontes com os Doze só prejudicaria aqueles sob meus cuidados.

— Obrigada por terem dedicado seu tempo para ouvir meu pedido. Bom dia, Conselheiros — eu disse em um tom controlado.

— E para você, Dawn — respondeu Callan, tendo a decência de parecer um pouco envergonhado.

Eu saí da sala imponente, o longo corredor emoldurado por inúmeras fileiras vazias de assentos para o público parecia interminável. A sacada acima também estava vazia. Embora a audiência tivesse sido publicada no Boletim de Haven – como exigido para qualquer solicitação que envolva mexer nos cofres de Haven – ninguém apareceu para apoiar. Até mesmo uma dúzia de cidadãos aleatórios poderia ter virado a situação, mesmo que só um pouco.

Recusando-me a ceder à onda de desamparo que queria tomar conta de mim, eu tentei me animar com a perspectiva da chegada do Príncipe Keran Xeldar mais tarde naquele dia.

Não Príncipe, mas Jakar. É melhor eu me lembrar de usar o título Braxiano correto.

Eu esperava ter notícias mais encorajadoras para ele, como o apoio dos Doze aos nossos esforços para capturar o assassino. Já era horrível ter que recorrer à família real Braxiana em busca de ajuda. Mas o que ele pensaria quando percebesse que nem mesmo os líderes do nosso santuário se dariam ao trabalho de proteger os híbridos? Eu odiava ir até ele em uma posição humilhante.

Caminhando apressadamente, eu me dirigi ao estacionamento, evitando contato visual com os funcionários, guardas e civis que se apressavam. Todos sabiam o motivo da minha presença ali. Pelos olhares solidários, quase de desculpas, que lançavam em minha direção, eles provavelmente sabiam desde o início o desfecho desfavorável que me aguardava.

A parte rancorosa de mim queria convencer os híbridos a não participarem do abate das feras selvagens que invadiriam os arredores de algumas vilas de Haven nos próximos meses. Quando seus bolsos fossem afetados pelas perdas de rebanhos e dias – se não semanas – de vendas e horas de trabalho perdidas enquanto todos se protegiam até o perigo passar, talvez eles demonstrassem mais apreço pela contribuição dos híbridos.

Obviamente, eu não faria isso. Além de não querer que animais inocentes fossem abatidos, civis provavelmente também seriam feridos, se não mortos, em uma tentativa desesperada de salvar seus rebanhos. Eu não queria sangue humano em minhas mãos só para provar meu ponto de vista.

Soltando um suspiro, eu entrei no meu ônibus espacial particular.

Era um dos cinco veículos genéricos, um pouco antiquados, de dois lugares, que os Doze haviam doado para Genxia, o abrigo para híbridos Braxianos que eu administrava há vinte anos.

Construído em dezesseis hectares, o abrigo serviu originalmente como um complexo religioso. Depois que as forças de paz do Conselho Galáctico acalmaram a agitação que os forçou a fugir, a congregação retornou ao seu planeta natal. O complexo abandonado serviu inicialmente como um orfanato antes de ser transformado em um abrigo para híbridos Braxianos há pouco mais de sessenta anos.

Ao me aproximar, eu deixei meu olhar vagar pelas amplas instalações. O prédio principal, feito de pedras marrons e madeira, abrigava anteriormente os dormitórios, salas de aula, sala de convivência, refeitório, salão de orações, enfermaria e escritórios administrativos da colônia religiosa. Inúmeros outros prédios ao redor ofereciam "suítes de lua de mel" para casais que precisavam de privacidade temporária, além de muitos edifícios de artesanato e produção de alimentos, estábulos, depósitos, um grande cercado para animais e campos para cultivar produtos agrícolas até onde a vista alcançava.

Hoje, enquanto os híbridos ainda cuidavam dos campos para servir de abrigo e também para vender no mercado, a maioria dos prédios havia sido reaproveitada. Antes do Magnar Ravik proibir a caça aos híbridos, a maioria dos membros do nosso abrigo havia tomado alguns dos prédios individuais como suas moradias pessoais. Os dormitórios haviam sido divididos em quartos privativos e quartos de hóspedes. A sala de orações agora servia como salão de reuniões. Algumas das salas de aula mantiveram essa função, enquanto outras foram transformadas em oficinas.

Quando eu assumi a gestão do abrigo, o local fervilhava de atividades. Aos 25 anos, cheia de esperança, entusiasmo e grandes ideias, eu pensei que poderia transformar este lugar na referência para acompanhar e apoiar refugiados. Eu lhes daria abrigo, forneceria as ferramentas para se tornarem membros produtivos da sociedade que os acolheu e, então, os encaminharia para um futuro brilhante e seguro que eles jamais imaginaram ser possível.

Duas décadas depois, este lugar se tornou uma cidade fantasma.

Meu coração apertou ao ver o paddock – agora transformado em pista de pouso – vazio, exceto por duas naves particulares. A nave cinza-fosca padrão, sem dúvida, pertencia a Melinda, minha assistente. Eu silenciei um gemido interno ao reconhecer a segunda como sendo de Vintor. Aquele homem era um caso à parte.

Mas pelo menos ele apareceu na reunião, diferente de todos os outros.

Embora não tenha me surpreendido, ainda doeu. Não se podia ajudar pessoas que não se davam ao trabalho de se envolver no processo. Elas queriam que eu simplesmente lhes apresentasse uma solução que atendesse às suas necessidades e expectativas. Mas, por mais que eu odiasse admitir, Callen não estava errado ao sugerir que todos se reunissem ali, em grande número, por segurança, até termos uma noção melhor de com quem estávamos lidando.

Eu pousei minha nave e caminhei com passos pesados até a entrada do prédio principal. Enquanto subia os seis degraus da ampla escadaria até a entrada, uma rajada de vento soprou meus longos cabelos negros em direção ao meu rosto. Jogando as mechas para trás, sobre os ombros, eu desejei por um instante que um vento ainda mais forte varresse todos os nossos infortúnios.

Mas quando eu abri a porta da frente, foi o som alto de vozes discutindo que mandou meus pensamentos sombrios para o meio-fio.

E agora?

Eu corri para dentro e encontrei Vintor elevando-se sobre Melinda, bem em frente às grandes portas do salão de reuniões. Com os braços enormes cruzados sobre o peito, os músculos salientes de tensão, ele encarava minha assistente com uma expressão teimosa no rosto bruto. Enquanto os híbridos possuíam traços Braxianos que variavam de leves a muito proeminentes, Vintor facilmente passaria por um puro-sangue, se não fosse por sua estatura menor em comparação.

Embora eu ainda não tivesse conhecido um puro-sangue pessoalmente, não era segredo que os homens tinham em média 2,25 m de altura – até 2,48 m para os mais altos – com quase 136 kg de puro músculo. Eles nem precisavam treinar para ter o tipo de definição muscular que até o fisiculturista humano mais hardcore mataria para ter. Enquanto a maioria dos homens híbridos girava em torno de 1,95 m, Vintor havia alcançado respeitáveis 2,05 m e 113 kg. Seu corpo era de tirar o fôlego, ao contrário de sua personalidade...

— Isso é uma idiotice! — Melinda gritou — Você não conhece esses caras. Eles estão te bajulando, dizendo o que você quer ouvir em vez do que realmente te espera. E vocês todos estão caindo nessa!

— Nós não somos crianças para você mandar em nós! — Vintor retrucou.

— O QUE ESTÁ ACONTECENDO AQUI? — eu gritei enquanto corria em direção a eles.

— Você pode perguntar ao gênio aqui — Melinda respondeu, irritada, enquanto gesticulava para Vintor com a cabeça. Eu lancei-lhe um olhar furioso, mas ela me ignorou, claramente irritada demais para ser convencida — Já que não haverá reunião hoje à noite, eu vou para casa. Ele pode te explicar como todos os outros estão ocupados.

Sem esperar minha resposta, Melinda passou furiosa por mim.

— Melinda! — eu gritei atrás dela, mas ela me ignorou e saiu do prédio, batendo a porta atrás de si. Revirando os olhos, irritada, eu me virei para Vintor — Que porra foi essa? Cadê todo mundo?

Vintor ergueu seu queixo forte desafiadoramente, seu maxilar largo cerrado e um brilho teimoso brilhando em seus profundos olhos verdes.

— Eles estão participando da reunião com Jardan — ele disse em um tom desafiador — É uma sessão informativa para todos aqueles que desejam se inscrever para as diversas vagas que abriram para nós.

— Os Guldans? — eu exclamei, incrédula — Você já deve saber que não pode confiar nessas pessoas. Eles vão te usar!

Ele arreganhou os dentes, e sua carranca raivosa fez com que sua testa forte se destacasse ainda mais enquanto dava um passo ameaçador em minha direção. Isso não me assustou nem intimidou nem um pouco. A maioria das pessoas estaria se encolhendo diante dele naquele momento, mas eu sabia melhor. Embora os Braxianos – incluindo os híbridos – se irritassem facilmente, eles demonstravam um controle muito maior do que as pessoas imaginavam. Infelizmente, isso contribuiu em grande parte para a má reputação dos homens Braxianos.

Embora ele pudesse entrar em uma briga com outro híbrido, ele nunca levantaria a mão para um homem de uma espécie claramente mais fraca, e muito menos para uma mulher.

— Eles estão nos dando o tipo de oportunidade que ninguém mais teve ou terá — ele sibilou — Esta é a nossa chance de finalmente deixar esta rocha.

— E ir para onde? — eu o desafiei.

— Qualquer lugar! Seja Braxia ou qualquer outro lugar. Qualquer outro lugar sempre será melhor do que aqui. Este planeta está nos sugando a própria vida. Não há esperança, nenhuma perspectiva. Eles estão nos usando como soldados. Para eles, nós somos pouco mais que trabalho escravo. Você queria que viéssemos aqui para discutir o resultado do seu encontro com os Doze. Nós não precisávamos disso. Já sabemos que eles se recusaram a fazer qualquer coisa contra esse assassino que nos caça. Então, nós não ficaremos aqui para sermos mortos.

Por mais que eu odiasse a ideia deles caírem na lábia dos Guldans, eu não pude discordar da maioria de suas declarações. Os Guldans eram conhecidos por suas táticas cruéis e nada honrosas quando se tratava de enganar pessoas tolas o suficiente para entrar cegamente em qualquer tipo de acordo com eles. Com base nos incidentes perturbadores que ocorreram alguns anos antes em Braxia, eu não pude deixar de suspeitar que esses Guldans estivessem tramando algo ruim.

— E que tipo de oportunidades eles estão realmente te oferecendo? O que você vai fazer? E quanto isso vai te custar? — eu o pressionei, minhas engrenagens girando em uma tentativa desesperada de encontrar uma maneira de convencê-lo e aos outros de que aquela não era a decisão certa para eles.

— Trabalho de segurança remunerado — ele disse com orgulho.

— Segurança ou mercenário? — eu perguntei em um tom duvidoso.

— Que diferença faz? — ele desafiou — No fim das contas, eles estão oferecendo salários e condições melhores do que as que temos aqui. Eles nos fornecerão treinamento adequado, equipamentos de ponta e viagens a bordo de naves espaciais de última geração. Com as migalhas que recebemos aqui, nós levaríamos uma vida inteira para economizar o suficiente para viajar para fora do planeta. Estamos quase todos na casa dos quarenta. Esta é a nossa melhor idade. Nós não podemos deixar esta oportunidade de ouro escapar por entre os nossos dedos.

Eu balancei a cabeça em descrença, procurando desesperadamente as palavras que pudessem convencê-lo. E, no entanto, eu entendia muito bem o seu anseio. Os Guldans sabiam exatamente o que oferecer aos híbridos para tornar quase impossível que recusassem.

A raiva e o comportamento exaltado de Vintor desapareceram quase tão rapidamente quanto surgiram. Seu rosto assumiu o que muitos considerariam um ar assustador, mas que na verdade correspondia à expressão suave e terna de um Braxiano. Meu estômago se contraiu instantaneamente, o pavor me invadiu em antecipação ao que viria a seguir.

— Todos sabemos que este lugar vai fechar em breve — Vintor disse em um tom gentil — Todos cresceram e se mudaram. Vocês estão quase sempre sozinhas em Genxia. Todos aqueles que não se estabeleceram aqui estão se reunindo no local de encontro. Nós vamos todos deixar Haven. O que vocês farão então?

Eu dei de ombros, com a garganta apertada. Esse pensamento já me atormentava há algum tempo. Eu só nunca imaginei que aconteceria tão rápido.

— Há muitas organizações aqui que poderiam usar minhas habilidades. Ou talvez eu vá para a Terra ou para uma das outras colônias em busca de servidores públicos — eu disse em um tom que esperava soar indiferente e despreocupado.

— Você não pode pagar uma viagem para a Terra — Vintor respondeu bufando.

— Eu tenho algumas economias — eu respondi desafiadoramente — De qualquer forma, eu procuraria emprego primeiro para que minha mudança estivesse inclusa no meu pacote de contratação.

— E ir para algum lugar desconhecido, onde você não tem amigos e ninguém para cuidar de você? — ele argumentou.

Eu dei de ombros novamente — Eu sou uma menina grande. Sei cuidar de mim mesma.

— Ou você pode me deixar cuidar de você.

Eu gemi por dentro. A velocidade com que ele proferiu aquelas palavras confirmou que ele estava procurando a oportunidade perfeita para dizê-las. No minuto em que seu rosto suavizou, eu soube que isso aconteceria.

— Vintor, não vamos fazer isso de novo — eu disse com a voz cansada.

Sua raiva imediatamente se inflamou novamente — Por que nunca sou bom o suficiente para você? Você não tem ninguém. Eu estou preparado para colocar o mundo aos seus pés. Com este novo emprego, eu ganharei o suficiente para lhe dar tudo o que você sempre quis. Mesmo assim, você me nega!

— Eu estar sozinha e você possivelmente ganhando um bom salário não justifica que eu me conforme — eu disse, sem fazer nenhum esforço para esconder minha irritação por ter aquela velha conversa cansativa novamente.

— Se conformar? SE CONFORMAR?! — ele gritou, com o rosto vermelho de raiva.

Eu estremeci com minhas palavras mal escolhidas. Mesmo com alguém menos sensível do que ele, minhas palavras teriam sido consideradas ofensivas.

— O que quero dizer é que você não está apaixonado por mim, e eu não estou apaixonada por você — eu esclareci em um tom apaziguador — Nós dois estaríamos nos conformando se escolhêssemos virar um casal. A verdade é que você só me quer porque odeia ser rejeitado. Se eu tivesse cedido, você já teria me descartado há muito tempo e partido para um novo desafio. Mas eu mereço mais, e você também.

Embora minha resposta o tenha apaziguado parcialmente, Vintor jamais aceitaria um não como resposta. Ele se endireitou, contraindo os músculos e estufando o peito para parecer mais impressionante.

— Quando fecharem este abrigo e você não tiver para onde ir, eu estarei lá. Só não espere até que seja tarde demais — ele disse em um tom arrogante antes de se virar e ir embora.

Eu fiquei olhando para suas costas largas recuando, sentindo-me desanimada e derrotada.

CAPÍTULO 3
KERAN

Os guardas saíram do complexo com o que parecia uma fila interminável de carrinhos flutuantes carregando todos os pertences de Dana para o ônibus espacial. Com os lábios franzidos, ela observava cada movimento com sua expressão altiva de sempre. Durante todo o tempo, nossa babá Neyti ficou a poucos metros de distância, com meu filho pequeno, Argos, aninhado em seu braço esquerdo, e meu filho mais velho, Kratos, pendurado em sua saia com as perninhas ainda trêmulas de criança.

Dana nunca olhou para nossos filhos.

De muitas maneiras, era uma bênção que eles fossem jovens demais para entender completamente o que estava acontecendo – não que tivessem criado qualquer vínculo afetivo verdadeiro com a mãe. Hoje ela se separaria dos filhos, e não poderia se importar menos. Na verdade, eu acreditava que ela estava aliviada.

— Bem, os últimos dois anos foram... interessantes — Dana disse, olhando para mim com um olhar calculista em seus olhos castanho-escuros.

— Sim — eu concordei sem me comprometer.

Dana apertou ainda mais os lábios, irritada por eu não ter me expandido ou seguido o caminho que ela esperava. Considerando que eu provavelmente nunca mais a veria, eu deveria me esforçar para ser mais gentil. Mas aquela mulher me irritava, e irritá-la me dava uma satisfação indescritível.

— Espero que você tenha pensado bem nas coisas — ela disse, me lançando um olhar penetrante — Eu tenho muitas possibilidades de casamento em vista — ela acrescentou, como se eu precisasse de esclarecimentos sobre o seu significado subjacente.

— Acredite, Dana, eu pensei — eu respondi, achando graça por ela pensar que sua declaração me deixaria nervoso ou despertaria qualquer tipo de ciúme em mim — Fico feliz em saber que as coisas estão melhorando para você, já que nunca houve esperança para nós. Eu não te amo mais do que você me ama. Na verdade, você mal me suporta — eu disse, engolindo o fato de que eu a desprezava completamente.

— De que importa? Quaisquer sentimentos que eu possa ou não ter por você nunca pareceram te incomodar antes. Com certeza eles não te impediram de ir para a minha cama — Dana desafiou.

Neyti se encolheu, rapidamente assumindo uma expressão neutra. Eu bufei, mais uma vez atordoado com sua total falta de classe. Inclinando a cabeça para o lado, eu sorri, o que imediatamente a fez estreitar os olhos para mim. Dana conhecia bem essa expressão e sabia que ela anunciava que eu diria algo irreverente e provocativo para irritá-la.

— Claro que não. Eu sou Braxiano. Nós estamos sempre excitados — eu disse como se fosse evidente – e era — Você sabe montar um pau com maestria, e com certeza pareceu gostar de montar o meu. Este foi um acordo mutuamente benéfico. Você me deu os herdeiros que eu precisava, foi devidamente satisfeita e está recuperando sua liberdade com um dote substancial que a garantirá ser bem cuidada pelo resto de seus dias. Tenho certeza de que esta grande riqueza fará com que ainda mais pretendentes batam à porta do seu pai por você.

Dana zombou, cada um dos meus comentários encontrou seu alvo, então ela se virou para ir embora.

— Você não vai se despedir dos seus filhos? — eu gritei antes que ela chegasse à rampa do ônibus espacial — Também não me lembro de ter visto nenhum cronograma de visitas seu.

Ela fez um gesto de desdém — Eu renuncio aos meus direitos sobre esses meninos. Meu futuro marido preferirá não ser lembrado de que a semente de outro homem vivificou meu ventre. Meu dever aqui está cumprido. Você tem seus filhos, e eu tenho meu dote. Como você disse, este foi um acordo mutuamente benéfico.

Uma estranha mistura de alívio e absoluto desprezo cresceu dentro de mim. Assim como Dana, minha mãe foi meramente concubina do meu pai com o único propósito de lhe dar herdeiros. Não havia amor entre eles, mas ela foi uma mãe para mim e meu irmão. Depois de cumprir seu dever, minha mãe retornou ao complexo de seu clã, como Dana estava fazendo agora, mas manteve contato conosco. Ela vinha nos visitar, e ocasionalmente nós passávamos alguns dias com seu povo.

Eu observei Dana entrar no ônibus espacial e fiquei lá até a decolagem, como se quisesse me certificar de que ela realmente havia partido para sempre. O discreto som de saltos atrás de mim anunciou a aproximação de Mercy.

— Já vai tarde — Mercy disse enquanto parava ao meu lado.

— É mesmo — Neyti murmurou baixinho.

Eu dei uma risadinha, meu olhar se voltando para a babá – cuja expressão de desgosto e desprezo me fez rir ainda mais – antes de lançar um olhar de lado para minha madrasta. O brilho duro em seus olhos confirmou que ela havia adiado a vinda até que Dana fosse embora, para evitar dar-lhe a bronca que ela, sem dúvida, ansiava por desferir.

— Ela é uma cobra e uma mãe terrível — Mercy sibilou — Não tenho dúvidas de que ela teria cortado sua garganta enquanto dormia se você tivesse cometido o erro de se casar com aquela miserável.

Eu bufei — Provavelmente. Mas eu não precisava das habilidades maternas dela, apenas da sua linhagem forte. Como ela renunciou voluntariamente aos seus direitos, nós não teremos mais que lidar com a sua presença encantadora.

— Ótimo! — Mercy disse com firmeza — Ela teria arruinado seus filhos. Mas não se preocupe. Esses meninos nunca sentirão falta de carinho maternal.

Enquanto dizia essas palavras, ela se virou para Neyti, que sorriu antes de se inclinar e beijar a testa de Argos. Mercy caminhou até eles e pegou Kratos no colo. Com apenas dois meses e meio de vida, meu primogênito adorava a avó. Sua mão imediatamente alcançou o chifre esquerdo dela, acariciando-o enquanto beijava sua bochecha. Ela o beijou de volta, dando-lhe um abraço carinhoso que fez o menino ronronar de alegria.

Meu coração se encheu de amor por Mercy. Ela foi uma bênção para meu pai, para esta casa e para o nosso povo. Com ela e Neyti, meus filhos nunca teriam falta de amor maternal.

— Venha — ela disse para Neyti — Vamos levá-los para a cozinha. Rehata está preparando algumas guloseimas para os meus diabinhos. Tenho certeza de que haverá algumas para esses dois também.

Ela piscou para mim antes de retornar para dentro da fortaleza. Eu sorri de volta, algo semelhante à desejo me percorrendo. Mercy era tão forte, tão inteligente e, ao mesmo tempo, tão gentil como só uma mulher poderia ser. Como eu poderia encontrar uma Dagna que estivesse à altura dela?

Soltando um suspiro, eu atravessei as imponentes portas da fortaleza a caminho da sala privada do Conselho do meu pai. Como de costume, meu pai se reunia uma hora antes com seus conselheiros mais próximos e de confiança, antes que o restante do Conselho se reunisse. Às vezes, era apenas para colocar o papo em dia com velhos amigos; outras vezes, isso nos permitia traçar estratégias em uma reunião preliminar antes que os outros chegassem para debater um tópico que já sabíamos que seria controverso.

Meus passos ecoavam alto enquanto eu atravessava o Grande Salão, onde meu pai realizava audiências públicas. Orgulho tomou conta do meu coração ao ver o estandarte Xeldar atrás do trono, feito de pedras e ossos. Por cinco gerações, ele havia ocupado aquele lugar de maior honra. Ao meu redor, entre as enormes janelas por onde a luz inundava o salão, os estandartes menores dos vários clãs de Braxia pendiam nas paredes bege-claras.

Mais uma vez, isso me lembrou do peso que estava sobre meus ombros.

Apressando-me pela porta lateral nos fundos, eu entrei no curto corredor que levava à sala privada do Conselho. Tagar, um dos dois guarda-costas do meu pai, estava sentado do lado de fora da sala.

— Eles acabaram de começar — ele disse em resposta ao meu olhar curioso.

Eu assenti e sorri. Ele sorriu de volta antes de retomar a leitura em seu datapad. Eu abri a porta e encontrei meu pai, Krygor, Fenton e meu irmão Ganek em uma animada discussão sobre a partida de Beikor da noite anterior. Eu assenti em cumprimento enquanto me sentava do outro lado da mesa enorme, em frente ao meu pai.

Recostando-me no assento, eu deixei meu olhar vagar pelos troféus de caça nas paredes. Cada um daqueles chifres, ossos e crânios pertencia a alguns dos predadores mais ferozes de Braxia, que meu pai havia matado sozinho.

— Manhã difícil com sua concubina? — meu pai perguntou pai com um brilho de simpatia em seus olhos negros como breu.

Eu bufei — Não. Ela é uma dor de cabeça que eu finalmente consegui resolver de vez.

Os quatro homens me deram a mesma expressão atordoada.

— Para sempre? — Krygor ecoou.

Eu assenti — Desta vez, Dana não ameaçou voltar para o complexo do pai se eu não atendesse a uma de suas inúmeras exigências. Eu pedi que ela fosse embora.

— Ancestrais! Embora eu tenha certeza de que essa notícia não vai entristecer ninguém aqui – especialmente os servos – eu não posso deixar de me perguntar qual foi a façanha dela para finalmente te fazer dizer chega — Ganekd disse com uma expressão divertida e curiosa.

— Eu também — meu pai disse.

Eu sorri — Na verdade, ela não fez nada... pelo menos dessa vez. Eu vou deixar Braxia por provavelmente um mês. Vocês sabem como a Dana fica insuportável quando eu não estou por perto para mantê-la sob controle. Eu estava contando os dias para ela completar o ano de amamentação dos nossos filhos. Considerando que faltam apenas algumas semanas, eu decidi terminar agora mesmo.

— Aposto que foi bem recebido — Krygor disse com um bufo —

Com o ego dela, Dana não deve ter gostado de ter seu tempo interrompido e sido sumariamente dispensada.

— Ela certamente se sentiu menosprezada. Mas fazê-la ir embora enquanto eu estava fora teria sido muito rude, e você sabe que o clã dela ficaria ofendido com isso — eu disse.

— Eles certamente ficariam — Fenton disse, revirando os olhos — Mas seus filhos ainda são netos do Líder do Clã Soraj. Enquanto eles forem seus herdeiros, ele apoiará sua ascensão e seu reinado. Ele simplesmente esperava que você tivesse feito da filha dele sua Dagna para garantir ainda mais a posição deles na Casa Xeldar.

Eu bufei — E ele aparentemente passou essa mensagem para ela. Depois de questionar a sensatez da minha decisão, Dana pensou em me deixar com ciúmes dizendo que tem muitos pretendentes — eu respondi, zombeteiramente.

Os homens caíram na gargalhada, com a mesma expressão incrédula estampada em todos os rostos.

— Que falta de noção — meu pai disse, balançando a cabeça — Os pretendentes estão atrás daquele dote generoso que você deu a ela.

Eu sorri — Com sua personalidade encantadora, eu sabia que só uma quantia tão grande a convenceria a não fazer tanto alarde para ir embora depois de cumprir seu propósito. Essa viagem me deu uma desculpa para expulsá-la mais cedo. A única razão pela qual Mercy e a equipe não mataram aquela mulher miserável foi a gravidez dela. Sem mim por perto, Dana não teria sobrevivido uma semana. Sua esposa teria chicoteado aquela trança afiada dela tão rápido que Dana não teria tido tempo de gritar antes que sua cabeça rolasse no chão.

Os homens riram novamente, orgulho e respeito transbordando nos olhos do meu pai, do meu irmão e de Fenton, enquanto um brilho sádico de aprovação brilhava nos olhos de Krygor.

— Eu teria gostado dessa visão — Krygor disse.

Meu pai riu baixinho — Aposto que sim, seu doente de merda. Mas, neste caso, eu não duvidaria que a minha Mercy se desse ao trabalho de torturá-la primeiro. Ela não suportava a Dana.

— Ela deixou isso bem claro há alguns minutos — eu admiti, rindo — Dana era uma mulher muito desagradável, mas tem bons genes.

Meu pai sorriu, seus olhos ficando levemente desfocados enquanto ele, sem dúvida, pensava em sua amada companheira. Seu olhar então se voltou para mim, sua expressão melancólica desaparecendo.

— Mas diga-me, filho, que viagem é essa? — ele perguntou em um tom mais sério.

Eu suspirei — A mensagem que eu recebi ontem veio de Dawn Merrick. Ela pediu ajuda com a nova onda de assassinatos de híbridos em Haven.

— Então, os Doze estão se esquivando de suas responsabilidades novamente? — meu pai perguntou, com a voz transbordando desprezo e raiva crescente.

— Aparentemente — eu respondi — A questão é quem poderia estar por trás disso? Nenhum dos clãs com maior probabilidade de embarcar em tal expedição esteve fora do planeta ultimamente. O Ancião Pattel também conseguiu excluir os poucos intolerantes que poderiam querer fazer tal coisa, e que estão atualmente trabalhando em suas arenas de batalha.

— Mas os relatórios parciais que nós vimos dos últimos quatro assassinatos indicaram muitas semelhanças com os assassinatos cometidos anteriormente por puros-sangues — Krygor disse pensativamente.

— Será que estamos lidando com um imitador ou alguém que está acertando contas e tentando incriminar os puros-sangues? — Ganek perguntou.

— É exatamente isso que eu estava pensando e quero avaliar o mais rápido possível — eu disse, franzindo a testa.

Meu pai assentiu lentamente — Você pode ter razão. Até nossos oponentes mais raivosos já seguiram em frente – pelo menos na aparência – com essas caçadas. Definitivamente nós precisamos investigar e fazer do culpado um exemplo brutal assim que o capturarmos. Mas por que *você* está indo? Nós poderíamos simplesmente enviar uma unidade para cuidar disso. Você tem muitos preparativos a fazer nas próximas semanas.

Porque o momento desses assassinatos, três meses antes da minha ascensão, parece um desafio direto ao meu governo. Um teste, até... Se eu não conseguir manter algumas centenas de híbridos a salvo de um assassino – ainda por cima em um santuário – como eu protegerei um planeta inteiro cheio de pessoas brutais e feras cruéis? Eles estão insinuando que, assim que o senhor se retirar, Pai, as coisas voltarão a ser como antes.

— Entendo seu ponto de vista, Keran — Krygor disse, franzindo a testa — Mas seu pai está certo ao dizer que você ainda tem muito a preparar para sua coroação.

— Sim — eu admiti — e é por isso que eu deleguei o que pude e fiz planos para cuidar do resto entre minha missão lá. Mas eu preciso cuidar disso. A inquietação e a dissidência aumentaram com as conversas sobre minha ascensão iminente.

— Você é forte — meu pai disse em um tom severo.

— Forte, sim. Mas eu não sou você. Ninguém pode ser você — eu disse com firmeza, permitindo que meu amor e admiração por meu pai ressoassem alto na minha voz — Eles vão me desafiar. E eu estarei pronto.

— Só para constar, Gavin não cobiça o seu trono — Krygor afirmou de forma factual — Depois da partida, ontem à noite, eu mencionei os rumores a ele. Ele riu, dizendo que aquelas pessoas eram engraçadas.

— Ele riu, mas não negou — eu retruquei.

Krygor franziu a testa e apertou os lábios, refletindo por um momento antes de responder — Você tem razão. Ele não negou com palavras. Mas eu conheço meu neto. Gavin não quer ser o Magnar. Ele não tem controle sobre os boatos que as pessoas espalham.

Eu sorri e assenti — O que quer que aconteça está nas mãos do Destino. Mas se eu for vencido por um desafiante, quero que seja o Gavin. Braxia estará em boas mãos. De qualquer forma, o assassino precisa ser capturado. Nós não podemos ter um assassino de híbridos à solta. Se os Ancestrais quiserem, eu resolverei isso em algumas semanas. Se parecer que vai se arrastar por mais de um mês, eu retornarei e deixarei uma equipe para capturar o assassino.

— Muito bem — meu pai disse com certa relutância — Mas você vai vencer.

Eu adorava que, mesmo quando ele não concordava totalmente com minhas decisões, contanto que não acreditasse que eu seria gravemente prejudicado por elas, ele me apoiava. Ele ainda era o Magnar e podia me ordenar a fazer o que ele mandasse. Mas meu pai estava me mostrando que confiava no meu julgamento e queria que eu me sentisse empoderado para assumir o lugar que seria oficialmente meu em um futuro próximo.

— Ou morrer tentando — eu disse com um sorriso provocador.

— Meus filhos vão me enterrar — meu pai rosnou — Não o contrário. Leve Tagar e Nowik com você. Eles me acompanharam até Haven no passado. O conhecimento deles sobre o planeta provavelmente lhe será útil.

— Eu farei isso, pai. Obrigado.

CAPÍTULO 4
DAWN

E u passei a mão nervosamente pelos cabelos, lutando contra a vontade de me mexer inquieta enquanto observava a nave Braxiana pousar. Eu nunca tinha conhecido um puro-sangue pessoalmente. E este, por acaso, era o Príncipe deles, que em breve seria o Rei deles.

A vergonha me percorreu diante da patética festa de boas-vindas que eu tinha para oferecer a ele. É verdade que ele tinha me mandado uma mensagem esta manhã para me avisar da chegada antecipada deles – um dia antes do planejado. Presa a outras obrigações, Melinda não conseguiu se livrar com tão pouco aviso. Eu acabei me apressando para preparar algum tipo de refeição com o que eu já tinha aqui, em vez da mais requintada que o serviço de buffet teria trazido amanhã.

Uma parte de mim se perguntava se tinha sido um erro não convidar alguns dos híbridos para comparecer à sua chegada. Não era do meu feitio questionar tanto as coisas, mas o Jakar Braxiano representava minha última esperança. Eu não queria correr o risco dos homens se comportarem mal e deixarem seus temperamentos voláteis atrapalharem tudo.

E agora que eu estava sozinha perto da plataforma de pouso,

enquanto o maior ônibus espacial que eu já tinha visto – com o tipo de casco blindado e armas de ponta que se esperaria de uma nave de guerra – pousava, eu comecei a pensar que arriscar com os híbridos, que poderiam se comportar mal, poderia ter valido a pena.

Endireitando os ombros e erguendo o queixo com um ar de confiança que eu não sentia, eu observei com certa apreensão a rampa da nave abaixando. Minha respiração ficou presa na garganta quando as portas se abriram, revelando um home feroz.

Eu sabia das alturas impressionantes e dos músculos que os puros-sangues possuíam. Mas ler no papel e ver pessoalmente eram duas coisas completamente diferentes. Eu reconheci o Príncipe imediatamente, parcialmente surpresa ao vê-lo sair primeiro da nave, em vez de depois que seus guardas se certificarem de que tudo estava seguro.

Ele era a cara do pai, exceto pelos olhos, que eram do tom mais intenso de cinza. Seu rosto era ainda mais bruto e áspero que o dos híbridos. Não havia palavras para descrever o quão intimidador ele parecia. Mesmo à vontade, com o que seria considerado uma expressão pacífica pelos padrões Braxianos, Jakar Keran parecia prestes a massacrar um inimigo e se banhar em seu sangue.

Um arrepio percorreu minha espinha. Eu não chamaria de medo. Na verdade, eu não sabia bem como qualificar o que sentia na presença daquele homem. Pelos padrões humanos, as pessoas frequentemente se referiam a mim como uma amazona. Com minha altura elevada, ossos grandes e ombros largos, eu não me encaixava na constituição delicada que normalmente se espera de uma mulher. O fato de eu possuir amplas habilidades de autodefesa sempre me deu uma sensação de segurança. Mas, pela primeira vez, quando o Príncipe e seus guardas diminuíram a distância entre nós, eu me senti fraca e vulnerável.

Forçando um sorriso caloroso nos lábios, eu abaixei a cabeça respeitosamente quando ele parou um metro à minha frente.

— Jakar Keran, obrigada por me honrar com sua presença e por atender meu chamado tão rapidamente — eu disse em um tom que esperava que fosse respeitoso o suficiente, mas não subserviente.

— Senhorita Merrick, a honra é minha — ele disse com uma voz estrondosa tão profunda que eu poderia jurar que o chão vibrava sob meus pés.

Para minha consternação, minha pele se arrepiou. Pela maneira sutil como seu sorriso de boas-vindas se transformou em um sorriso irônico, ele sem dúvida notou minha reação fisiológica a ele. Eu fiquei mortificada. Mas os Braxianos esperavam que as mulheres fossem fracas e medrosas. Ele consideraria isso uma reação natural na presença de um homem tão poderoso e intimidador.

Com 1,93 m, eu raramente conhecia alguém que me fizesse sentir pequena. Mas o Príncipe e seus dois guardas me fizeram sentir minúscula, com o topo da minha cabeça mal alcançando o queixo deles.

— Peço desculpas pela má recepção, Jakar — eu disse em um tom envergonhado.

— Não precisa se desculpar — Keran disse com um aceno de desprezo com sua mão enorme, quase maior que a minha cabeça — Nós chegamos mais cedo do que o esperado e estamos gratos por você ainda ter nos acomodado. Mas, por favor, me chame de Keran. Meu povo não é muito fã de formalidades, muito menos eu.

— Então devo insistir que você me chame de Dawn — eu disse com um sorriso.

— Certo, Dawn — Keran disse, seus olhos tempestuosos me dando a impressão de que podiam ver até o fundo da minha alma.

Apesar de seu comportamento geralmente caloroso, eu não deixei de notar a forma como as narinas de seu nariz largo e achatado se dilataram ao sentir meu cheiro, segundos antes de seus olhos se estreitarem quase imperceptivelmente. O que ele havia percebido sobre mim? E por que eu sentia que isso o incomodava?

— Estes são meus guardas, Tagar e Nowik — Keran disse — O resto da minha equipe está na nave principal. Eles já partiram para ver que informações podem reunir enquanto você me atualiza sobre o que está acontecendo aqui.

Eu acenei com a cabeça para os outros dois homens, que estavam alguns passos atrás do seu futuro Magnar. Eles responderam da mesma forma, com seus rostos assustadores e indecifráveis. Ainda assim, uma onda de esperança floresceu em meu coração. Eu me senti tão sozinha tentando proteger os tolos teimosos sob meus cuidados.

— Que notícia maravilhosa — eu disse com toda a sinceridade — Mas, por favor, entre. Ficaremos mais à vontade discutindo isso lá dentro. E você deve estar cansado depois da sua longa viagem até aqui. Espero que não tenha sido muito desagradável.

— Foi bastante agradável — ele respondeu educadamente.

Argh, eu estava agindo como uma desastrada. Ele provavelmente estava pensando que eu era uma mulher burra, meio atrapalhada só por estar na presença da realeza. Eu não dava a mínima para a posição dele. Sim, o tamanho dele me intimidava pra caramba, mas eu já tinha passado do choque inicial. E, no entanto, eu não conseguia funcionar racionalmente na presença dele.

— Se você estiver com fome ou precisar descansar primeiro...

— Estamos bem. Eu quero começar isso agora mesmo — Keran interrompeu — Espero que possamos resolver isso rápido.

— Claro — eu respondi com um sorriso forçado.

Por alguma razão boba, eu interpretei isso como uma repreensão pessoal, como se ele mal pudesse esperar para terminar comigo e ir embora dali. Obviamente, não tinha nada a ver comigo. A notícia de que seu pai em breve renunciaria ao trono Braxiano em seu favor se espalhou por toda parte. Vir aqui para perseguir um assassino em série devia estar em uma posição muito baixa em sua lista de prioridades. Francamente, eu não entendia por que ele tinha vindo pessoalmente cuidar disso em vez de simplesmente enviar uma unidade. Por mais grata que eu me sentisse com a presença dele, também me preocupava que ele quisesse acelerar isso para poder retornar ao seu mundo e aos seus deveres reais.

— Nossos scanners não detectaram ninguém aqui além de você — Keran disse com naturalidade, embora sua declaração fosse, na verdade, uma pergunta.

Para minha consternação, eu senti meu rosto esquentar de vergonha — Todos os híbridos que buscaram refúgio aqui agora são adultos — eu expliquei — Eles têm suas próprias moradias. Ainda há bastante movimento aqui em dias específicos, quando eles vêm cuidar dos campos ou usar as oficinas. Nós também temos uma série de reuniões agendadas ao longo do ano para discutir assuntos importantes ou questões que queremos levantar com os Doze. Mas as noites estão realmente tranquilas agora.

Deusa! Eu estava tagarelando como uma idiota e explicando demais... para não dizer exagerando. Embora tudo o que eu disse fosse tecnicamente verdade, pouquíssimas das reuniões agendadas ainda aconteciam. Assim que percebemos que os Doze não davam a mínima para nós, os homens pararam de discutir coisas que sabiam que nunca aconteceriam.

— Entendo — Keran respondeu, seus olhos tempestuosos parecendo enxergar através das minhas besteiras.

Sentindo-me constrangida, eu desviei o olhar, aliviada por termos chegado à porta, o que me dava algo para fazer.

— Entrem — eu disse, abrindo a porta e acenando para que entrassem.

Minha surpresa inicial ao ver Keran alguns passos atrás deu lugar a constrangimento quando seu guarda, chamado Tagar, entrou na nossa frente. É claro que eles iriam querer proteger o local antes de deixar seu futuro governante entrar. O segundo guarda, Nowik, trocou um breve olhar com Keran, que piscou em concordância em uma comunicação silenciosa. Nowik seguiu seu colega para dentro, digitando algumas instruções na braçadeira elegante em seu antebraço.

— Não há câmeras, armadilhas ou alarmes para serem acionados dentro dos prédios — eu gritei para os homens — Vocês podem explorar à vontade.

Tagar olhou para mim por cima do ombro e assentiu com firmeza. Ele parecia particularmente feroz, com a longa cicatriz que se estendia da sobrancelha até a bochecha. Ele teve sorte de não perder um olho com aquele ferimento. Conhecendo os Braxianos, ele sem dúvida se orgulhava muito daquela cicatriz de batalha.

Embora Keran tenha me seguido para dentro, nós ficamos parados perto da entrada enquanto os guardas caminhavam mais adiante pelo corredor. A maneira silenciosa e fluida como eles se moviam me impressionou de verdade. Para homens tão grandes, eu esperava que eles andassem se arrastando, não parecendo quase planando. A maneira como seus músculos salientes se moviam sob as camisas pretas justas a cada movimento era quase hipnótica.

— Gostou do que viu? — Keran perguntou, sua voz me assustando.

Um calor subiu pelas minhas bochechas por ter sido flagrada olhando fixamente para seus guardas, mesmo que não houvesse nada sexual em meu fascínio por eles.

— Seus homens são extraordinários — eu admiti, me forçando a parecer indiferente — Eu nunca tinha conhecido puros-sangues antes. Vocês são realmente impressionantes.

— Nunca? — ele repetiu em um tom um tanto duvidoso, seu olhar penetrante no meu.

Embora atordoada por ele parecer duvidar das minhas palavras, eu sustentei seu olhar com firmeza — Nunca.

Ele estudou minhas feições por alguns segundos antes de aparentemente tomar uma decisão. Que pensamentos lhe passavam pela cabeça?

— E, no entanto, você não se sente intimidada por nós — ele disse finalmente, mais uma vez factualmente, mas dessa vez com um toque de curiosidade na voz.

Eu dei de ombros — Por que eu me sentiria?

Sua sobrancelha esquerda se ergueu, seu ar de curiosidade aumentando ainda mais, mas dessa vez temperado com um toque de diversão.

— Isso é um desafio?

— Claro que não — eu disse, provocando — Mas a lógica dita que um príncipe herdeiro não embarcaria em uma jornada de três dias pelo espaço só para intimidar uma mulher aleatória que ele nunca conheceu antes.

Ele bufou. Uma onda de emoções percorreu suas feições rudes, todas impossíveis de definir — Acho que gosto de você, Dawn Merrick. Mas, no que me diz respeito, seria sensato nunca fazer suposições. Você não consegue nem imaginar as coisas que eu faria.

Foi a minha vez de erguer uma sobrancelha, inquisitiva — Agora você me deixou curiosa. Devo desafiá-lo?

Keran caiu na gargalhada. Embora breve, o som profundo, poderoso e gutural me afetou da maneira mais estranha. Meu estômago se revirou enquanto eu observava suas feições. Ele se inclinou sobre mim, com o rosto a poucos centímetros do meu. Minha respiração ficou presa na garganta quando um sorriso lento, quase malicioso, se abriu em seus lábios grossos. Naquele instante, Keran pareceu realmente assustador. Se meu cérebro estivesse funcionando racionalmente, eu teria dado um passo para trás, mesmo que apenas por autopreservação. Em vez disso, eu fiquei ali, com o frio na barriga a mil.

— Cuidado com o que deseja, garotinha. Você não está pronta para os meus jogos — ele sussurrou com uma voz rouca, cheia de promessas e uma inegável ameaça oculta.

Será que meu cérebro estúpido finalmente entendeu o recado e acionou meus instintos de lutar ou fugir? De jeito nenhum. Em uma resposta muito racional, meu cérebro decidiu fazer meus dedos dos pés se curvarem, minha pele se arrepiar e uma chama totalmente inapropriada acender na minha barriga. Para meu horror, as narinas de Keran se dilataram quando minha reação fisiológica se dirigiu a ele, e seus olhos cinzentos assumiram os tons escuros de um céu tempestuoso.

Um sorriso lento e predatório se abriu em seus lábios enquanto eu permanecia paralisada diante dele. A vozinha no fundo da minha cabeça gritava para que eu corresse para salvar a minha vida. Quaisquer que fossem os "jogos" em que aquele homem estivesse envolvido, eles abalariam meu mundo e me deixariam completamente destruída. Por mais que eu adorasse um desafio, eu sabia reconhecer quando estava completamente perdida.

— Tudo limpo! — Tagar gritou a alguns metros de distância.

Eu gritei e pressionei a palma da mão contra o peito enquanto virava a cabeça para a direita para olhar para o guarda. Ocupada demais me afogando no olhar sombrio de Keran, eu não ouvi os guardas retornando. Minhas bochechas pareciam prestes a explodir em chamas, meu constrangimento aumentando ainda mais com a risada discreta, porém presunçosa, que escapou da garganta do príncipe. Eu duvidava que seus guardas tivessem ouvido de onde estavam. Mesmo assim, apesar da impressão neutra em seus rostos, eles sabiam que seu príncipe tinha acabado de me afetar profundamente.

— Bem, por aqui então — eu disse, orgulhosa por minha voz sair firme e confiante.

Eu os levei ao meu escritório, localizado perto da entrada, em frente à recepção. A familiar pontada de nostalgia atingiu meu coração. Parecia que tinha sido ontem que duas secretárias trabalhavam na grande mesa semicircular para atender todas as pessoas que entravam e saíam a qualquer hora do dia. Muitos desses visitantes utilizavam os amplos bancos e cadeiras da sala de espera à esquerda. Eu os dispus especificamente para proporcionar aos hóspedes uma vista perfeita do tranquilo jardim externo e da paisagem deslumbrante de Haven através das grandes janelas do chão ao teto que emolduravam a porta do pátio.

De certa forma, eu deveria me alegrar que as novas leis em Braxia tivessem tornado os serviços que oferecíamos obsoletos. O objetivo final sempre foi que os híbridos fossem aceitos por seu povo e pudessem prosperar sem abusos constantes e temores por suas vidas. Mas eu esperava um resultado diferente, mais decisivo. Algum evento importante que teria marcado a virada da maré, com um herói – ou heroína – a ser celebrado em um dia de comemoração por mudar radicalmente a vida de tantos inocentes.

Em vez disso, o Magnar Ravik aprovou novas leis que os clãs seguiram com relutância. Com o tempo, o estado de medo constante dos híbridos simplesmente desapareceu, e eles se adaptaram à nova rotina.

Womp, womp.

Ao abrir a porta do meu escritório para Keran, outra onda de constrangimento me percorreu enquanto seu olhar percorria o espaço. De tamanho respeitável, meu escritório tinha janelas grandes em dois lados, me proporcionando uma vista magnífica da entrada e da lateral do prédio – incluindo parte da plataforma de desembarque. Você não conseguiria entrar sem que eu o visse primeiro.

Eu havia conservado os móveis de madeira originais da antiga colônia religiosa, apenas lixando-os e tingindo-os de novo. Como eles consideravam qualquer coisa ostentosa como pecado, cada peça de mobiliário havia sido projetada com foco na robustez e eficiência, com linhas simples e quase nenhum adorno. Uma cadeira combinando ficava atrás da ampla escrivaninha retangular com gavetas. No canto esquerdo da sala, em frente ao biombo pendurado na parede branca, uma mesa de trabalho acomodava seis pessoas. Um armário de arquivo, um frigobar e um sofá de dois lugares constituíam o restante da mobília. O único toque pessoal que eu havia trazido ao cômodo eram os retratos holográficos e fotos dos vários híbridos e dignitários que haviam morado conosco em algum momento.

Mais uma vez, o rosto de Keran não revelava seus pensamentos. Mas eu não deixei de notar como seu olhar se demorava em alguns dos retratos de família. Eu me perguntei se ele conhecia ou se encontrou com algumas daquelas pessoas em Braxia antes de fugirem.

— Nós ficaremos mais confortáveis sentados à mesa de trabalho — eu disse, gesticulando para ela.

Além do fato de que ficaríamos muito apertados sentados lado a lado atrás da minha mesa, ter Keran e seus guardas sentados do outro lado da mesa seria estranho e talvez até desrespeitoso.

O príncipe obedeceu e foi direto para a mesa.

— Posso lhe oferecer algo para comer ou beber? — eu acrescentei, parando no frigobar.

Keran balançou a cabeça — Não, obrigado.

Para minha surpresa, os dois guardas saíram da sala depois de dar uma rápida olhada.

— Eles não vão ficar? — eu perguntei.

— Eles têm outras tarefas de reconhecimento para realizar — Keran disse com desdém — Eles estarão lá fora enquanto você e eu discutimos a situação.

Isso me deixou um pouco inquieta. Eu já tinha achado desconfortável ter aquelas duas montanhas de músculos percorrendo todos os cômodos do nosso abrigo para vasculhar o local sem mim. Agora, a ideia de tê-los em um cômodo separado fazendo sabe-se lá o quê me enervava. Eu não era medrosa nem paranoica, mas meu lema sempre foi "Melhor uma ameaça que você vê do que uma que você não vê".

Sem conseguir encontrar uma boa razão para que seus guardas

ficassem conosco dentro do meu escritório, eu simplesmente assenti. Silenciando minha sensação irracional de pavor, eu peguei o datapad da minha mesa e me sentei do lado direito, de frente para a tela gigante. Keran se acomodou ao meu lado, com a cadeira levemente inclinada para que ele pudesse me encarar parcialmente.

— Explique a situação — ele disse em tom de comando.

CAPÍTULO 5
DAWN

Eu assenti com firmeza, liguei a tela de vídeo e digitei algumas instruções no meu datapad para projetar os arquivos dos assassinatos na tela.

— Nas últimas oito semanas e meia, esses seis híbridos foram encontrados mortos, com seus corpos mutilados, seguindo padrões semelhantes — eu disse sombriamente, enquanto exibia seus rostos em um mosaico na tela — Cada um foi encontrado em áreas completamente diferentes, que não forneciam nenhum tipo de padrão ou ligação que nos permitisse identificar um possível ponto de origem para onde o crime teria sido cometido antes dos corpos serem descartados. Cada nova vítima é sempre encontrada exatamente nove dias após a anterior. Nós encontramos Roman há seis dias — eu acrescentei, apontando para o último rosto no canto inferior direito da tela.

— O que significa que o assassino vai descartar uma nova vítima em três dias — Keran disse com a testa franzida.

— É exatamente isso que eu temo — eu disse com uma raiva impotente — Os assassinatos são horríveis. Eles realmente fizeram de tudo para garantir que as vítimas sofressem por muito tempo antes de morrerem.

Eu lancei-lhe um olhar de desculpas enquanto mostrava os closes dos cadáveres das várias vítimas. Esse reflexo não fazia muito sentido, considerando que o príncipe Braxiano sem dúvida já havia visto coisas muito piores em seu planeta natal.

— Como você pode ver, eles carregam as marcas típicas de um abate — eu expliquei, apontando para os vários ferimentos nos cadáveres — Eles foram espancados e depois amarrados pelos pulsos a uma vara, antes de terem as pernas quebradas para que se asfixiassem lentamente enquanto eram chicoteados.

Quando eu olhei para Keran, a raiva assassina em seu rosto e seu maxilar largo e cerrado deveriam ter assustado qualquer um em sã consciência. Mas saber que a fúria diante da dor que essas pobres almas haviam sofrido alimentava aquela expressão aterrorizante me encheu de esperança. Era o olhar de um homem determinado a levar os culpados à justiça.

— No entanto, não foi isso que os matou — eu disse.

Keran sacudiu a cabeça em minha direção, a surpresa superando sua raiva.

— Está vendo essas pequenas perfurações? A princípio, eu pensei que fosse como se o assassino tivesse atirado dardos neles em algum jogo demente — eu disse, com a voz carregada do desgosto e da raiva impotente que sempre me dominavam quando eu repassava esses casos —Eu pedi uma autópsia completa para saber exatamente tudo o que eles sofreram, mas o legista continua me enganando. O escritório de manutenção da paz só me enviou relatórios mal elaborados, todos mais ou menos concluem que os homens morreram devido aos vários traumas que sofreram.

— O que você acha que são essas perfurações? — Keran perguntou.

Eu achei estranho que ele não questionasse por que as autoridades locais não estavam nos auxiliando adequadamente. Eu teria que investigar isso mais a fundo.

— No quarto caso, nós tivemos o azar de encontrar a vítima antes dos pacificadores — eu respondi, passando os dedos nervosamente pelos cabelos — Nós fizemos nossos próprios exames e coletamos o máximo de amostras de tecido possível sem perturbar muito a cena do crime. Como a morte havia sido relativamente recente, eu pude ver que as perfurações dos ferimentos não tinham sido causadas por um projétil ou objeto cortante, mas por algo dentro do corpo que estava saindo.

— Besouros Kranax — Keran disse com uma voz gélida e cheia de uma raiva fervente.

Eu assenti com firmeza — Sim. As análises laboratoriais das amostras confirmaram uma grande presença do lodo secretado pelas larvas do Besouro Kranax. Considerando o número de feridas de saída que eu consegui observar sem virar o cadáver, suspeito que mais de cem ovos eclodiram.

Keran murmurou um palavrão em Braxiano — Isso significa que a próxima vítima já está além de qualquer possibilidade de socorro.

Minha garganta se apertou enquanto eu assentia mais uma vez. Depois que os besouros Kranax depositavam seus ovos dentro de um hospedeiro, as larvas levavam dois dias para eclodir. Elas então comiam para sair do corpo, percorrendo o caminho mais longo para estocar as reservas necessárias para completar a maturidade. Levava muitas horas, às vezes até um dia.

Se o assassino seguisse seu padrão, o próximo cadáver apareceria em três dias. Isso significava que os Besouros Kranax haviam depositado seus ovos dentro da vítima em algum momento daquela manhã. A menos que o encontrássemos nas próximas 24 horas, as chances de salvá-lo seriam praticamente nulas. E mesmo que o fizéssemos, os danos causados pelos ovos crescendo dentro dele antes que pudéssemos removê-los destruiriam qualquer tipo de qualidade de vida que ele pudesse almejar no futuro.

Durante a hora seguinte, eu cobri todos os detalhes que Melinda e eu conseguimos reunir sobre os casos, assim como todas as informações que eu possuía sobre as vítimas: nomes, empregos, endereço residencial, além de um mapa sobrepondo suas casas, locais de trabalho e locais onde seus corpos foram encontrados, em relação uns aos outros. Nenhum fio condutor nos dava a menor pista sobre o que fazer a partir dali.

— Você fez um trabalho admirável, considerando os obstáculos que surgiram em seu caminho — Keran disse com um ar de respeito que me fez sentir toda confusa por dentro.

Aos meus olhos, eu não tinha feito nem perto do suficiente. Eu estava perdida e não sabia o que fazer para proteger meus garotos. Eu esperava que o Príncipe me repreendesse por não ter feito mais. Mas suas palavras despertaram minha curiosidade.

— Obstáculos? — eu repeti.

— Mmhmm. Depois de receber sua última mensagem, eu me comuniquei com o Comandante dos Pacificadores para que todos os arquivos da investigação me fossem encaminhados antes da minha chegada — Keran disse, com a voz endurecendo — Ele usou todas as desculpas possíveis para explicar por que não podia compartilhar as informações sobre uma investigação em andamento, mesmo depois de eu ter dito que colocaria meus recursos muito mais consideráveis à disposição dele para encontrar o culpado, já que eles lutavam com um orçamento limitado.

Com os olhos arregalados, eu o encarei, boquiaberta — Droga! Quem me dera ter estado lá para testemunhar. Ele adora impor sua autoridade.

Keran bufou — Ele certamente tentou. Mas aprendeu rápido que eu não tolero esse tipo de bobagem. Quando ele tentou me calar, eu o lembrei de que a sobrinha da nossa Dagna é casada com o General Khel Praghan, líder dos Sentinelas. Como membro de alto escalão da força de manutenção da paz do Conselho Galáctico, ele tem poderes de supervisão sobre a aplicação da lei regional nos planetas membros. Se ele persistisse em sua interferência, o General Praghan certamente ficaria curioso para saber por que eles estavam fazendo tão pouco progresso nesses casos.

Eu caí na gargalhada enquanto o encarava, espantada — Ormloff deve ter mijado nas calças. Já estava na hora de alguém ter algum tipo de vantagem para derrubá-lo.

— Eu gosto de colocar os tolos em seu lugar — Keran disse, presunçoso — Ele pediu uma semana para organizar os arquivos. Eu disse que ele tinha três dias até a nossa chegada para garantir que tudo estivesse pronto. Alguns dos meus guardas e meu médico devem estar lá agora mesmo para realizar uma autópsia adequada nas vítimas e obter cópias dos arquivos.

Realmente impressionada, eu assobiei entre dentes antes de ficar séria — Estou muito impressionada com a rapidez com que você o fez se mexer. Ter conexões certamente faz maravilhas. Infelizmente, eu duvido que o Comandante Ormloff tenha muito a oferecer. Ele não fez nada. Não sei dizer se é preguiça, genuína falta de recursos ou corrupção descarada, mas tenho quase certeza de que a equipe dele fez menos do que o mínimo. Não ajuda que muitas pessoas não gostem dos híbridos – e dos Braxianos em geral. Então não me surpreenderia se eles estivessem enrolando porque veem a morte dos híbridos como algo bom.

— Braxianos podem ser... desafiadores — Keran disse, parecendo entretido — Nossos homens precisam de treinamento intenso, esportes brutais e a habilidade de brigar sob regras rígidas e muita disciplina. Nós precisamos dar vazão ao nosso excesso de violência.

— Infelizmente, não temos pessoal para impor esse tipo de disciplina rigorosa — eu disse, incomodada com a amargura que transparecia em minha voz.

— Poucas pessoas tem — ele admitiu, compreensivo — E você tem razão. Ormloff pediu uma semana para que sua unidade pudesse tentar bolar algo em conjunto. Nós não podemos confiar nele para resolver isso, e é por isso que minha equipe assumirá tudo. Nós temos aliados muito poderosos. E Haven e os Doze não vão querer que façamos um escândalo galáctico sobre o fracasso deles em proteger aqueles que buscaram refúgio aqui. Eu preciso que isso seja resolvido nas próximas semanas. Preciso voltar para Braxia em no máximo um mês.

Por um motivo que eu não consegui explicar, aquilo me atingiu profundamente. Considerando que eu o conheci havia apenas algumas horas, minha reação não fez muito sentido. E, no entanto, uma estranha sensação de abandono tomou conta de mim ao pensar em sua partida.

— Minha equipe trabalhará a noite toda para que possamos ter um plano de ataque logo de manhã — Keran continuou — Há algum lugar especial onde os híbridos costumam ficar?

Eu hesitei — Não exatamente. Eles costumavam ficar aqui antes, mas quanto mais velhos ficavam, mais se separavam — eu disse cautelosamente — No entanto, eles frequentam a maioria dos eventos esportivos, especialmente os competitivos. E, naturalmente, eles ficam à espreita na maioria dos clubes de striptease e locais de entretenimento adulto.

— Eu vou precisar da lista desses locais — ele respondeu imediatamente.

— Claro — eu disse, minha voz mais fria do que eu pretendia, enquanto tentava silenciar a decepção que crescia em mim.

Nessas circunstâncias, era injusto presumir automaticamente que ele queria ir lá para seu próprio entretenimento, mas sabendo o quão constantemente os Braxianos ficavam excitados, eu não duvidava que ele aproveitaria a oportunidade para também conseguir um pouco de... alívio.

Seu olhar pareceu escurecer enquanto ele estudava minhas feições, sem dúvida percebendo um traço de desaprovação em minha voz. Eu lutei contra a vontade ardente de me contorcer, me sentindo subitamente exposta, como se ele pudesse ler cada pensamento e emoção.

O Cabaret é o clube mais popular e o mais acolhedor para todos. Alguns clubes só aceitam espécies específicas, e em outros, as artistas se recusam a "atender" certos clientes.

Ele inclinou a cabeça para o lado, me examinando como se procurasse algum significado subjacente em minhas palavras.

— Aposto que você se divertiu moderando incidentes em que híbridos frustrados tiveram o serviço negado — ele disse com uma precisão perturbadora.

— É meu trabalho zelar pela integração e bem-estar dos híbridos aqui em Haven, inclusive lutando por seus direitos — eu disse, dando de ombros.

— Hmmm — Keran respondeu de forma evasiva, continuando a me encarar.

— Você tem um jeito muito intenso de olhar para as pessoas — eu disse nervosamente.

Foi a vez dele dar de ombros — Foi o que me disseram. Você vai se acostumar.

Eu caí na gargalhada — Nossa. Eu não esperava essa resposta.

Ele ergueu a sobrancelha grossa e proeminente de forma inquisitiva — Ah? O que você esperava?

— Eu não sei... Algum tipo de pedido de desculpas genérico sobre o fato de que isso poderia me deixar desconfortável — eu disse, achando graça.

— Eu não minto — ele afirmou firmemente.

Por uma razão que eu não consegui explicar, havia algo em seu tom de voz que parecia um aviso.

Eu lambi os lábios nervosamente, me perguntando se ele estava insinuando que eu deveria parar. Mas minha língua tinha vida própria.

— Isso não é problemático para alguém que está evoluindo nas mais altas esferas da política de Braxia? — eu perguntei.

— Existem soluções alternativas — ele disse com uma estranha mistura de presunção e aspereza transparecendo em sua voz — Se você for inteligente o suficiente, poderá responder a qualquer pergunta com sinceridade, sem revelar coisas que não quer ou não deveria. Ter a reputação de mentiroso pode impossibilitar a condução de qualquer tipo de acordo diplomático viável.

— Você levantou um ponto válido. Mesmo assim, deve ser difícil — eu insisti.

Ele sorriu, embora o sorriso não alcançasse seus olhos — Para alguns, talvez. Mas me conte sobre esses estranhos recrutando os híbridos.

Eu respirei fundo enquanto escolhia as palavras — Sempre houve gente de fora aparecendo para recrutar alguns dos homens, principalmente como seguranças. Na maioria dos casos, eu consegui convencê-los a não aceitar essas ofertas.

— Por quê? — Keran perguntou, estreitando os olhos para mim.

— Porque a maioria eram ofertas ruins de pessoas suspeitas — eu disse com convicção — Eu fiz uma verificação completa dos antecedentes deles, incluindo antecedentes criminais e histórico de crédito. Muitos acabaram sendo piratas, contrabandistas ou mercenários.

Algumas delas eram ofertas excelentes de comerciantes ricos ou casas nobres.

— Mas algo está diferente desta vez? — embora ele tenha formulado isso como uma pergunta, era mais como uma afirmação.

— Há dois fatores preocupantes nisso — eu disse cuidadosamente — Primeiro, em vez de querer contratar apenas um ou dois homens, eles querem contratar todos.

— Todos? — Keran perguntou com a testa franzida enquanto se endireitava na cadeira.

— Sim — eu respondi, sem fazer esforço para esconder o quanto isso me incomodava — Aparentemente, eles têm vagas para todos os tipos de funções possíveis, principalmente relacionadas à segurança, mas também outras posições como tripulantes em suas naves mercantes. A força superior dos híbridos é um trunfo considerável. E, assim como vocês, puros-sangues, eles são imunes a poderes psiônicos e compulsão, o que os torna inestimáveis em qualquer equipe de segurança. Com o aumento da presença Sareniana nos últimos anos, faz sentido querer estar cercado por pessoas que não podem ser afetadas por seus poderes de controle mental.

— Entendo — Keran disse, embora suas suspeitas não diminuíssem nem um pouco — E qual é a segunda coisa?

— E segundo, esses forasteiros são Guldans — eu admiti timidamente, como se estivesse cometendo um crime.

Meu sangue sumiu do rosto quando Keran pulou da cadeira com um olhar assassino. Embora eu soubesse, visceralmente, que ele não me machucaria – ou, pelo menos, eu acreditava firmemente nisso – uma pontada de medo finalmente floresceu lá no fundo.

— Guldans?! Por que diabos você esperou tanto tempo para tocar no assunto? — ele disparou.

— Por favor, não fique chateado — eu disse em um tom apaziguador — Sente-se... por favor. Eu vou explicar.

Ele me encarou, com os dentes cerrados, como se quisesse me dar um tapa na cara por não ter revelado isso antes. Eu engoli em seco e gesticulei mais uma vez para a cadeira dele.

— Por favor…

Para meu alívio, embora ainda visivelmente chateado, ele obedeceu, seu olhar intimidador cravado no meu.

— Embora eu não entenda completamente as desavenças entre Braxianos e Guldans, sei que eles não são mais bem-vindos em seu planeta natal — eu disse cautelosamente — No entanto, eu não encontrei nenhuma evidência que ligue os assassinatos à presença deles. Eles chegaram depois do terceiro assassinato.

— O fato deles terem chegado depois não significa que não estivessem tramando com antecedência — ele sibilou — Os Guldans têm a riqueza necessária para enviar assassinos para cá e fazer parecer que os puros-sangues estão atrás dos híbridos novamente.

— Eu já pensei nisso — eu disse em um tom sensato — Mas o que eles ganhariam com isso? Há menos de mil híbridos em Haven. Um terço são mulheres que se estabeleceram em uma vida confortável aqui, com seus companheiros e filhos. Mesmo que todos os homens adultos fossem com aqueles Guldans, como eles poderiam ser uma ameaça para Braxia? Híbridos não têm chance contra puros-sangues, mesmo em um duelo justo. Puros-sangues como você poderiam matar qualquer um deles com um único soco na cara. E há milhões de vocês em seu planeta.

— Você ficaria surpresa com o que certos híbridos podem fazer — Keran respondeu enigmaticamente.

— O que você quer dizer?

Ele fez um gesto de desdém — Deixa pra lá. Mas diga, eles já conversaram sobre voltar para Braxia?

Meu estômago deu um nó. Havia algo em seu tom de voz que transmitia uma ameaça inegável. Eu me mexi inquieta na cadeira, com um milhão de pensamentos diferentes passando pela minha cabeça.

— Eles não seriam bem-vindos se fizessem isso? — eu perguntei — As novas leis do seu pai...

— Eu te fiz uma pergunta — ele interrompeu em um tom seco.

— Vintor – um dos híbridos mais eloquentes – mencionou que era uma possibilidade, entre outras coisas. Mas os cargos de segurança para mercadores e nobres pareciam ser o principal interesse deles — eu disse, odiando o nervosismo transparecendo na minha voz.

Keran permaneceu em silêncio por alguns segundos que pareceram uma eternidade. A intensidade com que ele examinou minhas feições elevou minha ansiedade ao extremo. Eu sabia que descobrir sobre os Guldans o perturbaria, mas não a esse ponto. A palpitação muscular em sua têmpora e o leve aperto em seu maxilar estavam acionando seriamente meus instintos de fuga.

— Você sabe onde os Guldans estão localizados e o que eles estão fazendo? — ele perguntou finalmente.

— Sim. Eles alugaram o Rancho Sulvan, localizado a cinco quilômetros daqui — eu respondi, ansiosa para mostrar que realmente havia feito minha lição de casa e não descartado a presença deles como mera coincidência — É um contrato de três meses, não renovável. Eles têm uma fragata em órbita, grande o suficiente para transportar qualquer híbrido que se alistar com eles e que eles decidirem contratar. Embora possua algum armamento avançado, não é um encouraçado, mas sim uma nave mercante.

Para minha consternação, a tensão de Keran só parecia aumentar. Confusa sobre o que estava deixando passar, eu exibi na tela gigante as imagens de satélite do covil Guldan.

— Como você pode ver, eles transformaram o rancho em um campo de treinamento onde os candidatos interessados estão passando por um programa intensivo. Aqueles que se saírem bem serão contratados — eu expliquei — A maior parte do treinamento acontece ao ar livre, à vista de qualquer vigilância por satélite. Acredite, eu procurei por qualquer sinal de que os Guldans estivessem tramando algo ruim e não encontrei nenhum. Mas você claramente pensa o contrário.

Ele se recostou na cadeira, com uma expressão indecifrável enquanto parecia refletir sobre como desejava responder.

— Você sabe o que está programado para acontecer em três meses? — ele perguntou.

— Além da partida planejada dos Guldans? Não, não sei — eu respondi, balançando a cabeça.

— Meu pai renunciará ao trono de Braxia para que eu possa me tornar o novo Magnar — ele disse com naturalidade — Após várias tentativas frustradas de fazer os Braxianos se curvarem à sua vontade, os Guldans não medirão esforços para ver alguém que não seja um Xeldar ascender ao trono. De preferência, alguém que eles possam manipular e controlar.

Eu engoli em seco e assenti lentamente enquanto refletia sobre suas palavras — Ok, eu entendo. Mas como algumas centenas de híbridos os ajudariam a conseguir isso?

— A melhor maneira de controlar alguém é cercá-lo de pessoas sussurrando em seu ouvido em uníssono. O Conselho e a Guarda Real são extremamente influentes — ele disse em um tom misterioso.

Eu recuei — O Conselho? Que rei Braxiano nomearia um bando de híbridos recém-chegados para o seu Conselho ou Guarda Real?

— Um Magnar híbrido poderia — ele disse.

Eu fiquei de queixo caído. Por um segundo, eu pensei que ele estivesse zombando de mim, mas sua expressão séria eliminou essa possibilidade.

— Os Braxianos não escolhem o homem mais forte como seu Magnar? Isso não se resume ao último homem em uma batalha sangrenta onde se sabe que alguns morrem? — eu exclamei — Nenhum híbrido pode vencer.

— Como eu disse, você ficaria surpresa com o que certos híbridos são capazes de fazer — ele respondeu com desdém, enquanto se levantava — Há algo mais que você considerou sem relação e que ainda não compartilhou comigo?

Eu balancei a cabeça, me sentindo como uma criança sendo repreendida, e instintivamente me levantei também — Não. Só isso.

— Muito bem. Eu preciso de dez minutos para falar em particular com meus guardas. Por favor, transfira todos esses arquivos para mim enquanto isso.

Sem esperar minha resposta, ele girou nos calcanhares e foi em direção à porta.

— Keran! — eu gritei antes que ele pudesse alcançar a porta. Eu lancei um olhar rápido para fora, através das grandes janelas, antes de encará-lo novamente — O sol está bem baixo no horizonte. Eu não perguntei como vocês se acomodam para dormir, se é que se acomodam. Há muitos quartos de hóspedes aqui, onde você e seus homens são bem-vindos. São modestos, mas limpos e confortáveis. Caso contrário, eu terei prazer em preparar alguns quartos para todos vocês em Jadirel. É um hotel chique na capital, com quartos de luxo gratuitos reservados para Embaixadores, outros convidados VIP e enviados diplomáticos.

— Nós não precisamos de quartos luxuosos. Aqui vai servir. Obrigado.

Com isso, ele saiu da sala.

CAPÍTULO 6
KERAN

Muitos pensamentos conflitantes giravam em minha cabeça enquanto eu terminava de dar instruções a Tagar e Nowik. Além das notícias perturbadoras que Dawn revelou, eu não conseguia decidir o quanto confiava nela. Ela parecia sincera em querer encontrar o assassino. Um brilho genuíno de esperança se acendeu em seus olhos verdes quando lhe contei sobre a pressão que havia exercido sobre o Comandante Ormloff. E, no entanto, ela não era quem fingia ser.

Eu odeio mentirosos com todas as minhas forças.

Para ser justo, ela não havia mentido de fato, mas vinha contornando algumas verdades. A questão era quão profunda era a mentira e por quê. Naquele momento, eu adoraria ter uma das leitoras de mentes Veredianas para avaliá-la. Por outro lado, eu gostava de um desafio. E essa mulher em particular me intrigava de várias maneiras.

— Descubram tudo o que puderem. Não sejam discretos e deixem claro que qualquer pista ou informação sólida será generosamente recompensada — eu disse aos meus guardas — Eu quero que aquele assassino fique nervoso e, idealmente, cometa um erro.

— Sim, Jakar — Tagar respondeu.

— O perímetro de segurança está ativo e conectado aos seus dispositivos — Nowik disse — Em caso de problemas, o reforço chegará em menos de três minutos, muito antes de qualquer intruso conseguir alcançá-lo.

— Perfeito. Vocês sabem suas tarefas — eu disse.

Os dois homens assentiram antes de se dirigirem para a saída. Segundos depois de abrirem a porta da frente, Dawn saiu correndo do seu escritório, com uma expressão de pânico no rosto enquanto observava as costas dos meus guardas se afastando.

— Eles vão voltar — eu gritei em tom de zombaria.

Ela ofegou e virou a cabeça bruscamente em minha direção. Seu choque ao me encontrar do lado esquerdo do salão de recepção deu lugar a um alívio palpável. Isso me causou sensações estranhas. Eu naturalmente me sentia protetor com as mulheres, e esta definitivamente precisava da minha ajuda. Eu adorava o jeito confiante e esperançoso com que ela me olhava e ouvia minhas palavras. Mesmo assim, minhas suspeitas continuavam a se manifestar. Será que Dawn temia que eu fosse embora porque planejava me assassinar durante a noite, ou porque nunca conseguiria resolver isso se a abandonássemos?

— Keran — ela sussurrou, a tensão transbordando dos ombros enquanto se aproximava. Ela lançou um olhar confuso para as portas, que haviam se fechado atrás dos meus guardas após a saída deles, antes de me encarar novamente — Para onde eles estão indo?

— Para o clube de striptease de que você estava falando antes — eu respondi, sem expressão.

Choque e decepção, rapidamente disfarçados, permearam seu rosto — Entendo...

— Não, não entende — eu disse, em tom de brincadeira — Eles vão lá a trabalho, não para se divertir.

— Certo. Claro.

Meu sorriso se alargou ao ver o calor subindo por suas bochechas. Ela tinha a tez levemente bronzeada dos humanos do Oriente Médio ou do Mediterrâneo. Seus longos cabelos cor de obsidiana e olhos verdes sugeriam a primeira opção. Mas a semelhança terminava aí. Dawn era mais alta do que a média dos humanos, com ombros largos e ossos grandes. Embora inquestionavelmente feminina, seus traços faciais jamais seriam definidos como delicados. Ela tinha lábios grossos em uma boca larga. Um nariz forte e largo, e grandes olhos arregalados, com os cílios naturais mais longos que eu já tinha visto.

Pelos padrões humanos, ela não seria nem remotamente atraente. Mesmo assim, meu pau se arrepiou no minuto em que eu a vi.

Ela pigarreou e olhou mais uma vez para a porta fechada — Um deles não deveria ter ficado para te proteger?

Eu bufei — Você está planejando me fazer mal?

— Claro que não! Mas você é o futuro Magnar.

— Medidas de segurança foram tomadas — eu disse — Agora, eu me lembro de você ter mencionado comida antes.

— Certo! Eu tenho uns bifes de Adran que posso fazer com alguns acompanhamentos — ela ofereceu, aquele adorável nervosismo voltando à voz — Eu tinha planejado algo mais sofisticado do serviço de buffet amanhã, mas...

— Os bifes de Adran parecem perfeitos. Novamente, eu não preciso de nada especial — eu disse, a interrompendo.

— Ótimo. Por aqui então — ela apontou para um corredor, que eu presumi levar ao refeitório.

— Fale-me sobre você, Dawn. Como você veio parar aqui? Por que esse emprego? Por que Haven?

Embora eu tenha feito a pergunta em tom de conversa, eu examinei seu rosto em busca de qualquer sinal do engano que eu esperava.

— Eu simplesmente segui os passos da minha mãe, eu acho — Dawn disse com uma indiferença que revelou que ela já havia respondido àquela pergunta de forma semelhante muitas vezes antes.

— Você quer dizer sua mãe biológica, não aquela que te criou, certo? — eu disse com falsa inocência.

Dawn congelou, parando de repente para me olhar com uma expressão chocada. Eu sustentei seu olhar firmemente, desafiando-a a mentir.

— Shonda Merrick não é funcionária pública, e você não se parece em nada com ela — eu insisti — Então, só posso presumir que você é adotada.

— Nossa! Acho que tato não é uma das suas habilidades diplomáticas — Dawn disse, parecendo um pouco ofendida — Você não deveria jogar algo assim na cara de alguém. Poderia ser um assunto muito delicado para mim.

Eu dei de ombros — Poderia ser, mas não é.

Desta vez, ela me encarou de frente, com uma raiva hipócrita ardendo em seus olhos esmeraldas. Eu gostava de ver aquelas faíscas de fogo nela. Embora eu gostasse de mulheres que se submetiam à minha dominância, eu não suportava as medrosas e afetadas. Não havia nada mais sexy do que uma mulher com coragem que ousava falar o que pensava e te deixar se expressar quando estivesse errada.

— O fato de eu não ter desmoronado e me transformado em um caos emocional não significa que eu não esteja magoada — ela retrucou em um tom severo que me excitou bastante — De qualquer forma, como isso é da sua conta ou relevante para a sua missão aqui?

— Como você mencionou com tanta precisão antes, eu sou o Príncipe Herdeiro. Por medidas de segurança, eu sempre faço uma verificação completa dos antecedentes das pessoas com quem interajo de perto — eu disse em um tom autoexplicativo.

Dawn me encarou por alguns segundos, parecendo dividida, antes de dar de ombros.

— Não há nada de especial em mim — ela disse finalmente, em tom rabugento, virando-se para continuar caminhando em direção ao refeitório — Eu fui a típica gravidez indesejada. Minha mãe me colocou para adoção e depois continuou com seu trabalho de caridade.

— E o seu pai? Ele não te reivindicou? — eu insisti.

— Eu nunca o conheci — Dawn disse friamente.

— Nunca? — eu repeti em um tom deliberadamente duvidoso.

— Sim, nunca! — Dawn disparou, desta vez me encarando abertamente — Eu duvido que ele sequer saiba que eu existo, o que, francamente, não é da sua conta. Por que toda essa bisbilhotice?

— Para avaliar seu caráter e honestidade — eu disse sem rodeios, com um tom levemente ameaçador — Você me atraiu aqui para proteger pessoas que não parecem particularmente interessadas nisso. Em vez disso, elas estão se aliando àqueles determinados a destruir meu lar, que você convenientemente manteve escondido até o último minuto. Então, sim, Dawn Merrick, eu vou bisbilhotar.

Ela engoliu em seco. Para seu crédito, Dawn não se encolheu diante de mim. Ela sustentou meu olhar com um toque de desafio, recusando-se a se encolher.

Eu gostei disso.

— Eu não escondi a presença dos Guldans. Não havia nenhuma evidência que me levasse a crer que a presença deles pudesse estar relacionada aos meus motivos para convidá-lo para vir aqui — ela disse severamente — Para constar, eu não o atrai para cá. Você escolheu vir. Eu apenas solicitei a ajuda dos Braxianos, já que não estávamos recebendo nenhuma ajuda digna das autoridades locais.

Nós chegamos à entrada do refeitório enquanto ela terminava a frase. Dawn abriu a porta com muito mais força do que o necessário, as costas rígidas enquanto caminhava pesadamente em direção ao balcão. Eu reprimi a vontade de sorrir. Havia algo sexy e divertido em uma mulher irritada, ansiosa para te dar um tapa por alguma suposta ofensa.

— Quanto aos híbridos, eles querem ser protegidos. Já que Haven não está cumprindo seu dever para com eles, eles estão, com razão, procurando outro lugar. Eles querem um propósito maior, oportunidades para um futuro mais brilhante, tudo o que os Guldans estão oferecendo, quando ninguém mais oferece.

O olhar significativo que ela me lançou ao pronunciar a última parte me tocou profundamente. Sim, nós havíamos aprovado e aplicado leis para proteger os híbridos em Braxia. E, embora tivéssemos deixado claro que aqueles que haviam fugido eram bem-vindos para retornar, nós não fizemos nenhum esforço real para estabelecer programas e infraestruturas que facilitassem essa migração e reintegração.

— Há mais alguma coisa que você queira dizer? — ela perguntou enquanto pegava a carne e os produtos da unidade de resfriamento.

— Bastante — eu disse, provocando — Como assim você ainda está solteira?

Dawn deixou cair os três pedaços grossos de bife na ilha. Eles caíram com um baque enquanto ela me encarava com um olhar incrédulo.

— O que te faz pensar que eu estou solteira? — ela rosnou.

Eu bati na lateral do meu nariz com um sorriso sarcástico — Eu não sinto cheiro de homem ou mulher em você. Um parceiro de longa data te marca com um cheiro que nem um banho consegue apagar. Só uma longa separação fará com que ele desapareça. Até híbridos conseguem senti-lo. Você deveria saber disso.

Ela cerrou os dentes. O jeito como seus olhos me lançavam punhais fez meu sangue correr até a virilha. Virando-me as costas abruptamente, Dawn pegou alguns pratos e panelas dos armários e fechou as portas com força. Eu mordi o interior das bochechas para não rir. Naquele exato momento, ela provavelmente estava se imaginando batendo as portas do armário na minha cara.

— Bem, Senhor-sou-tão-diplomático-e-atencioso, o senhor pode não ter notado, mas eu não sou a personificação da beleza humana — Dawn disse em um tom seco enquanto lavava as mãos — Os homens não estão exatamente batendo na minha porta, e eu não confraternizo com as pessoas que estou aqui para servir.

Eu bufei e acenei com a mão, sem fazer nenhum esforço para esconder meu desdém — Os padrões de beleza humana são superestimados.

Desta vez, Dawn parou no meio da secagem das mãos para me olhar com uma expressão atordoada.

— Isso foi inesperado. Os homens Braxianos têm a reputação de serem quase obsessivamente atraídos por mulheres humanas — ela disse sem se impressionar — Muitas mulheres em apuros vêm aqui em busca de híbridos que ofereçam empregá-las como Servas Contratadas para ajudá-las a se reerguerem... depois de saírem de cima delas.

Eu bufei — Uma abordagem sábia para qualquer mulher com senso de autopreservação. Tenho certeza de que elas acham lidar com um híbrido muito mais fácil. Os sangue-puro *são* proporcionalmente dotados.

Uma risada lenta escapou da minha garganta quando os olhos

verdes de Dawn se voltaram para minha virilha. Ela imediatamente os desviou e se ocupou em temperar a carne para esconder o constrangimento.

— Embora você esteja certa ao dizer que os Braxianos têm uma obsessão doentia por mulheres humanas, eu não me encaixo nessa categoria. Pessoalmente, eu não as acho particularmente atraentes — eu disse com toda a sinceridade.

— Ai — ela disse, olhando para mim como se estivesse se perguntando quem diabos me criou... e falhou completamente em me ensinar boas maneiras.

Eu ri — Mas você é a exceção.

Desta vez, ela franziu a testa, visivelmente ofendida — Por favor, não insulte minha inteligência. Achei que você tivesse dito que não mentia?

— Não minto. E não mentirei — eu respondi calmamente.

Apoiando o quadril esquerdo no balcão, ela me lançou um olhar duvidoso — Você não se sente atraído por humanas, mas me acha atraente?

— Sim — eu respondi, com naturalidade, enquanto contornava o balcão que nos separava e ficava bem na frente dela — Humanas são lindas demais.

— Nossa! Muito obrigada!

Eu caí na gargalhada — Você me entendeu mal, Dawn.

— Não, eu entendi — ela disse, com a voz um pouco entrecortada, enquanto enxaguava os temperos das mãos depois de esfregá-los na carne antes de passar para os vegetais — Como eu disse antes, sei muito bem que sou sem graça.

Isso me irritou, e eu deixei claro com uma voz severa — Você não é feia, Dawn. Eu estou cansado de mulheres como você se menosprezando por causa de uma estética arbitrária. Pelos padrões Braxianos, os meus padrões, você é bonita demais.

Ela me encarou boquiaberta enquanto eu a observava, estudando cada linha que seu vestido preto justo revelava, até as unhas dos pés pintadas aparecendo na frente de suas sandálias abertas.

— Bonita demais — eu repeti num sussurro — Mas seu corpo é pura perfeição.

Ela engasgou e me encarou como se eu tivesse enlouquecido — Perfeição? Eu sou musculosa como um homem!

Eu bufei, e foi a minha vez de encará-la como se ela tivesse enlouquecido — Você não tem o porte de um homem. Você é forte.

O som de espanto que ela emitiu ao ouvir aquilo me fez estremecer por dentro. Por mais que eu gostasse de falar o que pensava e ir direto ao ponto, eu também costumava me esforçar para ser educado e politicamente correto. Algo naquela mulher me fazia falar sem parar e despertava um desejo irracional de provocá-la.

— Espero que você seja muito melhor em discussões diplomáticas do que em falar com mulheres. Porque... Nossa! — Dawn disse, parecendo não saber se ria descrente ou se se sentia ofendida.

Eu dei uma risadinha e assumi uma expressão envergonhada — Acredite ou não, eu geralmente sou bastante habilidoso em conversar com as pessoas. Não sei por que gosto de te provocar assim. Mas eu sou sincero nos meus comentários desajeitados. Embora possa não soar muito sedutor ou romântico, ser robusta é uma ótima qualidade em uma mulher.

— Conte-me mais — Dawn desafiou, com diversão e curiosidade duvidosa transparecendo em sua voz.

— Eu sou Braxiano. Humanas são muito frágeis. Você não pode liberar sua paixão sem quebrá-las. Mas uma mulher como você poderia lidar comigo. Comigo por inteiro...

Eu sorri quando o rosto de Dawn se aqueceu com o meu significado oculto.

— Você não é máscula. Sim, você é alta, com ossos grandes. Seus ombros são largos, mas sua curva é suave e inegavelmente feminina. Seus seios são generosos e empinados, do tamanho perfeito para caber na palma da mão de um homem grande. Essa sua cintura fina e o jeito delicioso como ela se alarga nos quadris fariam muitas modelos babarem de inveja. A redondeza do seu traseiro faria as mãos de qualquer homem tremerem de vontade de agarrá-lo e proporcionaria a pegada perfeita em um ambiente íntimo. Suas pernas são infinitas, esculpidas por um mestre e feitas para envolver a cintura de um homem. Você tem olhos deslumbrantes com os cílios mais incríveis. Seu nariz é um pouco delicado demais, mas esses seus lábios pecaminosamente carnudos dariam a qualquer homem os pensamentos mais inapropriados.

— Uau... Certo. Isso foi inapropriado! — Dawn disse, com as bochechas quase queimando.

Apesar de sua aparente indignação enquanto ela se ocupava em cortar os vegetais, minhas palavras a lisonjearam.

— Peço desculpas se a ofendi — eu disse em voz baixa.

Ela bufou — Achei que você não mentisse? — ela repetiu, me lançando um olhar de lado.

— Eu não minto — eu disse em um tom sério — Você contestou minha declaração anterior, e eu defendi minha posição. Eu te acho extremamente atraente e expliquei o porquê. Mas se minha franqueza a ofendeu, peço sinceras desculpas. Não é minha intenção desrespeitá-la.

Dawn abriu e fechou a boca algumas vezes, sem palavras. Foi adorável.

— Eu realmente não te entendo — ela finalmente murmurou baixinho.

Eu bufei — Por quê? Porque eu te acho atraente ou porque sou direto?

— Ambos?

Eu sorri, pensando em como responder. Uma parte de mim queria continuar nossa discussão verbal. Estava ficando bem divertida. Mas a outra precisava que eu a desafiasse e descobrisse exatamente onde estávamos antes de me permitir me entregar ainda mais à sua agradável companhia.

— É natural que eu me sinta atraído por você — eu disse, meu sorriso desaparecendo e meu olhar fixo no dela — Afinal, você é Braxiana.

Dawn congelou, o sangue fugindo do seu rosto. Apesar da admirável maneira como ela manteve uma expressão neutra, eu não deixei de notar o brilho de medo em seus olhos. Recuperando a compostura, ela deu uma risadinha e me olhou como se eu tivesse dito algo bobo. Incapaz de sustentar meu olhar, ela voltou a se concentrar nos vegetais enquanto continuava a cortá-los.

— Braxiana? Ser alta e ter ossos largos não torna alguém automaticamente Braxiano. Existe uma coisa chamada Amazona entre os humanos — ela disse, provocando — Eu realmente pareço uma de suas mulheres?

— Seu corpo sim. Seu rosto não. Mas seu cheiro indica, sem sombra de dúvida, que você é filha do Clã Caldes — eu disse, cruzando os braços sobre o peito, desafiando-a a me contradizer.

Desta vez, ela nem tentou esconder a expressão aterrorizada. Isso provocou em mim uma reação irracional de proteção. Eu mal consegui me conter e a puxei para o meu abraço para lhe garantir que tudo ficaria bem. A reação dela confirmou o que eu já sabia.

— Não seja ridículo...

— Não minta! — eu sibilei, a interrompendo — Aqui e agora, você está prestes a definir que tipo de relacionamento você e eu teremos. Eu posso perdoar ou ignorar muitas coisas. Mas nunca minta para mim.

Dawn largou a faca e se abraçou. A necessidade de tranquilizá-la me invadiu novamente. Eu precisei de toda a minha força de vontade para silenciá-la.

— Quem... quem mais sabe? — ela sussurrou.

— Por enquanto, apenas meus dois guardas e eu.

— Seus guardas?! — ela exclamou, horrorizada.

— Claro. Todo Braxiano – até mesmo híbridos – consegue farejar linhagens. Apesar do seu nariz ter aparência predominantemente humana, tenho certeza de que ele é sensível o suficiente para isso também.

Ela lambeu os lábios nervosamente, seus olhos indo de um lado para o outro como se tentasse dar sentido a algo que não fazia sentido.

— Eu sou o Príncipe Herdeiro de Braxia. Tagar e Nowik são os guarda-costas do meu pai há anos. Tanto o Magnar quanto seus Jakars se encontram regularmente com os vários líderes de clã. Eu conheço todas as linhagens do nosso planeta, assim como meus guardas. Assim que eu vir os outros híbridos, saberei imediatamente a quem pertencem — eu expliquei com uma voz calma — Seu pai sabe da sua existência?

Dawn balançou a cabeça e então olhou para os vegetais parcialmente cortados à sua frente com uma expressão assombrada.

Aproximando-me da pia, eu lavei as mãos no silêncio pesado que se instalou no cômodo. Assim que terminei, eu empurrei Dawn delicadamente para o lado e continuei a picar os legumes. Isso a tirou dos pensamentos sombrios que a haviam tomado.

— O que você está fazendo? — ela perguntou.

— Preparando o jantar. Você está em choque. Não vou arriscar que você se corte e sangre em cima desses produtos deliciosos. Você pode pôr a mesa enquanto me conta sobre seus pais — eu disse em um tom levemente provocador para aliviar um pouco a tensão no ambiente.

— Você vai cozinhar? — ela perguntou em um tom de descrença que eu deveria ter achado ofensivo.

— Eu sou um príncipe, não uma pessoa com deficiência grave. Eu posso fazer coisas sozinho, como cozinhar, como já fiz muitas vezes. Vá, ponha a mesa — eu disse, gentilmente, mas com firmeza.

Embora ainda exausta, Dawn obedeceu. Apesar da minha curiosidade ardente, eu não a pressionei enquanto ela organizava seus pensamentos. Havia algo estranhamente doméstico em mim preparando nossa refeição enquanto ela buscava os pratos. Se não fosse pela tensão que a dominava, você pensaria que éramos um casal seguindo sua rotina.

— Meu pai não sabe da minha existência — Dawn disse por fim, enquanto colocava os pratos americanos sobre a mesa — Minha mãe estava em missão em Jeruna. Ela foi a um dos bares locais depois da reunião e o conheceu lá. Aparentemente, ela era do tipo aventureiro, sempre a fim de novas experiências. Ela nunca tinha estado com um Braxiano antes, e ele parecia gentil o suficiente. Foi só uma aventura de uma noite. Eles seguiram caminhos separados no dia seguinte e nunca mais se falaram.

— Ah, sim — eu disse com um aceno simpático — Muitas mulheres de fora do planeta que se relacionam com Braxianos cometem esse erro. A menos que elas usem preservativos ou contraceptivos calibrados especificamente para Braxianos, as chances de engravidarem são extremamente altas. Nossos fluidos seminais anulam o efeito de qualquer contraceptivo comum. Se a mulher estiver ovulando nesse momento, é um negócio fechado.

Dawn assentiu com uma expressão preocupada — Minha mãe descobriu isso algumas semanas depois. Ela definitivamente não queria filhos. De certa forma, eu tive sorte dela estar em um planeta primitivo quando percebeu. As cápsulas médicas no planeta não podiam realizar o procedimento para ela. Ela poderia ter solicitado que uma nave médica do setor passasse por lá o mais rápido possível, mas isso a teria forçado a dar o motivo.

Eu joguei os legumes na panela para refogá-los antes de olhar para Dawn com indisfarçável curiosidade — Por que ela quis esconder? Eu sei que a Terra – como a maioria dos outros planetas do Quadrante Ocidental – ainda segue uma forma de religião ou outra. Mas sexo antes do casamento e gravidez fora do casamento não são considerados pecados há séculos.

Ela riu baixinho — É, isso definitivamente deixou de ser mal visto há muito tempo. Ainda bem, senão metade do Quadrante teria uma passagem só de ida para o Inferno. Minha mãe engravidar solteira não era o problema. O fato dela não querer me manter seria uma mancha na ficha dela, pois seria considerado um ato desumano por alguém que trabalha em uma instituição de caridade. Eles não a teriam demitido por isso, mas teria reduzido suas chances de ascensão. E minha mãe é extremamente ambiciosa.

— Ambiciosa? — eu repeti, desta vez genuinamente surpreso — Devo entender que ela não era uma trabalhadora de campo, mas sim uma administradora?

— Sim — Dawn disse enquanto colocava os talheres perto dos pratos — Ela ia até o local de qualquer novo projeto que estivesse sendo montado para garantir contratos de locação, nomear a equipe sênior e os gerentes, ajudar a definir o orçamento e garantir parceiros para financiar o empreendimento. Ela estava de olho no cargo de presidente. Não ficaria bem em seu currículo se descobrissem que ela engravidou durante uma noite, de um estranho bruto em um bar decadente em um planeta remoto. Para um cargo tão invejado, seu histórico precisava ser impecável em todos os aspectos.

— Então você foi sacrificada para as ambições dela — eu disse, colocando o primeiro bife em uma frigideira quente.

— Sim. Ela permaneceu em Laïtana por seis meses, onde se tornou amiga íntima do médico designado para a equipe de resgate no local.

— Deixa eu adivinhar — eu interrompi — Doutora Shonda Merrick.

— Touché. A missão dela em Laïtana estava programada para terminar ao mesmo tempo que a da minha mãe e do restante da tripulação da primeira onda. Ela estava debatendo qual missão assumir em seguida. Minha mãe mencionou que estava indo para Haven para trabalhar em um projeto de três meses para os Pelurianos. Isso despertou o interesse de Shonda, já que todos são apaixonados por essa espécie fofa. Por isso, ela decidiu ir junto. Eu nasci pouco mais de dois meses depois da chegada delas.

— Logo antes do projeto terminar — eu disse, imaginando onde aquilo iria dar.

— Exatamente duas semanas antes de terminar — Dawn disse, acenando com a cabeça enquanto pegava taças de vinho no armário — Shonda sabia a raça do meu pai e que minha mãe havia escolhido Haven especificamente porque seria o lugar mais seguro para mim. Mas quando eu saí com uma aparência totalmente humana, ela decidiu me adotar em vez de deixar minha mãe me colocar no orfanato local.

Eu franzi a testa enquanto virava os bifes — Por que só depois que ela viu que você parecia humana?

Dawn me lançou um sorriso indulgente. Isso suavizou suas feições da maneira mais encantadora e fez seus olhos brilharem. Ela era realmente uma mulher atraente. Pena que ela não se enxergasse através dos meus olhos. Mesmo assim, eu fiquei feliz que seu pânico inicial tivesse diminuído.

— Não é o que você pensa. Naquela época, os híbridos Braxianos eram considerados uma espécie em extinção. Menores não tinham permissão para sair de Haven, a menos que o pai, mãe ou responsável legal demonstrasse que poderia fornecer o nível necessário de segurança para a criança. Como Shonda não tinha planejado originalmente ficar aqui, adotar um bebê Braxiano a teria deixado presa em Haven. Como ela era a única pessoa que sabia das origens do meu pai, esse fato convenientemente desapareceu do meu prontuário médico. Assim, quando estivesse pronta para deixar Haven, Shonda não teria problemas em me levar com ela.

— E mesmo assim ela não foi embora — eu disse, tirando os vegetais do fogão.

— Ela era necessária aqui e adorava trabalhar com os Pelurianos. O contrato dela foi sendo prorrogado por mais alguns meses, depois mais alguns, até que anos se passaram — Dawn disse, dando de ombros — Acho que ela também ficou por minha causa.

— O que você quer dizer? — eu perguntei, tirando os bifes da frigideira para que pudessem descansar.

— Eu só descobri o que eu era quando tinha dez anos e fiz muitas perguntas, como por que eu estava estudando aqui em Genxia em vez das escolas regulares da cidade?

— Você estudou aqui com os outros híbridos?

— Sim. Genxia era uma antiga colônia religiosa que havia sido transformada em orfanato. Quando eu comecei o jardim de infância, o local já estava em processo de se tornar um abrigo para refugiados Braxianos. Minha mãe me disse que estudar aqui me colocaria em contato com pessoas de diversas origens, que me ajudariam a entender melhor as realidades do mundo, em vez das coisas superficiais que as escolas comuns me ensinavam. Eu achei isso legal naquela época.

— Mas não depois? — eu perguntei com genuína curiosidade enquanto trazia os pratos para a mesa.

— Eu comecei a fazer perguntas porque percebi que era maior e mais forte do que as outras meninas. Estudar aqui me impedia de me sentir estranha, já que eu me encaixava perfeitamente com a maioria das outras alunas. Mesmo que ela não dissesse isso, meu instinto me dizia que minha mãe tinha me feito estudar aqui por esse motivo específico. Ela queria que eu crescesse cercada pelo meu povo e me sentisse parte daquele lugar.

— E mesmo assim ela a fez guardar segredo — eu desafiei,

pegando a garrafa de vinho de sua mão e gesticulando para que ela se sentasse.

Dawn me deu um sorriso divertido, mas obedeceu — Olha só como você é um cavalheiro, além de aparentemente ser um cozinheiro talentoso — ela acrescentou, lançando um olhar guloso para a comida — Talvez você não seja um caso perdido, afinal.

Eu bufei antes de servir um pouco de vinho tinto em sua taça — Eu sou um homem de muitos, muitos talentos, minha querida. Prepare-se para ficar impressionada nos próximos dias.

Ela riu e balançou a cabeça como se estivesse reconsiderando a declaração sobre eu não ser totalmente inútil — Estou ansiosa por isso. Mas, respondendo à sua pergunta, sim, ela me fez guardar segredo. No começo, era para que ela e eu tivéssemos total liberdade de movimento antes de eu completar dezoito anos, caso decidíssemos deixar Haven. Depois, fez sentido continuar com a farsa. Na época, híbridos ainda eram caçados. Eu tinha vinte e cinco anos quando seu pai finalmente tornou ilegal a caça e o abuso contra nós.

Eu assenti lentamente, reprimindo o comentário que queimava minha língua sobre os eventos terríveis que levaram meu pai a finalmente aprovar aquela lei.

— Vá em frente e coma antes que esfrie — eu disse, apontando para os pratos no meio da mesa.

— Com prazer — ela disse com um sorriso.

Para minha alegria, Dawn pegou um dos três bifes e serviu uma porção generosa de legumes salteados e raízes ricas em amido. As mulheres Braxianas tinham um apetite voraz para alimentar seus corpos fortes. Sempre me incomodava ver mulheres de outras espécies beliscando seus pratos, já que suas sociedades consideravam deselegante que mulheres comessem uma porção inteira. Que absurdo.

Por outro lado, os Braxianos tinham uma vantagem injusta sobre a maioria das outras raças. Nós possuímos um metabolismo fenomenal e desenvolvemos naturalmente corpos magros e musculosos sem precisar gastar um único segundo em treinamento físico. Apesar de sua constituição mais robusta em comparação com outras espécies, nossas mulheres eram todas magras e mantinham naturalmente um peso saudável sem nenhum esforço.

O gemido que escapou da garganta de Dawn quando ela deu a primeira mordida no bife ressoou direto no meu pau. O jeito como ela fechou os olhos, as pálpebras tremendo enquanto saboreava o sabor, fez minha imaginação correr solta. As imagens eram tão vívidas que eu quase conseguia sentir seu corpo se contorcendo sob mim e ouvir seus gemidos enquanto eu a penetrava.

Ela consegue me controlar?

Braxianos puros-sangues não conseguiam acasalar com mulheres humanas sem uma longa e extenuante preparação, usando Denax para relaxá-las e esticá-las o suficiente para receber nossas enormes circunferências. Algumas mulheres até tinham dificuldade para receber híbridos, que eram bem menores. Os puros-sangues geralmente precisavam lidar com a maioria das mulheres híbridas com cuidado nas primeiras vezes. O revestimento de suas paredes internas normalmente combinava com o das nossas mulheres, que era flexível e elástico, não apenas para nos receber, mas também para permitir que elas dessem à luz nossos grandes bebês.

E se o DNA humano dela não for dominante apenas em suas características faciais, mas também ali?

Imediatamente eu me repreendi pelos meus pensamentos errantes. Por mais que Dawn me seduzisse, eu não vim aqui para ter um caso. E mesmo que ela tivesse se excitado comigo antes, foi um pouco presunçoso da minha parte presumir que ela realmente quisesse agir.

Dawn abrindo os olhos e voltando a se concentrar em mim me tirou dos meus devaneios lascivos, embora isso não tenha silenciado a pulsação entre minhas coxas.

— Certo, considere-me devidamente impressionada — Dawn disse, me observando com genuína admiração — Bifes de Adran podem ser difíceis de cozinhar, mas este está no ponto certo, a gordura está perfeitamente derretida e a carne está macia e suculenta. Admito que nunca esperava isso de você.

Eu bufei — Nós saímos para caçar com nossos pais assim que temos idade suficiente para puxar a corda de um estilingue. Se quisermos comer, temos que limpar e cozinhar o que pegamos. Todo garoto Braxiano é treinado nos princípios básicos de sobrevivência e cuidados pessoais. Se ficarmos presos em um planeta deserto, eu poderia construir um abrigo do zero, cultivar a comida necessária e consertar nossa nave ou montar um sistema de comunicação para pedir ajuda.

— Uau. Você parece um homem multitalentoso — ela disse, desta vez com um toque de provocação.

Eu adorava quando ela fazia isso.

— Como Jakar, eu não tenho escolha. Preciso estar pronto para qualquer eventualidade.

— Eu posso ver isso — ela admitiu, antes de dar outra mordida na comida.

— Então por que você ficou aqui? Por que tomou conta deste abrigo? — eu perguntei, enquanto cortava meu grande pedaço de carne.

— Minha mãe, Shonda, e este lugar me deram a chance de um futuro decente. Eu queria fazer o mesmo por aqueles que não tiveram a mesma sorte que eu de ter apoio e uma aparência que me mantivesse mais segura — ela disse, jogando uma mecha de cabelo por cima do ombro — Eu estava me envolvendo cada vez mais ajudando a ex-administradora a administrar este lugar. Quando ela decidiu se aposentar, eu me ofereci para assumir. Francamente, eu nunca pensei que me dariam o cargo, considerando o quão jovem e inexperiente eu era aos 25 anos. Além disso, Shonda estava finalmente pronta para deixar Haven para uma missão diferente. Mas este era o meu lar, e eu realmente não queria que uma estranha viesse aqui e destruísse nosso modo de vida com suas presunções sobre o que queríamos.

— E mesmo assim você conseguiu — eu disse gentilmente.

Ela emitiu um som de desdém, cheio de autodepreciação — Eu me enganei, pensando que os havia impressionado tanto na minha entrevista que eles não poderiam me recusar. Não demorou muito para que eu percebesse que ninguém queria particularmente o cargo, porque híbridos Braxianos não eram uma tarefa glamorosa e os recursos seriam limitados.

Embora nada disso me surpreendesse, eu reprimi a raiva que queria crescer dentro de mim. Nosso povo havia construído uma péssima reputação ao longo dos anos, alienando a maioria dos nossos vizinhos com retaliações extremas pela mais estúpida ofensa. Mesmo com meu pai passando as últimas duas décadas tentando consertar pontes e mudar nossa imagem no exterior, levaria muito tempo para realmente mudar as coisas.

— É por isso que este lugar está tão deserto agora? Falta de verbas e apoio? — eu perguntei em um tom de compaixão.

Dawn cutucou os vegetais com o garfo enquanto refletia sobre a resposta, com a testa franzida — Na verdade, não. Claro, mais verbas e apoio teriam ajudado, mas este lugar começou sua morte lenta depois que seu pai aprovou as novas leis que protegem os híbridos.

Eu recuei, surpreso com o comentário.

Ela me deu um sorriso resignado — Não me entenda mal, ele fez uma boa ação. No início, nós recebemos um fluxo massivo de híbridos fugindo de Braxia quando seus clãs foram obrigados a libertá-los. Homens e mulheres de todas as idades, em vários estágios de abuso e trauma, vieram em massa. Foi avassalador no começo. Eu estava no cargo havia apenas um ano. Mas também foi emocionante fazer a diferença para tantas pessoas.

Eu assenti lentamente — Sim. Depois daquele decreto, houve um êxodo em massa por alguns meses, mas depois terminou tão abruptamente quanto começou.

— Sim. Aqueles que queriam deixar Braxia o fizeram assim que os portões se abriram. Os outros decidiram se arriscar em um lugar que conheciam, em vez de encarar o desconhecido. Aparentemente, suas leis foram aplicadas porque o fluxo de recém-chegados diminuiu para um fio d'água e parou completamente há mais de dez anos. Todos os refugiados agora são adultos, seguindo em frente com suas vidas. Eu achei que este lugar ainda tivesse alguns anos pela frente, mas com os recrutadores Guldans, duvido que cheguemos ao fim do ano.

Embora Dawn tentasse parecer indiferente ao dizer essas palavras, eu não deixei de perceber a emoção presente em sua voz.

— O que você vai fazer quando todos eles partirem? — eu perguntei gentilmente.

Ela deu de ombros — Talvez eu vá para a Terra ou para alguma outra colônia humana. Há muitas colônias de refugiados subfinanciadas que precisam desesperadamente de um administrador — ela disse com autodepreciação.

— Você já pensou em voltar para Braxia?

Dawn recuou — De jeito nenhum! Sem querer ofender — ela acrescentou rapidamente ao ver a expressão ofendida no meu rosto — Tenho certeza de que seu pai e você estão fazendo um trabalho maravilhoso para tornar Braxia um lugar melhor, mas eu não pertenço a esse lugar. Os direitos das mulheres ainda têm um longo caminho a percorrer, ainda mais para uma híbrida.

— O que a torna a candidata perfeita para encarar uma empreitada tão gigantesca. Você viveu fora do planeta e sabe o que as mulheres precisam para ter sucesso por mérito próprio. Você poderia compartilhar sua experiência e nos ajudar a dar mais suporte aos híbridos que permaneceram em Braxia. Admito que não fizemos muito por eles. Nós nem sabemos por onde começar.

Isso a pegou de surpresa. Na verdade, minhas próprias palavras até me surpreenderam. Eu não tinha planejado fazer tal oferta. Mas agora que eu a havia declarado, me pareceu brilhante. Nós poderíamos, de fato, usar seu talento e conhecimento.

— Você apresenta alguns argumentos convincentes, mas…

— É seu pai? — eu perguntei baixinho quando sua voz sumiu.

Ela se remexeu, inquieta, na cadeira antes de tomar um gole de vinho — Eu sei o papel que minha família desempenhou para levar seu pai a estabelecer aquelas leis de proteção aos híbridos.

Eu franzi a testa ao ver a vergonha transparecer em sua expressão — Você não tem do que se envergonhar. Você e o clã do seu pai não são responsáveis pelas ações do seu irmão. Gerwin tentou assassinar Anton em sua própria casa e, em seguida, agravou esse crime flagrante sequestrando, estuprando e mutilando sua esposa. Ele pagou o preço máximo por seu crime. Ele foi punido por suas más escolhas. Esse fardo não cabe a mais ninguém.

— É verdade, mas onde ele aprendeu tanto ódio? Quem lhe ensinou que era aceitável exercer tanta violência sobre os outros simplesmente porque nasceram diferentes? — Dawn sibilou.

— Não foi com seu pai — eu disse, com naturalidade.

Ela se enrijeceu, atordoada com a minha resposta. Com os olhos alternando entre os meus, ela parecia querer avaliar a veracidade das minhas palavras.

— Raylor Caldes tem muitos defeitos. Por muito tempo, ele esteve no topo da lista de pessoas de quem eu não gostava. Apesar disso, ele nunca foi um intolerante — eu disse calmamente — Nós discordávamos principalmente por causa de suas ideias conservadoras, mas ele realmente quer um futuro melhor para Braxia. Ele evoluiu muito desde que executamos seu primogênito. Mas Gerwin sempre foi um indivíduo horrível. Algumas pessoas simplesmente nascem com uma tendência cruel, apesar dos esforços dos pais. Ele também andava com as pessoas erradas, o que reforçava seus comportamentos tóxicos.

— Entendo — disse Dawn, parecendo pouco convencida.

Eu dei uma risadinha — Você não precisa tomar uma decisão agora, mas deveria pensar bem. Você poderia fazer o melhor pelo seu planeta natal. Raylor também deveria ter a chance de saber que tem uma filha, em vez de apenas filhos.

— E eu me tornarei propriedade dele no minuto em que eu colocar os pés em Braxia — ela respondeu em tom áspero.

Eu bufei — Já se passaram dezenove anos desde a execução de Gerwin e que as novas leis foram instituídas. Isso mudou. Mulheres não são mais propriedade. Quando adulta, você pode tomar todas as decisões por si mesma, inclusive mandar seu pai se foder, se assim desejar.

Dawn riu, seus olhos verdes brilhando de alegria — Tenho certeza de que isso cairia bem.

Eu sorri — Sério, pense nisso. Raylor agora faz parte do Conselho do meu pai. Eu vou mantê-lo no meu quando ascender. Seu clã não é o mais rico, mas tem uma situação financeira muito confortável e é muito influente. Se você assumir essa tarefa, não tenho dúvidas de que eles investirão quaisquer recursos adicionais que você possa precisar,

pois seu sucesso aumentará o status deles. E os Braxianos se preo-
cupam com status, reputação e honra.

— Você me deu muito em que pensar — ela disse pensativamente.

— Para infinitas possibilidades e novas oportunidades — eu disse,
erguendo meu copo.

Ela levantou o dela e então bebemos.

CAPÍTULO 7
DAWN

K eran inspecionou o quarto de hóspedes que eu havia designado a ele. Embora fosse o nosso melhor quarto – depois do meu – as acomodações jamais seriam consideradas luxuosas. O design da grande cama de madeira revelava que se tratava de móveis antigos reformados, como os do meu escritório. No entanto, o trabalho havia sido bem-feito. A roupa de cama e os travesseiros brancos estavam limpos, com o cheiro fresco da limpeza que fiz naquela manhã. Embora não fossem luxuosos, pareciam convidativos e confortáveis. Ao contrário das suítes presidenciais às quais o Príncipe sem dúvida estava acostumado, este quarto não possuía sala de estar nem mesa de café da manhã. Apenas uma ampla escrivaninha com uma tela de vídeo de tamanho médio ocupava o canto esquerdo do quarto, perto da janela.

— Este é um dos quartos maiores, com banheiro privativo — eu disse timidamente.

O sorriso indulgente que Keran me deu em resposta me fez querer me contorcer. Eu realmente precisava parar de agir como se estivesse me desculpando pela forma como o estava recebendo. Se ele quisesse sofisticação, poderia ter ido para o hotel VIP da cidade. Era simplesmente horrível ter tão pouco a oferecer a alguém que provavelmente estava acostumado a ser recebido com grande pompa e alarde.

— Isso é perfeito — Keran disse — Obrigado.

Ele colocou a mala que seus guardas trouxeram enquanto ele e eu discutíamos em meu escritório sobre a mesa.

— Há toalhas e sabonete na sala de higiene — eu acrescentei, me sentindo irracionalmente nervosa enquanto ele apenas assentia, seus olhos tempestuosos fixos em mim com a intensidade de sempre — Há mais alguma coisa que você precise ou que eu possa fazer por você?

Keran ergueu a sobrancelha esquerda, surpreso, e eu fiquei perplexa por um segundo. Meus olhos quase saltaram das órbitas enquanto eu repassava mentalmente as palavras que havia acabado de dizer.

— Não, quero dizer... eu não...

Na minha mortificação, eu tropecei em toda a minha língua.

Keran riu baixinho — Tudo bem. Por enquanto, estou bem. Boa noite, Dawn.

Eu murmurei algo ininteligível antes de sair correndo do quarto dele. Que se dane! Será que eu poderia não dar em cima dele pelo menos uma vez? Eu não tinha a intenção de fazer isso. Apesar da minha cara de boba esquentar, ele entendeu. Ainda assim, doeu que ele não parecesse nem um pouco interessado ou sequer flertasse. Ele só me expulsou educadamente.

É verdade que eu estava mais do que ansiosa para sair correndo dali. Mas meu ego ferido desejava uma reação diferente da parte dele. A maneira como ele descreveu todos os motivos pelos quais achava que eu, simplesmente, era de fato atraente provavelmente me assombraria pelo resto dos meus dias. Nenhum homem jamais me descreveu daquele jeito.

Eu corri para o meu quarto no final do corredor. Assim que a porta se fechou atrás de mim, a sensação de estar exposta e vulnerável finalmente desapareceu. Irritada comigo mesma, eu arranquei meu vestido preto e o joguei na cama. Ela era tão grande quanto a do quarto de Keran, mas eu tinha o dobro do espaço total. Enquanto os quartos de hóspedes tinham lençóis brancos e decoração minimalista que combinaria com a maioria dos visitantes e espécies, meu quarto tinha uma explosão de cores.

Eu tinha uma queda por tons de azul escuro e vermelho profundo, que podiam ser encontrados em vários graus em praticamente tudo, desde cobertores até cortinas e pinturas na parede.

Sentindo-me emocionalmente esgotada por aquele dia longo e louco, eu tirei as sandálias enquanto tirava o sutiã. Depois de jogá-lo na cama, eu fui para a sala de higiene. Um banho quente e fumegante me ajudaria a relaxar.

No entanto, no minuto em que eu entrei no quarto, meu reflexo no espelho de parede inteira chamou minha atenção. Eu fui até ele e me examinei criticamente. Apesar das afirmações de Keran – e mesmo que ele parecesse sincero ao pronunciá-las – meu rosto jamais seria considerado atraente. Eu não era feia, mas definitivamente não era bonita. Minha testa era grande demais, e a ponta do meu nariz, larga demais. Eu amava meus olhos e meus cílios longos e extravagantes. Eles eram realmente femininos. Pela minha boca, eu tinha sentimentos mistos. Eu tinha o tipo de lábios carnudos e perfeitamente modelados que muitas mulheres pagavam preços exorbitantes para adquirir por meio de cirurgias caras. Mas eu os achava largos demais.

"A boca perfeita para envolver o pau grosso de um homem."

Eu estremeci enquanto as palavras de Sam ressoavam na minha mente. Aquele babaca tinha sido meu primeiro namorado – se é que eu podia chamá-lo assim. Durante aquele relacionamento nada maravilhoso, eu descobri que a maioria dos homens que demonstravam interesse por mim só queria "foder aquela boca grande" e "transar com aquela aberração gigante".

Eu afastei esses pensamentos sombrios enquanto meu olhar percorria meu corpo. Meus ombros eram realmente largos demais em comparação com os de uma mulher comum. Mas Keran estava certo ao dizer que sua curva suave possuía uma qualidade inegavelmente feminina. Embora musculosos, meus braços não eram volumosos como os de uma fisiculturista. Apenas magros e bem definidos como os de uma atleta profissional.

Olhando fixamente para os meus seios, eu coloquei a mão sobre o direito, acariciando delicadamente o mamilo rosa-acastanhado. Embora um bom sutiã pudesse enganar as pessoas, fazendo-as pensar que uma mulher tinha seios mais bonitos do que realmente tinha, os meus eram, na verdade, um grande motivo de orgulho. Como Keran havia dito, eles eram generosos, mas firmes e empinados.

Como seria ter suas mãos grandes e calejadas os acariciando?

Ao examinar minha cintura e quadris estreitos, mais uma vez eu tive que concordar com o príncipe Braxiano: eu tinha um corpo bonito. Eu sempre me foquei tanto no meu rosto simples e ombros largos que nunca reconheci minhas outras qualidades. Eu tinha um corpo perfeito, em formato de ampulheta, e pernas longas e sensuais que exigiam ser exibidas com minissaias até o meio da virilha.

Sim, minhas pernas são feitas para envolver a cintura de um homem.

Eu gemi por dentro quando o rosto de Keran imediatamente me veio à mente ao pensar nisso. Como todos os Braxianos, ele jamais venceria um concurso de beleza. E, no entanto, só de pensar nele, eu já sentia uma pontada nos lugares certos. Seu corpo era insano. Seguindo a moda Braxiana, ele usava uma camisa estilo segunda pele que se ajustava perfeitamente a cada curva de seus músculos salientes. Mais de uma vez durante nosso encontro, meus dedos coçaram com a vontade de tocá-los.

Keran exalava uma aura sexual potente. Não havia dúvida em minha mente de que, com ele, o sexo seria selvagem, cru e sujo. Imediatamente eu senti a umidade se acumular entre minhas coxas enquanto minhas paredes internas pulsavam. Foda-se! Eu era celibatária há tempo demais para sentir tanto tesão por um estranho cujo pau provavelmente me partiria ao meio.

Se ele tomasse a iniciativa, eu aceitaria?

Apesar do sonoro "Sim!" que ressoava na minha mente, eu provavelmente hesitaria e talvez até deixasse passar, caso a oportunidade surgisse. Se ele fosse um cara qualquer, eu provavelmente teria aceitado, talvez até dado o primeiro passo. Mas ele, por ser da realeza, me desanimou um pouco. Eu estava realmente atraída por ele ou por seu status e poder? Ele estava realmente atraído por mim ou simplesmente se sentia no direito de transar com qualquer mulher que cruzasse seu caminho só porque era um príncipe?

Nenhuma de suas ações até então me deu motivo para presumir tão pouco dele. Eu estava pensando demais em tudo, como sempre. Mas, por outro lado, pelo que eu sabia, ele tinha um harém completo esperando por ele em Braxia.

Eu não senti cheiro de mulher alguma nele.

Ou será que eu senti? Havia um vestígio de um perfume. Eu não tinha certeza se pertencia a uma mulher. Mas se fosse mesmo de uma amante, ou eles não se deitavam juntos há semanas, ou não passava de uma aventura passageira, ou de uma noite só alguns dias antes.

Por que diabos eu estou especulando sobre sua vida sexual e relacionamentos?

Mais uma vez irritada comigo mesma, eu tirei a calcinha e fui para o chuveiro.

Mas, caramba, nenhum homem jamais me afetou como ele. Em vez de fantasiar com aquele corpo delicioso dele, eu deveria me concentrar em proteger meus garotos. Com sorte, seus guardas descobririam novas pistas no Cabaret.

— MERDA! — eu exclamei enquanto esfregava o sabão nas pernas.

Eu tinha me esquecido dos guardas dele. O sistema de segurança já devia ter ativado automaticamente. Assim que eles entrarem na propriedade, os droides de defesa localizarão a posição deles em segundos. Se eles não derem a senha, os droides atacarão, além de alertar as autoridades locais, solicitando reforço imediato.

Eu me enxaguei e me sequei rapidamente. Por uma fração de segundo, eu pensei em me vestir completamente, mas optei por simplesmente vestir um robe e correr para o quarto de Keran. No momento em que eu estava levantando a mão para bater, a voz de Keran ressoou através da porta.

— Entre, Dawn. Está destrancada.

Com o coração disparado, eu obedeci. Assim que a porta se abriu, eu quase engoli a língua. Completamente nu, exceto pela toalha na cintura, Keran estava em pé ao lado da mesa, com o laptop aberto sobre ela. Seu cabelo levemente úmido confirmava que ele também tinha acabado de sair do chuveiro.

Ele não disse uma palavra, contentando-se em me olhar com uma expressão expectante, porém suave. Naquele instante, eu percebi que ele provavelmente estava pensando que eu tinha vindo para fazer uma visita sexy, e estava esperando que eu dissesse isso ou saísse correndo se eu recuasse de repente.

— Sinto muito por incomodá-lo novamente — eu disse timidamente — Acabei de perceber que seus guardas não retornaram e...

— Eles conhecem o seu sistema de segurança — Keran disse com uma voz gentil, me interrompendo — Ele não é muito avançado. Eles não terão problemas em burlá-lo. De manhã, eu pretendia me oferecer para atualizá-lo para você.

— Nossa! Certo, então acho que está tudo bem — eu disse, me sentindo extremamente constrangida.

— Está tudo bem — ele repetiu, seu olhar intenso mais uma vez mexendo com minha cabeça.

— Certo. Bom, então vou deixá-lo com seus afazeres.

— Você não precisa — ele disse suavemente quando eu estava me virando para sair.

Minha cabeça se virou bruscamente em sua direção e meus lábios se abriram em choque. Keran deu alguns passos em minha direção, permanecendo a uma distância inofensiva. Minha garganta ficou seca e meu pulso acelerou.

— Você pode ficar se quiser — ele disse, com uma intenção muito clara.

Meus olhos se voltaram para a cama dele enquanto uma onda de tesão explodia na boca do meu estômago. Eu lambi os lábios nervosamente antes de olhar para ele. Uma parte de mim queria apenas tirar o robe para sinalizar meu consentimento. Mas a outra gritava para eu dar o fora o mais rápido possível.

Keran inclinou a cabeça para o lado enquanto estudava meu rosto com certa confusão — Parece que você pensa demais ou complica demais as coisas, Dawn — ele disse gentilmente, ecoando meus pensamentos de antes — Eu sinto o cheiro da sua excitação. Você me quer como eu te quero. Nós somos adultos e solteiros. E, no entanto, você está se negando.

Então ele é realmente solteiro!

Mesmo que eu não tivesse a ilusão de um possível relacionamento sério com ele, eu jamais seria a amante de ninguém. Mesmo assim, minha língua estava dura como chumbo. Eu coloquei uma mecha de cabelo atrás da orelha enquanto gritava para o meu cérebro se recompor para que eu pudesse reagir de uma forma ou de outra.

Keran, diminuindo a distância entre nós, com uma expressão séria no rosto, tirou essa opção de mim. Meu pulso acelerou ainda mais quando ele segurou meu rosto com suas duas mãos enormes. A maneira incrivelmente gentil com que ele me tocou fez minha pele formigar e meus mamilos endurecerem.

Meu coração disparou e meus lábios se abriram em antecipação quando ele se inclinou para frente. Instintivamente, eu coloquei as palmas das mãos em seu peito largo, sua pele incrivelmente macia sobre os músculos firmes.

— Eu não quero uma mulher hesitante — Keran sussurrou, com a boca a um fio de cabelo da minha — No dia em que você vier para a minha cama, ou você virá com tudo, ou não virá.

Só quando ele se endireitou, sem sequer me beijar, é que meu cérebro finalmente registrou o que ele havia acabado de dizer. Para minha consternação, Keran passou o polegar pelos meus lábios, abaixou as mãos e deu alguns passos para longe de mim.

— Boa noite, Dawn. Te vejo amanhã.

Sem esperar pela minha resposta, ele voltou para o seu laptop. Ainda em pé em frente à mesa, ele folheou as mensagens que havia recebido. Sentindo-me completamente dispensada – o que realmente me aconteceu desta vez – eu saí do seu quarto atordoada.

Irritada comigo mesma, eu voltei para o meu quarto, lutando contra a vontade de voltar para o dele e convencê-lo a me destruir completamente. Eu duvidava que ele acreditasse que todas as minhas hesitações haviam desaparecido. A perspectiva de voltar correndo para ele só para ser expulsa era mais do que minha autoestima conseguia suportar.

Abatida, eu me arrastei para a cama e passei a eternidade seguinte me revirando, enquanto minhas partes femininas me xingavam de todos os nomes por nos privar de uma atenção desesperadamente necessária. Eu era celibatária há tanto tempo que Keran provavelmente precisaria de uma britadeira para romper as teias de aranha fossilizadas que eu tinha lá embaixo.

Grunhindo de irritação, eu tentei me libertar com a minha própria mão, com o rosto de Keran flutuando na minha mente enquanto eu esfregava meu clitóris. Mas eu não consegui alcançar nenhuma satisfação verdadeira. Acabei desistindo, frustrada, e corri atrás de um sono sempre evasivo.

CAPÍTULO 8
DAWN

Ruídos distantes e estridentes me perturbavam a consciência. Meus esforços para ignorá-los falharam, me puxando para fora do casulo quente que me envolvia. Eu levei um momento para perceber que alguns sons externos de batalha haviam perfurado meu sono.

Em pânico, eu apontei a cabeça em direção às grandes portas de vidro do meu pátio privativo e pulei da cama. Nenhum outro som emanava do abrigo. O sistema de alarme não havia disparado, e o discreto painel de controle na parede ao lado da porta não mostrava sinais de intruso ou qualquer outro problema.

Pressionando-me contra o batente da porta, eu levantei cuidadosamente as persianas para espiar lá fora. Meu queixo caiu ao ver Keran, Tagar e Nowik travando uma batalha feroz no cercado vazio. Eu girei o interruptor para abrir totalmente as persianas e ter uma visão melhor do espetáculo incrível. Vestindo apenas o short preto mais apertado que eu já tinha visto e descalços, os três homens pareciam estar tentando se matar. Ou melhor, os dois guardas haviam unido forças contra seu Príncipe.

Em outras circunstâncias, eu teria pegado minha arma e atirado nos guardas. Mas eu sabia, visceralmente, que aquela era a versão selvagem deles de treino. Embora tivesse uma arma presa ao cinto,

Keran usava apenas uma espada longa e se protegia com um escudo de energia implantado em sua braçadeira.

Afastando-me da janela, eu peguei meu robe, o vesti e fui para a sacada para ter uma visão melhor. No entanto, assim que eu saí, o som de um ônibus espacial se aproximando chamou minha atenção. Confusa, eu olhei para o meu despertador. Como suspeitava, eram apenas alguns minutos depois das 7h30. Embora todos soubessem que eu era madrugadora, eu não esperava nenhuma visita hoje. Olhando para fora, eu apertei os olhos, tentando adivinhar quem poderia estar chegando tão cedo.

A princípio, o brilho do sol da manhã no casco impossibilitou a visão. Assim que a nave começou a descer, eu reconheci que era de Jaek.

Que porra ele está fazendo aqui?

Eu corri para dentro da sala de higiene para lavar o rosto e me livrar do sono, escovar os dentes e me vestir rapidamente. Eu corri para fora e encontrei Jaek já pousado. Ele caminhava lentamente em direção ao paddock, com o olho bom grudado na ação ao vivo diante dele. Eu corri para perto dele.

Enquanto eu mal suportava Vintor, eu sempre apreciei a companhia de Jaek. Ao contrário da maioria dos homens híbridos, ele tendia a ser quieto e introspectivo. O terrível trauma e os abusos selvagens que ele sofreu nas mãos de crianças puros-sangues durante a juventude sem dúvida desempenharam um papel importante na formação de seu comportamento, que as pessoas frequentemente confundiam com uma personalidade fria e distante.

Jaek era um ursinho de pelúcia. Mais de uma vez, eu pensei em namorar com ele. Ao longo dos anos, ele não escondeu sua afeição por mim. Com o fechamento iminente do abrigo, a ideia de me separar dele se eu fosse embora para procurar trabalho em outro lugar me atormentava. Eu não estava apaixonada por ele. E, no entanto, eu realmente acreditava que poderíamos nos apaixonar perdidamente um pelo outro se eu permitisse.

Embora alto, ele não era tão corpulento e musculoso quanto os outros, mas ainda assim imponente em comparação com os humanos.

Ele mantinha o cabelo mais longo do que a maioria dos Braxianos. Uma parte de mim suspeitava que era para esconder algumas das marcas de queimadura que marcavam sua pele. Quando criança, valentões de seu clã o espancaram até quase matá-lo antes de atirar brasas em seu rosto. Ele o virou bem a tempo, de modo que apenas o lado direito foi atingido. Ele perdeu um olho, parte da orelha e sofreu queimaduras extensas da têmpora até a nuca, logo acima das escápulas. Devido aos maus-tratos, ele também mancava permanentemente.

Ele havia sido deixado para morrer por seus algozes. Uma das servas o encontrou e teve pena. Com a ajuda de outros escravos – que conheciam e gostavam de sua mãe – ela o manteve escondido, curando-o da melhor maneira possível. Um mercador o havia contrabandeado para fora do planeta. Nunca lhe foi dito o quanto isso custou aos escravos e servos que o salvaram.

Embora suas cicatrizes não me incomodassem nem me causassem repulsa, eu sempre ficava à sua esquerda. Jaek não demonstrava constrangimento por sua desfiguração, mas era cego à direita. Ficar do seu lado bom era pura cortesia.

— Realmente impressionantes, não são? — Jaek disse como único cumprimento. Ele tinha uma voz incrível, profunda e suave.

Eu assenti, observando os três homens com admiração — Homens deste tamanho não deveriam ser capazes de se mover tão rápido.

E eles realmente eram, especialmente Keran. Pela forma como seus dois guardas o atacavam, eu esperava que Keran já tivesse sofrido ferimentos graves. É verdade que eles usavam equipamentos de treinamento. A espada luminosa permanecia rígida ao atingir objetos inertes, mas se transformava em luz assim que entrava em contato com a carne. No entanto, o alvo recebia uma ferroada muito forte, semelhante a uma descarga elétrica de alta voltagem.

Keran estava fazendo um trabalho incrível de bloquear os ataques com o escudo ou a espada. Quando os guardas investiam contra ele simultaneamente, ele bloqueava um com o escudo enquanto forçava o outro a recuar com a espada. Vê-lo se esquivar de um golpe violento de Tagar curvando as costas tão baixo que parecia um invertebrado me deixou sem fôlego.

— Ainda bem que eles estão aqui para nos ajudar — eu acrescentei pensativa.

— Concordo.

A maneira estranha como ele pronunciou essa única palavra chamou minha atenção. Eu franzi a testa e o encarei com um olhar interrogativo. Para minha surpresa, ele me olhou lentamente, como se estivesse procurando por algo.

— O que foi, Jaek? A que devo esta visita inesperada? — eu perguntei, curiosa.

— Você está bem?

Eu recuei um pouco, surpresa com a preocupação genuína em seus olhos — Claro. Por que não estaria?

Minhas costas se enrijeceram quando seus olhos se voltaram para Keran e seus homens antes de retornarem a mim — Quando eu acordei esta manhã, todos na cidade estavam falando sobre uma invasão de puros-sangues.

— Invasão?! — eu exclamei, incrédula.

— Aparentemente, um bando deles foi visto perambulando pela cidade, interrogando todo mundo — Jaek disse, franzindo a testa — O Dr. Benja estava um desastre quando o vi esta manhã.

— Dr. Benja? — eu perguntei, mais confusa do que nunca.

— Ele é o novo médico que se juntou à equipe médica forense — Jaek explicou — Eu tinha alguns relatórios de análises bioquímicas para ele naquele caso de negligência médica de que todo mundo está falando. Aparentemente, os homens do Jakar levaram os restos mortais dos nossos amigos de uma forma nada cortês.

Eu mudei de posição, imaginando o quão implacáveis os homens de Keran tinham sido, não que eu os culpasse — Precisamos de respostas, Jaek — eu disse em um tom de desculpas — Nós temos sido bloqueados a cada passo. Em dois dias, provavelmente vamos perder mais alguém. Os relatórios forenses que recebemos das autoridades locais foram, na melhor das hipóteses, uma piada. Nós precisamos de respostas agora!

— Eu não discordo. Mas, ao ouvir como eles foram rudes, eu tive que vir aqui.

Desta vez, eu me virei para encará-lo, completamente perplexa — Por quê?

Ele estudou minhas feições por um instante, como se se perguntasse se eu realmente não sabia o porquê, ou se tentasse decidir como responder — Eu preciso de um motivo para vir te ver, Dawn? Para ter certeza de que você está segura?

— Por que eu não estaria segura? — eu perguntei.

Uma expressão estranha passou por seu rosto, então ele pareceu tomar uma decisão — Porque você é uma linda mulher sozinha aqui com três puros-sangues. Eles sabem o seu segredo, Dawn. Basta uma cheirada deles.

Suas palavras me atingiram como um soco no estômago. Eu senti o sangue fugir do rosto. Com as engrenagens girando, eu lutava com emoções conflitantes. Por um momento, eu pensei em me fazer de boba e fingir que não entendia o que ele queria dizer. Mas Jaek era inteligente demais para que eu insultasse sua inteligência dessa forma. De qualquer forma, fugir dessa realidade não a faria desaparecer.

— Você sabe — eu sussurrei, me sentindo fraca e em choque.

— Claro — ele disse como se fosse óbvio — Eu cresci em Braxia. Conheci muitos membros da sua linhagem. Todo híbrido aprendia desde cedo a evitar Gerwin Caldes.

Minhas entranhas se retorceram ao pensar que meu meio-irmão mais velho pudesse ter abusado de Jaek. Eu estava em negação para não reconhecer essa alta probabilidade. Se Gerwin se sentiu no direito de atacar Anton Aldriss, um dos homens mais ricos e influentes do Quadrante Oriental, simplesmente por ser um híbrido, nada o teria impedido de maltratar pessoas indefesas como Jaek.

— Sinto muito — eu disse, sentindo a culpa me corroer.

Jaek fez um gesto de desdém — Você não é responsável pela crueldade dele. De qualquer forma, ele pagou por todos os seus erros. Mas eu sei como os puros-sangues tratam as mulheres híbridas. As coisas que eu vi...

— Não! Não, Jaek — eu disse, chocada ao finalmente entender. Eu coloquei a mão em seu antebraço para tranquilizá-lo e o apertei de leve — A família de Keran proibiu essas práticas horríveis. Ele quer nos fortalecer e nos proteger ainda mais. Ele e seus guardas têm sido gentis comigo.

Meu coração se encheu de carinho por ele quando seus ombros relaxaram visivelmente. Depois de todo o trauma sofrido, Jaek passou anos em terapia para tratar seu grave TEPT. A simples imagem de um puro-sangue provocava ataques de pânico tão intensos que eles tinham que sedá-lo. Embora tivesse conseguido superar esse trauma ao longo dos anos, ele não esteve na presença de um puro-sangue desde sua fuga. E, no entanto, ao pensar que eu poderia estar em perigo, ele não hesitou em vir e enfrentar seu maior medo para garantir que eu estivesse segura.

Sim. Eu poderia me apaixonar por ele se eu me permitisse.

— Fico feliz em ouvir isso.

Eu pigarreei e cocei a nuca, nervosa — Então... Quantos de vocês sabem sobre mim?

Ele bufou — A essa altura, praticamente todo mundo.

Meu estômago embrulhou. Surpreendentemente, eu não entrei no pânico que esperava. Keran, ao ressaltar que não era segredo na noite passada, aparentemente me preparou mentalmente para o que eu começava a achar que meu subconsciente já sabia o tempo todo.

— Por que nenhum de vocês disse nada? — eu perguntei com curiosidade genuína.

— No início, porque você claramente não tinha consciência da sua verdadeira natureza — Jaek respondeu casualmente — Os poucos que sabiam achavam mais seguro você manter isso em segredo. Quando o Magnar aprovou o decreto proibindo a caça e o abuso de híbridos, você já havia tomado conta do abrigo. Revelar quem você era teria minado seus esforços com os Doze. Como humana, você tinha mais credibilidade aos olhos deles. E depois disso, perdeu toda a importância.

Eu balancei a cabeça lentamente, incrédula — Como eu fui tão cega?

Jaek riu baixinho. Suas feições ásperas de Braxiano, ainda mais ásperas pelas cicatrizes de queimadura, suavizaram-se enquanto ele me lançava um sorriso triste — Às vezes, você consegue ser ainda mais cega do que eu, Dawn — ele disse, provocante, tocando a cicatriz que fechava completamente seu olho direito.

Eu entendi o que ele quis dizer. Uma parte de mim queria dizer a ele que eu estava ciente dos seus sentimentos. Mas o que isso resolveria, além de magoá-lo?

Keran e seus homens terminaram o treino e me pouparam de responder. Embora Jaek estivesse tenso, ele não parecia à beira do pânico.

— Ótimo, eles terminaram — ele disse, com as costas rígidas — Eu também vim aqui para compartilhar algumas informações que você e seu Príncipe vão querer ouvir.

Ele se referir a Keran como meu Príncipe me causou sensações estranhas. Não havia um significado oculto em suas palavras, e ainda assim elas me afetaram de uma forma que eu não conseguia descrever.

Não conseguia ou não queria descrever?

A onda de possessividade que elas haviam despertado era definitivamente algo que eu não queria reconhecer. O Príncipe me atraía de uma forma que desafiava a lógica, especialmente considerando que eu mal o conhecia. Mesmo que tivéssemos um entendimento, não haveria futuro entre nós – ele nunca seria realmente o *meu* Príncipe.

— Agora, você me deixou curiosa — eu disse com toda sinceridade, feliz que minha voz saiu firme e livre de qualquer indício da minha turbulência interior.

Keran e seus homens se aproximaram de nós, seus corpos divinos brilhando de suor. Como sempre, eu me senti frágil diante deles. Até Jaek, que era mais alto e corpulento do que eu, parecia um adolescente em comparação.

— Isso foi impressionante — eu disse a Keran quando ele parou perto de nós.

— Obrigado, Dawn — ele disse com um sorriso educado antes de seus olhos tempestuosos se voltarem para Jaek. A forma como suas narinas se dilataram indicava que ele provavelmente estava avaliando a linhagem de Jaek.

— Keran, este é meu amigo Jaek. Ele veio para cá há vinte e oito anos. Desde então, ele se formou com honras como bioquímico e trabalha nos principais hospitais e departamentos de pesquisa de Haven. Jaek, este é o Jakar Keran Xeldar e seus guarda-costas, Tagar e Nowik — eu disse, gesticulando para cada homem.

— Bioquímico? *Isso* sim é impressionante — Keran disse com genuína admiração — É um prazer vê-lo se saindo tão bem.

— Obrigado por vir nos ajudar, Jakar — Jaek respondeu educadamente.

Embora permanecesse um pouco tenso, ele parecia no controle de suas emoções. Mais uma vez, uma onda de admiração e respeito me invadiu pela forma como Jaek estava lidando com o que devia ser uma experiência traumática para ele.

— Por favor, me chame de Keran. E não precisa me agradecer. É meu dever e minha honra ajudar. É uma vergonha para mim que tenhamos feito tão pouco – e muitas vezes tarde demais – por muitos de vocês — Keran disse em um tom suave.

Eu fiquei arrasada quando Jaek não respondeu. Seu silêncio revelava claramente que ele realmente sentia que a classe dominante Braxiana havia feito muito pouco, fechando os olhos por tempo demais.

— Jaek disse que tem informações que todos nós queremos ouvir — eu disse antes que o silêncio desconfortável pudesse se instalar.

Keran levantou uma sobrancelha inquisitiva para Jaek.

— Sim, você vai querer ouvir o que eu tenho a dizer sobre os forasteiros que se aproximam de nós — Jaek disse com um aceno firme.

— Com certeza — Keran disse com um olhar intenso — Deixe-me tomar um banho rápido e me arrumar melhor. Depois, podemos conversar sobre o que você quer compartilhar.

— Não é necessário — Jaek disse com um gesto de desdém — Eu não me importo, e preciso ir embora logo, de qualquer forma. Não vai demorar muito.

— Muito bem — Keran disse, parecendo tão intrigado quanto eu.

— Todo mundo sabe que Jardan Korey veio aqui para nos recrutar. Mas há um segundo grupo que está sendo extremamente reservado sobre fazer o mesmo — Jaek disse, com a voz tensa.

Eu recuei — Um segundo grupo? Quem são eles? Guldans também?

Jaek me lançou um olhar de desculpas — Eu não sei quem são. Eles entraram em contato comigo por mensagens não rastreáveis. Alegaram estar formando um clã híbrido em Braxia. Aparentemente, eles já garantiram terras extensas e valiosas em Braxia, e a construção do complexo está em andamento.

— Eles disseram onde essas terras estão localizadas? — Keran perguntou, franzindo a testa.

Jaek balançou a cabeça — Não. A mensagem era bastante vaga. Mas implicava claramente a ascensão iminente dos híbridos e o início de uma nova era. Ela terminava dizendo que, se quisermos saber mais, precisamos comparecer à reunião de orientação que eles realizarão na próxima semana. Por motivos de segurança, eles só comunicarão o local no dia do evento.

— Isso não parece nada suspeito — eu disse, com a voz cheia de sarcasmo — Eu não recebi a mensagem. Mas eles não teriam motivo para pensar que deveriam enviá-la para mim também.

Keran enrijeceu, seu olhar penetrante no meu. Eu sorri, de modo tranquilizador.

— Eu acabei de descobrir que o Jaek – e praticamente todo mundo – sabe da minha ascendência há muito tempo — eu disse com autodepreciação. Eu estreitei os olhos quando ele simplesmente assentiu com uma expressão neutra — Você não está surpreso.

Ele deu de ombros — Eu suspeitava disso. Jaek e muitos outros saíram de Braxia bem velhos. Muitos deles teriam encontrado membros da sua família.

— Certo.

— Não foi por isso que eles não entraram em contato com você — Jaek interrompeu — Eles não entraram em contato com nenhuma das nossas mulheres, apenas com nós, os homens. Ou melhor, apenas com aqueles de nós que se encontraram com Jardan Korey.

— Então está ligado aos Guldans! — eu exclamei.

Jaek balançou a cabeça — Não diretamente. Eu estou convencido de que Jardan não tem nada a ver com isso. Eu acho que é um dos clientes para quem ele está nos recrutando.

— Você acha que ele está sendo enganando? — Keran perguntou.

Jaek deu de ombros — Possivelmente. Muitos dos que ainda estão em treinamento com Jardan estão ansiosos para assumir uma das posições de segurança oferecidas. O interesse em retornar a Braxia é pequeno. A maioria de nós não guarda boas lembranças do tempo que passamos lá.

— Então ele está tentando convencê-los antes que assinem contratos — Keran refletiu em voz alta.

— É o que eu acho — Jaek concordou.

— Nós precisamos descobrir quem ele é e o que ele está fazendo — Keran disse severamente.

— Combinado. Eu o manterei informado assim que tiver uma resposta dele e o local da reunião — Jaek disse.

— Muito obrigada — eu disse calorosamente — Esta pode ser a pista que precisávamos.

— Sempre que quiser, Dawn — Jaek disse suavemente — Preciso ir agora. É bom te ver tão bem.

— E você, Jaek.

Ele retribuiu meu sorriso antes de acenar educadamente para Keran e seus guardas. Em seguida, virando-se, ele correu de volta para sua nave particular. Durante todo o tempo, Keran encarou suas costas que se afastavam até entrar na nave. Assim que ela decolou, o Príncipe voltou seus olhos cinza-escuros para mim, cuja intensidade me fez sentir nua e exposta.

CAPÍTULO 9
KERAN

Um milhão de pensamentos giravam em minha mente enquanto eu observava a nave de Jaek partir. Admiração, inveja e culpa guerreavam com igual intensidade dentro de mim. Era significativo que essas emoções prevalecessem em vez das preocupações com a revelação dele sobre o segundo grupo de caçadores de talentos.

Eu lancei um olhar furtivo para Dawn. O jeito melancólico com que ela olhava para o corpo de Jaek desaparecendo ao longe me cortou. Como eu mal conhecia aquela mulher, a possessividade raivosa que ela despertava em mim desafiava a lógica. E, no entanto, a ideia de outro homem tocá-la fazia meu sangue ferver.

— Não achei que ele tivesse sobrevivido — pensei em voz alta.

— Você o conhecia? — Dawn perguntou, parecendo surpresa.

Eu balancei a cabeça — Eu sabia da existência dele. Mas eu o tinha visto de longe em algumas ocasiões, durante visitas oficiais ao seu clã. O que seus companheiros de clã – incluindo seu próprio irmão – fizeram com ele foi mais do que horrível. Eles se gabaram tanto que a notícia se espalhou. Por um curto período, as coisas saíram do controle, com outros jovens tentando superá-los. Meu pai teve que intervir. Mas mesmo assim, havia um limite para o que ele podia fazer. Nosso povo não estava pronto para aceitar mudanças mais radicais.

Eu também não mencionei que o pai de Jaek foi Torvin Sedrak, um dos quinze homens que meu pai executou por participar do estupro coletivo de seu primeiro amor, Lissy.

— Até meu próprio irmão fazer merda — Dawn disse com uma ponta de amargura.

— Seu irmão nos deu o poder de fazer mudanças atacando alguém que Braxia não podia se dar ao luxo de alienar — eu disse gentilmente — Braxia estava à beira da falência. Muitos clãs dependiam dos negócios que faziam com as estações espaciais de Anton para arriscar que ele rompesse todos os laços. Infelizmente, a maioria das grandes mudanças sociais são motivadas pelo dinheiro, não pelo que é certo e errado.

Eu olhei para trás, na direção que Jaek havia tomado. Sua nave já havia desaparecido no horizonte.

— Então é incrível ver que ele sobreviveu a essa provação para se tornar um bioquímico, nada menos.

Dawn sorriu, o orgulho e o afeto em seus olhos esmeralda me cortaram profundamente.

— Jaek é incrível. Ele quase não sobreviveu. Mesmo com os escravos cuidando dele depois de encontrá-lo caído em uma poça de seu próprio sangue, ele chegou aqui meio morto. Por muito tempo, foi por um triz. Eu estava a poucos meses de completar dezessete anos quando o trouxeram. Ver a extensão dos ferimentos dele naquele dia me convenceu de que eu precisava fazer tudo ao meu alcance para proteger outros como ele. Naquele dia, eu decidi que assumiria este abrigo quando atingisse a maioridade.

Eu sorri e mal consegui me conter de acariciar seus cabelos — Você tem um coração terno. Mas estou surpreso com o quão ásperas as cicatrizes dele ainda permanecem. A tecnologia moderna poderia ter curado a maioria delas, ou pelo menos reduzido significativamente sua aparência.

Dawn emitiu um som de desgosto — Aqui é Haven. A menos que você tenha um cliente rico disposto a se esforçar mais, você só recebe o básico aqui. De acordo com os Doze, seu orçamento limitado não lhes permite gastar em cirurgias estéticas sofisticadas para um único indivíduo, quando a mesma quantia poderia ser usada para alimentar um grupo inteiro de refugiados por um ano.

Eu reprimi minha raiva crescente. Sim, planetas santuários dependiam das doações e da generosidade do público, do Conselho Galáctico e de organizações beneficentes de seus setores. Infelizmente, eles raramente reuniam recursos para compartilhá-los igualmente entre todos os refugiados. As campanhas de arrecadação de fundos frequentemente visavam um subgrupo específico, e toda a renda era usada para suas necessidades específicas, em vez de beneficiar a população em geral.

Ninguém jamais organizou uma campanha para híbridos Braxianos. Mais uma vez, nós falhamos com eles.

— Mas Jaek se adaptou à situação — Dawn continuou, com o mesmo orgulho voltando à voz — Ele ficou incapacitado por muito tempo. Enquanto os outros meninos brincavam com brincadeiras violentas lá fora, ele se enterrava nos livros. Ele entrou para a área médica para tentar encontrar uma maneira de se curar, mas acabou se apaixonando pela bioquímica. De todos os nossos homens, ele é o único que se estabeleceu na cidade.

— Ele está apaixonado por você — eu disse, com naturalidade.

Um rubor adorável tingiu suas bochechas enquanto ela baixava os olhos recatadamente. Ela deu de ombros, tentando parecer indiferente.

— Todos os garotos tiveram uma quedinha por mim em algum momento — Dawn disse com desdém — Não era como se eles tivessem muitas opções femininas naquela época.

Os sentimentos de Jaek por ela eram muito mais profundos do que isso. Eu também acreditava que ela sabia disso. Por uma fração de segundo, eu pensei em denunciá-la, mas me calei. O relacionamento deles não me dizia respeito. Eu não tinha direitos sobre ela.

Mas eu quero...

— Deixe-me tomar um banho. Depois podemos nos reunir na sua sala de reuniões para analisar os relatórios que meus homens elaboraram — eu disse.

— Parece ótimo — Dawn respondeu, parecendo aliviada com a mudança de assunto — Devo levar um café da manhã leve?

— Isso seria apreciado — eu disse, e meus guardas concordaram com a cabeça.

Eu mandei uma mensagem para Baldur, o capitão da minha nave, para avisá-lo que estaríamos prontos nos próximos quinze minutos para receber as atualizações enquanto nos dirigíamos para dentro. Quando eu saí do meu quarto, um aroma delicioso fez meu estômago roncar. Enquanto eu me dirigia ao escritório de Dawn, Tagar e Nowik saíram de seus respectivos quartos – onde também haviam se refrescado – e me acompanharam.

Eles estavam ansiosos para ter um tempo a sós comigo para repassar as revelações de Jaek. Depois de tantos anos trabalhando com esses dois homens – embora fossem principalmente ligados ao meu pai – nós precisávamos de poucas palavras, e às vezes nenhuma, para nos comunicar. Até então, Dawn não me deu motivos para duvidar dela. No entanto, ela se mostrou um pouco cega, para não dizer ingênua, em relação a motivações obscuras que outros pudessem ter. Nós não podíamos ter certeza de que Jaek era confiável. Mas a afeição evidente de Dawn por ele poderia colocá-la na defensiva se insinuássemos que questionávamos sua honestidade.

A porta do escritório estava escancarada. Nós entramos e encontramos a mesa de trabalho de Dawn repleta de uma variedade de carnes assadas em fatias finas, raízes vegetais salteadas, folhas verdes cozidas no vapor e frutas cortadas.

Tagar assobiou por entre os dentes, uma expressão faminta tomando conta de seu rosto normalmente neutro.

— Linda, inteligente e capaz de preparar um banquete impressionante em minutos — ele disse com admiração — Talvez eu tenha que tomá-la como minha esposa antes de partirmos.

Nowik riu baixinho, embora seus olhos se voltassem cautelosamente para mim. Meus homens e eu não havíamos discutido a situação com Dawn. Eles seguiam minha liderança em tudo e, na maioria dos casos, antecipavam meus desejos. O jeito como Tagar me olhou confirmou que ele havia notado minha atração por ela e queria saber o quão séria era. O fato dele ter expressado tal "piada" em voz alta indicava que ele estava genuinamente considerando a ideia, e não apenas por uma aventura.

— Ela não é para você — eu disse severamente.

— Então é melhor você fazer sua reivindicação antes que Sedrak o faça — Tagar disse sem expressão.

Eu mostrei os dentes para ele, o que só o fez rir. Filho de um krillik convencido... Claro, eles teriam percebido os sentimentos de Jaek por Dawn.

— Duvido que ele gostaria de ser chamado pelo nome do seu clã — eu disse em um tom sarcástico.

Tagar estremeceu, e eu me senti um completo babaca. Ele estava apenas me provocando, mas também demonstrando a cortesia de me consultar antes de se aproximar de uma mulher que eu já poderia estar cortejando. Eu estava deixando meu ciúme irracional me transformar em um completo babaca.

— Dawn não especificou qual é o sobrenome dele — eu acrescentei em um tom mais gentil.

Tagar sorriu, reconhecendo assim meu sutil pedido de desculpas — Eu notei. Por quê?

— Talvez ele tenha legalmente o sobrenome do pai e prefira não ouvi-lo — Nowik sugeriu — Ou ela sabe da rixa entre suas famílias e optou por não sublinhar isso.

Eu resmunguei, pois havia a possibilidade de que nossas especulações não estivesse, certas.

O som dos passos de Dawn se aproximando pôs fim à nossa conversa. Ela entrou na sala com uma bandeja flutuante à sua frente. O aroma rico de pães quentinhos, queijos cremosos e manteiga temperada chegou até mim. Uma grande jarra continha um líquido avermelhado com gelo, enquanto um pote de vidro parecia cheio da versão humana de gwar, que eles chamavam de café.

— Que festa, Dawn. Não esperávamos um café da manhã tão farto — eu disse com um sorriso.

Ela sorriu orgulhosamente, estufando o peito — Vocês são meus convidados — ela disse em um tom de quem não se importava — Eu devia tê-los recebido melhor ontem. Estou compensando isso hoje.

— Não há nada para compensar — eu respondi em um tom levemente repreensivo enquanto a ajudávamos a descarregar o conteúdo da bandeja flutuante na mesa — Mas você nunca ouvirá reclamações de um Braxiano por ter sido servido em grandes quantidades de comida deliciosa.

— Ah-hoo — disseram Tagar e Nowik simultaneamente para expressar sua concordância.

Dawn riu e nos acomodamos à mesa. Enquanto meus companheiros começavam a servir seus pratos, eu estabeleci a comunicação com o Capitão Baldur a bordo da nossa nave. Segundos depois, seu corpo enorme preencheu a tela. Embora mantivesse uma expressão neutra, com sua lendária disciplina militar, eu não deixei de olhar para Dawn com aprovação. A mulher boba não se dava conta de quão bonita ela era para um Braxiano.

— Baldur, peço desculpas por estarmos comendo na sua frente desse jeito, mas cada minuto conta — eu disse em saudação.

— Sim, sim. E no seu lugar, eu não deixaria um banquete tão delicioso esfriar — ele disse em um tom amigável — Mas temos muito o que conversar — ele acrescentou, com um tom mais sério.

— Estamos ouvindo — eu respondi, me preparando para o que aconteceria.

— Enquanto vocês comem, deixaremos os detalhes da autópsia preliminar das vítimas feita por Orin para o final — Baldur disse.

Eu quase o repreendi por insinuar que poderíamos ficar indispostos para comer por causa de algumas descrições horríveis, mas engoli a seco quando percebi que era por cortesia para com Dawn.

— Nós revisamos cada linha do arquivo que você montou sobre Jardan Korey, Dawn. Você fez um trabalho notável, considerando os recursos limitados aos quais tinha acesso — Baldur disse com uma voz gentil.

— Obrigada — Dawn disse, com as bochechas coradas de prazer com o elogio — Espero que tenha ajudado um pouco.

Baldur assentiu — Sim. Você nos poupou muito tempo tentando desenterrar essas informações. Tudo confere — ele continuou, desta vez olhando para mim — Ele é um caçador de talentos muito conhecido no Quadrante Ocidental. Sua reputação é excelente e ele administra um negócio limpo. No último ano, ele tem se aventurado no Quadrante Oriental para expandir sua clientela.

Então, nada suspeito? — eu perguntei, franzindo a testa.

— Nada — Baldur respondeu com convicção — Nós entramos em contato com ele. Ele concordou em se encontrar com você no rancho onde treina os candidatos.

— Quando? — eu perguntei ansiosamente, me endireitando na cadeira.

— Assim que for conveniente para você — Baldur respondeu com um sorriso.

— Hoje? — eu insisti.

— Sim. Você pode passar por lá. Jardan disse que está sempre no rancho.

— Perfeito. Vamos para lá assim que terminarmos aqui — eu disse, sentindo uma onda de entusiasmo me invadir.

— Os registros de vigilância e os sistemas de segurança do controle planetário não revelaram nenhuma chegada suspeita. Eles também não detectaram nenhuma nave furtiva tentando se infiltrar no planeta — Baldur continuou — No entanto, a tecnologia deles é bastante ultrapassada. Nós não somos a espécie mais avançada, mas poderíamos ter enganado alguns de seus sistemas. Portanto, é justo dizer que o assassino pode ter se infiltrado sem ser detectado.

— Além da equipe de Jardan, há alguma outra nave alienígena visitante incomum registrada no manifesto de atracação? — eu perguntei depois de engolir mais um bocado.

Baldur balançou a cabeça — Nada se destacou. Apenas os fornecedores habituais, alguns embaixadores e representantes de organizações de caridade. As embarcações menores pertenciam a refugiados, e todos foram contabilizados.

— Como você conseguiu acesso a informações tão privadas? — Dawn perguntou, franzindo a testa.

— Temos nossos métodos — Baldur disse com um tom misterioso — Como eu mencionei antes, a tecnologia de Haven é ultrapassada.

— Isso é um problema sério — Dawn disse, parecendo chateada — As pessoas em Haven esperam estar seguras aqui.

— É realmente um problema — eu disse em um tom tranquilizador — Todas as nossas descobertas serão levadas aos Doze e ao Conselho Galáctico. Isso é inaceitável.

— E isso nos traz de volta aos relatórios da autópsia — Dawn disse — Eles revelaram alguma coisa?

Baldur olhou para ela e hesitou, seus olhos se voltando para o prato meio vazio. Dawn seguiu seu olhar, e seu rosto se iluminou com compreensão, rapidamente seguido por uma expressão de "Você está brincando comigo?".

— Capitão, se estiver se segurando por mim, não é necessário — Dawn disse com um tom um pouco irritado — Eu encontrei o quarto corpo e coletei pessoalmente as amostras de tecido e fluidos que lhe foram enviadas. Durante meus primeiros dez anos gerenciando este abrigo, eu cuidei de inúmeros refugiados gravemente espancados e mutilados. Não vou desmaiar ou ficar enjoada com qualquer relatório que você tenha para compartilhar.

Eu enfiei um grande pedaço de carne na boca para esconder o sorriso que queria brotar em meus lábios. Apesar de todo o progresso que tínhamos feito, especialmente nos últimos dez anos, desde que meu pai se casou com Mercy, e ela ajudou nosso povo a perceber o quão valiosas nossas mulheres eram, os homens Braxianos continuavam a lutar contra a ideia de que as mulheres não eram criaturas física e emocionalmente frágeis.

— Me desculpe — Baldur disse, repreendido.

— Está tudo bem — Dawn disse em um tom mais suave — Agradeço por você ter tentado me proteger de um possível trauma.

Eu ergui uma sobrancelha, impressionado, enquanto Baldur estufava o peito. Ela havia neutralizado a situação sem esforço algum, enquanto afagava seu ego. Seus anos de experiência lidando com homens híbridos igualmente temperamentais se destacaram.

— Claro — Baldur disse, orgulhoso — É meu dever como homem.

Dawn sorriu, mas eu podia sentir que ela estava segurando a vontade de rir.

— A má notícia é que os cadáveres que recuperamos do necrotério estavam em um estado terrível demais para revelar muita coisa. Orin não sabia dizer se haviam sido mal preservados desde o início ou se haviam sofrido decomposição acelerada devido ao lodo antes de serem encontrados.

— Decomposição por lodo? — eu perguntei.

Baldur assentiu e gesticulou para que alguém fora da tela se aproximasse. Ele se afastou para que Orin pudesse ficar ao seu lado. Um sorriso suavizou o rosto enrugado de Orin em saudação, com rugas marcando os cantos dos olhos.

— Olá, Dawn. Eu sou Orin, o médico de Keran.

— Olá — Dawn respondeu com um sorriso caloroso.

Eu percebi então o quão naturalmente carismática ela era – uma ótima qualidade para uma mulher que poderia ser minha companheira.

— Respondendo à sua pergunta, Jakar, embora as amostras do necrotério fossem, em sua maioria, duvidosas, as que Dawn forneceu estavam bem limpas. Eu consegui confirmar que ela estava certa ao suspeitar que Besouros Kranax haviam depositado ovos dentro deles. Assim que eclodem, as larvas secretam um muco que comumente chamamos de lodo. Na verdade, ele atua tanto como lubrificante quanto como ácido.

— O quê? — eu exclamei — Isso parece contraditório.

Ele assentiu — O componente ácido amolece os tecidos e músculos, facilitando a alimentação das larvas, mas também facilita a abertura de um caminho para fora do corpo. Uma vez que o lodo é exposto ao oxigênio fora do corpo, ele perde suas propriedades ácidas e passa a atuar apenas como lubrificante, ajudando as larvas a se deslocarem para qualquer superfície até o local onde terminarão sua maturação.

— E você acha que o lodo corrompeu os restos mortais? — Dawn perguntou.

— Sem dúvida. Eu nunca vi nada parecido. Normalmente, uma pessoa exposta acidentalmente a um Besouro Kranax recebe cinco ou seis ovos. Ela não morre da experiência horrível, mas fica mutilada e desfigurada, com a extensão dos ferimentos variando dependendo de onde os ovos foram depositados. Em caso de tortura ou punição, geralmente são usados dois ou três Besouros, o que significa que entre dez e dezoito ovos eclodem. Mais uma vez, a vítima geralmente sobrevive, mas sua qualidade de vida fica tão prejudicada que a morte seria preferível.

— E neste caso? — eu perguntei.

— Neste caso, todas as vítimas receberam mais de cem ovos cada — Orin disse sombriamente.

Xingamentos e suspiros chocados ecoaram por toda a mesa.

— Por que diabos eles exagerariam tanto? O objetivo de usar Besouros Kranax como instrumento de tortura é fazer com que a vítima sofra por muito tempo enquanto as larvas cavam seu caminho para fora do corpo pelo caminho mais longo. Tantos Besouros significariam a morte em minutos, senão segundos!

— Isso seria correto se todos os ovos eclodissem simultaneamente. Essas eclosões foram escalonadas. Infelizmente, os corpos estavam em um estado tão ruim que não posso afirmar isso com certeza, mas acredito que eles foram tratados um pouco entre as eclosões antes que mais ovos fossem depositados dentro deles. Infelizmente, com tanto lodo, suas entranhas estavam praticamente liquefeitas.

— Tratados? Quem seria tão cruel a ponto de prolongar a agonia de alguém a esse ponto, só por diversão? — Dawn disse com raiva, com lágrimas nos olhos — Eles não fizeram nada de errado, apenas existem! Nenhum de nós pediu para nascer híbrido. Por que diabos eles fariam isso?!

Eu estendi a mão para acariciar suas costas suavemente, de forma reconfortante, enquanto reprimia a fúria que também crescia dentro de mim. Mesmo para os padrões Braxianos, isso era mais do que excessivo. Dawn enxugou as lágrimas com as costas da mão, furiosa. Não foi a tristeza que as gerou, mas a raiva impotente e a necessidade de fazê-las pagar.

— Neste caso, não creio que o sadismo tenha motivado as ações deles — Orin disse cuidadosamente.

Todos nós ficamos tensos e o encaramos, incrédulos.

— O que o faz dizer isso? — eu perguntei, estupefato.

— As fotos que Dawn conseguiu tirar do cadáver que encontrou mostravam diferentes tipos de perfurações — Orin explicou — Algumas eram claramente as saídas das larvas. Mas havia outras bem menores ao redor das artérias principais, que correspondiam à perfuração de uma agulha. E tanto na nuca quanto na dobra dos cotovelos, mais perfurações indicavam que provavelmente havia algum tipo de cateter inserido ali.

— Eles injetaram alguma substância neles? — eu perguntei, surpreso.

— Não. Duvido muito. Estou convencido de que eles drenaram alguma coisa deles — Orin disse com uma expressão sombria — Mais uma vez, as amostras de Dawn ajudaram. Elas revelaram níveis excessivos de endorfinas, adrenalina e cortisol. Fazia sentido que seus corpos produzissem grandes quantidades desses hormônios em resposta à dor excruciante e ao terror que estavam enfrentando. Mas os exames que ela realizou também revelaram uma glândula pineal anormalmente inchada. Era quase como se eles tivessem entrado em modo Berserker.

— Isso é impossível. Nenhum deles tinha essa habilidade — Dawn exclamou, confusa.

— Você tem razão — Orin disse, assentindo — Só se sabe de dois híbridos que possuem a habilidade Berserker: Anton Aldriss e seu filho Gavin. No caso dessas vítimas, eles não tinham a glândula pineal naturalmente grande de um Berserker. A glândula estava inflamada e machucada, como se tivesse sido espancada. Não acredito que os híbridos estejam sendo caçados por inimigos. Estou convencido de que eles estão sendo usados como parte de um experimento por causa de algum fluido que produzem.

— Isso parece o que o irmão da Mercy fez com os Xelixianos — eu disse, franzindo a testa — Mas não faz sentido. Os Xelixianos possuem dois venenos, um dos quais pode ser transformado em uma droga altamente potente e viciante. Varrek havia sequestrado centenas de homens Xelixianos e os mantinha em estase em uma fábrica, enquanto extraía suas glândulas de veneno. Mas os Braxianos não têm essas características.

— Eu estou tão perplexo quanto você, Keran — Orin disse, desanimado.

— Se você estiver correto, e não temos motivos para duvidar disso

— Tagar disse — então essas não são ações de Braxianos.

Eu assenti, pensativo — Isso tem Guldans escrito por toda parte. Mas o que está motivando isso? Ganância ou política?

— É muito cedo para dizer — Baldur disse sombriamente — Jardan Korey tem um negócio bem-sucedido demais para colocá-lo em risco com este empreendimento tão alheio à sua área de atuação. Então, quem mais poderia ser?

— O segundo grupo de caçadores de talento que Jaek mencionou anteriormente — Dawn disse.

— Quem? — Baldur perguntou, confuso.

— Foi exatamente o que pensei — eu disse a Dawn antes de me virar para meu capitão e Orin.

Eu rapidamente os informei sobre o que Jaek havia revelado.

— Pode ser isso! — Baldur disse, se animando.

— Pode ser — eu concordei — Precisamos encontrar Jardan imediatamente. Se ele estiver tão limpo quanto os dois relatórios afirmam, não vai ficar muito feliz em descobrir que algum concorrente está tentando roubar os candidatos dele e assassiná-los.

— Espero que ele possa nos dar uma nova pista — Dawn disse.

— Concordo. Ótimo trabalho, pessoal. Continuem cavando para ver o que mais conseguem encontrar. Nós avisaremos como andam as coisas com Jardan — eu disse, me levantando da cadeira.

Nós encerramos a reunião e levamos os pratos vazios de volta para a cozinha – sim, nós tínhamos devorado tudo. Com o coração cheio de esperança, eu instintivamente peguei a mão de Dawn para levá-la até o nosso ônibus. O choque me percorreu quando percebi o que tinha feito. Eu nunca fui do tipo romântico, muito menos de demonstrações públicas de afeto. Dawn e eu não estávamos nem remotamente envolvidos.

Eu a senti enrijecer diante daquele gesto inesperadamente familiar. Para minha surpresa, ela não tentou se soltar. Por uma fração de segundo, eu considerei soltá-la com um pedido de desculpas, mas desisti. Segundos depois, seus dedos delicados se fecharam em volta dos meus.

Eu sorri.

CAPÍTULO 10
DAWN

Uma estranha sensação de perda me invadiu enquanto eu prendia meu cinto de segurança dentro do ônibus espacial. A sensação da mão forte e quente de Keran permanecia em minha pele. Ele não planejou segurar minha mão daquele jeito. Seu choque foi tão genuíno quanto o meu. O que significa?

Não fique imaginando coisas que não existem.

Keran se sentia inegavelmente atraído por mim, mas eu acreditava que ele não queria nada além de uma aventura enquanto estivesse de passagem por aqui. O fato dele ter me procurado involuntariamente indicava que ele gostava de mim mais do que pretendia.

Isso é bom ou ruim?

Imediatamente eu me repreendi por esses pensamentos. Essa tendência a pensar demais e complicar as coisas sempre foi o pesadelo da minha existência. Como ele disse, nós dois éramos adultos sem compromisso e nos queríamos. A vida tinha sido tão mesquinha em momentos felizes que eu instintivamente me esquivava dos poucos bons momentos que ela realmente colocava no meu caminho. Era hora de simplesmente curtir o dia e aproveitar o que pudesse antes que ele escapasse do meu alcance.

O voo para o rancho que Jardan havia alugado pareceu breve e longo demais. A parte de mim que precisava de respostas para evitar mais mortes e dores sem sentido mal podia esperar para chegar. E a outra parte, que só conheceu uma vida simples, com recursos limitados e que girava exclusivamente em torno do abrigo, ansiava por que essa jornada durasse para sempre.

Por mais que Keran dissesse constantemente que não precisava de luxo, esta nave gritava o oposto. Eu nunca tinha voado em algo tão sofisticado. Um metro quadrado do couro sintético que cobria nossos assentos custava quase o mesmo que meu salário mensal. Além do controle de temperatura individual, eles também tinham uma função de massagem integrada e suas próprias telas de vídeo individuais. O vão para as pernas oferecia amplo espaço para gigantes como os puros-sangues. As grandes janelas ao redor davam a impressão de que estávamos flutuando no ar com a vista desimpedida da paisagem deslumbrante de Haven.

Seguindo a estética Braxiana, o design ostentava linhas simples, mais simétricas do que orgânicas, e cores terrosas com predominância de cinzas escuros, bordô e todos os tons de marrom, do bege bem claro ao bem escuro.

Eu lancei um olhar furtivo para Keran, sentado no banco do passageiro ao meu lado. Mesmo perdido em pensamentos profundos, o Príncipe Braxiano parecia assustador. E, no entanto, meus dedos coçavam para deslizar por seus cabelos negros na altura dos ombros. Além de tentar solucionar esses assassinatos, fardos mais pesados o atormentavam. Eu gostaria de saber quais eram e poder livrá-lo de alguns deles.

Pelo que eu havia entendido desde sua chegada, sua ascensão iminente ao trono teve um papel nisso. Mas não fazia sentido. Um híbrido não poderia ameaçar sua posição. Depois de testemunhar seu treinamento esta manhã, eu não conseguia imaginar como alguém – puro-sangue ou não – poderia rivalizar com ele. Tagar e Nowik tinham se esforçado ao máximo para atacá-lo, e Keran os manteve afastados quase sem esforço.

Eu preciso de respostas.

Tagar – que pilotava o ônibus espacial com Nowik sentado na cadeira do copiloto – anunciou nossa chegada iminente enquanto iniciava a descida. Lá fora, o Rancho Sulan se expandia no horizonte. A extensa propriedade contava com dois grandes estábulos, um curral enorme e um imponente hangar para naves ao lado da mansão principal.

O rico proprietário anterior criava adrans aqui, um bovino que constituía uma de nossas principais fontes de carne vermelha. Seu negócio em expansão exigiu terras ainda maiores. Mas o rio a leste e as cristas rochosas ao sul impossibilitavam tal expansão. Então, ele se mudou para um local mais adequado e alugou esta fazenda para eventos especiais ou para delegações de dignitários que precisavam de acomodações para grupos grandes.

Mas naquele momento, o lugar parecia um campo de treinamento militar.

Uma pista de obstáculos maluca havia sido montada no cercado maior. Eles transformaram o segundo em uma arena de batalha onde dezenas de híbridos estavam treinando. Ao nos aproximarmos da plataforma de pouso, um Guldan saiu da mansão e veio em nossa direção. Embora os híbridos continuassem treinando e percorrendo a pista de obstáculos, muitas cabeças se voltaram para nós com curiosidade.

Nós pousamos segundos depois de Jardan parar a uma distância segura da nossa nave. Assim que as portas da nave se abriram, Nowik e Tagar saíram na frente e se posicionaram em cada lado da rampa rebaixada. Apesar de suas expressões neutras, seus olhos não deixaram escapar nada ao nosso redor, em busca de uma ameaça em potencial.

Uma onda de simpatia por Keran me percorreu. Eu não conseguia imaginar viver com a necessidade constante de seguranças te seguindo porque malucos aleatórios poderiam querer te machucar por causa de alguma suposta queixa.

Por mais que seus dois guardas me dessem uma sensação de segurança adicional, eu não temia por nós, não com tantos híbridos por perto. Mesmo que os homens fossem sempre muito competitivos e tentassem superar uns aos outros, e apesar das brigas e desentendimentos frequentes, quando um de nós se via ameaçado, todos os outros se uniam em sua defesa. Tudo o que nós tínhamos era um ao outro.

Jardan se aproximou de nós com o sorriso caloroso de um vendedor experiente. Com oitenta e poucos anos, ele ainda parecia bem jovem. Com seus cabelos branco-prateados – um dos tons comuns entre seu povo – não dava para ver nenhum grisalho que ele pudesse ter. Ao contrário de espécies como Veredianos e Sarenianos, onde todos eram deslumbrantes, os Guldans só se encaixavam em duas categorias: atraentes ou feios. Realmente não havia meio-termo.

Jardan se enquadrava na primeira categoria. Alto e esguio, ele vestia calças cinza-escuras e uma camisa branca imaculada que destacava sua pele levemente bronzeada. O corte fino e o tecido de alta qualidade sugeriam riqueza e elegância, mas não excesso ou ostentação. Seus chifres grossos e negros, curvados sobre a cabeça, contrastavam fortemente com o cabelo. Ele afastou uma mecha rebelde dos profundos olhos verde-floresta antes de pressionar a palma da mão contra o coração em saudação.

— Jakar Keran, eu estava pensando em quão rápido eu poderia ter o prazer de sua visita — Jardan disse em um tom amigável que parecia genuíno.

Ele não olhou para mim nem sequer notou minha presença. Não foi por desrespeito, mas exatamente o oposto. Bem, respeito por Keran, não por mim. Na cultura Guldan, as mulheres eram propriedade. Você sempre tinha que pertencer a um homem: pai, marido, irmão, qualquer parente homem com base na hierarquia dos laços sanguíneos, ou um guardião, nessa ordem. Você não falava com uma mulher sem a permissão do homem que a possuía, exceto se ela fosse encontrada vagando sozinha sem um acompanhante.

Fora do planeta, eles quebravam essas regras com mulheres estrangeiras, nos tratando como qualquer outra pessoa, exceto se estivéssemos acompanhadas por um homem.

— Saudações, Sen Korey — Keran disse educadamente, usando o termo Guldan para "senhor". Em seguida, ele gesticulou para mim — Esta é Dawn Merrick. Ela administra o abrigo Genxia.

Jardan finalmente olhou para mim, com uma expressão amigável — Saudações, Srta. Merrick, e bem-vinda ao Rancho Sulan. Os híbridos falam muito bem de você e do trabalho que você realizou no abrigo em benefício deles.

— Obrigada. Você é muito gentil. Mas, por favor, me chame de Dawn.

— Só se vocês dois me chamarem de Jardan — ele respondeu com um sorriso antes de se virar para Keran — Seu Capitão me contatou ontem. Soube que você tem perguntas para mim sobre os assassinatos?

— Sim. A investigação está se arrastando demais. O assassino precisa ser detido — ele disse com uma voz severa.

— Ótimo! — Jardan disse com um zelo quase raivoso que me surpreendeu — Não sei se é incompetência ou indiferença, mas as forças de paz locais parecem mais focadas em coçar as bolas e obstruir do que em levar este caso adiante.

— Você já enfrentou obstrução por parte das autoridades? — eu perguntei, e Keran parecia tão atordoado quanto eu.

— Sem parar — Jardan disse, visivelmente irritado — Eu fui quatro vezes aos escritórios deles e até tentei fazer com que os Doze intercedessem.

— Eu não esperava que você se envolvesse tanto — Keran disse, sem fazer nenhum esforço para esconder sua surpresa.

— Claro que sim! Assassinato é errado, e não podemos ter alguém capaz desse nível de selvageria à solta — Jardan disse como se fosse óbvio — Mas eu também estou aqui a negócios. Eu vim para Haven para reunir esses híbridos com potenciais empregadores. Mortos não assinam contratos. Sem contratos, eu não tenho créditos nos meus cofres. E agora, eu estou gastando uma fortuna para alugar esta propriedade, sem falar em todas as instalações de treinamento que precisei montar. Eu estou tão ansioso quanto vocês para prender o culpado.

Isso fazia sentido. Eu duvidava que a compaixão tivesse um papel importante em seu desejo de ver essa situação resolvida, mas esses assassinatos certamente afetaram seus resultados financeiros.

O que significa que provavelmente não obteremos muitas pistas úteis dele.

— Mas, por favor, venham — Jardan disse, acenando em direção ao rancho — Eu posso mostrar o lugar enquanto conversamos, a menos que prefiram discutir as coisas lá dentro?

— Um passeio seria ótimo — Keran disse, ecoando meus pensamentos. Com sorte, nós notaríamos algo que lhes escapou — Estou curioso para saber o que o trouxe até aqui em Haven, tão longe da sua área de comércio habitual.

Jardan sorriu, nem um pouco enganado, enquanto caminhávamos em direção ao menor dos dois currais onde os homens estavam lutando.

— Os negócios só crescem se você expandir seu mercado e manter suas ofertas atualizadas. No Quadrante Ocidental, eu tinha um grupo infinito de excelentes candidatos Xelixianos — Jardan disse melancolicamente — Com a Mácula, seus homens não tinham escolha a não ser se manter em forma para atenuar seus efeitos nocivos, e a falta de oportunidades os tornava abertos até mesmo aos contratos mais arriscados. Com sua curta expectativa de vida, eles não se importavam. Mas, desde que as Veredianas encontraram a cura, é quase impossível contratá-los. Então, eu tive que lançar minha rede cada vez mais longe.

— Mas Haven? — eu desafiei — Aqui não tem exatamente a reputação de ser um campo de treinamento militar.

— Você tem razão, Sana Dawn — Jardan admitiu — Mas os planetas guerreiros já estão infestados de concorrentes que tentam recrutar os melhores. É preciso pensar criativamente para ter sucesso. A maioria dos caçadores de talento não está disposta a se esforçar. Eles querem candidatos já treinados que possam ser simplesmente repassados ao cliente. Mas esses candidatos qualificados também custam muito mais, e você precisa fazer lances muito mais altos para que eles venham com você, o que corrói sua margem de lucro.

— Enquanto pessoas desesperadas e destreinadas são facilmente enganadas e se vendem abaixo do preço — eu respondi em um tom muito mais frio quando paramos perto do cercado.

Ao contrário do que eu esperava, Jardan não perdeu a paciência ao ser respondido assim por uma mulher. No mundo dele, eu seria severamente punida pelo que seria percebido como um grande desrespeito. Em vez disso, ele apoiou o cotovelo na cerca de madeira que delimitava o cercado e me lançou um olhar avaliador.

— Há uma linha tênue entre exploração e oportunidade, Dawn — Jardan disse em um tom quase paternal — Será que o valor que eu eventualmente lhes oferecerei no contrato pode ser maior? Em muitos casos, sim. Mas bons negócios significam maximizar o lucro. Eu não administro uma instituição de caridade. No entanto, eles estão recebendo de mim algo com que jamais poderiam ter sonhado.

— Não se um dos seus rivais aparecer — eu insisti.

Ele bufou e acenou para os homens em treinamento — Quatro semanas atrás, antes de eu começar a treinar esses homens, ninguém se importaria com eles, exceto piratas espaciais e contrabandistas. Claro, eu poderia tê-los emparelhado com esses clientes, e a maioria deles estaria morta ou mutilada agora. Mas olhe para eles agora. Em apenas quatro semanas de treinamento intensivo, usando as melhores técnicas, instrutores experientes e equipamentos de ponta, o valor deles já triplicou no mercado. Você sabe quanto está me custando por dia para tantos deles?

Os híbridos usavam espadas de luz semelhantes às que Keran havia usado para treinar anteriormente, alguns lutando um contra um, outros em duplas e um último grupo no que parecia ser uma luta livre. Três homens Guldans e um humano os observavam atentamente, ocasionalmente interferindo para corrigir os pugilistas. No canto mais a leste, um quarto Guldan ensinava a uma dúzia de híbridos as técnicas de manipulação de bastões de batalha.

Por mais que isso me incomodasse, eu não podia negar que os homens haviam melhorado drasticamente em tempo recorde. Apesar dos meus melhores esforços, eu nunca consegui arrecadar fundos suficientes para fornecer a eles esse tipo de treinamento de elite.

— É impressionante — Keran admitiu — E o que você exigiu em troca desse treinamento?

— Tudo isso é de graça — Jardan disse, abrindo os braços para abranger as instalações do rancho — A única condição é que, se eles assumirem uma função por meio de um corretor diferente que utilize as habilidades que eu estou ensinando, o empregador deles ou esse corretor me deverá uma taxa de corretagem. Mas se eles decidirem ir embora e não trabalhar mais nesta área, não me deverão nada.

Eu estreitei os olhos para ele — Nada? Parece uma aposta e tanto, considerando a quantia que você está gastando.

Ele sorriu e gesticulou para que o seguíssemos enquanto se dirigia para o segundo cercado — É, mas é um cálculo. Como você bem mencionou, Dawn, pessoas desesperadas e despreparadas agarrarão a primeira grande oportunidade que surgir. Esta é uma chance única para elas saírem deste planeta sem saída, construírem riqueza de verdade e aspirarem a um futuro melhor.

— Que altruísta da sua parte — eu disse ironicamente.

Ele caiu na gargalhada — Dificilmente. Nenhum de vocês precisa que eu diga que não tenho um pingo de filantropia. Eu sou Guldan. Tudo o que faço visa o lucro. Clientes satisfeitos – de ambos os lados do negócio – e uma reputação impecável geram mais negócios. E mais negócios significam mais créditos. Eu estou oferecendo a esses homens uma oportunidade irrecusável. E eles estão me oferecendo algo que ninguém mais pode ter.

— O quê? — eu insisti.

— A genética Braxiana deles — Jardan disse de forma misteriosa.

— O que isso quer dizer? — Keran perguntou, com as costas enrijecidas.

— Olhe para ele — Jardan disse, apontando para Vintor correndo pela pista de obstáculos no segundo e maior cercado.

Ele havia arrancado do chão um grosso poste de madeira que estava em pé. Pela mancha de terra no fundo, ele estava enterrado a pelo menos cinquenta ou sessenta centímetros de profundidade. Jogando-o sobre o ombro, Vintor correu cerca de cinquenta metros até uma rampa íngreme. Usando seu impulso, ele a escalou para entrar em uma espécie de bacia cheia de uma lama espessa que dificultava o avanço.

— Quantas espécies possuem esse tipo de força e resistência? A maioria das espécies nem conseguiria puxar aquele poste sem alguma ajuda, quanto mais carregá-lo do jeito que ele faz. E ele nem é puro-sangue. Sua resistência à dor, sua velocidade de regeneração e sua habilidade natural para aprender combate são incomparáveis — Jardan disse com genuíno espanto — Na verdade, os Veredianos da raça Guerreira aprendem combate ainda mais rápido, mas não possuem nenhum dos outros atributos.

Nós o seguimos enquanto ele continuava caminhando em direção a um dos estábulos reformados.

— E, acima de tudo, vocês têm algo único que nenhuma outra espécie pode oferecer, e cuja demanda explodiu ultimamente — como o vendedor perfeito, ele fez uma pausa para criar um efeito mais dramático antes da grande revelação — Vocês são imunes a poderes psiônicos negativos.

— Por que há uma demanda maior por isso? — eu perguntei, minha surpresa refletida no rosto de Keran.

— Os Sarenianos — Jardan disse, franzindo a testa — Medo e paranoia sempre foram um grande impulso para o meu negócio. As pessoas ficam com medo e querem contratar proteção. Graças à propaganda que os Korletheanos espalharam durante anos sobre os Sarenianos, pessoas em todos os lugares estão aterrorizadas com seus poderes de controle mental.

— Isso não é novidade — Keran argumentou com a testa franzida.

— Esse conhecimento não era novidade, mas os Sarenianos se mantinham em sua terra natal. No entanto, na última década, e especialmente nos últimos seis anos, eles têm sido vistos cada vez mais em ambos os quadrantes. Isso deixa as pessoas muito nervosas. Você consegue imaginar um assassino entrando na sua casa e controlando mentalmente seus guardas para que fiquem parados enquanto ele te mata?

Essas histórias eram realmente assustadoras. Se fossem ao menos meia verdade, eu entenderia por que as pessoas que podiam pagar iriam querer proteção contra eles.

— Os Sarenianos não são os monstros que foram retratados — Keran respondeu em um tom surpreendentemente protetor.

Mas não era segredo que sua família havia desenvolvido uma estreita amizade com o Imperador Sareniano e seu filho.

— Nenhuma espécie é totalmente má, meu Príncipe. Mas basta uma pessoa má para que tudo desabe — Jardan disse enquanto abria a porta dos estábulos.

Meus olhos se arregalaram ao ver as barracas transformadas em um campo de tiro de alta tecnologia. Os homens treinavam com uma variedade de armas de ponta em alvos holográficos. Jardan não estava mentindo ao dizer que havia uma linha tênue entre exploração e oportunidade. Poucas pessoas poderiam se gabar de ter experiência de tiro com esse tipo de equipamento de ponta. Os homens seriam tolos se não aproveitassem essa oferta única na vida. Um olhar para o rosto de Keran revelou que pensamentos semelhantes estavam passando por sua mente.

Jardan parou e se virou para nós com uma expressão sombria que contrastava com seu discurso de vendas quase arrogante.

— As pessoas estão assustadas, Jakar Keran. Eu estou neste ramo há meio século, mas nunca vi tanta agitação. Tempos sombrios estão por vir. E aqueles que podem se dar ao luxo de pagar estão fazendo tudo o que podem para se proteger. Videntes e Oráculos estão multiplicando os avisos sobre a Grande Guerra iminente. Eu não me envolvo em política e só a acompanho na medida em que possa beneficiar meus negócios. Mas as pessoas estão apavoradas com o jovem Príncipe Sareniano.

Keran recuou — Zerien? Por quê?

— Há inúmeras histórias sobre sua crueldade, sede de sangue e sadismo — Jardan disse, com genuína cautela transbordando de sua voz — Em menos de um ano, ele ascenderá ao trono de seu pai. Só a Deusa sabe o caos que ele desencadeará na galáxia.

— Zerien pode ser jovem, mas é sábio para a sua idade. Ele é um bom homem e um amigo querido. Ele não tem planos nefastos para a galáxia. Assim como nós, ele quer que seu povo esteja do lado certo da Grande Guerra. Esses rumores são infundados e provavelmente inventados pelas pessoas cujo pedido de aliança com Zerien foi rejeitado — Keran acrescentou, lançando-lhe um olhar significativo.

Jardan bufou — É verdade que meu povo não aceita rejeições muito bem. Primeiro, nós fomos banidos de Braxia devido à abordagem diplomática autoritária dos nossos Embaixadores. Depois, nossa proposta de aliança foi rejeitada pelo Príncipe Sareniano. Sem dúvida, há egos feridos tentando se manifestar. Os tolos não entendem os princípios básicos dos negócios inteligentes — ele concluiu, com a voz transbordando de desprezo.

— Você é um personagem interessante, Jardan Korey — Keran disse com um toque de diversão.

— Interessante de uma forma positiva, espero? — ele respondeu brincando, embora a seriedade subjacente não me escapasse.

Keran assentiu, seu sorriso se alargando.

— Ótimo! Porque pretendo cultivar nossa amizade florescente — Jardan disse ousadamente enquanto saíamos dos estábulos.

— É mesmo? — Keran perguntou, sua curiosidade tão aguçada quanto a minha.

— Para ter sucesso nos negócios, você precisa planejar quatro passos à frente. Desde o decreto de proteção do seu pai, não há novos híbridos chegando a Haven, e os membros do seu clã permanecem, em sua maioria, no seu planeta natal. Com sua ascensão se aproximando, seria de se esperar que, após o início do seu reinado, você considerasse abrir exceções à proibição unilateral de visitantes Guldans.

Keran zombou, incrédulo, enquanto seus guardas e eu engasgávamos com tamanha audácia descarada.

— Você vê como eu administro meus negócios — Jardan acrescentou rapidamente, em um tom insistente — Assim que eu colocar esses homens com seus novos empregadores, não tenho dúvidas de que você os vigiará para ver como se saem. Você pode até dar uma olhada agora nos contratos generosos que estou negociando em nome deles. Você consegue imaginar o quanto mais lucrativos seriam os contratos que eu poderia garantir para os puros-sangues? Alguns dos seus clãs ainda estão com dificuldades financeiras devido à severa recessão que Braxia enfrentou. Que melhor maneira de começar seu reinado do que presentear seu povo em dificuldades com uma série de oportunidades maravilhosas?

Embora ainda atordoado pela audácia do homem, eu não pude deixar de sentir uma admiração relutante por ele.

Keran riu baixinho e balançou a cabeça — Você certamente sabe fazer um ótimo discurso de vendas, Jardan Korey.

— Meu objetivo é agradar — ele disse, impassível.

Keran sorriu educadamente — Infelizmente, tais considerações ocupam um lugar baixo na minha lista de prioridades mais urgentes. E deveriam ocupar a sua também — ele acenou para os dois currais onde os híbridos ainda treinavam intensamente — Mais cedo, eu perguntei quais promessas ou compromissos você exigiu deles em troca de tudo isso, e você respondeu que não se importaria se eles não aceitassem uma oferta de outra pessoa usando as habilidades que você está ensinando.

— Isso mesmo — Jardan disse com a testa franzida, imaginando aonde ele queria chegar com aquilo.

— Bem, nós fomos informados de que há uma concorrência aqui tentando convencê-los a fazer exatamente isso — Keran disse, estudando sua reação.

A maneira como seu corpo enrijeceu, toda a brincadeira encantadora sumindo de seu rosto, apagou qualquer suspeita que eu pudesse ter de que ele estava conspirando com aquele segundo caçador de talentos.

— Quem? Como? — ele perguntou.

— Não sabemos quem, apenas que eles estão tentando convencer os híbridos a retornar para Braxia para formar seu próprio clã — Keran disse.

Embora eu tentasse manter uma expressão neutra, não pude deixar de lançar um olhar de lado para Keran. Teria sido sensato da parte dele compartilhar tanta informação com Jardan? Embora não tivéssemos discutido isso com tanta propriedade, eu entendi que nós não revelaríamos ao Guldan os supostos motivos de seu concorrente. Nossa conversa com Jardan teria feito Keran reconsiderar? Eu entendia isso. O caçador de talentos levava seus negócios a sério e não aceitava que ninguém se intrometesse neles. Vê-lo fervendo silenciosamente confirmou que um homem implacável se escondia sob aquela fachada polida. Talvez Keran tivesse tomado uma decisão inteligente. Se não encontrássemos o concorrente primeiro, Jardan o faria.

— Quais híbridos? — Jardan perguntou em um tom frio.

— Todos aqueles que vieram ao seu rancho para serem considerados para as oportunidades que você oferece — Keran respondeu com naturalidade — Pelo que eu sei, foi apenas um primeiro contato por meio de mensagens pessoais, plantando a semente e prometendo mais detalhes em um futuro não muito distante. Estávamos nos perguntando se algum de seus clientes estava tentando convencê-los. Mas sua reação me diz que não é o caso.

— Primeiro, meus clientes sabem que é melhor não entrar em contato com os candidatos diretamente. Todas as comunicações passam por mim — Jardan disse em um tom seco — Segundo, nenhum dos meus clientes se beneficiaria em trazer os híbridos de volta para Braxia. O que mais você ouviu?

— Mais nada — eu respondi no lugar de Keran — Esperávamos que você pudesse nos esclarecer o assunto — eu acrescentei, omitindo deliberadamente que Jaek acreditava que a reunião aconteceria na semana seguinte.

— Muito bem. Agradeço por compartilharem essa informação. Eu farei uma investigação completa por conta própria e os manterei informados se algo surgir — Jardan disse.

— Obrigado por isso e por reservar um tempo para falar conosco e nos mostrar o lugar — Keran respondeu em um tom amigável.

— Sim, obrigada — eu repeti com um sorriso sincero. Para mim – e Keran parecia compartilhar o sentimento – aquela conversa com o caçador de talentos Guldan o havia eliminado como o assassino em potencial.

— O prazer é meu — Jardan disse, seu comportamento charmoso e jovial voltando à tona com a facilidade de anos de experiência — Sintam-se à vontade para voltar a qualquer momento, sem necessidade de agendamento. Eu estou quase sempre aqui. E se me ausento, nunca é por muito tempo.

Enquanto nos escoltava de volta à nossa nave, sob o olhar discreto e atento dos híbridos, Vintor saiu do desafio, que havia completado. Eu senti um frio na barriga quando ele veio direto em nossa direção com uma expressão beligerante. Keran parou para esperá-lo, com o rosto indecifrável.

— O Príncipe Braxiano nos honra com sua presença. Que lisonjeiro — Vintor disse, com a voz carregada de sarcasmo.

— Não seja babaca, Vintor — eu disse com a voz severa — Ele veio até aqui para nos ajudar.

Vintor bufou com desdém — Parece que é tarde demais.

— Você ainda está vivo, não é? Vai ser tarde demais quando estivermos todos de barriga para cima — eu retruquei — Pelo menos ele está fazendo alguma coisa. Você vê mais alguém correndo para nos resgatar? Ele não nos deve nada.

— Não? — Vintor retrucou.

— Está tudo bem, Dawn — Keran interrompeu em voz baixa — Ele tem razão. Nós não fizemos o suficiente pelos híbridos. E isso precisa ser corrigido.

Vintor enrijeceu, surpreso com a resposta. Ele, sem dúvida, esperava que Keran o colocasse de volta em seu lugar agressivamente. Com todos os homens tendo parado o treinamento para ver o que estava acontecendo, eu suspeitei que ele quisesse mostrar que os puros-sangues ainda eram valentões que não tinham respeito ou consideração por nós.

— Eu sei que vocês têm reuniões regulares em Genxia — Keran continuou — Eu adoraria aproveitar a próxima para me reunir com todos vocês. Isso nos permitiria não só discutir esses assassinatos, mas também discutir a situação de cada híbrido e o que podemos fazer por vocês.

O rosto de Jardan se fechou ao ouvir essas palavras. A última coisa que ele precisava era que Keran tirasse os híbridos dele enquanto outro rival desconhecido já tentava o mesmo nas sombras.

Vintor hesitou, ainda mais surpreso com a oferta inesperada — Vamos pensar nisso — ele disse finalmente, em um tom altivo, antes de me olhar com uma expressão que lembrava traição, misturada a algo que eu não conseguia definir.

Eu precisei de toda a minha força de vontade para não revirar os olhos diante daquela tentativa patética de demonstração de poder. Keran era capaz de mastigá-lo e cuspi-lo sem suar a camisa, enquanto penteava seus cabelos brilhantes.

Provavelmente sentindo que tinha dado a última palavra, Vintor girou nos calcanhares e saiu andando, contraindo os músculos para parecer maior do que era. Desta vez, eu não resisti à vontade de revirar os olhos. Embora Keran mantivesse uma expressão neutra, eu estava começando a conhecê-lo bem o suficiente para reconhecer o brilho divertido em seus olhos. Isso me lembrou da maneira como um cachorro enorme olharia para um pequeno latindo, como se achasse que isso poderia assustar alguém.

Depois de um último aceno para Jardan, Keran seguiu em direção à nossa nave. Eu o segui em silêncio, com um milhão de pensamentos passando pela minha cabeça.

Embora este encontro não tivesse me trazido a nova pista que eu esperava, pelo menos ajudou a esclarecer algumas coisas. Mas amanhã faria nove dias desde que o último corpo foi encontrado, o que significava que uma nova vítima seria descoberta.

CAPÍTULO 11
DAWN

Tagar nos fez decolar assim que nos sentamos. A maneira como Keran me observou imediatamente me fez querer me contorcer. Além de sua intensidade habitual, o brilho especulativo em seus olhos me fez pensar no que diabos estava se passando em sua mente.

— Sinto muito pelo Vintor — eu disse finalmente para quebrar o silêncio — Mesmo que não pareça agora, os híbridos querem a sua ajuda. Eles sofreram tanto nas mãos dos puros-sangues que estão atacando, especialmente o Vintor. Ele sempre foi barulhento.

— Não precisa se desculpar. Eu conheço o tipo dele — Keran disse calmamente — Eles fazem mais barulho e reclamam sem parar, mas são os que menos contribuem para encontrar uma solução.

— Eu não poderia tê-lo descrito com mais precisão — eu disse com uma risada nervosa.

— Ele também te quer — Keran disse de maneira factual.

Eu zombei e acenei com a mão, o dispensando — Não, ele não quer. Ou melhor, ele é um péssimo perdedor que não suporta ser rejeitado. Ele se sente no direito de ter a mim e a minha atenção, provavelmente porque sabia que eu era uma híbrida como ele. Vintor adora se gabar e se exibir. Ele só quer poder contar aos outros que foi o primeiro a ter tido sucesso comigo. No minuto em que eu ceder, ele vai perder todo o interesse.

Keran inclinou a cabeça para o lado e estudou minhas feições de uma forma estranha — Embora eu não questione sua descrição do senso de direito e vaidade dele, não acredito que ele a deixaria de lado e seguiria em frente se você cedesse a ele. Ele a vê como um prêmio e um troféu que se recusaria a compartilhar ou permitir que alguém estragasse. Sua pequena demonstração não foi a de um homem com o ego ferido fazendo birra, mas a de um homem que se sente traído por sua alma gêmea.

Eu estremeci — Bem, ele precisa de um choque de realidade. Eu não sou a alma gêmea dele e nunca serei a mulher dele. Mas essa reunião com eles é uma ótima ideia — eu acrescentei, ansiosa para mudar de assunto.

Ele sorriu, nem um pouco enganado — Você acha que eles virão?

— Sim. Quer dizer, sempre há a possibilidade da maioria não vir se Vintor fizer uma campanha para convencer todos a se absterem. Eu conversarei com ele e com os outros — eu prometi — Mas, como aviso, provavelmente será uma experiência desagradável para você. Eles guardam muita raiva e ressentimento. Não é direcionado a você pessoalmente, mas você é a representação física daqueles que os prejudicaram, e eles vão querer atacar.

— Eu não espero menos — Keran disse, aparentemente despreocupado — Quando é a sua próxima reunião?

— Em três dias — eu respondi.

— Perfeito. Vai me dar tempo de me preparar — ele disse, misterioso.

Eu estreitei os olhos para ele, mas sua expressão me disse que ele não revelaria mais nada.

O resto do voo para casa transcorreu sem incidentes.

Eu vi pouco Keran e seus homens pelo resto do dia. A falta que eu senti dele me incomodava. Aquele homem me deixava completamente confusa. Às vezes, ele dava sinais claros de que se sentia atraído por mim. Em outras ocasiões, ele se mostrava educadamente distante, embora amigável.

Mas ele continua apontando todos os híbridos que estão apaixonados por mim.

Sim, e daí? Por mais que eu quisesse acreditar que era um sinal de ciúmes, eu temia que fosse apenas ele percebendo que eu era muitas vezes cega ao óbvio.

Infelizmente, quem estava com ciúmes era eu. Keran e seus guardas tinham deixado Genxia. Ele havia prometido voltar, mas não sabia a que horas. No minuto em que ele me disse para não esperá-lo acordada, minha mente foi direto para a imagem de uma stripper gostosa no Cabaret se esfregando em seu corpo divino. Mesmo alegando não gostar de mulheres humanas, ele continuava sendo um Braxiano. Os homens estavam excitados o tempo todo.

Apesar do aviso, eu fiquei acordada por muito mais tempo do que deveria. Finalmente desistindo, eu entrei embaixo de um chuveiro escaldante, esperando que o calor ajudasse a aliviar a tensão que apertava meus músculos, embora uma água fria pudesse ter apaziguado os devaneios travessos que me enchiam a cabeça.

Segundos depois de deitar a cabeça no travesseiro, o sistema de segurança me avisou da chegada deles. Meu coração disparou e meu pulso acelerou enquanto eu aguçava os ouvidos para ouvi-los se dirigirem silenciosamente para seus respectivos quartos.

Os vinte minutos seguintes passaram agonizantemente devagar, enquanto eu me debatia se deveria ir até ele ou não. Inicialmente, eu demorei, sabendo que ele provavelmente tomaria um banho primeiro. Depois, tentei criar coragem para ir bater. Nesse momento, quarenta e cinco minutos já haviam se passado. Com o coração disparado, eu saí do quarto e não vi nenhum sinal de luz passando por baixo da porta. Meus ombros cederam de decepção e auto-recriminação.

Eu esperei tempo demais.

Rastejando de volta para o meu quarto, eu passei mais uma noite inquieta, repleta de desejos não realizados que minhas próprias mãos não conseguiam saciar. Eu acordei mais uma vez com o som distante de espadas se chocando. Enquanto eu estava na sacada admirando o espetáculo, um pensamento triste me ocorreu.

As pessoas tinham uma imagem romântica do que era ser um príncipe ou membro da realeza. Embora isso pudesse ser verdade para certas espécies, certamente não se aplicava a um Braxiano. Por mais que eu quisesse acreditar que Keran gostava de lutar com seus homens, essa também era uma necessidade. Somente o homem mais forte poderia governar como Magnar. Qualquer um era bem-vindo para desafiá-lo pelo trono em um duelo. Se ele fosse derrotado, seria forçado a renunciar. Isso significava manter suas habilidades no mais alto nível possível para estar sempre pronto para um rival em potencial.

Hoje, mais uma vez, eu mal vi Keran enquanto ele saía com seus homens vasculhando o planeta em busca do segundo caçador de talentos e, pior ainda, da última vítima. Esta manhã marcou nove dias desde que encontramos o último corpo. Embora eu tivesse minhas próprias tarefas gerenciando o abrigo, eu também passei muitas horas entrando em contato com cada um dos híbridos individualmente para garantir que eles apareceriam amanhã na reunião solicitada por Keran. Isso também me permitiu verificar como todos estavam e confirmar que estavam seguros.

Enquanto as horas passavam sem nenhum anúncio trágico, uma esperança impossível floresceu em meu coração. Ainda havia dois híbridos desaparecidos. Eu esperava que um deles aparecesse morto. Será que a presença de Keran e a investigação pública teriam levado o assassino a se esconder?

Naquela noite, embora Keran tenha voltado cedo o suficiente para jantarmos juntos, eu não fui bater à sua porta. Além dele não ter demonstrado o menor sinal de flerte comigo o dia todo, eu estava estressada demais com a ideia do próximo assassinato. Mas nós não recebemos nenhuma notícia ruim naquela noite.

Na manhã seguinte, não foram as espadas que me tiraram do sono, mas o aroma mais delicioso de comida. Para minha surpresa, eu havia dormido até mais tarde que o treinamento matinal de Keran. Depois de abluções rápidas, eu me vesti e corri para o refeitório. Encontrar três Braxianos enormes cozinhando na minha cozinha me deixou louca. O olhar divertido deles me fez perceber que eu estava ali parada, boquiaberta.

— Está quase pronto — Keran disse com uma voz calorosa — Sente-se.

— Sabe, eu poderia me acostumar com isso — eu disse, provocando, enquanto obedecia — Ter um futuro rei e seus dois guardas temíveis como chefs pessoais, eu aceito!

Tagar e Nowik bufaram, mas Keran me lançou um olhar estranho enquanto tirava a carne da panela.

— Isso pode muito bem acontecer. Para isso, você precisará voltar para Braxia conosco — Keran disse.

Meu estômago deu um nó e eu me perguntei se ele realmente falava sério ou se estava apenas brincando.

— Se eu aceitar, lembre-se de que você se ofereceu — eu respondi, impassível.

— Eu nunca esqueço uma promessa, Dawn.

Desta vez, meus dedos dos pés se curvaram ao ouvir o tom sério de Keran. Foda-se! Ele realmente falava sério. Certo? Era a primeira vez em três dias que ele estava flertando comigo ou insinuando seu interesse persistente por mim.

— É bom saber — eu respondi, com o estômago embrulhado.

Nós comemos em um ambiente descontraído. Normalmente tranquilos, Nowik e Tagar participaram da conversa amigável, descrevendo as belezas e os perigos de Braxia, seus lugares e hobbies favoritos, todos aparentemente envolvendo algum tipo de esporte radical ou alguma forma de combate, seja caça ou luta.

Ao longo dessas conversas, a profundidade da amizade genuína e do respeito entre os três homens me impressionou profundamente. Isso contrastava fortemente com a minha experiência ao conhecer dignitários visitantes de outros planetas. Seus seguranças eram claramente funcionários cumprindo suas funções. Seus protegidos mal reconheciam a presença deles, a não ser para exigir algo. Eles não demonstravam nenhuma preocupação especial com o bem-estar de seus guardas, exceto na medida em que isso pudesse afetar sua capacidade de protegê-los.

Mas não Keran.

Ao final das sessões de treino com seus homens, Keran pegou as garrafas de água deixadas por perto, entregando uma a cada um de seus guardas antes de abrir a sua. Ele perguntava se eles estavam bem depois de espancá-los e os forçar a descansar ou comer quando eles queriam continuar trabalhando por um número excessivo de horas seguidas.

A maneira como os guardas se dirigiam aos seus chefes e olhavam para eles dizia muito.

Enquanto os bons levavam um tiro pelo patrão por dever, Nowik e Tagar o faziam por Keran por lealdade e amizade. Eles não o olhavam com a resignação de um funcionário infeliz, nem com a expressão submissa de um funcionário de patente inferior. Orgulho e afeição brilhavam em seus olhos. E embora sempre o tratassem com a deferência devida à sua posição, isso nunca era servil ou forçado, e ele nunca interagia com eles de forma arrogante. Em todos os aspectos importantes, eles eram iguais, mas com papéis diferentes.

Cedo demais, nós nos separamos. Enquanto eles prosseguiam com nossa investigação um tanto estagnada, eu retornei às minhas tarefas de administrar o abrigo, com minha assistente Melinda passando por algumas horas. Eu a deixei cuidar da contabilidade e da escala de trabalho dos homens que cuidavam de nossos campos e da colheita. Enquanto isso, eu concluí os últimos esforços para convencer o máximo de híbridos a comparecer à reunião que aconteceria no dia seguinte.

À medida que as horas passavam, a tensão que ainda me atormentava foi diminuindo, conforme as notícias terríveis que eu temia não chegavam por mais um dia. Quando a noite caiu, eu estava praticamente caminhando nas nuvens. Descobrir que Tagar e Nowik estavam saindo por algumas horas, com destino desconhecido, me deu asas e coragem.

Recusando a me deixar enganar novamente pela hesitação, pela baixa autoestima e pela minha necessidade miserável de pensar e analisar tudo em excesso, eu corri para os meus aposentos e entrei no chuveiro assim que Keran e eu nos despedimos. Eu rapidamente me sequei, escovei os dentes e penteei o cabelo, debatendo o tempo todo se deveria passar um pouquinho de perfume em lugares estratégicos.

No final, eu decidi não fazer isso. O aroma tinha grande importância para os Braxianos. Para eles, o perfume muitas vezes era visto como enganoso, como se você estivesse tentando esconder algo sobre si mesmo ou enganar os outros.

Por outro lado, as mulheres Braxianas desenvolveram uma linha fantástica de perfumes orgânicos. Para muitas espécies, eles soariam inodoros – como, tecnicamente, eram. Mas, uma vez aplicados, eles realçavam a fragrância natural do usuário e também agiam como afrodisíacos. Eu os teria usado descaradamente esta noite, se tivesse algum. Mas, desde seu casamento com Ravik, Dagna Mercy ajudou a galáxia a descobrir os produtos artesanais desenvolvidos pelas mulheres Braxianas. E a demanda dos obscenamente ricos havia criado escassez, o que tornava esses produtos inacessíveis para plebeias como eu.

Afinal, quem precisa de perfume?

Eu queria que Keran se sentisse atraído por mim, não por algum aprimoramento químico. E se eu não tivesse interpretado mal seus comentários mais cedo esta manhã, ele estava interessado em mim, do jeito que eu estava. Apesar de prometer a mim mesma me apressar antes que ele fosse para a cama, eu acabei perdendo mais tempo debatendo o que vestir. Depois de tantos anos celibatária, lingeries sexy não eram exatamente abundantes em minhas gavetas – ou seja, não havia nem sombra de uma peça sequer para ser encontrada.

Uma rápida olhada no relógio fez meu coração disparar e meu estômago se revirou de estresse. Eu estava demorando demais.

— Ah, foda-se! — eu sibilei, exasperada.

Recusando a pensar mais nisso, eu vesti meu robe mais bonito e saí resolutamente do quarto. Já que meu objetivo era cair nua na cama dele, era melhor já ter resolvido a parte da nudez e rezar para que a parte de cair na cama se concretizasse.

Pela primeira vez, eu acolhi o som estrondoso do meu coração tentando freneticamente sair do peito. Ele abafou a vozinha cada vez mais apavorada no fundo da minha cabeça, gritando para eu voltar para o quarto antes que eu me envergonhasse.

Sentindo-me fraca, eu parei em frente à porta de Keran e imediatamente levantei a mão para bater. Se eu me desse um segundo para pensar, eu me esquivaria e correria. Mais uma vez, antes que eu pudesse completar o movimento, a voz abafada de Keran ressoou através da porta.

— Só um minuto, Dawn.

Porra! Porra! Porra!

Claro, meu timing foi péssimo mais uma vez! Ele tinha acabado de se deitar? Estava no meio de uma videochamada com o capitão ou o diretor médico? Estava...?

— Você pode entrar — Keran gritou.

Sentindo-me ainda mais fraca, minha determinação anterior tendo sido destruída, eu encarei a maçaneta da porta como se esperasse que ela se transformasse na cabeça de um krillik, pronta para atacar com uma mordida venenosa se eu ousasse alcançá-la.

Eu fechei os olhos, respirei fundo, me fortalecendo, e abri a porta. Eu fiquei de queixo caído ao encontrar Keran parado do lado de fora da sala de higiene, com uma toalha enrolada rapidamente na cintura.

— Ah, me desculpe! — eu exclamei, pronta para sair correndo — Não queria interromper. Vou deixá-lo voltar para o seu banho.

— Você não está interrompendo, Dawn — ele disse com a voz calma — Eu terminei de tomar banho há mais de vinte minutos.

— Entendi — eu respondi, sem de fato entender nada.

Um sorriso travesso se formou em seus lábios — Você está se perguntando por que eu ainda estou só de toalha.

— Huh... sim — eu admiti timidamente.

— Porque eu durmo nu, e essa foi a maneira mais rápida que eu encontrei para não te dar um vislumbre e poupar sua sensibilidade — ele respondeu, provocativamente.

Eu lambi os lábios nervosamente, meu olhar se voltou para a toalha antes de se fixar novamente no dele. Os olhos cinzentos de Keran me encararam com sua intensidade lendária, desta vez impregnados de uma ousadia inegável.

Ele sabe por que você está aqui. Não o deixe te expulsar do quarto dele de novo.

Aquela vozinha miserável no fundo da minha cabeça era ou uma completa covarde ou uma pessoa completamente atrevida. Mas era eu quem precisava agir de acordo com esses estímulos.

Eu levantei o queixo, de modo desafiador — Quem disse que minha sensibilidade precisa ser poupada? O que te faz pensar que eu não gostaria de dar uma olhada?

Ele bufou, seus olhos tempestuosos brilhando de diversão — Desculpe-me se fui presunçoso. Devo mostrar então?

Eu dei de ombros e coloquei uma expressão indiferente no rosto — Você não precisa se isso te deixa constrangido. Mas não posso negar que estou curiosa para descobrir qual é a grande sacada dos puros-sangues.

Keran riu baixinho. Como a maioria dos homens Braxianos, sorrir o fazia parecer cruel, se não sádico. E isso era o que mais me excitava.

— Aaah! Pesquisa científica — ele disse como se tivesse tido uma epifania repentina — Nesse caso, ficarei feliz em ajudar.

Minha garganta ficou seca e um calor intenso pulsou entre minhas coxas quando Keran lentamente soltou a toalha que havia amarrado no quadril, abrindo-a ao lado do corpo. Meu estômago deu algumas cambalhotas ao ver seu membro enorme. Eu não conseguia dizer se o medo, o desejo masoquista irracional ou uma mistura dos dois havia desencadeado aquela reação.

Longo e grosso, seu pênis tinha aparência semelhante ao de um humano, exceto pela ausência natural de prepúcio ou pelos pubianos.

Mas o tamanho!

— Isso é grande o suficiente? — ele perguntou em tom de provocação, com a voz baixando uma oitava.

Embora meus olhos permanecessem fixos em seu enorme eixo, eu podia sentir seu olhar pesando sobre mim.

— Eu diria que é de... proporções épicas — eu respondi distraidamente, totalmente fascinada.

Keran jogou a toalha na cadeira em frente à sua mesa de trabalho. Em seguida, ele ergueu o queixo, inclinando a cabeça levemente para o lado, de forma provocativa.

— Eu te mostrei o meu... — ele disse, sem se dar ao trabalho de terminar a frase.

Ele não precisava. O pânico que eu esperava sentir não veio. Minhas paredes internas se contraíram e minha pele formigava com a emoção da antecipação.

Com uma ousadia e confiança que eu não imaginava possuir, eu desamarrei meu robe e o abri. Embora não o tenha tirado, eu deixei o tecido deslizar parcialmente pelos meus ombros e mantive os braços abertos.

Minha respiração ficou presa quando Keran deixou seu olhar vagar por mim, seus olhos cinzentos escurecendo tanto que quase pareciam pretos. Sua mandíbula se apertou e o canto do lábio superior se ergueu em um rosnado. Meus seios imediatamente ficaram pesados, e a umidade se acumulou entre minhas coxas em resposta ao olhar selvagem e faminto que desceu sobre suas feições.

Ele caminhou em minha direção, com passos silenciosos e o andar fluido como um predador se aproximando da presa. Uma presa muito disposta. Meu estômago se revirou quando ele parou na minha frente, tão perto que eu podia sentir o calor do seu corpo irradiando contra a minha pele. Alcançando meu robe com as duas mãos, ele o empurrou para baixo, descendo pelo comprimento restante dos meus braços. A peça caiu no chão com o suave farfalhar do tecido.

Um rosnado baixo e estrondoso vibrou em seu peito enquanto seus músculos abdominais se contraíam. Apesar da circunferência enorme de Keran, minha boca salivava ao ver seu membro parcialmente ereto ficando ainda mais intumescido.

— Perfeição — Keran sussurrou antes de circular lentamente ao meu redor.

Eu tremia de antecipação, meus mamilos dolorosamente duros com a necessidade de serem tocados quando ele parou atrás de mim. Um arrepio violento me percorreu quando sua mão grande e calejada pousou em meu quadril esquerdo. Em uma carícia lenta e suave, ela percorreu meu flanco, subindo pela minha espinha, até o pescoço, antes de afastar meu cabelo.

Eu inspirei fundo quando seu peito pressionou levemente minhas costas, sua pele queimando a minha com a força de mil incêndios. Minha pele se arrepiou quando sua respiração soprou sobre meu ombro exposto. O beijo que eu esperava não veio imediatamente. Em vez disso, Keran inalou profundamente meu cheiro, seu rosto pairando a um fio de cabelo da minha pele enquanto seguia a curva do meu ombro, a curva do meu pescoço e a parte de trás da minha orelha.

Um segundo rosnado profundo surgiu de seu peito, vibrando diretamente contra minhas costas. Um gemido carente escapou de mim, e minhas mãos involuntariamente se abriram e fecharam enquanto eu lutava contra a vontade de me virar e tocá-lo. Eu não conseguia dizer se havia me inclinado para trás para ter mais contato com ele, ou se Keran havia se aproximado. De qualquer forma, seu corpo musculoso estava subitamente me envolvendo, sua mão direita pousando em minha barriga para me pressionar ainda mais contra ele.

Eu soltei um suspiro gutural quando seus lábios roçaram a curva do meu pescoço e, em seguida, depositaram um beijo suave na curva. O calor úmido de sua língua fez cócegas naquele ponto sensível, enviando outro arrepio delicioso pela minha espinha. Sua mão na minha barriga me puxou ainda mais contra seu corpo firme. Uma onda de luxúria misturada a uma pontada de apreensão percorreu meu corpo com a sensação intensificada de seu pau grosso encostado na costura do meu traseiro. Mas sua mão livre se fechando em volta do meu seio esquerdo recuperou minha atenção.

Eu levantei um braço, abrindo ainda mais o peito para ele, e estendi a mão para trás para deslizar meus dedos pelos seus longos cabelos. Porra, eles eram ainda mais macios do que eu imaginava. Em nítido contraste, a textura áspera da palma da mão dele esfregando meu mamilo ereto enquanto ele me acariciava enviou faíscas elétricas direto entre as minhas coxas.

Um suspiro interrompeu meu gemido quando Keran deu uma mordida firme no meu pescoço, embora não o suficiente para machucar ou romper a pele. Enquanto ele amenizava a ardência com um beijo e uma lambida, a mão do Príncipe na minha barriga deslizou em direção à minha pélvis. A julgar pela lentidão de seus movimentos, eu instintivamente imaginei que ele estava me dando uma chance de me afastar ou detê-lo.

Mas dessa vez eu estava totalmente envolvida.

Sentindo-me encorajada pela forma possessiva como ele me segurava e pelo aroma enlouquecedor de sua própria excitação, eu coloquei minha mão bem menor sobre a dele e o incitei a ir mais para baixo. O rosnado de aprovação de Keran saudou meu gesto, e eu abri minhas pernas para lhe dar melhor acesso e apagar qualquer dúvida que ele pudesse ter de que eu ansiava por seu toque.

Assim que sua mão pousou sobre meu sexo, a mão esquerda de Keran abandonou meu seio para agarrar meus cabelos na nuca. Eu soltei um grito de susto quando ele o puxou, me forçando a inclinar a cabeça para trás. Sua boca cobrindo a minha abafou meu gemido estrangulado enquanto seus dedos imediatamente separaram meus lábios vaginais para deslizar ao longo do meu pequeno nódulo.

Embora eu já suspeitasse disso, a forma conquistadora com que Keran reivindicou minha boca deixou sua natureza dominante extremamente clara. Eu me submeti de bom grado, meus lábios se abrindo para receber sua língua invasora. Ele engoliu meu gemido avidamente enquanto seu polegar provocava meu clitóris.

Deusa! Fazia tanto tempo que eu não era tocada assim. E a habilidade com que ele fez isso me deixou ofegante na hora. Enquanto seu polegar continuava me levando para perto do clímax, Keran inseriu um dedo grosso dentro de mim. Eu levei um segundo para entender o motivo de seu ronronar de aprovação.

Claro, ele ficaria preocupado se eu tivesse herdado a genética da minha mãe – o que exigiria uma preparação extensiva e altas doses do relaxante muscular chamado Denax para poder recebê-lo. Felizmente, nesse aspecto, eu era totalmente Braxiana. Provavelmente ainda exigiria alguns cuidados do meu corpo para aceitar sua circunferência realmente impressionante, mas meu revestimento interno foi feito para se esticar e acomodar o tamanho enorme dos nossos homens e os bebês enormes que parimos.

A ideia de Keran dentro de mim fez minhas paredes internas se contraírem em torno de seu dedo. Aparentemente interpretando minha reação fisiológica como um pedido por mais, ele rosnou novamente e prontamente inseriu um segundo dedo. Eu gemi e esfreguei meu sexo contra sua mão. Keran acelerou o movimento de seus dedos entrando e

saindo de mim enquanto seu polegar massageava meu clitóris implaca-
velmente.

Meus joelhos fraquejaram enquanto o prazer crescia em meu âmago. Eu me inclinei mais contra ele e empurrei minha pélvis para a frente, em contraponto à sua mão que fazia amor comigo. Minha mão direita voou até meu seio, rolando e beliscando meu mamilo com uma força quase brutal. Eu quase gemi quando Keran interrompeu o beijo. Mas ele enfiando um terceiro dedo dentro de mim me fez gritar de prazer. Embora antes parecesse um pouco apertado, isso finalmente me deu o alongamento que eu tanto desejava e precisava como mulher Braxiana, e que intensificava cada sensação.

— Goze para mim, Dawn — Keran sussurrou, seus lábios pressio-nados contra minha orelha direita.

Seu tom autoritário, quase ameaçador, ressoou diretamente na minha boceta, me fazendo gotejar de tesão. Mas foi a picada afiada de seus dentes mordendo a curva do meu pescoço que me fez perder o controle. Eu gritei, meus joelhos cedendo quando meu clímax me atin-giu. Keran me segurou sem esforço com um braço em volta da minha cintura, seu polegar e os dedos me mantendo voando alto.

— Boa menina — ele ronronou enquanto espalhava beijos em meu pescoço e nuca.

A sala girou quando Keran me soltou apenas o tempo suficiente para me virar. Embora ainda meio atordoada, eu gemi, e um arrepio poderoso me percorreu ao sentir seu peito nu e musculoso pressio-nando o meu. Seus braços enormes me envolveram, me fazendo sentir minúscula, frágil, completamente vulnerável e, ainda assim, completa-mente segura.

Em mais uma demonstração de sua força incrível, Keran deslizou as mãos por trás das minhas coxas, me levantando como se eu não pesasse nada. Eu envolvi minhas pernas em volta da sua cintura e apertei as mãos atrás da sua nuca. Meu estômago estremeceu e uma onda de desejo explodiu na minha região inferior quando seu pau grosso pressionou meu centro.

Keran reivindicou minha boca com uma fome raivosa, à qual correspondi na mesma moeda. Enquanto nossas línguas guerreavam, ele esfregou seu membro contra mim. A fricção na minha pequena protuberância enviou faíscas elétricas pela minha região pélvica e pelas minhas pernas.

Eu ansiava por ser preenchida novamente. A ausência dos dedos dele me penetrando me deixou vazia. Por mais sensível que meu clitóris fosse – graças à minha herança humana – minha genética Braxiana dominava no quesito sexual. Nossas mulheres chegavam ao clímax principalmente durante a penetração vaginal. Feixes de nervos altamente erógenos se escondiam logo abaixo do nosso revestimento interno. Como era necessária uma quantidade substancial de pressão para estimulá-los, homens com um pênis de tamanho médio não faziam nada por nós. Eu sentia tanto prazer cavalgando um pau humano comum quanto usando um canudo.

Mas a circunferência de Keran levou isso ao outro extremo. Por mais que eu temesse que ele fosse demais para mim, eu pulsava de ansiedade. Incapaz de esperar mais, eu deslizei a mão entre nós para agarrar seu pau. Antes que eu pudesse apontá-lo para minha abertura, eu gritei com a dor de Keran batendo firmemente em meu traseiro. Segurando-me com apenas um braço sob minhas coxas, ele puxou minha mão para longe de seu pau, torcendo-a atrás das minhas costas.

Ele engoliu minhas palavras de protesto com outro beijo possessivo, desta vez quase punitivo em sua intensidade. Muitas emoções conflitantes giravam dentro de mim. O prazer de Keran acelerando o movimento de seus quadris enquanto esfregava seu pau contra meu clitóris se chocava com a dolorosa contração das minhas paredes internas, que exigiam ser preenchidas. A maneira inflexível com que ele me segurava, me mantendo efetivamente subjugada, me excitava com essa emocionante demonstração de dominância e me fazia sentir frustrada e traída por não conseguir fazer o que queria com ele.

Concentrada demais em me esfregar nele para saciar minha necessidade ardente, eu mal percebi que ele havia começado a se mover em direção à cama. Só quando ele soltou meu pulso, ainda preso às minhas costas, e depois abaixou o braço que me segurava contra si, eu percebi o que estava acontecendo. Eu engoli em seco, segundos antes de aterrissar no colchão macio.

Elevando-se sobre mim, com os dentes à mostra num rosnado ameaçador, Keran me encarava com uma expressão selvagem. Uma faísca de fogo explodiu na boca do meu estômago quando ele envolveu seu pau enorme com a mão. Ele o acariciou lentamente algumas vezes, apertando-o com uma força que devia ser quase dolorosa. Meus dedos dos pés se curvaram enquanto seu olhar percorria meu corpo nu com uma possessividade que fez com que mais umidade se acumulasse entre minhas coxas.

Keran parecia querer me machucar de maneiras indizíveis, e eu queria que ele fizesse tudo o que podia.

— Por favor — eu sussurrei, estendendo a mão em sua direção enquanto continha um gemido quase doloroso e minhas paredes internas continuavam a se contrair espasmodicamente de desejo.

Eu precisava dele dentro de mim agora mesmo.

Mas Keran ignorou meu apelo. Com os olhos fixos no meu sexo, ele continuou a se acariciar lentamente. Sua expressão se obscureceu, fazendo-o parecer ainda mais selvagem, enquanto seu nariz largo e achatado se contraía, sem dúvida devido ao cheiro crescente da minha excitação.

Deitada de costas, com as coxas brilhando com a minha essência, eu devia ser um espetáculo e tanto. Eu nem me importava com o quão desesperada e carente eu parecia. Abrindo bem as pernas, eu estendi a outra mão em sua direção.

Meu coração disparou quando ele se ajoelhou na beira da cama, com os dedos ainda envolvendo seu pênis, enquanto sua mão livre se apoiava em meu tornozelo esquerdo.

— Você fantasiou comigo, Dawn? — Keran perguntou em uma voz baixa e rouca, carregada de desejo — Você se tocou pensando em mim, assim como eu me toquei pensando em você?

Meu estômago estremeceu, e uma onda ardente de luxúria percorreu minhas partes íntimas como lava derretida — Sim — eu respondi com a voz rouca.

— Mostre-me — ele ordenou — Mostre-me como você se tocou para mim.

Eu devia morrer de vergonha só de pensar em obedecer, mas aquele homem tinha um poder inexplicável sobre mim. Sem hesitar, eu deslizei a mão pelo meu corpo, imaginando que fosse a de Keran, antes de colocá-la sobre o meu sexo. Com dois dedos, eu abri meus lábios vaginais, apertei meu clitóris algumas vezes e comecei a massageá-lo.

Um gemido escapou de mim, e eu mordi o lábio inferior enquanto acariciava meu seio esquerdo com a outra mão. Keran emitiu um som gutural, entre um ronronar e um rosnado. Sua palma em meu tornozelo começou uma lenta jornada pela minha perna, e minha pele se arrepiou com a sensação áspera de sua mão calejada.

Havia algo de pecaminoso em me dar prazer diante de uma testemunha. O meu lado reservado – para não dizer pudico – gritava para que eu parasse e me cobrisse. Mas o meu lado safado se deliciava em ceder aos meus desejos. A maneira faminta com que Keran me devorava com seus olhos tempestuosos me incitava. Eu nunca me senti mais bonita, ou mais sexy, do que naquele instante. Eu o queria louco de tesão, para fazê-lo perder aquele autocontrole miserável que o fazia negar o que eu desejava.

Na minha melhor impressão do que presumi ser a performance de uma dançarina exótica, eu me acariciei de forma lenta e lasciva enquanto girava na cama. Eu alternei entre esfregar meu clitóris e mergulhar meus dedos dentro de mim. O prazer se apoderou de mim, despertado pelo meu toque, pela mão de Keran em mim e por seu intenso voyeurismo. Eu nunca me considerei exibicionista. Mas, naquele instante, eu adorava me exibir para o meu homem... para este homem.

Por instinto, eu afastei a mão do meu sexo, levei os dois dedos brilhando de excitação ao rosto e os coloquei na boca. O som bestial que saiu da garganta de Keran enquanto eu lambia lentamente minha própria essência fez minhas paredes internas se contraírem freneticamente.

Eu não consegui me tocar novamente quando Keran investiu contra mim.

Meu grito de susto morreu em um gemido gutural e prolongado quando ele enterrou o rosto entre minhas coxas. Keran não me provocou nem me zombou, mas foi direto ao ponto. Com seus lábios grossos envolvendo meu pequeno nódulo, ele me lambeu e chupou com uma voracidade que rapidamente me fez gozar. Eu sibilei de gratidão e felicidade quando seus dedos encontraram o caminho para dentro de mim novamente.

Desta vez, ele imediatamente inseriu três deles, tesourando-os para dentro e para fora de mim em um ritmo mais rápido e com mais força do que antes. Em um nível subconsciente, eu entendi que ele estava me preparando para recebê-lo, além de avaliar minhas respostas. Mas eu não me importei. Ele já havia me proporcionado um orgasmo e me levado de primeira classe para um segundo, enquanto minhas paredes internas se apertavam avidamente em torno de seus dedos.

Um fogo líquido percorreu meu corpo, e minhas pernas começaram a tremer com a liberação iminente. Eu agarrei os cabelos de Keran com as duas mãos e levantei minha pélvis para um contato ainda maior com sua boca, que se deliciava comigo, e sua mão me penetrava. Palavras incoerentes saíam de mim, alternando entre súplicas para que ele não parasse e elogios por como era bom.

Meu orgasmo me atingiu com violência repentina. Eu gritei seu nome, arqueando as costas enquanto jogava a cabeça para trás, contra a cama. Eu senti vagamente Keran pressionando a palma da mão na minha barriga para me forçar a recuar, enquanto ele continuava a lamber e chupar meu clítóris. Ondas e mais ondas de prazer me invadiram, me arrebatando em um turbilhão de sensações. Eu senti calor e frio ao mesmo tempo, minha pele formigando como se eu estivesse prestes a perder a consciência ou ter uma experiência extracorpórea.

Apenas minhas mãos ainda agarrando violentamente os cabelos de Keran e o calor escaldante de sua boca em meu âmago me mantinham ancorada à realidade. Quando eu comecei a descer, percebi que ele havia cedido meu clítóris. De repente, eu senti frio e desolação quando ele se afastou de mim. Meio atordoada, eu levei um momento para entender que ele havia parado para colocar uma camisinha.

Uma onda de vergonha me invadiu. Como mulher – e especial-mente híbrida – eu devia ter pensado nisso. Embora eu tivesse um implante contraceptivo, ele não funcionaria com um Braxiano, puro-sangue ou não. O sêmen dos nossos homens poderia anular a maioria dos contraceptivos e manipular o sistema endócrino da mulher para forçar seu corpo a um estado reprodutivo elevado, que poderia aceitar o sêmen dele e aumentar as chances de concepção.

Mas Keran, voltando rapidamente para a cama, afastou esses pensamentos. Sua boca e mãos exploravam cada centímetro do meu corpo com uma possessividade brutal que me fez tremer com igual intensidade de medo e excitação. Estava ficando óbvio que Keran não era o tipo de amante gentil. Eu nunca tinha considerado isso algo que me interessasse, mas aquela perspectiva com o Príncipe me fazia pulsar de desejo.

Seu toque cada vez mais áspero parecia confirmar minhas suposições. Keran estava avaliando meu nível de tolerância. Ele tomou um dos meus mamilos na boca, chupando-o com intensidade crescente até que ele começou a flertar com uma mistura maravilhosa de prazer e dor. Eu me entreguei a ele, meus gemidos de êxtase o incitando a continuar.

Ele beijou e mordeu meu peito, subindo até meu pescoço, antes de retomar minha boca. Seu beijo foi brutal, dominante, exigindo minha completa rendição. Por uma razão que não consegui explicar, a necessidade de desafiá-lo me invadiu. Assim que comecei a tentar controlar o beijo, a mão grande de Keran envolveu meu pescoço. Ele apertou com força suficiente para comprimir minhas vias aéreas, mas não a ponto de me sufocar completamente.

Para minha consternação, meu pulso acelerou, e cada batida do meu coração parecia ecoar diretamente no meu clitóris intumescido, enquanto eu me sentia cada vez mais molhada. Pior ainda, uma vozinha insana no fundo da minha cabeça gritava para ele apertar ainda mais forte. A parte masoquista de mim – que eu nem sabia que existia – quase continuou a desafiar seu domínio para ver o quão mais bruto ele ficaria.

Quando eu cedi, Keran se enrijeceu um pouco. Um milhão de pensamentos passaram pela minha cabeça em segundos. Será que ele estava decepcionado por eu não ter levado o experimento adiante? Será que ele estava em dúvida se deveria continuar com a punição mesmo eu tendo cedido? Será que ele tinha medo de ter me afastado ou me assustado?

O toque dele, que de repente ficou mais suave, me convenceu de que ele provavelmente estava pensando que tinha me machucado ou me assustado. Eu queria que ele soltasse sua fera em mim e se entregasse com tudo. Por instinto, eu cravei minhas unhas em suas costas enquanto pressionava meu peito contra o dele. Keran sibilou contra meus lábios, seu corpo se contraindo em meus braços. Por uma fração de segundo, eu temi ter sido rude demais. Meu coração afundou quando ele interrompeu o beijo para me olhar.

— Faça isso de novo — ele insistiu em uma voz baixa e cheia de desejo.

Minhas paredes internas se contraíram e meus mamilos doeram em resposta ao seu tom lascivo. Eu obedeci de bom grado e arranhei suas costas mais uma vez com um pouco mais de força, mas ainda longe de ser forte o suficiente para romper a pele. Keran emitiu um gemido rosnado, um tremor o percorrendo.

— De novo — ele ordenou enquanto colocava um braço atrás da minha perna direita, me abrindo para ele.

Eu obedeci mais uma vez, mas não parei dessa vez, alternando entre arranhar suas costas, acariciá-lo para aliviar a ardência e puxar seus cabelos. A julgar pela sua resposta, Keran definitivamente adorava um pouco de dor. Ao mesmo tempo, ele começou a esfregar seu membro contra meu núcleo, revestindo-se com a minha essência.

Meu estômago estremeceu e eu comecei a latejar novamente, sabendo que a qualquer momento ele finalmente me daria o que eu desejava. No entanto, o miserável não parecia ter pressa. Ele continuou a se esfregar em mim até que eu comecei a implorar para que ele me possuísse antes que eu enlouquecesse de desejo.

— Adoro o jeito como você implora — Keran sussurrou contra meus lábios — Antes que a noite acabe, você estará implorando para que eu pare.

Longe de me assustar, sua ameaça só me excitou ainda mais. Mesmo quando ele começou a se empurrar para dentro de mim e com meu corpo lutando ferozmente contra sua invasão, minha excitação não diminuiu. Seu pau era enorme. Apesar de como ele me deixou molhada e de seus esforços para me alargar, Keran foi forçado a penetrar com estocadas superficiais enquanto meu corpo se esforçava para ser penetrado.

Meu cérebro lutava para processar as sensações que me percorriam. A queimação do seu pau tentando penetrar em mim era atenuada pelas terminações nervosas erógenas sob meu revestimento interno, que se eriçavam sob a pressão. Eu nunca me senti tão tensa e, ainda assim, mal podia esperar para tê-lo por inteiro. No momento em que a masoquista em mim se manifestou novamente, desejando que Keran simplesmente se forçasse com uma estocada poderosa e acabasse logo com aquilo, meu corpo finalmente cedeu.

O grunhido gutural de Keran se misturou ao meu chiado de prazer e dor. Deusa, ele estava me enchendo até a borda... se não a ponto de explodir. Eu cravei minhas unhas em suas costas e fechei os olhos, enquanto esperava meu corpo se ajustar à sua circunferência. Apesar da tensão que o enrijecia, sem dúvida enquanto ele lutava para se controlar, Keran me cobriu de elogios e palavras de incentivo, enquanto me salpicava beijos suaves no rosto.

Por fim, minhas paredes internas começaram a convulsionar em torno de seu pau, sinalizando que eu finalmente estava pronta para a ação. Keran não precisou ser avisado duas vezes. Ele começou a se mover para dentro e para fora de mim com estocadas lentas e cuidadosas. Seus olhos cinzentos, quase negros de tesão, fixaram-se nos meus enquanto ele observava minha reação. Havia algo incrivelmente sexy na tensão em seu rosto. Ele parecia quase dolorido de prazer avassalador e do esforço de se manter no controle para não me machucar.

Mas, em um piscar de olhos, eu agarrei os globos redondos do seu traseiro com as duas mãos e comecei a levantar a pélvis para encontrá-lo, estocada após estocada. Atendendo ao meu sinal, Keran acelerou o ritmo, me penetrando mais fundo, com mais força e mais rápido.

Deusa! Eu pensei que fosse morrer de êxtase. Cada estocada do seu pau grosso esfregava cada uma das minhas terminações nervosas erógenas, me deixando louca. Parecia que cada estocada me injetava uma dose de êxtase líquido diretamente nas minhas partes íntimas, que então se irradiava para fora, deixando minha pele em chamas.

Uma sequência interminável de gemidos fluía de mim, intercalados com pequenos suspiros e gritos enquanto Keran liberava sua paixão em mim. Embora fosse apenas uma ilusão, seu pau parecia ficar mais grosso e comprido à medida que ele começava a me penetrar. O mundo ao nosso redor desapareceu. O calor escaldante de seu corpo rígido me envolveu, seu membro perfurando meu colo do útero, sua boca reivindicando a minha vorazmente, e suas mãos me tocando com o nível certo de brutalidade gentil se tornaram o centro do meu universo.

Não havia começo nem fim, apenas um prazer que ameaçava me destruir física e mentalmente. No entanto, se ele parasse, eu certamente morreria e perderia qualquer resquício de sanidade que me restasse.

Eu me sentia possuída, como se um demônio sexual tivesse me tomado enquanto eu me contorcia sob Keran, absorvendo tudo o que ele tinha a oferecer. Ele estava me destruindo, e eu implorava por mais.

Meu clímax não se formou em ondas, mas sim em um tsunami que me arrastou. Ele me abalou, sem aviso prévio, sem ser convidado, com a rapidez de um terremoto devastador. Minha espinha se contraiu quando uma luz branca ofuscante explodiu diante dos meus olhos. Eu não conseguia dizer se havia gritado ou emitido algum som. Minha mente simplesmente se estilhaçou. O tempo deixou de existir enquanto eu me afogava em um oceano de êxtase.

Eu estava voando alto, alto demais. Certamente, eu alcançaria o sol e, como Ícaro, ele queimaria minhas asas, e eu cairia de volta, meu corpo despedaçado em mil pedaços.

Eu gozei de volta. Quando recuperei os sentidos, estava deitada de bruços. As mãos enormes de Keran puxaram meus quadris para cima. Antes que eu pudesse entender completamente o que estava acontecendo, ele enfiou seu pau dentro de mim com uma estocada poderosa. Eu gritei com a invasão brutal, o som abafado pelo colchão ainda pressionando meu rosto.

Keran me tomou por trás em um ritmo implacável. Nessa posição, ele golpeava meu colo do útero a cada estocada. A dor deveria ter sido demais. Mas eu me vi balançando de volta para ele, para encontrar seu pau, enquanto gritava em êxtase. Ele estendeu a mão para o meu pescoço, me forçando a me ajoelhar, minhas costas arqueando em sua direção.

— Eu vou te destruir — ele sussurrou em meu ouvido antes de apertar ainda mais meu pescoço.

Embora ele não tenha me sufocado completamente, luzes negras começaram a dançar diante dos meus olhos. Os dedos da sua mão livre deslizando entre as minhas coxas para esfregar meu clitóris me excitaram como um foguete. Desta vez, eu gritei tão alto que machuquei minhas cordas vocais. Não sei dizer se eu perdi a consciência pela violência do meu clímax ou por Keran me sufocando. Depois de uma eternidade, eu recuperei o equilíbrio e encontrei Keran de costas comigo deitada em cima dele, empalada em seu pau, enquanto ele me penetrava por baixo.

Eu deveria implorar para ele parar, como ele previu que eu faria. Mas eu não queria. Eu queria tudo o que ele tinha para me dar, mesmo que isso me destruísse para sempre. Com o som de nossas carnes se encontrando em frenesi, meus gemidos e respiração ofegante se misturando aos seus grunhidos bestiais enquanto ele me fodia a ponto de quase me matar, eu me entreguei ao meu amante.

Apesar de todos os orgasmos que ele já havia me proporcionado, os esforços incansáveis de Keran me fizeram chegar ao clímax novamente. No entanto, desta vez, eu não voaria para longe sozinha. A julgar pelos movimentos cada vez mais erráticos de Keran, pela tensão que contorcia suas feições e pelo tom desesperado de seus gemidos e grunhidos, ele finalmente estava perdendo a batalha.

Ele estendeu a mão entre nós para esfregar meu clitóris. Naquele instante, eu percebi que ele não queria cair sem mim. Um lado travesso meu quase o negou. Mas eu teria falhado mesmo se tivesse tentado de verdade. Keran possuía meu corpo. Mesmo agora, eu sabia que ele tinha me arruinado para qualquer outro homem. Eu me rendi ao chamado do êxtase. Minhas paredes internas se fecharam em seu pau enquanto o êxtase me invadia. E, finalmente, Keran uniu sua voz à minha.

Ele penetrou profundamente em mim quando o clímax o atingiu, seus braços me apertando com força. Para meu desgosto, embora seu corpo tremesse com o espasmo da liberação, sua semente nunca me preencheu, presa nos limites da camisinha que ele havia colocado. Embora eu me sentisse traída, afastei o pensamento miserável para saborear a sensação do meu amante me envolvendo enquanto durasse.

Eu descansei a cabeça em seu peito, ouvindo o som estrondoso de seu coração enquanto tentava recuperar o fôlego. Com uma ternura infinita, em nítido contraste com sua aspereza anterior, Keran acariciou delicadamente minhas costas e meus cabelos.

— Você é minha — ele sussurrou com uma possessividade que fez minha garganta se fechar.

Eu sorri e apertei meus braços em volta dele.

CAPÍTULO 12
KERAN

A manhã chegou cedo demais. Arrancar-me dos braços de Dawn provou ser um desafio de proporções épicas. Eu quase a acordei para me perder nela mais uma vez. Eu a havia possuído mais vezes do que conseguia contar durante a noite, e ainda assim eu a desejava.

Ancestrais! A maneira como suas paredes internas me apertavam por todos os lados de forma ardente, acariciando meu comprimento a cada impulso, havia atiçado um inferno furioso em minhas entranhas. A maciez de sua pele aquecida contra a minha, a maneira febril como ela me tocava, cravando as unhas em mim enquanto gemia em meu ouvido e gritava meu nome me assombravam. Eu queria destruí-la, quebrá-la enquanto liberava minha paixão.

Envergonhava-me admitir que eu não me qualificava exatamente como o amante mais gentil. Eu podia ser bastante rude e gostava de receber o mesmo. Com Dawn sendo híbrida, eu temia que ceder aos meus desejos a machucasse. E, no entanto, ela me correspondia estocada por estocada, até mesmo implorando por mais.

Ela era perfeita pra caralho.

O jeito como ela me olhava, os olhos semicerrados, os lábios inchados pelos meus beijos, a pele coberta por uma fina camada de suor enquanto se contorcia embaixo de mim, ecoava em minha mente.

145

Imagens de Dawn presa em tiras de couro, impotente, mas capaz de aceitar tudo o que eu dava enquanto a penetrava, fizeram meu sangue correr para a virilha.

Um chiado escapou de mim ao sentir a dor aguda perto das minhas coxas. Não era o resultado do meu pau enorme pressionando contra as minhas calças, mas sim da lâmina de Tagar encontrando seu alvo em mim.

— Porra! — eu gritei, cambaleando para trás.

Em vez de aproveitarem a vantagem, meus guardas abaixaram suas armas, e as expressões zombeteiras em seus rostos me irritaram profundamente.

— Eu vou bater em vocês dois até sangrar — eu rosnei.

— Hoje não, Jakar — Nowik retrucou, provocador — Um jovem tendo o pau chupado pela primeira vez teria mais foco do que você agora. Não vamos perder mais tempo com este treinamento. Enfim, você tem uma reunião para se preparar. Você pode nos dar uma surra amanhã.

Arreganhando os dentes, eu avancei contra ele e golpeei com a espada num ataque violento... do qual ele se esquivou sem esforço. Os dois homens riram baixinho, com uma mistura de diversão e simpatia brilhando em seus olhos.

Desgostoso comigo mesmo, eu joguei minha espada de luz no chão e voltei para dentro do prédio com uma série de insultos Braxianos dos mais horríveis que consegui inventar. Décadas de treinamento e disciplina haviam evaporado completamente em uma única noite de paixão com uma mulher que eu mal conhecia. Meus detratores veriam isso como mais uma prova da minha inadequação para ser o futuro Magnar deles.

E, no entanto, mesmo enquanto esse pensamento sombrio cruzava minha mente, o cheiro persistente de Dawn na minha pele fazia meu sangue esquentar.

Por que diabos ela me afeta tanto?

Como futuro governante de Braxia, eu me encontrava constantemente com as mais belas de nossas mulheres, que se atiravam em mim na esperança de se tornarem a próxima Dagna. Algumas delas eram habilmente versadas na arte da sedução. Mas nenhuma jamais me desfez como Dawn.

Abatido e confuso, eu entrei no chuveiro, apenas para me sentir ainda mais perturbado ao ver seu cheiro desaparecer completamente. Uma raiva irracional e uma possessividade me invadiram enquanto o delicioso aroma do café da manhã invadia meu quarto. Se Dawn estava cozinhando, provavelmente já tinha tomado banho e se vestido também. Meu cheiro nela também teria desaparecido.

Eu queria marcá-la como minha propriedade. Todos aqueles híbridos babando por ela me enfureciam. Ela era minha. Eu queria gritar isso para o mundo, deixar claro para todos que Dawn era minha mulher e, portanto, proibida.

Mas ela não me concedeu esse direito.

Nós não havíamos discutido que tipo de relacionamento seria esse. Ela me desejava, eu a desejava, e nós nos entregamos aos nossos desejos. Se eu fosse chutar, suspeitava que Dawn acreditava que eu dormia por aí e talvez até usasse meu "status" para conseguir favores femininos.

Um equívoco frequente.

Eu não compartilhava e, portanto, não esperava que minha mulher aceitasse me compartilhar. Se uma mulher não conseguisse satisfazer minhas necessidades a ponto de eu me sentir tentado a procurar em outro lugar, então não éramos compatíveis. Buscar um relacionamento assim seria apenas uma perda de tempo para nós dois.

Mas não estamos em um relacionamento.

Eu rosnei de irritação enquanto me dirigia ao refeitório. Pensar demais e analisar demais nunca foram minhas características. Dawn estava mexendo com a minha cabeça de várias maneiras. Com toda a merda acontecendo na minha vida agora, desenvolver tamanha obsessão por uma mulher era flertar com o desastre.

— Vocês terminaram cedo! — Dawn exclamou quando entrei na sala.

Ela estava terminando de preparar nossa refeição, com um visual mais que delicioso em um vestido azul curto e esvoaçante, e com o cabelo solto. Embora ela claramente o tivesse secado, seu cabelo ainda estava um pouco úmido. Contudo, seu sorriso caloroso e convidativo não conseguiu esconder a pontinha de cautela em seus olhos.

— Sim. Aparentemente, eu estava distraído demais para me concentrar na batalha. Imagino qual poderia ter sido a causa — eu disse, lançando-lhe um olhar significativo.

Um calor subiu por suas bochechas enquanto um vislumbre de incerteza perpassava suas feições. Eu percebi então que Dawn não sabia bem em que pé estavam as coisas entre nós e que estava me deixando ditar o tom de nossas interações. Uma parte de mim desejava que ela me reivindicasse com mais agressividade. A outra parte adorava que ela não estivesse se impondo, mas permitindo que o que quer que estivesse acontecendo entre nós florescesse naturalmente. Por outro lado, talvez ela só quisesse uma aventura de uma noite, além de ter transado com um príncipe.

Assim que o pensamento passou pela minha cabeça, uma onda de vergonha me inundou. Ela nunca me deu motivo para pensar tão mal dela.

Como meus guardas ainda não tinham se juntado a nós, eu caminhei corajosamente até Dawn. Seus olhos se arregalaram levemente quando me aproximei. Ela não se afastou nem hesitou quando a puxei para o meu abraço. Em vez disso, seu rosto assumiu uma expressão adorável, quase tímida, enquanto ela sorria e se fundia a mim. Considerando tudo o que tínhamos feito na noite anterior, timidez era a última coisa que eu esperava dela.

Eu reivindiquei sua boca em um beijo possessivo, meu sangue instantaneamente se incendiando com uma necessidade ardente. Ancestrais! Essa mulher me deixaria louco. Ela deslizou os dedos pelos meus cabelos, primeiro em uma carícia suave, antes de cerrá-los. Eu gostaria que ela tivesse feito isso com mais força, dando-lhe uma boa ferroada enquanto nossas línguas se misturavam, como havia feito em algumas ocasiões na noite anterior.

Cedo demais, ela se afastou de mim. Eu quase protestei, mas vê-la voltar para a carne cozinhando na panela me silenciou.

— Bem, espero que você ainda tenha conseguido abrir o apetite — ela disse enquanto virava a carne.

— Com certeza. E em mais de um sentido — eu acrescentei, provocante, minha mão pousando em seus quadris.

Ela ofegou e me deu uma cotovelada de brincadeira. Rindo, eu pressionei meu peito contra suas costas e me inclinei para inalar seu perfume antes de depositar um beijo suave na curva de seu pescoço. Dawn tinha um cheiro fresco, com uma mistura daquele aroma natural e sedutor dela misturado ao sabonete frutado que ela usava. Embora eu esperasse por isso, me incomodou não encontrar nada do meu cheiro nela. Ela se recostou em mim e eu a abracei possessivamente.

— Você está bem? — eu perguntei gentilmente antes de beijar seu ombro nu.

Ela me olhou interrogativamente por cima do ombro — Sim. Por que não estaria?

— Eu não fui muito... rude? — eu perguntei, com cautela transparecendo em minha voz.

Seus olhos se arregalaram em compreensão, e uma estranha mistura de calor e constrangimento tomou conta de seu belo rosto — Dificilmente. Eu sou forte, lembra?

Eu comecei a rir e acariciei sua nuca — É isso mesmo, minha querida, e da maneira mais maravilhosa.

Com muita relutância, eu soltei Dawn ao som dos passos dos meus guardas se aproximando. Embora eles soubessem o que havia acontecido entre Dawn e eu pelo cheiro persistente que ela deixou em mim naquela manhã, ela e eu precisávamos discutir o que faríamos a partir dali e o quanto ela se sentia à vontade para tornar nosso envolvimento público.

Nós tomamos café da manhã no que rapidamente se tornou uma rotina agradável, repleta de conversas amigáveis. Mas, quando terminamos de limpar e seguimos para a sala de reuniões, Dawn pareceu ficar cada vez mais nervosa.

— O que houve? — eu perguntei finalmente.

Ela me deu um sorriso tímido — Só estou preocupada que eles não apareçam. A maioria disse, relutante, que viria, mas é difícil dizer. Vintor estava sendo um completo idiota.

Eu dei um sorriso tranquilizador — Não se preocupe. Se eles não aparecerem, que seja. Mas meu instinto diz que eles virão, mesmo que seja só por curiosidade, ou para ter a chance de me repreender.

E meu instinto me deu razão.

A grande sala de reuniões, com capacidade para oitocentas pessoas, estava completamente lotada. Entre elas, duas dúzias de mulheres híbridas também haviam aparecido. Eu não tinha percebido que Dawn as havia convidado também. E isso me envergonhou.

Como apenas os homens tinham sido alvos dos assassinos, com todas as mulheres escondidas em segurança nas cidades principais, nem me passou pela cabeça envolvê-las. E, no entanto, esta reunião era sobre mais do que apenas os assassinatos. Era também sobre como Braxia e eu – como seu futuro governante – poderíamos fazer melhor por eles. Isso delineou ainda mais o longo caminho que eu ainda tinha a percorrer nessa frente e por que ter Dawn me ajudando a liderar tal empreitada de volta para casa seria uma bênção.

De pé no estrado do antigo salão de orações, com o altar substituído por uma grande mesa de madeira, eu deixei meu olhar vagar pelos presentes. A animosidade brilhava intensamente nos olhos dos homens, enquanto a desconfiança transbordava dos olhos das mulheres. Uma reação tão forte dos homens me deixou perplexa. Eu já tinha visto expressões semelhantes no passado de pessoas que já haviam se decidido e que se recusavam categoricamente a se deixar influenciar, qualquer que fosse o argumento apresentado.

Mas isso não me deteria.

— Obrigado a todos por terem vindo em tão grande número — eu disse em um tom gentil — Para quem não me conhece, eu sou Keran Xeldar, primogênito e herdeiro do Magnar Ravik. Há duas semanas, Dawn me informou sobre a onda de assassinatos que vem ocorrendo aqui e sobre a falta de apoio que vocês têm recebido das autoridades locais. Portanto, eu vim prestar minha ajuda na captura do culpado.

— Por quê? Por que o herdeiro real puro-sangue de repente se importa com o que está acontecendo conosco? — Vintor gritou, recebendo vários acenos de aprovação.

— O herdeiro real, e seu pai antes dele, se preocupa há muito tempo com o que está acontecendo com os híbridos — eu respondi calmamente — Vocês devem se lembrar de que foi meu pai quem proibiu a caça e os maus-tratos aos híbridos. Nós temos imposto isso nos últimos dezenove anos, e tem funcionado tão bem que nenhum de vocês mais foge de Braxia para buscar refúgio aqui. É por isso que este centro está prestes a fechar.

— Claramente, não está mais funcionando tão bem, já que os puros-sangues estão fazendo viagens de caça aqui para abusar de nós longe de seu governante — Vintor rosnou, com a voz cheia de sarcasmo.

Ele ignorou o olhar de reprovação de Dawn, olhando presunçosamente ao redor da sala para se deleitar com os acenos de aprovação de seus companheiros.

— Eu vim aqui especificamente temendo que esse fosse realmente o caso e estava determinado a capturar e dar o exemplo aos membros do clã responsáveis por isso — eu admiti, negando-lhe o prazer de me irritar com suas provocações — Mas, de acordo com a nossa investigação até agora, estamos confiantes de que este não é um caso de puros-sangues caçando híbridos, violando nosso decreto.

Os híbridos levantaram coletivamente suas vozes em protesto, me chamando de mentiroso e usando algumas outras palavras menos agradáveis.

Vintor se levantou de um salto, erguendo a mão para exigir silêncio e poder ser ouvido. Eu forcei uma expressão neutra enquanto os outros obedeciam, embora tivessem ignorado um gesto semelhante meu. Dawn estava certa ao afirmar que ele tinha um tremendo poder sobre os híbridos. Se eu não conseguisse convencê-lo, ele poderia sabotar qualquer esforço que eu fizesse para estabelecer qualquer tipo de relacionamento cordial com eles.

— Por que essa resposta não me surpreende, nem a nenhum de nós? — Vintor exclamou com veneno — Primeiro, você fez vista grossa a décadas de abuso e tortura. E agora, você se esquiva da responsabilidade e se esconde atrás da negação quando sua autoridade é questionada.

Eu acenei com a mão, silenciando minha vontade de socá-lo na garganta — Em vez de tentar irritar os outros com bobagens e propaganda velha e cansada, você deveria tentar prestar atenção à importante descoberta que fizemos e estamos tentando compartilhar com vocês.

— Propaganda? — Vintor exclamou, indignado, antes de olhar ao redor da sala, buscando apoio enquanto apontava um dedo acusador para mim — É isso que os puros-sangues fazem. Ignoram nossas preocupações mais do que válidas, nos fazem parecer ignorantes ou excessivamente dramáticos, e nos menosprezam para se fazerem passar por superiores enquanto mentem para nós.

— Ah, pelo amor de Deus, Vintor, cala a boca e deixa ele falar! — Dawn exclamou, exasperada — Se você só veio aqui pra falar besteira, então é melhor ir embora. Nosso povo está morrendo, e você está ocupado sendo um caçador de atenção e desabafando suas queixas em vez de permitir que todos tenham acesso às informações que podem ajudar a salvar suas vidas. Eu não quero perder mais ninguém. Então, por favor, pare com isso.

Choque, indignação, constrangimento e raiva passaram rapidamente pelo rosto de Vintor. Eu precisei de toda a minha força de vontade para não sorrir presunçosamente para o idiota, por minha mulher o repreender daquele jeito e se aliar publicamente a mim. Eu não conseguia nem sentir a menor culpa por aquele sentimento mesquinho. No entanto, a reação atordoada dos outros, seguida por um ar de preocupação, também revelou a influência de Dawn sobre eles. Se minhas suspeitas estivessem certas, ela não costumava ter esse tipo de explosão. Eles, sem dúvida, interpretariam isso como um sinal de que realmente tinham motivos para se preocupar.

Vintor fez um gesto de desgosto e se deixou cair na cadeira de um jeito que implicava que não estava cedendo, mas apenas deixando Dawn ter uma conversa que não valia a pena. Eu mal contive a vontade de revirar os olhos diante daquela tentativa esfarrapada de salvar a cara. Com uma certeza que eu não conseguia explicar, meu instinto me dizia que, se ele tivesse retrucado para Dawn, os outros teriam se voltado contra ele.

Eu quase agradeci a Dawn pela intervenção, mas engoli em seco. Por mais doce que fosse esfregar isso na cara do Vintor, eu precisava que eles se concentrassem no perigo à espreita, não em acertos de contas.

— Eu também acreditava que puros-sangues estavam caçando vocês — eu disse em um tom conciliador — Mas uma autópsia adequada das vítimas provou que os aparentes assassinatos ritualísticos tinham, na verdade, apenas o objetivo de esconder as coisas mais horríveis que foram feitas a elas, e que de fato levaram às suas mortes. O assassino não está caçando vocês. Ele está fazendo experimentos com vocês.

Um suspiro coletivo seguido de murmúrios perplexos ecoou pela sala. Os híbridos trocaram olhares confusos e preocupados, muitos deles com dificuldade para decidir se acreditavam em mim.

— O que você quer dizer com isso? Que tipo de experimentos, e com que propósito? — perguntou Jaek, suas perguntas ecoando aquelas estampadas nos rostos dos outros.

— Não sabemos qual é o propósito deles — eu confessei com um suspiro pesado, antes de dar-lhes um resumo de nossas descobertas com os ovos de Besouros Kranax e as perfurações indicando que eles tinham sido drenados de certos fluidos.

Apesar de continuar a exibir um ar de bravata no rosto, Vintor também exibia a mesma expressão perturbada dos outros.

— Chegou ao nosso conhecimento que há um segundo grupo de forasteiros querendo recrutá-los — eu continuei cuidadosamente — Nós não estamos afirmando que eles são os responsáveis por isso, mas se algum de vocês tiver informações adicionais que possa compartilhar sobre eles, isso pode nos ajudar a identificar um suspeito.

— Aaah! Então é disso que se trata! — Vintor exclamou, voltando à sua postura moralista — Você não encontrou nada suspeito em Jardan que o impedisse de nos recrutar, então agora está tentando desacreditar outro recrutador em potencial.

Dessa vez, eu revirei os olhos, sem fazer nenhum esforço para esconder minha irritação.

— Você está perdendo seu tempo — Vintor continuou em um tom altivo — Se esses experimentos estão realmente acontecendo ou não, isso não importa no contexto geral. Em breve, todos nós deixaremos Haven, e eles não poderão mais nos caçar.

— Em breve, mas vocês ainda não foram — eu retruquei com um tom de desprezo na voz — Você se importa tão pouco com aqueles que morrerão até lá? E quanto aos que já morreram? Eles não merecem que seu assassino responda por seus crimes?

— Ah, então agora você está preocupado em fazer justiça para os híbridos? Por quê? Porque acha que pode culpar os de fora? — Vintor exclamou — Mas e os puros-sangues? Aqueles que nos abusaram também vão responder por seus crimes? Eles vão pagar pelas cicatrizes – físicas e outras – que muitos de nós ainda carregamos?

Muitos dos híbridos assentiram, alguns estreitando os olhos enquanto aguardavam minha resposta. Embora eu soubesse que essa pergunta viria, eu não consegui evitar de gemer por dentro.

— Qualquer puro-sangue que violar o édito será punido impiedosamente e de forma exemplar — eu respondi — Você não ouviu falar do destino de Gerwin Caldes?

— Sim, mas e as agressões anteriores? — Vintor insistiu.

Eu fiz um gesto de desculpas — Naquela época, suas ações não eram apenas toleradas, elas eram incentivadas pelo antigo Magnar. Nós não podemos punir retroativamente as pessoas por coisas que eram legais na época ou que não estavam de acordo com leis que ainda não existiam.

Vintor emitiu um som de desgosto — Desculpas políticas típicas para mais uma vez proteger os puros-sangues de qualquer responsabilidade.

— Não são desculpas, apenas a realidade — eu respondi, surpreso por conseguir manter a calma, apesar dele estar testando minha paciência com tanta severidade — Nós não podemos reescrever o passado, apenas lutar por um futuro melhor.

— E que futuro é esse? — Vintor desafiou.

— Diga-me *você* — eu disse, com naturalidade — Que futuro você gostaria de ver?

Vintor bufou — Cabe a você nos dizer o que tem a oferecer, assim como Jardan fez. Nós não estamos te dando respostas na boca do povo.

Você diz que quer nos fazer o bem, então mostre o esforço que está fazendo para isso.

Sussurros de aprovação surgiram na sala diante de suas palavras.

— Então eu estaria impondo meus pensamentos e preferências a vocês em vez de atender às suas necessidades — eu disse com toda a sinceridade — Eu não sou um híbrido. Além dos abusos que presenciei ou dos quais ouvi falar, não consigo nem imaginar como foram suas vidas. Nenhum puro-sangue suportou o que vocês passaram, então não temos ideia do que vocês precisam hoje. Eu posso especular, mas seria apenas um palpite, provavelmente completamente equivocado. Eu não leio mentes. Me ajudem a ajudá-los.

— Então você quer que a gente envie uma lista de exigências? — Vintor perguntou em um tom debochado.

Para minha grata surpresa, desta vez não pareceu nada agradável para os outros. Aparentemente, minhas palavras finalmente estavam começando a chegar até eles.

— Não — eu respondi calmamente — Eu quero que iniciemos um diálogo aberto sobre as várias maneiras pelas quais Braxia pode ajudar os híbridos a terem um futuro melhor, seja em Braxia ou em qualquer outro lugar. Eu também percebo que, depois de mudar a lei, nós fizemos pouco ou nada para ajudar os híbridos que permaneceram em nosso planeta natal. Por isso, assim que este abrigo fechar, espero que Dawn concorde em vir trabalhar conosco em Braxia para definir programas de assistência e integração, e tudo o mais que for necessário para ajudar os híbridos a atingirem seu potencial máximo e reivindicarem seu lugar legítimo entre nós.

Todos os olhares se voltaram para a minha mulher. Eu não pretendia colocá-la em uma situação difícil daquela forma, mas uma parte desavergonhada de mim não se importava em usar quaisquer meios dissimulados necessários para mantê-la comigo. Para minha surpresa, Vintor não voltou a desabafar, mas sim a assumir uma expressão especulativa, como se avaliasse como a vinda dela para Braxia poderia servir aos seus propósitos.

— Por último, mas não menos importante, embora tenhamos feito muito pouco pelos híbridos desde o decreto, há algo tangível que eu posso fazer acontecer por todos vocês — eu continuei — Vintor apontou corretamente que muitos de vocês ainda carregam as cicatrizes dos abusos sofridos em Braxia, que deixaram alguns com deficiências permanentes. Eu consegui a ajuda de uma curandeira Verediana. Como a nave de paz delas estará patrulhando este setor na próxima semana, elas concordaram em parar em Haven por um ou dois dias para curar todos os híbridos que desejarem.

Suspiros de incredulidade ecoaram pela sala. Até Dawn pressionou a palma da mão contra o peito, com os olhos cheios de choque e admiração.

— Uma Verediana? — Jaek repetiu — É verdade que elas podem reverter qualquer ferimento, incluindo regenerar membros amputados?

Eu sorri gentilmente — Sim, Jaek. Elas podem curar completamente o que foi feito com você. Portanto, eu recomendo fortemente que nenhum de vocês perca esta oportunidade, pois elas não retornarão a esta área por pelo menos oito semanas. Todos os serviços serão inteiramente gratuitos.

Eu não acrescentei que ver Jaek alguns dias antes e a terrível cicatriz de queimadura que ele ainda carregava me deu a ideia de entrar em contato com as irmãs de Mercy. Ver os mais gravemente feridos na multidão se animarem com esperança claramente não agradou Vintor. Ele cerrou os dentes antes de me encarar.

Qual é o problema dele?

— Tenho certeza de que meus irmãos ficarão gratos por qualquer ajuda que as Veredianas possam oferecer — Vintor admitiu em um tom condescendente — Mas será preciso muito mais do que isso para nos subornar.

Eu recuei — Suborná-los? Em troca de quê?

— Em troca da lealdade de todos os híbridos, especialmente daquele que você teme que o destronará — Vintor disse com alegria maliciosa.

Anos de treinamento me permitiram manter uma expressão neutra, apesar do choque que eu senti. Como diabos aquele filho da puta sabia da ascensão de Gavin à fama? Será que ela já estava se formando há muito tempo, e eu simplesmente não tinha percebido até recentemente?

A ausência de surpresa por parte dos outros enquanto murmuravam sua concordância confirmou que esses rumores – fundados ou não – já se espalhavam por todo lugar há algum tempo.

— Ninguém pode assegurar o trono de Braxia por meio de subornos. É preciso uma força física e mental tremenda para se tornar e permanecer Magnar. Embora eu esteja destinado a herdar o trono por direito de nascença, qualquer um é bem-vindo para me desafiar, de acordo com a lei Braxiana. Eu aceitarei todo e qualquer desafio com honra e acatarei seu resultado. No final, o homem certo governará Braxia.

— E quem é o homem certo? Você? — Vintor perguntou com um toque de desdém.

— Eu só posso me esforçar para ser o melhor governante possível. Mas o destino determinará quem é o homem certo — eu respondi calmamente — Quanto a...

— Jakar! — Tagar gritou, me interrompendo, com a voz cheia de tensão.

Ele correu para o estrado, vindo do canto da sala onde estava de olho em possíveis problemas. Um único olhar em seu rosto confirmou que eu odiaria o que viria a seguir.

Ele parou ao meu lado e me mostrou a interface de sua braçadeira exibindo uma única frase.

"Novo cadáver híbrido encontrado."

CAPÍTULO 13
DAWN

Eu andei de um lado para o outro, inquieta, enquanto esperava Keran e seus homens retornarem. A noite já havia caído há mais de duas horas, embora parecesse muito mais tempo. De todas as maneiras possíveis de terminar a reunião, eu nunca previ esse desfecho.

Como esperado, Vintor se esforçou para ser um completo babaca. Para minha agradável surpresa, Keran se mostrou à altura da situação e manteve a calma, apesar dos esforços de Vintor para irritá-lo. Isso não passou despercebido pelos homens, o que rendeu ao Príncipe um respeito relutante. Sua promessa maravilhosa de que uma curandeira Verediana viria curar os feridos nos deixou boquiabertos. Eu não conseguia acreditar que ele não tinha me avisado.

No geral, tudo estava sendo um sucesso até Tagar dar a notícia horrível.

Meu coração doeu por Marug, a última vítima. Quando nove, dez e depois onze dias se passaram desde o último assassinato, eu realmente comecei a achar que a presença de Keran havia assustado o assassino. Foi uma ilusão tola. Mas o fato de ter acontecido hoje, bem no meio da reunião, parecia conveniente demais para ser mera coincidência. Obviamente, era pura especulação da minha parte. Eu odiava me sentir tão impotente, o que só fazia minha imaginação correr solta.

Eu quase morri de susto com o bipe do sistema de segurança do perímetro. Pressionando a palma da mão contra o peito, eu corri em volta da minha mesa. Eu me afundei na cadeira e abri a imagem da câmera. Meu coração disparou ao ver a nave de Keran se aproximando. Eu corri para fora do prédio, alcançando a plataforma de pouso enquanto Tagar completava sua descida.

A rampa desceu e a porta se abriu, revelando Keran. Eu nunca o havia visto com uma aparência tão sombria e cansada... quase derrotada.

— Tão ruim assim? — eu perguntei baixinho quando ele parou na minha frente.

— Pior — ele respondeu com a voz cansada. Ele pegou minha mão e me conduziu para dentro do prédio, seguido silenciosamente por seus guardas — Esses dias a mais antes deste assassinato não foram o assassino adiando a execução por medo da nossa presença. Ele precisava de mais tempo para forçar ainda mais a tortura da vítima.

— Mais? — eu perguntei, horrorizada.

Keran assentiu com uma expressão de desgosto — Orin ainda não terminou a autópsia, mas ele confirma que, além de encontrar ainda mais ovos depositados dentro da vítima, havia sinais visíveis de tentativas intensas de curá-la, muito mais do que nas vítimas anteriores. O assassino tentou prolongar a vida, provavelmente para poder drenar ainda mais do fluido que procura.

Lágrimas de raiva brotaram em meus olhos diante de tamanha crueldade gratuita. Por que ele submeteria uma alma tão doce quanto Marug a esse tipo de tortura horrível? Nada justificava a lenta agonia que ele havia suportado.

— O que aquele filho de um krillik poderia querer que não pudesse simplesmente pedir em vez de nos matar? — eu perguntei, com a raiva audível — Marug nunca fez mal a ninguém!

— Eu não sei. Mas agora nem tenho mais certeza de que não seja um puro-sangue — Keran disse, desanimado.

Eu recuei e inclinei a cabeça para a esquerda para encará-lo — O quê? Por quê?

— O selo de Xeldar, o brasão da minha família, foi esculpido na testa de Marug — Keran respondeu com ódio na voz — Ele está me provocando, me dizendo que está ciente da minha presença e que isso não o impedirá de agir. Mas, pior ainda, eu temo que marcar a vítima como ele fez seja sua maneira de sinalizar que eu sou – ou minha família é – responsável por esse assassinato específico.

— Mas isso não faz sentido! Você nem conhece esses homens! — eu exclamei — Como a morte deles te beneficiaria ou te prejudicaria?

Ele balançou a cabeça, franzindo a testa proeminente — Duvido que seja especificamente sobre mim, mas sobre a minha linhagem. Os Xeldar governam Braxia há cinco gerações. Meu pai levou as coisas para uma direção completamente diferente, uma que pretendo seguir e levar ainda mais longe. Seja lá o que estiver acontecendo, acredito que seja parte de um plano maior para garantir que nenhum Xeldar jamais se sente no trono Braxiano novamente.

Um arrepio percorreu minha espinha enquanto eu refletia sobre a situação — Será que é sobre aquele híbrido que o Vintor insinuou que te substituiria? Gavin Aldriss?

Keran bufou e balançou a cabeça — De jeito nenhum! Gavin é um bom garoto. Ele jamais cometeria assassinatos gratuitos, e certamente não por ambição. Seu avô afirma que o garoto não cobiça meu trono. Mas se cobiçar, não há dúvida de que Gavin me desafiará em um duelo justo e honrado. Quem quer que esteja por trás desses assassinatos é louco e sanguinário.

Ao chegarmos à entrada do abrigo, Keran abriu a porta para me deixar entrar primeiro. Eu sorri agradecida e entrei, impressionada mais uma vez com o quão equivocadas minhas suposições sobre ele estavam. Sua simplicidade, comportamento despretensioso e cuidado genuíno com as pessoas me impressionaram.

— O momento desses assassinatos, apenas alguns meses antes da minha ascensão e o selo da minha família na vítima, não é coincidência — Keran continuou, pensativo — Mas nós não temos pistas para seguir. O assassino está se esforçando demais para encobrir seus rastros. Não conseguimos encontrar nem o menor vestígio de DNA que nos indique com quem estamos lidando.

Ele esfregou o rosto com as duas mãos, parecendo desanimado. Meu coração se apertou por ele. Eu entendia muito bem aquela sensação de desesperança.

— Eu preciso voltar para Braxia em duas semanas, no máximo. Mas do jeito que as coisas estão, pode levar um mês ou mais para capturarmos aquele filho da puta.

Eu senti um aperto no estômago ao ouvir essas palavras. Obviamente, ele não podia ficar aqui indefinidamente. Mas sua partida era um pensamento distante. Ter o número de dias quantificado me atingiu mais profundamente do que eu jamais admitiria. Afastando esses pensamentos sombrios, eu dei-lhe um sorriso solidário.

— Vocês fizeram tudo o que podiam hoje. Eu preparei o jantar. Querem que eu esquente alguma coisa para todos vocês? — eu ofereci, sem saber o que mais fazer.

Tagar e Nowik sorriram, mas balançaram a cabeça.

— Obrigado, mas já comemos — Keran respondeu por todos antes de se virar para seus homens — Vocês sabem o que precisam fazer. Mas não fiquem acordados até tarde. Eu quero voltar e explorar a área logo de manhã.

Os dois guardas assentiram e então se retiraram.

De frente para mim novamente, Keran me puxou para seu abraço com uma expressão estranhamente vulnerável. Eu acariciei sua boche-cha. Ele virou o rosto para beijar minha palma antes de se inclinar ao meu toque.

— Eu preciso de você — ele disse asperamente.

— Tudo o que você precisar de mim, é seu — eu sussurrei.

Meus joelhos tremeram em resposta à profunda ternura que fluía através de seus olhos cinzentos. Keran me pegou no colo como sempre, não me carregando como uma noiva, mas peito com peito. Eu envolvi minhas pernas em volta de sua cintura, minhas mãos pousando em seus ombros enquanto ele se inclinava para reivindicar meus lábios.

O beijo tinha um tom cru e desesperado que fez meu coração apertar ainda mais enquanto ele me carregava para o quarto. Com sua força incrível de sempre, Keran me segurou com um único braço atrás das minhas coxas enquanto abria a porta – seus lábios ainda devorando os meus.

Ele foi direto para a sala de higiene e me colocou de pé novamente, perto da ampla pia. Suas mãos e lábios estavam por todo o meu corpo enquanto ele rapidamente me despia. Em sua impaciência, ele não me deu chance de retribuir o favor e se livrou das próprias roupas em tempo recorde. Seu pau, totalmente ereto, apontava para mim ameaçadoramente, me deixando instantaneamente molhada e carente.

Ele tomou minha boca de volta com um beijo voraz, enquanto me empurrava de volta para o chuveiro aberto, que ocupava o canto esquerdo do cômodo. Com um movimento rápido do pulso, Keran ligou o chuveiro. Sua outra mão mergulhou direto entre minhas coxas. O som da água caindo mal abafou meu gemido estrangulado enquanto ele afundava os dedos dentro de mim e seu polegar esfregava meu clitóris.

— Eu preciso de você — ele rosnou em um tom de pressão contra meus lábios.

— Eu sou sua. Use-me como achar melhor — eu respondi, com a chama do desejo ardendo em meu ventre.

Ele esmagou meus lábios em um beijo brutal, seus braços enganchando atrás dos meus joelhos para me levantar. Eu sibilei ao sentir o frio dos azulejos branco-sujo que revestiam o box do chuveiro enquanto Keran me apoiava, minhas costas contra a parede. O forte contraste de seu peito ardente me pressionando ainda mais contra a parede fez minha pele se arrepiar.

Keran esfregou seu membro algumas vezes contra minha fenda antes de se enfiar. Apesar das inúmeras vezes que ele me penetrou na noite anterior, meu corpo ainda se rebelou inicialmente contra sua grossura. Embora ele não tenha se enfiado, Keran se mostrou menos paciente desta vez, impondo um ritmo punitivo antes que eu me acostumasse totalmente a ele.

E eu não gostaria que fosse diferente.

Do jeito que ele me prendeu contra a parede, eu não tive escolha a não ser aceitar tudo o que ele tinha para me dar enquanto me penetrava com quase selvageria. Keran estava extravasando toda a sua raiva pelos assassinatos sem sentido, sua frustração por nossos esforços serem sistematicamente frustrados, e eu suspeitava de inúmeros outros problemas relacionados à sua ascensão iminente. Deveria me perturbar ser usada como válvula de escape para perfurar aquele abscesso. Mas, ao contrário, eu adorava que ele buscasse e encontrasse sua paz e libertação comigo... em mim.

Eu jamais me cansaria daquela plenitude impossível e do prazer intenso que brotava a cada estocada, enquanto seu pau grosso pressionava minhas terminações nervosas erógenas. Keran estava me arruinando para todos os outros homens. Minhas paredes internas começaram a se contrair em torno dele, antecipando meu clímax iminente. Cada contração intensificava as sensações em meu revestimento interno sensível, enviando faíscas elétricas por todo o meu corpo.

Eu gritei contra sua boca quando meu orgasmo me arrebatou. Keran grunhiu, seus dedos cravando-se dolorosamente em minhas coxas enquanto ele parecia lutar para não se entregar também ao êxtase. Por um breve instante, seus movimentos tornaram-se erráticos, e ele interrompeu o beijo, enterrando o rosto em meu pescoço enquanto rosnados bestiais fluíam livremente de sua garganta.

Antes mesmo que eu pudesse terminar de surfar naquela primeira onda de êxtase, Keran recuperou o controle e impôs um ritmo ainda mais punitivo, como se quisesse me dominar. Seu aperto ficou mais brutal, seu toque mais desenfreado enquanto ele liberava sua paixão em mim.

— De novo! — ele ordenou com uma voz tão rouca que suas palavras eram quase ininteligíveis.

Sua mão direita roçou minha barriga, esgueirando-se entre nós para alcançar meu clitóris. Entre seu pau enorme destruindo minha boceta e seus dedos massageando freneticamente meu pequeno nódulo, eu gozei com uma violência avassaladora.

Keran rugiu e então saiu de dentro de mim abruptamente. Embora ele não parasse de esfregar meu clitóris para me manter em êxtase, eu me senti vazia e desolada, minha mente lutando para conciliar o vazio repentino com as ondas de êxtase que ainda me inundavam. Pior ainda, eu me senti enganada quando seu sêmen jorrou em jatos quentes contra minha barriga.

Ele continuou a me beijar e acariciar, sussurrando palavras carinhosas de elogio até que eu recuperei a realidade. Depois de me colocar de pé novamente, Keran começou a me lavar minuciosamente com um cuidado e uma ternura que fizeram meus olhos arderem novamente. Aquele homem estava me deixando em choque emocional. A maneira como ele passou de me foder brutalmente até eu perder os sentidos para um tratamento incrivelmente gentil me deu uma chicotada.

E eu adoro tudo nisso.

Nós não falamos, o silêncio era confortável e contemplativo. Assim que ele terminou de me secar e começou a se secar, eu hesitei em me vestir e voltar rastejando para o meu quarto. Como se tivesse adivinhado meu dilema, Keran me olhou com uma expressão indecifrável enquanto secava a nuca.

— Fique — ele disse suavemente, estendendo a mão livre em minha direção.

Eu dei-lhe um sorriso tímido, me sentindo derreter de dentro para fora enquanto me aproximava. Segurando minha mão, ele me puxou para perto de seu corpo firme. Nós trocamos um beijo lento e carinhoso. Quando ele me soltou, eu peguei a toalha e terminei de secar suas costas. Assim que eu coloquei a toalha no suporte, Keran me pegou nos braços, dessa vez como uma noiva, e me carregou para sua cama.

Ele me deitou cuidadosamente antes de se juntar a mim. Para minha surpresa, ele se inclinou de lado para me olhar. Ele colocou a mão na minha cintura, o polegar acariciando distraidamente a lateral da minha barriga. Meu coração palpitou quando seu olhar sombrio perfurou o meu com sua intensidade lendária.

— Eu gosto de você, Dawn — Keran disse com a voz igualmente intensa — Muito. Não tenho ideia de quais são suas intenções no que nos diz respeito, mas saiba que eu pretendo trazê-la de volta para casa comigo, como minha mulher.

Meu coração quase pulou do peito enquanto um calor delicioso se espalhava pelo meu corpo. Eu me perguntava se eu era apenas mais uma aventura em uma longa série de casos e encontros casuais durante suas viagens. Embora eu tivesse aceitado essa triste possibilidade, suas palavras agora me fizeram entender o quanto a ideia de ser descartada como um objeto usado quando ele fosse embora me atormentava.

Eu lambi os lábios nervosamente, reprimindo a felicidade que queria me invadir — Eu também gosto muito de você, Keran. Mas entendo que os Braxianos são bem relaxados quando se trata de... intimidade. Mesmo que eu tenha meio que dado em cima de você, geralmente eu sou bem reservada. Eu não compartilho e não quero ser compartilhada.

A tensão que enrijecia minha espinha desapareceu quando ele sorriu em resposta às minhas palavras, um brilho de aprovação brilhando em seus olhos tempestuosos.

— Ótimo, porque eu também não compartilho, nem quero ser compartilhado. As únicas pessoas com direito a qualquer coisa sobre mim são meus dois filhos pequenos.

Meus olhos se arregalaram em choque, e então eu imediatamente me chutei por não ter previsto. É claro que ele teria garantido alguns herdeiros. Esperava-se que o primogênito de cada líder de clã garantisse a continuidade da linhagem, tendo herdeiros assim que atingissem a maturidade. Como Príncipe Herdeiro, isso seria ainda mais urgente para Keran.

Eu franzi a testa quando um pensamento perturbador me passou pela cabeça — Filhos pequenos? Por que eles ainda são tão jovens?

Ele sorriu, sua mão percorrendo meu corpo com um pouco mais de ousadia — No início, eu não conseguia encontrar uma mulher com genes fortes o suficiente para me dar filhos que fossem poderosos o suficiente para enfrentar os inúmeros desafios que inevitavelmente surgiriam. Então, quando eu estava prestes a me estabelecer, dez anos atrás, meu pai conheceu e se casou com Mercy. Ela mudou tudo.

— Como? — eu perguntei, mais confusa do que nunca.

— Ela me fez perceber o quão desinformados todos em Braxia, inclusive eu, éramos sobre o resto da galáxia. Seu conhecimento havia mudado nosso destino e impedido o quase colapso financeiro para o qual estávamos caminhando. Então, eu parti e viajei pelos dois quadrantes da galáxia para aprender sobre outras culturas, desde o funcionamento de suas sociedades até sua economia, política e religião. Eu forjei alianças comerciais e políticas e tentei consertar a péssima imagem que os Braxianos têm no exterior.

— Nossa! Eu não fazia ideia. Foi uma baita empreitada — eu disse, impressionada.

— É algo que eu deveria ter feito antes. Mesmo oito anos assim não foram suficientes. Mas eu precisava voltar para casa. Embora eu tenha voltado entre as viagens, com a minha ascensão iminente, eu precisava estar mais presente e, principalmente, gerar pelo menos dois herdeiros.

Eu me mexi inquieta, e então estendi a mão para ele, meus dedos acariciando distraidamente seu peito.

— Então você finalmente encontrou a mulher com os genes perfeitos — eu disse com uma indiferença que não sentia.

Keran bufou. Para minha vergonha, o desdém em seu rosto me deixou arrepiado.

— Dana realmente tem os genes perfeitos. Sua linhagem está repleta de guerreiros poderosos e lendários.

— Mas? — eu insisti quando sua voz sumiu.

— Mas ela era uma princesinha arrogante, egocêntrica e detestável. Na verdade, eu estou surpreso que os servos não a tenham assassinado — Keran disse, parecendo divertido. Ele riu da minha expressão horrorizada — Relaxe. Apesar da inegável – e muito justificada – vontade de fazê-lo, eles não teriam agido. Meus servos são leais. Qualquer ato ilícito contra Dana teria forçado seu clã a buscar vingança. No entanto, se ela tivesse sofrido um acidente de verdade, ninguém teria corrido para ajudá-la.

— Nossa. Você não está me dando argumentos muito convincentes para querer morar lá — eu disse, brincando só um pouco.

Ele riu novamente — Você, minha querida, não teria nada com que se preocupar. Você não é nada parecida com a Dana. Eu rescindi oficialmente nosso contrato antes de vir para cá e a mandei de volta para o complexo do pai. Ela renunciou a todos os direitos sobre nossos filhos e recusou quaisquer visitas futuras.

— Você está falando sério?! — eu exclamei, estupefata.

Keran assentiu sombriamente — Ela só estava interessada nos meninos se eles a ajudassem a garantir seu lugar como a futura Dagna. Depois que eu deixei claro que isso nunca aconteceria, ela não tinha mais utilidade para eles.

— Sinto muito — eu disse com toda sinceridade.

Ele deu de ombros e sorriu melancolicamente — Não sinta. Ela teria sido uma influência negativa para eles. Mas meus filhos recebem todo o amor de que precisam. Então não se preocupe, eu não vou forçá-los a se apegarem a você.

Foi a minha vez de bufar — Eu passei a vida inteira ajudando a criar jovens Braxianos órfãos de mãe por escolha própria, não por obrigação. Então, mesmo que essa fosse a sua intenção, não teria me assustado. Mas você vai ter que me mostrar fotos.

Ele se inclinou, seus lábios a um fio de distância dos meus — Eu vou te mostrar fotos. Mas vê-los pessoalmente será ainda melhor — ele acrescentou descaradamente, antes de roçar a boca na minha.

— Seria — eu admiti — Mas primeiro, você tem que me convencer a ir para Braxia.

— Seu desejo é uma ordem — Keran sussurrou antes de me dar um beijo exigente.

Durante a hora seguinte e a noite toda, ele me deu mil razões para fazer exatamente isso.

CAPÍTULO 14
DAWN

Nos dias seguintes, nós estabelecemos uma rotina confortável. Keran e seus homens saíam para investigar, enquanto eu cuidava das tarefas administrativas do abrigo, incluindo o processo de fechamento. Se não fosse a nuvem negra dos assassinatos não resolvidos e o medo de uma nova vítima surgir em breve, este teria sido um dos momentos mais felizes da minha vida.

Keran me fazia sentir bonita, querida e, acima de tudo, necessária. Eu adorava como ele se perdia em mim, buscava paz e conforto na minha companhia e pedia minha opinião e conselho. Durante toda a minha vida, os puros-sangues me foram descritos como homens das cavernas misóginos e sádicos. Keran e seus dois guardas estavam quebrando todos esses preconceitos. Eles me tratavam com respeito e consideração, valorizavam meus pensamentos e me mantinham envolvida em todo o processo. Eu temia que eles assumissem o controle de tudo e me deixassem de lado com alguma frase sem graça sobre como essa era uma tarefa para homens.

Embora Keran fosse inegavelmente dominante, ele não era rude nem arrogante. O que eu inicialmente interpretei como falta de tato ou habilidade social estava se revelando apenas como ele se sentindo confortável o suficiente perto de mim para simplesmente ser ele mesmo. Sem artifícios, sem insinuações ou significados ocultos, apenas a verdade nua e crua como ele a via. Por mais que tivesse me chocado no início, isso estava me conquistando. Provocá-lo usando seus próprios termos, como minha "robustez", também estava se mostrando muito divertido.

Eu revisei os arquivos de inventário que Melinda me enviou e adicionei algumas notas sobre os dados adicionais que eu queria incluir. Como nós devolveríamos Genxia aos Doze nas próximas semanas, precisávamos listar o que iria – e a que tínhamos direito – ficar conosco e o que pertencia ao abrigo. Eu também precisava planejar a tomada dos campos agrícolas da propriedade e rescindir ou transferir os acordos de longa data que havia estabelecido com os clientes que compravam nossos produtos.

Para meu alívio, eu não senti nada da devastação que esperava ao ver este capítulo importante da minha vida chegar ao fim. A situação já estava definida há muito tempo, eu simplesmente me recusava a admitir. Melinda vinha insinuando há algum tempo que procuraria um novo emprego em outro lugar, já que o trabalho ali havia diminuído significativamente. Minha mãe me convidou para acompanhá-la em sua nova missão. Eles precisavam de um administrador. Antes de Keran entrar na minha vida, eu havia considerado seriamente essa opção. Embora minha mãe e eu não fôssemos muito próximas, eu a amava, e o projeto tinha mérito.

Mas conhecer o Príncipe Braxiano mudou tudo.

Eu ainda não sabia como as coisas iriam evoluir entre Keran e eu. Nós ainda estávamos no começo desse relacionamento. O desgraçado me fez me apaixonar perdidamente por ele. A maneira como ele alegava que iria me manter me deixava arrepiada. Mas mesmo que as coisas acabassem fracassando entre nós – o que eu esperava que não acontecesse – liderar um programa de apoio e integração para híbridos em Braxia me deixou extremamente animada.

Depois de uma rápida ida à cidade para resolver alguns assuntos e visitar meu médico, eu corri de volta para Genxia para me preparar para a chegada das Veredianas. Seis dias haviam se passado desde que encontramos os restos mortais de Marug. Nossa investigação estava completamente paralisada. Keran esperava que, com sua tecnologia muito mais avançada, as cientistas Veredianas conseguissem detectar algo que tínhamos deixado passar enquanto suas curandeiras cuidavam dos homens.

Enquanto me ajudava a preparar a comida que eu havia trazido do serviço de buffet da cidade, Melinda vibrava com tanta – se não mais – empolgação quanto eu. Nenhuma de nós jamais havia conhecido uma das mulheres lendárias. A história de sua sobrevivência, passando da beira da extinção, escapando de décadas de escravidão até se tornar uma das espécies mais poderosas da galáxia, ainda me impressionava.

Os híbridos, tanto homens quanto mulheres, começaram a chegar aos poucos, com bastante antecedência. Seus rostos demonstravam a mesma esperança e o mesmo medo que me atormentavam. E se as Veredianas não viessem? E se não pudessem curá-los de verdade? E se viessem, como isso mudaria suas vidas? Pelo bem dos híbridos e de Keran, eu rezei para que a curandeira não nos decepcionasse.

Meu coração quase pulou do peito quando a nave Verediana finalmente se aproximou. A maldita coisa era gigantesca, embora menor que uma nave de busca. As linhas elegantes sugeriam a habilidade artesanal especializada e as velocidades alucinantes que a nave era capaz de atingir. Feita inteiramente de celesium – o metal mais raro da galáxia – aquela nave sozinha poderia ser vendida pelo preço de todo o PIB de Haven.

Um silêncio tomou conta da sala enquanto eu corria para fora para cumprimentar nossas convidadas. Keran – que esteve conversando com Jaek – juntou-se a mim. Tirando um zumbido muito discreto, a nave pousou quase silenciosamente. Com uma camuflagem furtiva, ela poderia ter voado bem ao nosso lado, e jamais teríamos notado sua presença.

A rampa desceu e a porta se abriu, revelando as mulheres mais deslumbrantes que eu já havia visto. Eu já tinha visto muitas imagens de Veredianas. Todas eram deslumbrantes, mas eu presumi que, como acontece com a maioria dos materiais de marketing, eles haviam escolhido as mais bonitas entre elas. Mas as quatro mulheres que saíram personificavam a perfeição. Elas usavam vestidos pretos de mangas curtas, justos, até o meio das coxas, uniformes, com botas de cano alto, que não escondiam nada de suas figuras impecáveis em formato de ampulheta ou de sua bela pele morena cremosa.

Como era comum entre as Veredianas, elas mantinham os cabelos extremamente longos. Em três delas, eles caíam até as coxas. Na quarta, eles caíam até os tornozelos, presos em uma única trança, marcando-a como uma Guerreira. A diferença nas manchas seme-lhantes às de um guepardo que marcavam as laterais dos braços, pescoços e pernas confirmou minha suposição. As três primeiras tinham marcas semelhantes, indicando que eram da raça Cuidadora.

Mais três mulheres desembarcaram. Uma armadura escura de cele-sium as cobria completamente. Assim como na quarta mulher, seus longos cabelos estavam presos em uma única trança até os tornozelos. No entanto, a trança também estava coberta por uma armadura de cele-sium, com uma lâmina cruel pendurada na ponta. Eu já tinha ouvido falar da carnificina que elas eram capazes de infligir com aquelas tranças blindadas.

Uma das Cuidadoras assumiu a liderança e se aproximou de nós com um sorriso radiante... direcionado a Keran. Eu lhe lancei um olhar nervoso de lado, me repreendendo interiormente por me sentir inade-quada e carente diante de tamanha perfeição. Para meu alívio, apesar do sorriso caloroso e amigável que ele lhe dirigia, ele não demonstrou nenhum sinal de admiração ou atração por aquelas beldades.

A Verediana parou perto de nós, imitada por suas companheiras. Ela pressionou a palma da mão direita contra o coração antes de acenar em nossa direção em um gesto de oferenda.

— Do meu coração para o seu — a mulher disse em saudação, com a voz sensualmente melódica.

Deusa, há algo nessas mulheres que não seja perfeito?

— E do meu para o seu, Thesala — Keran respondeu, batendo o punho no peito na tradicional saudação Braxiana — Eu lhe apresento Dawn Merrick, que administra este abrigo. Dawn, esta é Thesala, uma das Diretoras Médicas das Veredianas.

— É uma honra conhecê-la — eu disse, irritada com o quão nervosa minha voz soava.

— A honra é nossa — Thesala respondeu calorosamente — Keran nos contou sobre o trabalho maravilhoso que vocês têm feito aqui. Minhas irmãs e eu ficaremos felizes em ajudar a proporcionar mais alívio àqueles com quem vocês se importam.

— Do fundo do meu coração, obrigada por tudo o que vocês puderem fazer — eu disse, com a garganta apertada de emoção — Muitos deles sofreram terrivelmente. O que vocês estão oferecendo não tem preço.

— Então vamos começar — Thesala disse gentilmente.

Ela rapidamente me apresentou às outras curandeiras: Nalia, Chante e Skye. Elas então nos seguiram de volta ao abrigo, com quatro macas flutuantes atrás. Melinda havia conduzido todos de volta para dentro do antigo salão de orações, agora transformado em nossa sala de reuniões. Quando entramos na sala, todos olharam para as Veredianas como se a própria Deusa tivesse nos agraciado com sua presença.

Uma parte de mim queria me sentir incomodada com a forma como alguns dos homens babavam abertamente para as nossas convidadas. Por outro lado, eu também tinha ficado encantada com a beleza delas. Se eu cortasse para esse lado, inegavelmente também as estaria desejando. Felizmente, não havia nada de escabroso ou desrespeitoso no espanto estampado nos rostos dos homens.

Mas foi a expressão quase tímida das Veredianas que mais me comoveu. Eu temia que, com seus incríveis poderes psiônicos e beleza estonteante, elas fossem arrogantes. Eu não poderia estar mais enganada. A gentil humildade com que responderam à recepção hipnotizante dos híbridos aqueceu meu coração.

Com grande eficiência, Thesala e as outras três curandeiras uniformizadas se posicionaram no estrado, com alguns metros de intervalo entre elas. Cada um carregava uma maca flutuante. Thesala e Chante imediatamente atenderam os feridos mais gravemente, enquanto Nalia e Skye passaram rapidamente por aqueles com cicatrizes mais leves.

Parecia surreal para mim que, simplesmente colocando as mãos sobre alguém, as curandeiras Veredianas pudessem ver o que havia de errado com o paciente e curá-lo. Embora essas quatro mulheres fossem curandeiras, outras Veredianas possuíam habilidades variadas ativadas pelo toque, desde hacking até telecinese e tudo o mais entre esses extremos.

Se eu não tivesse visto as cicatrizes desaparecendo em tempo real, eu jamais teria acreditado. Mas observar Thesala trabalhando em Jaek foi o que mais me perturbou. Ele pareceu constrangido quando ela pediu para ele tirar a camisa. Lágrimas brotaram em meus olhos ao ver a rede de cicatrizes enrugadas em seu corpo, algumas de queimaduras e outras de cortes e lacerações.

Por uma fração de segundo, eu me repreendi por não ter preparado quartos individuais para garantir privacidade a eles. Mas, como eu sabia que a cura só exigia que a Verediana tocasse a pele do paciente em qualquer lugar, não necessariamente onde o ferimento estava localizado, eu não esperava que eles precisassem se expor.

No momento em que eu estava me aproximando para oferecer a eles o uso de um dos quartos de hóspedes, Thesala gesticulou para que uma das Veredianas blindadas se aproximasse.

— Seus ferimentos são extensos — Thesala disse a Jaek com uma voz gentil — Curá-los completamente a frio lhe causará muita dor. Minha irmã Willow pode anestesiar suas sensações para que você não sinta nenhum desconforto. Tudo bem para você?

— Completamente? — Jaek perguntou com a voz embargada — Você pode me curar completamente?

— Sim. Eu vou curá-lo completamente, corrigir sua claudicação e restaurar sua visão. Eu não deixarei cicatrizes físicas.

Jaek piscou rapidamente. Eu fiz o mesmo para conter as lágrimas que também brotavam em meus olhos.

— Sim. Por mim, tudo bem. Faça o que achar apropriado — Jaek disse.

Eu presumi que as Veredianas com armaduras tinham vindo como guarda-costas das curandeiras. Embora isso ainda pudesse ser verdade, agora eu podia ver que elas possuíam poderes complementares para auxiliar as curandeiras em suas tarefas.

Assim que Willow colocou a palma da mão em seu ombro, Jaek assumiu uma expressão grogue, como alguém levemente sedado que lutava para permanecer consciente. Seu olho bom se voltou rapidamente para mim. Eu havia parado de me aproximar a alguns metros de distância. Ele ergueu a mão fracamente em minha direção. Sem hesitar, eu caminhei até ele e peguei sua mão enquanto Thesala colocava a palma da mão em seu plexo solar.

Enquanto suas irmãs curaram a maioria dos outros pacientes em apenas alguns minutos, Thesala levou mais de meia hora para curar Jaek completamente. Mas eu nem percebi. Eu estava fascinada pelo processo. Ver as cicatrizes enrugadas em seu corpo se reabsorverem e desaparecerem foi como assistir a um lapso de tempo ao contrário. Seu olho, fechado pelo tecido cicatricial, lentamente retomou sua forma original, com cílios e sobrancelhas crescendo em ritmo acelerado.

Quando Thesala levantou a mão, imitada segundos depois por Willow, eu prendi a respiração. No meio do processo, Jaek havia fechado os olhos. Se não fosse por ele apertar minha mão de vez em quando, eu teria acreditado que ele tinha adormecido. Suas pálpebras tremeram e ele voltou o olhar para mim com seus dois olhos perfeitamente formados.

Minha visão ficou turva quando uma emoção poderosa se instalou em suas feições agora impecáveis.

— Eu estou te vendo — Jaek disse com a voz trêmula — Não chore, Dawn.

— São lágrimas de felicidade — eu disse, me sentindo boba enquanto fungava.

Ele tentou se sentar na maca flutuante, mas quase caiu de novo.

— Cuidado! — Thesala alertou, apoiando as costas dele com uma das mãos — Eu precisei usar muitas das suas reservas de energia para te curar. Você precisará comer e descansar bastante nos próximos dias.

— Nós vamos garantir isso — eu disse com firmeza — Obrigada. O que você fez é um milagre.

— Sim, obrigado. Eu não tenho palavras. Eu nunca poderei retribuir por você me devolver a vida — Jaek disse, com a voz cheia de emoção e gratidão.

— Não há nada a retribuir — Thesala disse calorosamente — Não há maior presente para uma curandeira do que ver um paciente recuperado.

Depois de enxugar timidamente as lágrimas do meu rosto, eu ajudei Jaek a sair da maca flutuante e o levei até um dos assentos da sala. Só então eu notei que todos os outros presentes estavam imersos em discussões animadas, com a felicidade estampada nos rostos enquanto mostravam pele impecável uns aos outros... ou melhor, às mulheres.

Enquanto Jaek permitiu que Thesala removesse todas as cicatrizes de seu corpo, muitos dos outros homens pareciam ter permitido apenas que as curandeiras curassem dores e sofrimentos, mas não removessem as cicatrizes de batalha das quais se orgulhavam.

— Deixe-me pegar um pouco de comida para você — eu disse a Jaek.

Ele sorriu com gratidão. Eu corri para as mesas grandes onde Melinda e eu tínhamos preparado o bufê. Embora os outros também estivessem beliscando a comida, a maioria parecia impressionada demais com a cura milagrosa para se concentrar em coisas triviais como comer.

Enquanto eu servia um prato para Jaek, meu olhar percorreu a sala em busca de Keran. Ele e seus guardas não estavam em lugar nenhum. Ele havia mencionado que se encontraria com as Estudiosas Veredianas para analisar as evidências que havíamos encontrado até então.

Eu voltei para Jaek, com o coração transbordando de alegria. Quando eu assumi o abrigo, esperava realizar algo grandioso que melhorasse significativamente a vida dos híbridos. Embora não pudesse levar o crédito direto por nada disso, eu me alegrei por ter pedido ajuda a Keran e conseguido esse resultado maravilhoso.

— Obrigado — Jaek disse, pegando o prato de mim.

Eu sorri e o observei comer, ainda espantada com a transformação — Você está incrível — eu disse abruptamente.

Jaek parou de comer e olhou para mim, um milhão de emoções passando por seu rosto, um brilho de incerteza e timidez brilhando em seus olhos. Imediatamente eu me chutei por minha boca idiota ter me deixado levar, mesmo sendo sincera.

— Incrível o suficiente para finalmente ter uma chance com você? — ele perguntou suavemente.

Minhas bochechas queimaram e eu me mexi na cadeira — Sua

aparência nunca foi o problema — eu respondi honestamente — Ela nunca me incomodou.

— Então o que foi? — ele perguntou no mesmo tom suave.

— Se eu namorasse um de vocês e as coisas não dessem certo, outra pessoa me procuraria. Eu acabaria sendo passada de mão em mão — eu disse em um tom de desculpas — Eu não queria criar falsas expectativas ou, pior, ter algumas pessoas gritando favoritismo se eu não as escolhesse. Era mais seguro e simples evitar confraternizar com qualquer pessoa no abrigo.

Jaek assentiu lentamente com uma expressão pensativa — Justo. Nós dois sabemos quem teria gritado mais alto — ele acrescentou, lançando um olhar significativo para Vintor, que me fez bufar — Mas as coisas são diferentes agora. Todos estão indo embora. A maioria vai se espalhar para os quatro ventos. Você poderia vir comigo.

Eu recuei — Você também vai embora? Mas e a sua pesquisa?

— Sim. Eu só fiquei aqui por sua causa. Enquanto o abrigo funcionasse, você nunca sairia. Eu recusei muitas oportunidades excelentes fora do planeta. Mas agora que nada mais te prende aqui, você pode vir comigo.

Eu fiquei boquiaberta, sem palavras. Durante todos aqueles anos, eu sabia que ele estava apaixonado por mim, mas nunca havia suspeitado que ele recusou empregos para ficar perto de mim.

— O Príncipe disse que lhe ofereceu um cargo em Braxia para ajudar a integrar os híbridos à sociedade deles — Jaek continuou em um tom insistente — Parecia um sinal.

— Um sinal? — eu repeti, confusa.

Ele assentiu — A Rainha Braxiana é dona do laboratório de pesquisa mais avançado de todo o Quadrante Oriental, bem ali em Braxia. Ela vem treinando nossas mulheres em várias áreas científicas. Eu poderia me candidatar lá.

— Você? Você voltaria para Braxia? — eu perguntei, estupefata.

Ele engoliu em seco e assentiu — As coisas mudaram. O Magnar Ravik executou meu pai, o que foi bem merecido. Meu irmão mais velho, a quem devo minha desfiguração, também encontrou uma morte prematura. Eu me recuso a ser prisioneiro do meu passado. Você e este abrigo me ajudaram a recuperar minha vida. Você primeiro me ajudou a me curar psicologicamente, e agora fisicamente — ele acrescentou, acenando para o próprio corpo.

Com a garganta apertada, eu dei um tapinha delicado em seu ombro — Eu não tenho mérito algum nisso, Jaek. Você fez todo o trabalho. Eu apenas lhe indiquei programas que poderiam ajudá-lo. E foi Keran quem trouxe as Veredianas para cá.

— Porque você o chamou primeiro — Jaek respondeu.

— Verdade. Mas ele foi além de qualquer ajuda que eu jamais imaginei que ele ofereceria — eu disse, melancolicamente.

Como Jaek não respondeu, eu olhei para ele. Meu estômago revirou ao ver a tristeza no fundo de seus olhos negros.

— Você gosta dele — ele disse, com sinceridade, embora eu não tenha deixado de perceber a dor em sua voz.

Eu engoli em seco e escolhi cuidadosamente as palavras — Keran não é nada do que eu esperava. Ele é um bom homem e está realmente tentando fazer o que é certo por nós.

A vergonha queimava fundo em mim por não ter contado a ele abertamente sobre meu envolvimento com Keran. Agora, naquele momento de alegria, não parecia ser o momento certo. Uma parte de mim quase se arrependia do meu envolvimento com Keran. Jaek era realmente um homem maravilhoso por quem eu poderia ter me apaixonado profundamente, e que claramente me amava. Mas eu estava me apaixonando perdidamente por Keran. Terminar com ele para seguir o caminho mais seguro oferecido por Jaek seria covarde e injusto. Na verdade, seria como uma recaída. Jaek merecia mais do que isso.

— Neste momento, eu não estou fazendo planos a longo prazo. Meu único foco é capturar aquele assassino e manter todos seguros. Eu preciso saber que todos vocês ficarão bem. Eu já perdi muitos de vocês. Só consigo pensar no fato de que Ramsay continua desaparecido e que, em mais três dias, provavelmente o encontraremos mutilado como os outros.

— Nós encontraremos o assassino — Jaek disse com convicção — Seu príncipe não vai desistir tão facilmente.

Eu fingi não ouvi-lo se referir a Keran como meu príncipe.

— Espero que sim. Ele parece determinado a fazer isso. Mas com todos se dispersando, temo que ele vá se concentrar em outras prioridades — eu admiti — Ainda sem notícias daquele outro caçador de talentos?

Ele balançou a cabeça com um olhar de desculpas — Ainda nada. Os outros também não...

O bipe do comunicador o interrompeu. Ele lançou um olhar para a interface e uma expressão preocupada cruzou seu rosto.

— Eu tenho que ir.

— Você está firme o suficiente para sair sozinho? — eu perguntei, preocupada.

— Eu vou ficar bem — ele disse com um sorriso tranquilizador antes de me mostrar seu prato meio cheio — Vou levar isso comigo. Vou terminar de comer durante o voo.

— Certo, mas não exagere. Thesala disse que você precisava descansar — eu o avisei severamente.

Ele sorriu, com um ar de desejo estampado no rosto — Viu? Você se importa mais do que admite. Esta conversa ainda não acabou.

Jaek acariciou minha bochecha com as costas da mão e então foi embora.

CAPÍTULO 15
KERAN

E
u fiquei olhando para a tela sem vê-la. Meus olhos não paravam de se voltar para a janela do escritório de Dawn. Eu não conseguia parar de olhar para ela enquanto interagia com as duas dúzias de híbridos que tinham vindo trabalhar nos campos. Ela havia permitido que meus homens e eu usássemos sua mesa de trabalho para nossas reuniões. A voz de Tagar soava como um zumbido distante enquanto ele repassava os esforços de triangulação que havia realizado para localizar o covil do assassino.

As descobertas das Veredianas sobre o caso só levantaram mais perguntas. Elas confirmaram nossa avaliação inicial de que o culpado estava drenando fluidos hormonais das vítimas. No entanto, elas encontraram indícios de que seus receptores sensoriais estavam anestesiados. Isso significava que o assassino não estava se excitando ao ver suas vítimas sofrerem. A morte horrível delas era meramente resultado das necessidades do experimento.

Um assassino misericordioso?

Nada disso fazia sentido. Uma análise completa de todos os nossos fluidos não revelou o que poderia interessar ao assassino, que os estaria coletando. A confusão estava se arrastando por muito tempo. Em uma semana, eu teria que voltar para Braxia e deixar meus homens prosseguirem com a investigação sem mim. É verdade que eu tinha plena confiança na capacidade deles de resolver isso sozinhos, mas não participar ativamente da solução desse mistério me parecia um fracasso.

Meu olhar se voltou novamente para a janela, procurando por Dawn.

Outra onda de ciúmes me invadiu enquanto eu a observava conversando com um dos híbridos. Embora eu tivesse declarado claramente minha intenção de levá-la comigo, Dawn permaneceu indecisa quanto aos seus planos. Eu acreditava que ela queria ficar comigo tanto quanto eu queria mantê-la. No entanto, as coisas estavam, sem dúvida, acontecendo rápido demais para ela.

Além do fato de que ela jamais concordaria em partir até que o culpado fosse preso – ou que todos os híbridos em risco tivessem deixado Haven – o que eu realmente tinha a oferecer a ela? Com cada momento de vigília gasto caçando aquele assassino miserável, eu não tinha tempo para cortejá-la adequadamente. Nós estávamos muito no início do nosso relacionamento para que eu pudesse assumir um compromisso de longo prazo com ela. E eu não era tão especial a ponto dela querer se desenraizar para se estabelecer comigo em um planeta que havia sido hostil a pessoas como ela.

E essa era a outra questão. Embora eu não me importasse nem um pouco com o fato de ela ser híbrida, os puros-sangues provavelmente desaprovariam. Meu pai havia se casado com uma forasteira, e agora eu estava considerando um relacionamento sério com uma híbrida? Até Krygor, o segundo homem mais poderoso de Braxia, havia se casado com uma forasteira.

As pessoas murmuravam sobre Mercy como sua nova Dagna. Mas ela era uma Verediana – uma espécie que toda a galáxia admirava. Sua incrível riqueza e conexões poderosas também desempenharam um papel importante em silenciar qualquer descontentamento. O fato dela ser uma guerreira incrível e de ter ajudado muito a recuperar a economia problemática de Braxia lhe rendeu o respeito de todos os clãs.

Dawn não tinha tudo isso para acrescentar ao relacionamento. Eu já ouvia as pessoas insinuando que eu era mais um daqueles que achavam que as mulheres de fora do planeta eram melhores que as nossas puros-sangues. Tanto que eu me contentei com uma que não tinha nada a oferecer, o que não poderia estar mais longe da verdade. Tudo bem, ela não tinha a riqueza ou os contatos de Mercy. Mas ela era forte, inteligente, carismática e destemida até mesmo diante do que pareciam desafios intransponíveis. Seu altruísmo e dedicação ao bem-estar dos outros eram exatamente o tipo de qualidades que eu procurava em uma companheira.

De qualquer forma, eu não dou a mínima para o que eles pensam.

E eu realmente não queria. No entanto, Dawn talvez pensasse diferente. Seria isso parte da sua relutância em se comprometer a vir comigo? Ela se importava comigo. Seu carinho brilhava em seus olhos sempre que me olhava. Desde o início, ela foi meu maior apoio aqui, apesar do meu desempenho decepcionante depois de um ótimo começo. Dawn acreditava em mim e no fato de que eu resolveria isso.

E, no entanto, eu não vou rápido a lugar nenhum, exceto para voltar para Braxia com o rabo entre as pernas.

Eu soltei um suspiro de frustração e me forcei a voltar a me concentrar na tela, só para perceber que a sala estava silenciosa. Eu franzi o rosto como se tivesse mordido algo nojento quando vi Tagar e Nowik me encarando com uma expressão de compaixão. Ancestrais! Quando eu tinha me tornado tão patético?

— Me desculpem — eu disse, enojado comigo mesmo.

Meus homens me pouparam da humilhação de continuar esfregando isso na minha cara. Tagar continuou como se não tivesse me flagrado sonhando acordado... de novo.

— Acreditamos que devemos investigar este setor em seguida — Tagar disse, apontando para uma área bem ao norte do rancho de Jardan — Há alguns laboratórios farmacêuticos localizados nessa região. É uma possibilidade remota, já que eles estão estabelecidos há décadas. Mas eles estão a uma distância relativamente curta da maioria dos locais onde as vítimas foram encontradas.

— Faz sentido — eu respondi pensativo — Há alguma chance de conseguirmos que os administradores nos deixem dar uma espiadinha lá dentro?

— Baldur está trabalhando nisso. Mas eu digo que nós...

Tagar parou de falar abruptamente, erguendo a cabeça bruscamente para olhar pela janela com a testa franzida. Eu segui seu olhar e vi Dawn correndo em direção ao prédio principal. Eu pulei da cadeira e saí correndo da sala para encontrá-la. Um milhão de pensamentos me invadiram a mente, me perguntando o que a fez vir correndo para cá. Certamente um novo corpo ainda não havia aparecido? Supondo que o assassino seguisse seu padrão original, ainda tínhamos 32 horas antes de completarmos nove dias desde a última morte. Mas eu queria torcer para que ele estendesse esse tempo para onze dias, como aconteceu com a vítima anterior, nos dando mais tempo.

Mesmo com esse pensamento me ocorrendo, eu estremeci por dentro. Sim, mais tempo nos ajudaria. No entanto, isso também significava que a vítima – provavelmente o híbrido chamado Ramsay, que ainda estava desaparecido – sofreria uma tortura prolongada.

Pelo menos, se as Veredianas estivessem certas, seus sentidos estariam entorpecidos durante essa terrível provação.

Na minha ânsia de chegar até Dawn, eu quase arranquei a porta da frente das dobradiças ao abri-la com violência. Eu desci correndo o pequeno lance de escadas no momento em que ela chegava à entrada. Minha cautela deu lugar a uma curiosidade ardente quando Dawn me olhou com entusiasmo, em vez da expressão sombria que eu esperava.

— O Jaek acabou de me mandar uma mensagem! — ela exclamou, diminuindo a distância entre nós — O segundo caçador de talentos entrou em contato com ele. A reunião é daqui a dois dias, às 18h.

Meu coração disparou — Em dois dias! Onde?

Ela balançou a cabeça com um olhar de desculpas — O caçador de talentos não disse, ou melhor, ele omitiu deliberadamente essa informação. Aqui, Jaek encaminhou a mensagem que recebeu. É um endereço sem resposta — Dawn disse enquanto me entregava seu comunicador.

— Isso não é nada suspeito — eu disse com todo o sarcasmo que consegui reunir enquanto pegava o dispositivo dela para ler a mensagem.

"Sessão informativa em dois dias, no dia 14, às 18h. O local será informado com duas horas de antecedência.

Não discuta este assunto com ninguém além de híbridos. Outros recrutadores estão se mostrando bastante implacáveis em seus esforços para frustrar rivais em potencial.

Sinta-se à vontade para convidar outras pessoas para participar (apenas híbridos Braxianos). Você não vai se arrepender."

— Acho que o pegamos — eu disse, pensativo, antes de passar o comunicador para Tagar e Nowik, que me seguiram para fora do prédio — Esse comportamento é muito obscuro. Nenhum competidor recorreria a esse tipo de sigilo.

— Concordo — Dawn disse, com a voz cheia de entusiasmo — Eu vou.

— O QUÊ?! — eu exclamei, meu choque refletido no rosto dos meus homens — Isso está fora de questão!

O rosto de Dawn se fechou imediatamente — Eu não sou sua propriedade. Você não pode ditar o que eu posso ou não fazer.

— Isso não tem nada a ver — eu respondi irritado — Se este for o culpado, ele é um assassino em série sem coração. Só resta um híbrido desaparecido. Ele não tem mais vítimas para o experimento. Meu instinto diz que ele vai reunir todos naquela reunião para conseguir um novo suprimento, se não sequestrar todos. E você quer entrar de cabeça nessa armadilha?

— Eu já pensei nisso — Dawn disse, me lançando um olhar de "Não me trate como se eu fosse idiota" — E é exatamente por isso que eu deveria ir. Acredite, eu teria preferido que um de vocês fosse, mas ele disse especificamente *apenas híbridos*. Se puros-sangues aparecerem, tenho certeza de que o organizador não vai prosseguir com os planos malucos que tem em mente. Mas você pode colocar uma escuta e um rastreador em mim para poder ouvir tudo o que está acontecendo lá dentro. E se ele tentar nos enganar, para onde quer que ele nos leve, você vai direto para o covil dele.

— Ok, mas ainda é muito perigoso — eu argumentei, sem me sentir muito tranquilo com isso — Nós poderíamos colocar o rastreador e a escuta em Jaek, já que ele planeja comparecer. Não precisamos colocá-la em perigo.

— Um bom líder nunca pediria que seu povo fizesse algo que eles próprios não estão dispostos a fazer — Dawn disse severamente.

Eu estremeci com o comentário, pois de fato aplicava essa regra a mim mesmo. Mas ela era minha mulher. Que tipo de protetor eu seria se a deixasse, despreocupadamente, correr perigo?

— De qualquer forma, vamos entrar para discutir isso racionalmente — Dawn continuou no mesmo tom severo.

Sem esperar que eu respondesse, ela voltou para dentro pisando duro. Meus homens não disseram uma palavra. O olhar de lado que eles lançaram em minha direção ecoou cada emoção que me percorria. Pela primeira vez na vida, eu me peguei desejando que as mulheres ainda fossem propriedade – mesmo que eu não tivesse nenhum direito específico sobre Dawn. Na minha necessidade de mantê-la segura, eu não conseguia nem sentir vergonha por esse pensamento.

Eu a segui, me forçando a manter a calma enquanto organizava mentalmente os argumentos que esperava que a convencessem. Assim que nos acomodamos ao redor da mesa de trabalho em seu escritório, eu abri a boca para expor meu ponto de vista, mas Dawn imediatamente me interrompeu, erguendo a palma da mão em um gesto de detenção.

— Antes de começar a me criticar, entenda que eu tenho pensado nisso desde a primeira vez que Jaek nos mencionou isso, dez dias atrás — ela disse com um tom razoável, porém firme — Eu entendo suas preocupações e realmente aprecio seu desejo de me proteger. Mas também preciso que você confie que eu não sou uma cabeça de vento tentando bancar a heroína. Por mais que eu queira pegar o filho da puta que está nos matando, eu não tenho um desejo de morrer e não me colocaria em problemas de propósito.

— Como você vai lá sem se expor ao perigo? — eu a desafiei.

— Porque eu tenho você, e você saberá exatamente onde estou o tempo todo — Dawn disse com naturalidade — Porque eu estarei cercada por dezenas – senão centenas – de outros híbridos, que por acaso passaram por um treinamento de combate fantástico com Jardan nas últimas sete semanas. A menos que o assassino tenha um exército completo com ele, não tem como ele enfrentar tantos de nós.

— Justo — eu admiti com muita relutância — Mas e se ele vier com um exército completo? E se só aparecer um punhado de híbridos?

— Então nós abortamos e chamamos reforços — Dawn respondeu como se fosse óbvio — Você tem uma tripulação completa na sua fragata. Pode deixar alguns perseguidores de prontidão em modo furtivo me seguindo para detectar se há algo estranho. Mas se tudo parecer bem e muitos dos outros estiverem presentes, esta será nossa melhor oportunidade de saber com quem e com o que estamos lidando.

— Entendo o que você está dizendo, mas ainda não entendo por que não podemos simplesmente pedir para Jaek usar a escuta e o rastreador — eu argumentei teimosamente.

— Porque Jaek não vai à reunião para resolver a investigação — Dawn disse com desdém — Assim como os outros, ele vai lá para ver se isso é algo que lhe interesse. Ele já demonstrou interesse em voltar para Braxia para trabalhar no centro de pesquisa da sua Dagna. O foco dele estará em qualquer discurso de vendas que o recrutador fizer, não em ficar procurando pistas, como eu.

— Eu entendo o que você quer dizer, mas ainda me sinto muito desconfortável em colocá-la em perigo — eu confessei.

Para minha surpresa, em vez de revirar os olhos, irritada, Dawn assumiu uma expressão suave, quase terna.

— Você não vai me mandar para lugar nenhum — ela disse gentil-mente — Eu escolho ir para lá. Mas eu aprecio que você tenha dito que se sente desconfortável em me deixar ir.

Eu bufei, e minha reação foi ecoada pelos meus homens. Dawn não precisava que disséssemos que nós três estávamos pensando em maneiras de impedi-la de ir.

— Olha, nós temos dois dias inteiros para planejar todos os casos possíveis em que as coisas podem dar errado e elaborar contramedidas — ela disse em um tom razoável — Neste momento, meu plano é comparecer. Mas se acabarmos com muitos cenários em que as coisas podem dar errado sem meios adequados para mitigar os riscos, então eu vou ficar de fora. Eu não sou irracional.

— Então vamos encontrar todos os cenários irremediáveis — eu resmunguei.

— De fato, vamos — Tagar disse no mesmo tom mal-humorado.

Nowik grunhiu em concordância. Dawn riu do nosso desgosto, seus lindos olhos verdes brilhando de malícia.

Nas horas seguintes, nós planejamos e elaboramos planos, com Dawn ocasionalmente saindo por alguns minutos para lidar com o que quer que os híbridos que trabalhavam nos campos lá fora precisassem. Por mais que eu odiasse a ideia de minha mulher ir àquela reunião, nós estávamos de fato considerando todas as situações possíveis e não conseguíamos encontrar nenhuma com a qual não pudéssemos lidar, a menos que chegássemos a extremos improváveis.

O maior desafio era não saber o local exato do encontro. Seria em uma floresta ou em um campo aberto? Um prédio de vários andares ou um bunker subterrâneo? A possibilidade desta última opção me preocupava mais. No entanto, era muito improvável. Quase nenhuma construção em Haven possuía porão, já que a maioria eram prédios pré-fabricados e desmontáveis, fornecidos pelo Conselho Galáctico ou por organizações beneficentes.

Quando encerramos a noite, nós tínhamos um plano bem definido e o dia inteiro amanhã para colocá-lo em prática. Como eu precisava de um pouco mais de tempo para coordenar com minha equipe, Dawn foi para o quarto dela. Eu não havia entrado nos aposentos dela nenhuma vez desde a minha chegada, pois ela sempre vinha para o meu.

Embora não tivéssemos discutido nossos planos para a noite, assim que eu terminei minhas tarefas, fui direto para o quarto dela, ousadamente. Eu levantei a mão para bater, mas o som distante da água do chuveiro me avisou que ela provavelmente estava tomando banho. Sentindo-me ainda mais ousado, eu abri a porta, aliviado por encontrá-la destrancada.

O forte contraste de cores da paleta predominantemente branca e bege do meu quarto me surpreendeu. Mas fazia sentido que ela tivesse escolhido algo mais neutro para o quarto de hóspedes. Enquanto os Braxianos geralmente optavam por cores mais escuras, principalmente bordô, cinzas escuros e marrons escuros, a paleta mais clara que Dawn usou para o quarto dela ressoou bem comigo. Isso me deu outra janela para sua personalidade.

Por mais que eu quisesse explorar mais o quarto dela, fui direto para a sala de higiene, descartando minhas roupas no processo. Quando empurrei a porta, fazendo barulho suficiente para garantir que ela soubesse que eu estava me aproximando, Dawn nem se mexeu nem se virou para ver quem estava se intrometendo em suas abluções.

— Você demorou muito — ela disse em tom de provocação, ainda de costas para mim enquanto continuava a esfregar sabonete por todo o corpo.

Eu dei uma risadinha — Peço desculpas — eu disse, me aproximando lentamente enquanto meu olhar a percorria.

Porra, ela era linda! Seu corpo era pura perfeição. Dawn tinha se tornado uma obsessão e um vício do qual eu não queria me livrar. A ideia de perdê-la...

Eu imediatamente afastei isso da minha mente, me recusando a deixar que meus medos sobre nossa próxima missão arruinassem o momento. De pé atrás dela, eu puxei minha mulher contra o meu peito com um braço, o outro agarrando seus cabelos e puxando-os delicadamente. Dawn cedeu com um ronronar, inclinando a cabeça para trás para receber meu beijo.

Ancestrais! Como eu amava o gosto dela, a forma como seu corpo se encaixava perfeitamente no meu e como seu calor penetrava na minha pele. Ela foi feita para mim... só para mim. Sob o pretexto de lavá-la, eu acariciei suas curvas deliciosas com calma, uma palma demorando-se em um de seus seios generosos, do tamanho certo para preencher minha mão grande, e os dedos da outra mão cravando-se em seu clitóris. Minha boca salivava, mas eu não conseguia decidir qual parte eu queria chupar mais entre o mamilo e o clitóris.

Eu nunca me cansaria de como Dawn era sensível ao meu toque e aos sons que ela emitia enquanto se estremecia contra mim. Nenhuma outra mulher jamais havia despertado em mim uma fome e uma possessividade tão raivosas. Eu nunca me considerei do tipo neandertal que bate no peito – como as mulheres humanas adoravam chamar os homens excessivamente dominantes – mas com Dawn, eu ansiava por me entregar totalmente ao homem das cavernas. Afinal, eu já tinha as características faciais que combinavam com isso.

E, no entanto, embora meu rosto nunca fosse ganhar nenhum concurso de beleza, minha mulher sempre me olhava como se eu fosse uma maravilha de se ver. Crescendo cercada por tantas espécies atraentes, sendo os Dantorianos os primeiros da lista, eu esperava que ela se desinteressasse da aparência rude de um puro-sangue. O fato dela nunca ter concedido seus favores a nenhum dos híbridos reforçava essa presunção.

Mas aqui está ela, em meus braços... toda minha.

Querendo ver aquele olhar novamente, eu interrompi o beijo e a virei para que me encarasse. Ancestrais! O jeito como ela me olhava com um ar de pura adoração mexeu completamente com a minha cabeça. Dawn não estava apaixonada por mim. Mas se era assim que ela me olhava quando só a luxúria a movia, como seria se eu a fizesse se apaixonar perdidamente por mim? O desejo poderoso que esse pensamento despertou me deixou atordoado.

— Você é minha — eu rosnei quase com raiva antes de reivindicar sua boca em um beijo brutal.

Porra! Eu adorava como ela sempre se submetia ao meu domínio, mas sem se tornar passiva. Dawn permanecia uma participante ávida e ativa, suas mãos deslizando sobre mim com uma febre que fazia meu sangue ferver. Eu adorava ainda mais que ela não só não se intimidasse com meus modos mais rudes, como também retribuísse na mesma moeda. Ela arranhou minhas costas, a queimação deliciosa me deixando insanamente duro.

Como se contradissesse meus pensamentos sobre ela se submeter ao meu domínio, Dawn interrompeu o beijo e se afastou de mim até ficar sob a água do chuveiro, enxaguando o sabonete da pele. Ela estendeu a mão para mim. Eu me aproximei, e a água removeu o sabonete que ela havia transferido para mim.

Para meu choque, quando eu estava prestes a puxá-la de volta para o meu abraço, minha mulher me empurrou contra a parede. A frieza dos azulejos contra minhas costas me assustou. Por uma fração de segundo, eu pensei em quantas vezes eu havia prendido Dawn contra a parede antes de transar com ela, e no chiado que ela invariavelmente emitia ao primeiro contato.

Mas seus lábios percorrendo meu peito, descendo até meus mamilos, recuperaram minha atenção. Ela beliscou o esquerdo, dando-lhe uma picada firme que fez meu pau estremecer de aprovação. Dawn chupou meu mamilo, sua mão direita se aventurando mais para o sul, sobre minha barriga e descendo até minha virilha. Eu respirei fundo quando sua palma envolveu meu eixo. Seus dedos não podiam me tocar devido à minha grossura, mas isso não a impediu de me apertar com a força brutal que eu desejava enquanto me dava algumas estocadas lentas.

Meus músculos abdominais se contraíram dolorosamente quando sua boca abandonou meu mamilo e desceu. Sua língua traçou as dobras da minha barriga e lambeu meu umbigo enquanto ela se agachava diante de mim. Minha respiração ficou ofegante e meu pulso acelerou de antecipação enquanto ela olhava para o meu membro e se inclinava para frente. Uma onda de tesão incendiou minhas entranhas quando Dawn roçou os lábios no meu pau. A tortura deliciosa daquela carícia vibrante me fez desejar mais.

Mas a maldita mulher prolongou meu tormento esfregando o rosto em todo o meu membro, beijando-o e mordiscando as veias que corriam ao longo dele. Ela estava deliberadamente me negando o que eu queria. Uma parte de mim se perguntava se ela estava tentando me provocar a "mandar nela", como os humanos gostavam de dizer. Outra suspeitava que Dawn estava tentando me enlouquecer de tesão e testando minha força de vontade e disposição para deixá-la assumir o controle.

Como ela sempre cedia à minha vontade durante nossos encontros, eu cerrei os dentes e silenciei minha necessidade de estar no controle. Desta vez, eu seria dela para fazer o que quisesse.

Só vou compensar depois...

Todos os pensamentos sobre as maneiras diabólicas com as quais eu a faria implorar por alívio desapareceram da minha mente no momento em que o inferno de sua boca se fechou em volta da minha ereção. Eu gritei, minha mão agarrando seus cabelos na nuca com muito mais força do que eu pretendia.

Ancestrais! Eu sabia que seria bom com aquela boca deslumbrante dela, mas o jeito que Dawn engoliu meu pau me deixou à beira do colapso. Meus joelhos quase cederam quando ela me levou loucamente para o fundo da garganta. Minha mulher tinha uma boca larga, mas nunca imaginei que ela pudesse aguentar tanto de mim. Com uma das mãos, ela acariciou meus testículos. Com a outra, apertou dolorosamente a base do meu eixo, acariciando-o rudemente em contraponto ao movimento de sua cabeça balançando na minha frente. Porra, isso foi bom!

Uma sequência de palavras incoerentes, grunhidos e gemidos escapou de mim enquanto minha mulher me lançava em um vórtice infinito de êxtase. Se não fosse pela parede que sustentava minhas costas, eu teria desabado. O mundo desapareceu ao meu redor. Nada existia além do calor escaldante da boca de Dawn envolvendo meu pau. Choques elétricos me percorriam cada vez que ela me roçava com os dentes, seguidos pela carícia sedosa de sua língua girando em torno do meu eixo.

Era demais e ainda assim não era o suficiente.

A fera selvagem dentro de mim queria agarrar seus cabelos com as duas mãos e foder seu rosto do mesmo modo desenfreado que eu sentia quando estava enterrado profundamente dentro dela. O lado mais terno de mim, que eu nem sabia que existia, ansiava pela sensação de sua pele macia e quente contra a minha, de seus braços me segurando como se ela temesse que eu pudesse desaparecer, de sua respiração ofegante em meu ouvido enquanto sussurrava meu nome em uma voz suplicante entre gemidos.

E, no entanto, o prazer intenso crescia rápido demais, forte demais dentro de mim. Se eu não a impedisse agora, eu estaria derramando meu sêmen rapidinho. De jeito nenhum eu encontraria alívio antes de ter minha mulher gritando meu nome pelo menos uma ou duas vezes.

— Pare, Dawn. Pare — eu disse com a voz tensa e ofegante, enquanto lutava para não me entregar à felicidade.

Em vez de obedecer, a mulher três vezes condenada redobrou seus esforços, suas mãos e boca me explorando freneticamente. Quando eu comecei a puxá-la pelos cabelos, Dawn empurrou a cabeça para frente, me levando até o fundo da garganta, e então começou a gargarejar.

Uma luz ofuscante explodiu diante dos meus olhos. Minha espinha se contraiu tão violentamente que temi que se partisse ao meio. Eu arranquei Dawn brutalmente de mim, um rugido selvagem irrompendo da minha garganta ao mesmo tempo em que meu sêmen jorrava. Minha mulher gritou. Eu soltei seus cabelos para fechar aquela mão em volta do meu eixo pulsante enquanto minha essência continuava a jorrar de mim na forma mais pura de êxtase líquido.

Com os olhos bem fechados e a cabeça jogada para trás, eu me mantive de pé com uma das mãos apoiada na parede do chuveiro. Eu acariciei meu pau com a outra até que o último sêmen tivesse escorrido. Sentindo-me fraco pela violência do orgasmo que me havia arrebatado, eu abri os olhos lentamente. O quarto girou como se eu tivesse me entregado demais ao vinho Braxiano.

No entanto, a visão de Dawn, sentada sobre os calcanhares na minha frente, chamou toda a minha atenção.

Com as duas palmas, ela esfregou lentamente meu sêmen em seus seios. O sangue jorrou instantaneamente para o meu pau. Os Braxianos podiam ficar duros à vontade. Mas eu nem precisava me esforçar. Meu corpo reagia com vontade própria. Aquela mulher me possuía.

A expressão presunçosa e lasciva em seu rosto abalou meu orgulho. Com um rosnado ameaçador, eu a levantei do chão e a joguei contra a parede, com força suficiente para puni-la por me fazer chegar ao clímax primeiro, mas nem de longe o suficiente para machucá-la. Uma risada rouca e provocadora seguiu o suspiro inicial de surpresa de Dawn.

Sem me importar com o meu sêmen ainda cobrindo seus seios, eu pressionei meu peito contra o dela, prendendo-a contra a parede. Eu esfreguei meu membro intumescido contra sua fenda enquanto arreganhava os dentes.

— Você foi uma menina muito travessa, Dawn — eu rosnei.

— Sim — ela concordou orgulhosamente — Você devia me punir para me ensinar os erros dos meus caminhos.

— Ah, acredite em mim, estou prestes a fazer isso. Prepare-se para implorar por misericórdia... embora nenhuma seja concedida.

A ânsia e o desejo ardente em seus olhos me incitaram, me desafiando a prosseguir. E eu prossegui. Com uma estocada poderosa, eu empalei Dawn no meu pau. Eu sibilei com a queimação deliciosa de sua vagina apertada me pressionando enquanto tentava me empurrar para fora em protesto contra minha invasão brutal.

Ancestrais, deveria ser ilegal que ela se sentisse tão bem. Como era meu costume, eu não a penetrei lentamente e imediatamente libertei a fera que estava chacoalhando em sua gaiola enquanto ela chupava meu pau.

Eu me senti um pouco culpado pela frequência com que fazia amor com ela no chuveiro. Mas eu odiava ter uma camisinha entre nós. Eu não conseguia sair sem sujar a cama. Ali, eu conseguia sentir toda a minha mulher, desde a essência dela revestindo meu membro até a textura macia de suas paredes internas me agarrando ferozmente.

Enquanto me movia incansavelmente para dentro e para fora dela, me perdendoe em um prazer quase insuportável, eu recuperei a boca que me deu um prazer tão extremo em um beijo apaixonado. Nossas línguas guerreavam enquanto nossos corpos dançavam em um ritmo infernal.

Com o cérebro ocioso em um turbilhão de sensações, eu nem sequer vi o orgasmo de Dawn se aproximando. Foi só quando seu corpo se apertou em meus braços e suas paredes internas se fecharam em volta do meu pau que eu percebi que ela havia caído. Ela gritou contra meus lábios e, em seguida, enterrou o rosto no meu pescoço, agarrando-se a mim como se temesse nunca mais se recuperar da euforia que a havia arrebatado.

Rangendo os dentes contra a vontade de me entregar a outra descarga, eu pressionei minha pélvis contra a dela para estimular seu clitóris e mantê-la surfando naquela onda por mais um tempo antes de voltar a bater nela.

Momentos depois que seus espasmos diminuíram, Dawn pressionou seus lábios contra minha orelha esquerda.

— Quando chegar ao clímax, não retire — ela sussurrou, como se tivesse ouvido os pensamentos cruzando minha mente.

Eu congelei no meio do movimento, meu coração quase saltando do peito. Eu joguei a cabeça para trás e encarei Dawn, querendo ter certeza de que havia entendido direito o que ela queria dizer.

Ela lambeu os lábios nervosamente e me abraçou com mais força, como se quisesse me impedir de me afastar — Não se preocupe, está tudo bem. Não estou tentando te jogar na armadilha de ter um bebê. No dia em que as Veredianas chegaram, eu troquei meu implante contra-ceptivo para Braxianos antes de pegar o bufê — Dawn explicou, seus olhos se alternando cautelosamente entre os meus — Eu só... eu quero sentir você inteiro.

A profundidade da decepção que eu senti me surpreendeu. Por um momento, esperei que ela dissesse que queria me dar um filho. A imagem de uma versão menor de Dawn se contorcendo em meus braços fez meu coração se apertar com um desejo poderoso.

— Por que a ideia de concebermos me preocuparia? — eu perguntei em voz baixa, aliviado por minha decepção não transparecer na voz — Os Braxianos sempre se orgulham dos filhos que geram. E agora, isso também inclui os híbridos. Eu adoraria ter um filho seu.

Seus lábios se abriram em choque. Quando ela sorriu timidamente, em vez de parecer horrorizada com a perspectiva, a tensão que eu não percebia que me atormentava desapareceu de repente. Eu não sabia se ela realmente queria um filho comigo, mas sua reação sugeria que ela não era necessariamente contra.

Agora que Dawn havia tocado no assunto, eu não teria paz até que seu ventre se vivificasse com a minha semente. Ela me daria um filho.

— Mas quando eu me derramar dentro de você, não haverá mais como esconder o nosso relacionamento — eu avisei — Nenhuma quantidade de banho vai tirar o meu cheiro de você. Todos saberão que você é minha.

Para minha surpresa, eu prendi a respiração, meus olhos se alter-nando entre os dela enquanto aguardava sua resposta. Os poucos segundos que ela levou para responder pareceram um século e um dia.

— E isso é um problema, por quê? — ela perguntou, provocante — Você não acabou de dizer que eu era sua?

Suas palavras ressoaram direto no meu pau. Um rosnado possessivo saiu da minha garganta enquanto um sorriso predatório se estendia pelos meus lábios.

— Sim. Porque você é minha. E agora, o mundo inteiro vai saber. Eu estou prestes a te foder sem camisinha, Dawn. Eu vou te encher até a borda.

Suas paredes internas se contraíram ao redor do meu pau ainda enterrado profundamente dentro dela, como se perguntasse o que diabos eu estava esperando.

— Faça o seu pior — ela me desafiou.

E eu obedeci.

Tempo e espaço perderam todo o sentido. Qualquer coisa que não fosse Dawn, que não fossem nossos corpos se unindo como um só em uma dança selvagem, não tinha lugar ali. Cada célula do meu ser parecia à beira da combustão enquanto eu me penetrava profundamente dentro da minha mulher, repetidamente. Ela me mordia e arranhava, atiçando o inferno que rugia dentro de mim com a mais maravilhosa mistura de prazer e dor.

Longe de se romper, minha Dawn implorava por mais, e eu dava mais. Eu arranquei um clímax atrás do outro dela. Ocasionalmente, eu unia minha voz à dela, meu sêmen irrompendo dentro dela em um êxtase quase excruciante. Depois da segunda vez, eu a coloquei de pé novamente e a inclinei, de costas para mim. Eu a posicionei por trás com o mesmo vigor implacável. Com as palmas das mãos apoiadas na parede do chuveiro, Dawn balançava para frente e para trás, me encontrando estocada após estocada.

Incapaz de resistir, eu dei alguns tapas firmes nos montes roliços do seu traseiro, amenizando a dor com uma carícia após cada um. Os gemidos de aprovação de Dawn e sua essência jorrando entre as coxas me garantiram que ela gostava de umas palmadas.

Ancestrais, ela era minha parceira perfeita.

Enquanto meu clímax máximo se aproximava, eu acariciei sua lateral, minha mão deslizando para sua frente e para baixo entre suas coxas para esfregar seu clitóris. Dawn emitiu um gemido estrangulado. Ela jogou a cabeça para trás enquanto o êxtase a arrebatava novamente. Seus joelhos cederam. Eu a segurei antes que ela pudesse desabar, mas não interrompi meu ataque sensual até que meu próprio orgasmo me atingisse.

O cômodo girou, e meus olhos quase rolaram para trás enquanto um prazer insuportável me invadia. Parecia que mil microexplosões estavam se espalhando por todo o meu corpo enquanto chamas líquidas corriam por minhas veias. Mas foi o calor escaldante do meu sêmen disparando em jorros de êxtase na minha mulher que me fez ter um orgasmo.

Eu não me lembrava de nos ter colocado no chão. Quando recuperei a consciência do que me rodeava, eu estava sentado no chão do chuveiro, com Dawn aconchegada nos meus braços e água morna a cair sobre nós.

— Você vai ser a minha morte, mulher — eu sussurrei antes de beijar sua testa.

Ela riu baixinho e se aconchegou ainda mais em mim — Embora isso não pareça uma maneira tão ruim de partir, você não tem permissão para morrer. Eu vou ficar com você.

Foi a minha vez de rir, meu coração se enchendo de uma profunda afeição por ela que era cedo demais para nomear. Meus braços se apertaram possessivamente em volta de Dawn, uma sensação de paz e felicidade me invadindo.

— Bom, porque eu sou todo seu.

CAPÍTULO 16
DAWN

As vinte e quatro horas seguintes passaram rápido demais. Nós repassamos nosso plano um milhão de vezes. Keran e toda a sua equipe tentaram prever todas as contingências possíveis caso as coisas dessem errado.

Ele odiava completamente que eu participasse da reunião. Se pudesse, Keran me sufocaria em plástico-bolha, me trancaria em um quarto acolchoado e jogaria a chave fora até que todo o perigo passasse. Para ser sincera, por mais que eu não quisesse que ninguém se achasse no direito de mandar em mim, eu adorava o quanto Keran se sentia protetor comigo.

E seus homens também.

Tagar e Nowik estavam começando a parecer irmãos mais velhos para mim. Inicialmente, Tagar parecia estar possivelmente apaixonado por mim. Eu não conseguia dizer se Keran tinha mandado ele se foder ou se ele tinha percebido por conta própria que algo estava rolando entre mim e seu chefe. De qualquer forma, eu fiquei grata por ter sido poupada do desconforto de recusar investidas indesejadas. Tagar era atraente por si só, mas Keran tinha literalmente me conquistado.

Meus mamilos endureceram enquanto imagens de todas as maneiras como Keran me destruiu na noite passada passavam pela minha mente. Era de se esperar que, depois da maratona de sexo que tivemos no chuveiro, meu amante estivesse completamente satisfeito. Porra, não. Keran não. Nós tivemos mais algumas rodadas na cama, o que nos obrigou a ir nos lavar novamente algumas vezes.

Como ele havia dito, nenhum banho tiraria seu cheiro de mim. O modo como as narinas de Tagar e Nowik se dilataram no minuto em que se aproximaram de mim confirmou que não haveria mais como esconder a natureza do meu relacionamento com o Príncipe. Eu esperava me sentir um pouco constrangida com isso, mas apenas um orgulho possessivo surgiu dentro de mim.

No entanto, isso também significava que os híbridos o sentiriam em mim na reunião de amanhã. Como eles já haviam conhecido Keran, saberiam a identidade do meu amante. Embora eu não desse a mínima para o que eles pensavam, eu me importava com Jaek. Depois que ele tornou pública sua atração por mim no dia em que as Veredianas o curaram, ele merecia ser avisado.

Infelizmente, as quatro mensagens que eu enviei a ele desde aquela manhã, pedindo que me respondesse quando tivesse um minuto para conversar, ficaram sem resposta. A princípio, eu não me preocupei muito com isso, pois Jaek costumava demorar para responder, geralmente porque estava imerso em alguma pesquisa ou experimento. Seus colegas tinham que repreendê-lo constantemente para que se lembrasse de parar para comer.

Mas quando a noite caiu e a manhã chegou, sem uma palavra dele, todos os pensamentos horríveis possíveis se infiltraram em minha mente. Recusando-me a entrar em pânico ainda, eu liguei para o comunicador dele. Ele não atendeu. Com o coração disparado, eu liguei para o hospital onde ele trabalhava. Quando a recepcionista confirmou que ele não tinha aparecido o dia todo ontem e que não era esperado hoje, eu quase desmaiei.

— Não precisa se preocupar, Sra. Merrick — disse a recepcionista em um tom tranquilizador — Eu sei das tragédias terríveis que têm acontecido com o seu pessoal. Mas o Sr. Sedrak está bem. Ele enviou alguns relatórios urgentes esta manhã. Não é raro ele trabalhar remotamente quando tem muitos exames altamente sensíveis para realizar devido à falta de tempo. Aqui, as pessoas nunca o deixam em paz, seja com um pedido ou outro.

— Você teve notícias dele?! — eu exclamei, me sentindo inundada de alívio.

— Sim — ela disse com a mesma voz suave — Não se preocupe. Ele entrará em contato com você em breve. Com aquele processo de ética médica em que ele está testemunhando, o Sr. Sedrak está extremamente sobrecarregado.

— Ok, muito obrigada — eu respondi com sincera gratidão.

— O prazer é meu. Tenha um ótimo dia!

Eu desliguei, meu pânico crescente já havia diminuído, mas não desaparecido completamente. Levou mais quatro horas até que meu comunicador finalmente apitasse com uma mensagem recebida.

Desculpe por não responder antes. Estou muito ocupado. Não sei se conseguirei comparecer à reunião. Muitos prazos. Mas aqui está o local.

Meu coração saltou no peito ao receber finalmente a mensagem que esperávamos desesperadamente. À medida que as horas passavam, o medo de que isso não acontecesse se enraizou.

Eu corri para fora, onde Keran estava conversando com seus guardas e outros membros de sua tripulação que haviam entrado em uma perseguição impressionante. Conforme nosso plano, eles me seguiriam furtivamente até o local.

Assim que os homens me viram se aproximando, o mesmo olhar curioso e cheio de esperança surgiu em seus rostos.

Eu sorri e assenti — Jaek acabou de me enviar as coordenadas da reunião. Estou transferindo para você agora.

Assim que seu comunicador apitou, Keran leu avidamente a mensagem na interface. Imediatamente, ele se virou para seu capitão, com uma expressão feroz no rosto.

— Temos exatamente uma hora e doze minutos antes da reunião. Enviem batedores à frente. Eu quero varreduras completas de longo alcance de todo o setor — Keran ordenou — Quero alguns drones furtivos para monitorar todos que entram e saem. Não sejam detectados.

— Sim, Jakar — respondeu o Capitão Baldur.

Embora isso nos deixasse com pouco tempo para nos prepararmos, nós voltamos ao meu escritório para traçar estratégias mais aprofundadas. Como ele ficava a apenas vinte minutos de voo daqui, nós aproveitaríamos ao máximo os minutos que tínhamos disponíveis.

Eu abri imagens de satélite da região. Elas mostravam um prédio enorme, com pelo menos três andares de altura, no meio de uma clareira. Seu design não combinava com nada que eu já tivesse visto em Haven.

— O que é isso? — Tagar sibilou — Nós exploramos essa área há alguns dias. Não havia nada lá!

— Será que um escudo furtivo avançado poderia ter enganado seus scanners? — eu perguntei.

— É possível, mas improvável, a menos que o sistema deles seja avançado o suficiente para rivalizar – se não superar – a tecnologia Verediana — Keran respondeu com uma carranca.

— Então deve ser uma estrutura desdobrável, como a maioria dos prédios aqui em Haven — eu pensei em voz alta — Algo tão grande levaria muitas horas para ser montado. Isso pode explicar por que a reunião é tão tarde. Eles passaram a manhã toda montando e mobiliando.

Keran assentiu — Exatamente o que eu pensei. No entanto, um edifício tão grande exigiria uma nave de transporte ainda maior para levá-lo até aquele local. Como não a detectamos? Como o controle espacial não percebeu que eles estavam entrando em seu espaço aéreo?

— Ou eles realmente têm um sistema de furtividade muito mais avançado que o nosso, ou já estavam em Haven, apenas se movendo camuflados para que não pudéssemos detectá-los — Nowik disse pensativamente.

— Ou escondidos à vista de todos — eu retruquei — Haven tem muitas comunidades vivendo isoladas umas das outras. Ninguém se importaria em ver um complexo isolado no meio do nada. Por outro lado, o design deste chamaria muita atenção.

— A não ser que mudasse de aparência com um holograma. Nós não fizemos a varredura para isso — Tagar disse, parecendo abatido.

— Não adianta ficar remoendo isso agora — Keran disse, ainda com ar perturbado — Ao menos, isso confirma que estamos lidando com alguém altamente organizado e paranoico. E agora estou mais convencido do que nunca de que não estamos lidando com um Braxiano.

Ele se virou para mim com uma expressão muito séria. Eu me preparei para que ele me dissesse que, afinal, não queria que eu comparecesse à reunião. Na verdade, eu não sabia como reagiria. Nós tínhamos tomado precauções suficientes para que eu acreditasse que estaria segura, independentemente do que nos aguardasse. Mas eu não era tão imprudente a ponto de não perceber que não estávamos lidando com um amador. Talvez as informações que eu conseguisse reunir naquela reunião não valessem o risco que eu planejava correr.

— Por mais que eu odeie saber que você está se colocando em perigo potencial, nós prosseguiremos conforme o planejado — Keran disse com óbvia relutância — Mas lembre-se de que, se algo parecer remotamente problemático, você aborta.

— Eu não vou esquecer — eu disse firmemente, sem saber se me sentia aliviada ou decepcionada por ele não ter tentado uma última vez me fazer mudar de ideia.

Momentos depois, o Capitão Baldur enviou um relatório preliminar de reconhecimento, que não indicava nada suspeito nos scanners de longo alcance. No entanto, eles definitivamente tinham embaralhadores e disruptores dentro do prédio, impossibilitando uma varredura profunda. Eles só conseguiam perceber um enorme gerador de energia e indícios de maquinário pesado. Mas não conseguiam obter uma imagem mais nítida sem serem detectados.

A única razão pela qual Keran não exigiu que eu recuasse foi que os scanners só detectaram a presença de oito pessoas, embora não pudessem especificar seu gênero ou raça.

Faltando apenas trinta e cinco minutos para a reunião, nós seguimos para nossas naves. Keran me acompanhou até meu transporte pessoal, com as costas rígidas devido à tensão também refletida em seu rosto.

Eu me virei para encará-lo enquanto a porta da nave se abria — Lá vou eu — eu disse com uma risada nervosa.

Ele não sorriu. Seus olhos tempestuosos se voltaram para os meus enquanto ele me olhava com aquela intensidade que costumava me fazer querer me contorcer. Desta vez, a preocupação comigo, e não a desconfiança, alimentava a sensação. Eu me derreti de dentro para fora.

— Ao primeiro sinal de problema... — Keran disse com a voz tensa.

— Eu vou me virar e vou embora — eu disse, o interrompendo — Vai ficar tudo bem.

— É melhor que sim. Eu me importo com você, Dawn. Profundamente...

Eu sorri, meu peito se aquecendo com um afeto profundo — Eu também me importo muito com você, Keran. Você vai ficar comigo por um tempo.

Ele me puxou para um abraço e me deu um beijo quase desesperado. O som do motor da sua nave quebrou a magia. Com muita relutância, nós encerramos o beijo. Ele pressionou a testa na minha por mais um segundo antes de me soltar.

Keran permaneceu ao lado da minha nave até eu entrar e me acomodar no assento do piloto. Com os olhos ainda fixos nos meus através do para-brisa, ele se afastou lentamente. Deusa, eu odiava como aquilo parecia uma despedida. Nós tínhamos tomado todas as precauções possíveis.

— Tudo ficará bem — eu sussurrei para mim mesma.

Assim que eu decolei, Keran correu em direção ao seu perseguidor. Eles alçaram voo em segundos, e sua nave, muito maior, desapareceu momentos depois, entrando em modo furtivo. Mesmo sabendo que estavam me seguindo, não poder mais vê-los me fez sentir vulnerável.

Na metade do caminho para o nosso destino, nosso canal de comunicação conjunto ganhou vida com Thanor, um dos batedores, nos dando uma atualização.

— Os híbridos começaram a chegar. Jardan vai pirar quando descobrir quem os está recebendo — Thanor disse — É um dos seus treinadores Guldans, Nirkon Harag.

Os xingamentos emitidos pelos outros através do comunicador ecoavam meu sentimento. Nirkon trabalhava com Jardan havia quase duas décadas e era seu braço direito. Jamais, em um milhão de anos, eu suspeitaria de alguma ação criminosa da parte dele.

— Isso explica algumas coisas — eu disse com uma compreensão repentina — Jardan tem recebido toneladas de equipamentos grandes para seu campo de treinamento. Nirkon autorizou a maioria dessas entregas. Ele provavelmente contrabandeou aquele prédio desdobrável entre os outros carregamentos.

— Sabendo que ele se safaria, já que Jardan confia cegamente nele — Keran disse com desgosto — Bom trabalho, Thanor. Mais alguma coisa?

— Nada por enquanto. Há mais de cem híbridos presentes agora. Ainda não detectei nenhuma ameaça no meu radar.

— Mantenha-nos informados — Keran disse.

— Entendido. Thanor saindo.

Encontrando uma nova resolução nessa revelação, eu completei o voo para o encontro, com uma raiva justificada queimando em minhas entranhas. Aquele filho da puta vinha treinando aqueles homens há semanas, escolhendo seus alvos desavisados. Todos nós nos perguntávamos onde e como aqueles sequestros estavam acontecendo sem deixar nenhum vestígio, nem mesmo uma mensagem de que eles haviam combinado de se encontrar com alguém em algum lugar.

Não houve comunicação rastreável, pois aquele verme provavelmente os havia convidado pessoalmente para um treinamento individual mais intensivo ou para se encontrar com um "cliente" fora do horário de treinamento. Eles não teriam motivos para duvidar de Nirkon ou suspeitar de crime.

Assim que eu pousei minha nave em um local livre na clareira, eu desliguei o motor e caminhei até a porta. Mesmo tendo testado minha escuta um milhão de vezes, eu fiz um último teste.

— Entrando — eu sussurrei — Você está recebendo isso?

— Alto e claro. Boa sorte — Keran respondeu, sua voz saindo pelo meu fone de ouvido, coberta pelo meu cabelo comprido.

Depois de respirar fundo e me revigorar, eu saí da nave e fui até o prédio. Ele era absurdamente alto para Haven. A maioria das construções ali eram de um ou dois andares. Esta não só tinha três andares, como cada um parecia incrivelmente alto, com aproximadamente quatro metros.

Mais algumas naves pousaram enquanto eu me dirigia à entrada. Ao contrário de Nirkon – que franziu a testa ao notar minha aproximação – a maioria dos híbridos sorriu, agradavelmente surpresos ao me ver. Os raios do sol poente conferiam aos pesados chifres negros de Nirkon um brilho sonhador. Mas seus olhos castanho-escuros adquiriram um brilho cauteloso. Ele estava, sem dúvida, tentando inventar uma maneira de me subornar para que eu mantivesse seu envolvimento em segredo de Jardan.

Eu dei-lhe um sorriso doce e enjoativo e coloquei a expressão mais inocente no rosto — Sen. Harag, que surpresa vê-lo aqui.

— Posso dizer o mesmo de você, Sana Merrick — ele respondeu com entusiasmo forçado — O convite era apenas para híbridos.

— Eu sei muito bem — eu disse, cantando — Alguns de nós não carregam a genética no rosto.

Nirkon congelou, seus olhos se arregalando levemente com uma compreensão repentina. Seu olhar percorreu meu rosto antes de se deter em meus ombros largos enquanto ele finalmente enxergava o que esteve bem diante dele o tempo todo. Seu rosto assumiu uma expressão especulativa que me deixou extremamente inquieta.

Embora Keran não estivesse falando pelo meu fone de ouvido, eu suspeitei que ele estivesse furioso por eu ter revelado meu segredo para Nirkon. Mas eu não podia correr o risco dele me rejeitar. O que quer que ele quisesse com os híbridos, eu precisava que ele me incluísse no processo para que pudéssemos chegar ao fundo da questão. E com todos os meus amigos aqui, ele não poderia me enganar. De qualquer forma, eu estaria indo para Braxia com Keran em breve. Já estava mais do que na hora de acabar com esse segredo.

— Certo — Nirkon disse com um olhar calculista — Então entre e aproveite os refrescos. Você deve achar esta reunião bastante... reveladora.

Com essas palavras enigmáticas, ele voltou sua atenção para os outros híbridos que ainda chegavam.

Ao entrar na sala, eu ajustei distraidamente a gargantilha que adornava meu pescoço. A joia escondia uma câmera que permitia que Keran e seus homens vissem tudo o que estava acontecendo.

Para minha surpresa, o chão era coberto com o tipo de placas de metal normalmente encontradas em porões de carga ou naves de transporte. Habitações desdobráveis geralmente tinham pisos de madeira projetados. Eu percebi então que as grossas portas de correr da frente também se assemelhavam às de uma nave, e não às de uma casa ou prédio.

Esse lugar inteiro é uma nave?

Mas eu descartei a ideia assim que me passou pela cabeça. Embora existissem naves espaciais de todos os tipos possíveis, até mesmo algumas com pouca ou nenhuma aerodinâmica, não havia sinais visíveis de um sistema de propulsão, e as paredes externas não pareciam capazes de formar um casco adequado para suportar os rigores das viagens espaciais profundas.

No entanto, as expressões calorosas dos homens subitamente esfriando – alguns se tornando hostis à medida que eu me aproximava – trouxeram minha atenção de volta ao meu entorno. O dilatar de suas narinas largas indicava que eles haviam sentido o cheiro de Keran em mim. Eu ergui o queixo desafiadoramente para aqueles que me encaravam. Mas o brilho de decepção, até mesmo de traição, nos olhos dos outros realmente doeu.

Depois de todos esses anos, eles deveriam me conhecer melhor. E, no entanto, sem dúvida, eles interpretavam meu relacionamento com Keran como prova de que eu também achava os puros-sangues superiores aos híbridos. Obviamente, isso não poderia estar mais longe da verdade. Eu não havia escolhido Keran por isso e não podia evitar que ele estivesse literalmente me conquistando.

Mais importante ainda, eu me recusava a viver minha vida de acordo com a aprovação dos outros. A única reivindicação que eles tinham sobre mim era que eu deveria fazer tudo ao meu alcance para facilitar a vida deles, como era meu dever como gerente do abrigo. Minha vida pessoal não era da conta deles.

Eu silenciei a parte de mim que sussurrava que eu deveria ter esperado antes de permitir – na verdade, pedir – que Keran me marcasse com seu cheiro. Claro, eu poderia ter esperado, mas por que deveria? Eu não devia nada a ninguém.

Sentindo-me um pouco desanimada com a indiferença dos homens, eu caminhei pelo salão de recepção até a imensa sala à direita. Ali, ainda mais do que na entrada, o chão e as paredes gritavam que se tratava de uma nave espacial. O piso gradeado e as placas de metal nas paredes pareciam pertencer a um porão ou compartimento de transporte.

Uma profunda sensação de inquietação me invadiu. Se aquilo fosse mesmo uma nave, Nirkon poderia simplesmente alçar voo e nos abduzir. Por uma fração de segundo, eu pensei em fugir. Só a certeza de que Keran estava lá fora em sua nave de caça, com sua fragata à espreita para intervir se as coisas piorassem, me ajudou a permanecer estoica.

Centenas de bancos estavam alinhados em vários níveis em frente a um estrado, formando um anfiteatro improvisado. Telas enormes cobriam a parede atrás do palco, assim como parte das paredes laterais da frente. Minha curiosidade aumentou enquanto eu me perguntava o que Nirkon pretendia reproduzir nelas.

Tentando passar despercebida, eu andei pela sala, me certificando de capturar o máximo possível do ambiente com minha câmera, assim como das portas laterais fechadas localizadas logo abaixo dos degraus que levavam ao palco. Eu caminhei em direção às longas mesas que ladeavam o canto leste do salão. O local oferecia petiscos – todos iguarias locais – e grandes barris de vidro cheios de uma bebida rosada e transparente. A condensação nos barris e jarras indicava que a bebida estava bem gelada.

Embora eu preferisse água, eu me servi de um copo para me misturar aos outros que também se deliciavam com o bufê. Em outras circunstâncias, eu teria sorrido. Quando se tratava de comida, os homens Braxianos – incluindo os híbridos – eram poços sem fundo.

Mas, afinal, eles precisavam alimentar aqueles corpos divinos e musculosos com os quais a Deusa os havia abençoado.

Enquanto meu olhar percorria a sala, fazendo uma contagem mental de todos os que haviam aparecido, eu distraidamente tomei um gole da minha bebida. Eu engoli em seco com o sabor doce e refrescante que explodiu em minhas papilas gustativas. Ela me lembrava de chá gelado e doce, mas tinha um toque frutado, quase como uma espécie de frutas vermelhas, com toques cítricos. Eu não fazia ideia de que suco era aquele, mas teria que perguntar a Nirkon sobre ele.

Antes de tomar outro gole, eu bufei ao pensar nisso. Em minha mente, eu me imaginei perguntando onde poderia comprar a bebida frutada enquanto os soldados da paz o algemavam por assassinato em série.

Enquanto procurava por Jaek na multidão, eu notei outro Guldan. Eu não o reconheci, mas garanti que minha câmera o registrasse bem.

O que diabos os Guldans querem conosco?

Keran havia me falado sobre Gavin Aldriss, mas eu ainda não conseguia entender como a inclusão de híbridos ali os ajudaria a colocar Gavin no trono. Mas, mais importante, por que razão nós o influenciaríamos e a forma como ele governaria Braxia no futuro, caso os Guldans alcançassem seu objetivo?

— Ele? Você escolheu ele, porra?!

Eu gritei, quase morrendo de susto ao ouvir a voz raivosa de Vintor atrás de mim. O filho de um krillik se aproximou de mim enquanto eu estava perdida em pensamentos.

— Deusa! Você quase me deu um ataque cardíaco! — eu disse, pressionando a palma da mão contra o coração, aliviada por não ter derramado a bebida em mim.

A raiva que contorcia suas feições de repente deu lugar ao horror — Ele a forçou! Aquele desgraçado a forçou?! — Vintor exclamou, com a voz quase gritando.

Todas as conversas na sala cessaram, com todos os olhares se voltando para nós. Aqueles que estavam longe demais para entender suas palavras nos encaravam com curiosidade, tentando descobrir a origem da comoção. Aqueles que estavam perto o suficiente me olhavam com fúria indignada. Até Vintor fazer essa acusação, todos presumiam corretamente que as coisas tinham sido consensuais entre Keran e eu. Mas agora que a semente havia sido plantada, e considerando as histórias de horror do passado violento de Braxia em relação às mulheres híbridas, eles naturalmente abraçaram essa nova teoria.

— O quê?! Não! Deusa, não! — eu exclamei — Keran jamais forçaria uma mulher. Ele tem sido um cavalheiro comigo.

— Um cavalheiro? Você está fedendo a ele! — Vintor sibilou — Você consentiu com isso? Você deixou ele te corromper?!

— O que eu faço e com quem faço não é da sua conta! — eu respondi bruscamente — Eu sou uma mulher adulta e independente. Não preciso da sua permissão ou aprovação para o que quer que eu faça com a minha vida ou com o meu corpo.

Vintor deu um passo para trás, um ar de puro desprezo percorrendo suas feições rudes. Ele balançou a cabeça lentamente, seu olhar me percorrendo com desgosto, como se estivesse encarando um cadáver pútrido infestado de larvas.

— E pensar que desperdiçamos nossa energia por décadas, tentando cortejá-la com respeito e consideração. E bastou um puro-sangue aparecer para você se deitar de costas e abrir as pernas como uma prostituta barata.

— Vintor! — Jaek gritou, furioso, ao se aproximar de nós — Não fale com ela desse jeito!

Meu coração pulou no peito ao vê-lo. De onde diabos ele tinha vindo? Como ele estava chegando pela nossa esquerda – em vez da nossa direita, onde ficava a entrada – isso significava que ele já estava dentro do salão. Mas eu o teria visto antes.

A menos que ele tivesse saído de uma daquelas portas laterais.

Antes que eu pudesse pensar mais nisso, Vintor assumiu uma postura ameaçadora em relação a Jaek e chamou minha atenção novamente.

— Você a defende? De todas as pessoas, você deveria ser o primeiro a expressar sua indignação. Nenhum de nós jamais foi bom o suficiente para ela, nem mesmo você, o intelectual — Vintor rosnou —

Mesmo com o seu rosto todo embelezado, ela ainda foi em frente e montou no pau do puro-sangue.

— EU DISSE CHEGA! — Jaek gritou.

Eu fiquei de queixo caído e o encarei, incrédula, enquanto ele contraía os músculos e avançava em direção a Vintor. Jaek sempre foi gentil e controlado. Embora um pouco menor em altura e massa muscular do que os outros híbridos, naquele instante ele estava realmente intimidador. No meu fone de ouvido, eu podia ouvir o som abafado dos xingamentos de Keran. Antes de partirmos para esta missão, nós havíamos concordado em manter as comunicações no mínimo para reduzir as chances do sinal ser captado.

— Dawn não é propriedade. Ela não precisa da permissão de ninguém para fazer sua escolha. Agora, você está parecendo os puros-sangues que abusaram de nós. Supere isso. Ela não te quer — Jaek rangeu os dentes, ganhando acenos de aprovação dos outros híbridos.

— Nem você — Vintor retrucou, precisando dar a palavra final, embora a palavra de Jaek o tivesse ferido profundamente.

— Nem eu — Jaek admitiu, com a voz muito mais calma e resignada — Mas essa ainda é a escolha dela. E todos nós temos que respeitá-la.

Vintor bufou — Respeito? Não tenho nenhum para dar por isso — ele disse, fazendo um gesto de desdém para mim.

— Chega! — Nirkon disse em voz alta o suficiente para ser ouvido por todos — Embora eu tenha certeza de que a vida sexual dela interessa a muitos de vocês, ela não interessa a mim. Vocês não foram convidados aqui para brigar por uma mulher. Terminem suas bebidas e sentem-se. A reunião está prestes a começar.

Com um grunhido irritado, Vintor virou-se para a mesa. A humilhação queimou minhas bochechas enquanto eu lutava contra a vontade de socá-lo na garganta. Como ele não tinha um copo, ele pegou um, encheu-o até a borda e bebeu de uma só vez. Ele jogou o copo vazio de volta na mesa com tanta força que eu esperava que ele se estilhaçasse. Felizmente, não se estilhaçou – embora teria sido bem feito se tivesse se estilhaçado. Então, ele saiu furioso para um dos assentos da frente.

Os outros também esvaziaram seus copos, colocando-os cuidadosamente sobre a mesa antes de prosseguirem ordenadamente para encontrar um lugar. Aqueles que passavam por mim desviavam o olhar ou lançavam um olhar de desculpas.

— Obrigada — eu disse a Jaek, segurando meu copo meio cheio pressionado contra meu peito como um escudo.

Meu coração se partiu diante do olhar triste e traído que ele me lançou — É por isso que você estava tentando me contatar? Para me informar da sua escolha?

Eu engoli em seco e assenti bruscamente, a culpa me consumindo — Eu nunca quis que você descobrisse assim.

Ele me encarou por mais um momento, a profunda tristeza em seus olhos me cortando como mil facas.

— Deveria ter sido o meu cheiro em você. Meu...

Sem dizer mais nada, Jaek dirigiu-se a um dos assentos. Meus ombros caíram e eu suspirei. A situação não poderia ter sido pior. Eu engoli o conteúdo do meu próprio copo, desejando que fosse algo muito mais forte, e o coloquei sobre a mesa.

Encontrar um lugar para sentar foi um nível de constrangimento totalmente novo. Em circunstâncias normais, os homens fariam de tudo para me dar o lugar deles. Mas, naquele exato momento, todos estavam claramente torcendo para que eu escolhesse um lugar não muito perto deles. Era como se eu estivesse com a peste.

Com a maioria dos assentos já ocupados, eu não tive escolha a não ser ir para a frente. Eu me sentei na extremidade esquerda da terceira fileira, deixando um espaço de dois metros entre mim a pessoa ao meu lado.

Pela primeira vez na minha vida, eu me senti extremamente constrangida por ser a única mulher entre eles. Embora não me surpreendesse, eu esperava que alguns dos outros tivessem convidado algumas de nossas mulheres – não que nenhuma delas jamais fosse voltar para Braxia.

Uma parte de mim queria simplesmente sair dali e correr direto para os braços de Keran. Se esta missão não fosse uma questão de vida ou morte, eu provavelmente teria simplesmente ido embora. Mas uma das portas laterais se abriu e eu não pensei em ir embora.

— Não pode ser! — eu sussurrei, meus olhos quase saltando das órbitas ao ver os três homens que entraram primeiro na sala.

Eu esperava mais Guldans. Em vez disso, sua pele azul-escura, os doze pequenos chifres projetando-se de suas cabeças como uma coroa circular e seus rostos de tirar o fôlego os denunciavam como Sarenianos.

O que diabos os Sarenianos estão fazendo aqui?!

E colaborando com os Guldans ainda por cima? Pelo que Keran me contou, o Príncipe Zerien – o futuro Imperador Sareniano – não queria nada com os Guldans. Era ainda mais irônico que sua noiva fosse uma Guldan puro-sangue.

Jardan disse que Zerien tinha fama de sádico e implacável. Será que ele havia abandonado sua aliança com Braxia?

Eu fiz questão de apontar minha câmera para os Sarenianos enquanto eles subiam ao palco. Para minha surpresa, Nirkon e os outros Guldans permaneceram na parte inferior do palco, deixando claro que não eram eles que estavam no comando.

Os três Sarenianos se espalharam uniformemente pelo palco. Assim que se posicionaram, uma imagem em close de seus rostos apareceu na tela gigante mais próxima de cada um. Eu estava sentada perto o suficiente para apreciar sua beleza natural. Mas vê-los ainda mais detalhadamente naquelas telas me tirou o fôlego.

Embora todos fossem magros e musculosos, os Sarenianos eram esguios e ágeis como ginastas, ao contrário dos Braxianos, que se assemelhavam mais a fisiculturistas de peso-pesado. Como era comum em sua espécie, eles tinham cabelos lisos e longos, em vários tons de azul, do muito claro ao azul-meia-noite. Ocasionalmente, alguns deles nasciam com cabelos pretos ou branco-prateados, mas nunca de qualquer outra tonalidade.

O Sareniano do meio, aparentemente o líder, tinha cabelos negros até o meio das costas, que contrastavam fortemente com seus olhos azuis glaciais. Ao contrário dos outros dois Sarenianos, este tinha apêndices quase em forma de asas pendurados nas costas. Embora mal aparentasse ter mais de 25 anos, esses apêndices significavam que ele tinha pelo menos 50 anos. Quando um Sareniano atinge essa idade – que é conside-rada sua maturidade biológica – ele desenvolve o que eles chamam de barbatanas. Como criaturas anfíbias, essas barbatanas os ajudam a nadar mais rápido debaixo d'água, mas também lhes permitem planar no céu por distâncias variadas, enquanto navegam pelas correntes de ar.

Eles vestiam trajes tradicionais Sarenianos, compostos por uma saia longa e ornamentada e uma blusa justa e sem mangas, com uma gola em V profunda que revelava seus peitos musculosos. Enquanto seus homens geralmente usavam cores mais claras e pastéis, esses três homens estavam todos vestidos de preto.

Três pequenos discos se ergueram do chão e flutuaram logo abaixo dos queixos dos três Sarenianos – microfones flutuantes. Mas foi apenas o homem do meio que se dirigiu a nós.

— Olá, queridos convidados.

Sua voz era suave e sussurrada, como uma carícia que me arrepiou. Mas, por mais lindo que parecesse, todos os meus sentidos estavam em alerta máximo. A vozinha no fundo da minha cabeça me dizia para dar o fora dali.

— Embora vocês não se lembrem agora, meu nome é Deimos. E eu serei seu anfitrião novamente pelo resto da noite.

— O quê? — eu sussurrei.

Uma rápida olhada ao redor do salão confirmou que os outros estavam igualmente confusos.

— Antes de entrar em mais detalhes sobre a reunião desta noite, eu preciso apresentar algumas regras básicas a serem seguidas para que possamos aproveitar ao máximo nosso tempo tão curto juntos — Deimos continuou em um tom que beirava o paternal — Por favor, prestem bastante atenção aos meus companheiros e a mim enquanto listamos as regras.

As câmeras se aproximaram ainda mais de seus rostos, focando em seus olhos. Uma sensação de pavor inexplicável tomou conta de mim. Quando eu estava prestes a ceder à minha vontade irracional de pular da cadeira e sair correndo pela porta, os três Sarenianos começaram a falar ao mesmo tempo.

— *Fiquem parados, permaneçam em silêncio, obedeçam aos nossos comandos e aceitem tudo o que lhe será dito.*

Meu sangue gelou com a vibração sobrenatural que permeava suas vozes enquanto falavam. Eles estavam loucos? Não sabiam que os Braxianos eram imunes a efeitos psiônicos negativos? Que a compulsão deles não funcionava conosco? Eu tentei abrir a boca para desafiá-los, mas uma onda de tontura me envolveu e minha pele formigou.

Assim que eles pronunciaram a última palavra, seus olhos brilharam com um brilho azulado, o efeito se multiplicou na tela gigante. Meu corpo ficou instantaneamente mole e minha língua ficou paralisada.

Isso não pode estar acontecendo!

— Alguns de vocês demonstraram um pouco de contenção excessiva na hora de se deliciar com os refrescos que nós tão generosamente oferecemos. Nossos amigos aqui os ajudarão a corrigir esse comportamento desconsiderado — Deimos acrescentou, desta vez em sua voz normal, enquanto gesticulava para Nirkon e o outro Guldan — Eles lhes trarão outro copo.

O horror tomou conta de mim quando eu finalmente entendi como ele estava nos controlando. Algo naquela bebida estava nos tornando receptivos à sua compulsão. Mas como?

Os fluidos que eles estavam drenando de suas vítimas!

Não é de se admirar que não tenhamos conseguido descobrir. Nunca se tratou de extrair algo de nós que pudesse ser usado como drogas recreativas para outros. Era para que pudessem usar isso contra nós, contra os Braxianos como um todo. Eles não podiam direcioná-los diretamente para Braxia. Aqui, isolados em Haven, nós éramos presas fáceis.

— *Vocês beberão tudo enquanto lhes damos as instruções finais e, então, dedicarão toda a sua atenção à próxima apresentação* — Deimos acrescentou, sua voz adquirindo aquela vibração novamente antes que seus olhos brilhassem.

Os dois Guldans colocaram bandejas flutuantes carregadas de copos cheios no início de cada fileira. As bandejas flutuavam autonomamente pelas fileiras, parando apenas o tempo suficiente para que pegássemos um copo. Eu tentei resistir à compulsão, mas assim que a bandeja parou na minha frente, minha mão estendeu-se para pegar um copo por vontade própria.

No momento em que eu levei o copo aos lábios, a voz de Keran ressoou no meu fone de ouvido, insistindo para eu não fazer aquilo. Lágrimas brotaram em meus olhos enquanto eu bebia avidamente a deliciosa bebida, odiando como ela estava envenenando minha mente enquanto me deleitava com seu sabor refrescante.

— *Um suprimento será colocado em suas respectivas naves. Vocês beberão um único copo por dia. Apenas UM! Vocês desejarão mais, mas resistirão à tentação* — Deimos continuou com a mesma voz cativante seguida pelo efeito brilhante de seus olhos.

Eu me senti violada, de corpo e alma. Durante toda a minha vida, eu tomei todas as precauções para nunca ficar à mercê de outra pessoa. Eu até havia alcançado níveis avançados de treinamento em combate e tiro. Mas isso? Nada poderia ter me preparado para isso. Nenhum dos nossos planos previa essa possibilidade – que nem deveria existir.

Meu coração se apertou de medo ao pensar em nossos planos. Keran não poderia levar adiante sua intenção de invadir este local se os híbridos e eu fôssemos ameaçados. Embora parecesse haver apenas os Sarenianos e dois Guldans ali – sem contar as outras três pessoas que o scanner de Thanor havia detectado – havia pelo menos seiscentos híbridos presentes. Se Deimos nos desse a ordem de matar Keran e seus homens, puro-sangue ou não, eles seriam massacrados. Meu estômago se revirou ao pensar em levantar a mão contra o homem por quem eu estava me apaixonando, ou contra Tagar e Nowik, que se tornaram meus irmãos mais velhos.

— A Grande Guerra está chegando — Deimos disse em sua voz normal, recuperando minha atenção — Vocês desempenharão um papel fundamental para garantir que ambas as nossas espécies estejam do lado vencedor. Para que isso aconteça, o reinado dos Xeldars precisa acabar. Uma nova era começará, marcada pela ascensão dos híbridos, com Gavin Aldriss como seu novo Magnar.

O rosto do híbrido mais bonito que eu já vi apareceu na tela. Seus olhos âmbar quase pareciam chamas líquidas enquanto ele olhava diretamente para ele, um sorriso enigmático se abrindo em lábios perfeitamente modelados. Embora seu nariz e sobrancelhas grossas fossem inegavelmente Braxianos, eles eram delicadamente esculpidos, como se seu DNA tivesse apenas a intenção de sugerir sua genética sem se exceder. Mesmo em uma foto, Gavin exalava poder, inteligência e um charme inegável. Homens e mulheres se sentiam atraídos por ele, tanto social quanto romanticamente.

— Seu propósito é servi-lo, protegê-lo e elevá-lo. Com vocês como seu exército leal, Gavin reescreverá a história do seu planeta natal. Em quatro semanas, vocês retornarão a Braxia para reivindicar seu verdadeiro lugar e herança. Sarenia e Guldar estarão ao seu lado, e os puros-sangues não terão escolha a não ser se curvar à sua superioridade. Eles pagarão por tudo o que os fizeram suportar, assim como os Korletheanos pagarão pelo que nos fizeram.

Minha garganta apertou quando imagens horríveis de Korletheanos fazendo experimentos com Sarenianos gritando, e outras imagens de puros-sangues torturando híbridos passaram em rápida sucessão nas telas gigantes enquanto Deimos falava.

— Para que essa revolução aconteça, vocês precisam treinar ainda mais com Jardan e convencer os híbridos que não vieram esta noite de que precisam comparecer à nossa próxima reunião — Deimos disse em um tom apaixonado — Nirkon lhes dará um protocolo de treinamento especial que vocês incluirão em seu regime atual.

Seu olhar se fixou em mim e eu senti o sangue sumir do meu rosto.

— Por enquanto, vou deixá-los nas boas mãos dos meus irmãos. Eu tenho um probleminha para resolver lá fora.

Oh, Deusa! Ele sabia sobre Keran. Eu queria gritar para que eles energizassem suas armas e recuassem. Para pedir reforços. Mas Keran estava quieto demais há muito tempo. Aliás, ele ficou em silêncio total momentos depois de me dizer para não beber. Ele já estava em movimento?

Ao se virar para encarar a multidão, Deimos gesticulou para seus dois companheiros. Eles voltaram a falar em uníssono e com a voz vibrante.

— *Korletheanos são um flagelo que precisa ser erradicado. Os puros-sangues precisam ser controlados e se submeter aos híbridos. Os híbridos precisam reconquistar seu lugar de direito. O Magnar Gavin Aldriss liderará o caminho.*

Assim que eles terminaram de dizer essas palavras, eu notei vagamente Deimos saindo do palco. Mas meus olhos estavam grudados no telão central, onde propaganda anti-puro-sangue e anti-Korletheana era transmitida em loop. O narrador explicou todos os motivos que nós tínhamos para exterminar os Korletheanos e subjugar os puros-sangues. Isso estava errado, então por que seus argumentos soavam tão lógicos? Tão certos?

A cada dois minutos mais ou menos – eu havia perdido a noção do tempo – o narrador ficava em silêncio, e os dois Sarenianos restantes repetiam sua mensagem sobre os Korletheanos, os puros-sangues e Magnar Gavin com suas vozes vibrantes.

Ao longe, eu percebi o som de explosões. Mas não consegui me preocupar com isso nem formular qualquer pensamento coerente que não tivesse a ver com o vídeo fascinante que passava diante de mim e as vozes hipnotizantes dos Sarenianos no palco.

Os Korletheanos precisavam morrer, e os puros-sangues precisavam ser subjugados.

CAPÍTULO 17
KERAN

Uma fúria assassina irrompeu dentro de mim ao ouvir as palavras horríveis que Vintor dirigiu à minha mulher. A mesma fúria distorceu os rostos dos meus homens em um rosnado. Se não estivéssemos ainda no ar, eu poderia ter corrido para dentro para lhe dar uma surra. Como ele ousa desrespeitá-la daquele jeito?

Tagar teve que silenciar rapidamente o microfone do fone de ouvido de Dawn quando eu comecei a xingar em voz alta. Embora a probabilidade de alguém nos ouvir fosse pequena, nós queríamos limitar os riscos de nossa transmissão ser interceptada e, portanto, manteríamos as comunicações dela ao mínimo.

Apesar de esperar a reação dos híbridos ao descobrirem que Dawn era minha, eu odiava que ela fosse submetida à raiva e ao sentimento de traição deles. Embora a câmera não me mostrasse o rosto dela, eu a conhecia bem o suficiente para saber que aquilo a estava ferindo profundamente. E, no entanto, me agradava que minha reivindicação sobre Dawn não fosse mais um segredo. Me irritava vê-los todos babando pela minha mulher.

Meu respeito por Jaek aumentou ainda mais quando ele veio resgatá-la. Uma pontada de culpa me atingiu. Ele amava Dawn de verdade. Embora eu não pudesse dizer o mesmo, conseguia me imaginar chegando lá.

O anúncio de Nirkon para o início da reunião varreu meus pensamentos errantes. Finalmente, nós íamos descobrir o que estava acontecendo. Por mais que eu ansiasse por arrancar Dawn dali, ter tantos híbridos ao seu redor me tranquilizava. Mesmo com a raiva que sentiam por ela ter me escolhido, todos estavam prontos para intervir quando Vintor a abordou. Se Jaek não tivesse intervindo primeiro, eu não duvidava que um dos outros o faria.

— Ela está fazendo um ótimo trabalho nos dando uma boa visão do que está acontecendo — Tagar disse em um tom de aprovação.

Eu assenti, com o coração cheio de orgulho. O restante da tripulação também expressou sua concordância. Eu fiquei imensamente feliz com a simpatia dos meus homens por Dawn. Esse era um bom presságio para o futuro que eu previa com ela.

— Que porra é essa?! — eu exclamei.

A visão de três Sarenianos entrando na sala pelas portas laterais e pisando no palco destruiu todos os meus pensamentos calorosos sobre a minha mulher. Os suspiros chocados da minha equipe ecoaram meu desânimo.

— Nós sabemos quem eles são? — eu perguntei com raiva.

Um milhão de pensamentos diferentes passaram pela minha mente enquanto eu tentava entender a presença deles ali.

Tagar praguejou sem parar — Aquele é Deimos Arrin, um dos oficiais de mais alta patente do serviço secreto Sareniano.

— Não há como Zerien ter autorizado essa missão sem me informar! — eu exclamei, incrédulo.

Tagar balançou a cabeça — Deimos pertence ao círculo íntimo do Imperador Nemrox. O Príncipe Zerien vem formando seu próprio conselho em preparação para sua coroação. Eu soube que Faolen está gradualmente assumindo algumas das responsabilidades de Deimos para quando a transição estiver concluída.

Faolen provou ser um agente extremamente eficaz ao sequestrar Krygor, Hope e sua filha Siona. Em vez de iniciar uma guerra feia entre nossos povos, essa foi a faísca para nossa crescente aliança e o romance entre Siona e Zerien.

Então, que porra é essa?

— Então Deimos deve ter se rebelado — eu disse com convicção — Posso não conhecer o Imperador Nemrox tão bem quanto Zerien, mas ele jamais minaria o filho. Eles têm visões muito diferentes sobre quais alianças devem formar, mas o Imperador se submete ao filho.

Toda a conversa cessou quando o Sareniano começou a se dirigir aos híbridos. No entanto, nada me preparou para vê-lo usar compulsão neles e, pior ainda, ver a compulsão de fato funcionar...

— Isso é impossível! — eu sussurrei, meu choque refletido nos rostos dos meus homens.

— O experimento — Orin suspirou, com a voz cheia de pavor e compreensão repentina — Deve ser por isso que eles estavam drenando os fluidos endócrinos das vítimas. Eles estavam desenvolvendo um método para neutralizar nossos neurotransmissores inibitórios inatos. Nós sempre suspeitamos que nossa serotonina nos protegia de ataques psiônicos. Como a dor crônica e o estresse fazem o cérebro liberar serotonina, torturar as vítimas produzia toneladas dela. Eles a usaram para encontrar uma maneira de contornar os neurotransmissores inibitórios.

Por mais informativa que fosse a descoberta repentina de Orin, eu tinha assuntos mais urgentes exigindo minha atenção. A menos que ele tivesse contramedidas que pudéssemos usar imediatamente para quebrar o domínio do Sareniano sobre os híbridos – e especialmente sobre a minha mulher – eu não precisava ouvir esta dissertação sobre o que Deimos estava tramando.

Meu sangue sumiu do rosto quando Deimos ordenou que eles bebessem mais um copo da bebida que havia sido oferecida na mesa do bufê. Eu bati com a mão no botão de comunicação para ativar o microfone.

— Não beba, Dawn! Resista à compulsão dele! — eu gritei, mesmo sabendo que era inútil.

Eu quase disse a ela para não consumir nada quando ela entrou no local. Mas eu me mantive em silêncio, dizendo a mim mesmo que estava sendo paranoico demais. Afinal, muitas pessoas ao redor dela já tinham comido e bebido do bufê sem efeitos colaterais aparentes.

Mas, enquanto eu dizia essas palavras, a câmera mostrou a mão de Dawn levando o copo ao rosto. O tremor da mão dela revelava seus esforços vãos para lutar contra a compulsão.

Eu desliguei o microfone antes de me dirigir aos meus homens — Precisamos parar o que quer que esteja acontecendo lá dentro, mas não podemos atacar. Se Deimos ordenar que nos ataquem, nós seremos subjugados. Precisamos nocauteá-los, seja por atordoamento ou sedação.

A voz alterada de Deimos continuou a nos alcançar através da escuta de Dawn — Um suprimento será colocado em suas respectivas naves. Vocês beberão um único copo por dia.

— Um único copo por dia! — Orin exclamou — Então o efeito passa. Ele ainda não aperfeiçoou!

— Orin, concentre-se! — eu gritei — Como nós vamos nocauteá-los sem machucá-los?

Orin me lançou um olhar de desculpas antes de assumir uma expressão pensativa — Sedação seria o mais seguro para eles. Mas como Nirkon já fechou as portas, nóa teríamos que arrombar, liberar o gás e esperar que ele fizesse efeito. Então, um feixe ultrassônico seria nossa melhor aposta. O pulso ultrassônico os alcançará mesmo através das paredes. Só precisamos garantir que temos a frequência e a amplitude corretas para evitar causar danos.

— De que tipo de dano estamos falando? — eu perguntei, com a impaciência e a preocupação pela minha mulher me consumindo.

— Se errarmos, pode quebrar os ossos deles ou até matá-los — Orin admitiu, nervoso — Se fossem puros-sangues, eu não estaria tão preocupado. Eu sei exatamente qual frequência e amplitude usar em nós. Mas híbridos são mais frágeis.

— Descubra — eu respondi irritado — É melhor ser cauteloso. Preciso que este feixe esteja funcionando para ontem!

— Sim, Jakar — Orin respondeu com uma confiança que me tranquilizou — Eu vou ajustar para 2 Hz e 150 dB. Isso os deixará enjoados e tontos, o que nos dará tempo de aplicar a sedação.

— Vamos lá — eu ordenei.

Meu sangue gelou enquanto a voz de Deimos continuava ressoando através da escuta enquanto ele se dirigia aos híbridos — A Grande Guerra está chegando. Vocês desempenharão um papel fundamental para garantir que ambas as nossas espécies estejam do lado vencedor. Para que isso aconteça, o reinado dos Xeldars precisa acabar. Uma nova era começará, marcada pela ascensão dos híbridos, com Gavin Aldriss como seu novo Magnar.

— De jeito nenhum — Tagar sibilou — O garoto jamais teria concordado com isso.

— Ele não fez isso — eu disse com convicção — Se Gavin cobiçar meu trono, ele o reivindicará com honra. Não assim. Mas se os Sarenianos conseguirem nos controlar mentalmente agora...

Eu não consegui terminar minha frase. Os alarmes de proximidade dispararam ao mesmo tempo em que a voz de Baldur ressoava através do nosso comunicador da fragata.

— Estamos sob ataque! Falcões Guldans acabaram de sair do modo furtivo! — meu Capitão gritou — Eles...

Seu grito de dor intensa interrompeu o resto da frase. Eu abri a boca para gritar seu nome, mas apenas um grito de agonia me escapou. Uma luz ofuscante engolfou nosso corpo, e uma dor excruciante explodiu por todo o meu corpo, como se cada osso tivesse se estilhaçado, cada veia e capilar rompido, e cada terminação nervosa tivesse sido mergulhada no ácido mais concentrado.

Os rostos de Dawn e dos meus dois filhos passaram diante dos meus olhos na fração de segundo antes da escuridão me engolir.

O zumbido abafado das máquinas perfurava a névoa espessa que envolvia minha mente. Eu me sentia machucado e abatido por dentro, como se uma manada inteira de karvelis tivesse me pisoteado. Minhas pálpebras pesavam uma tonelada enquanto eu lutava para abri-las. A claridade da sala me cegou, me fazendo fechar os olhos mais uma vez antes de forçá-los a abrir novamente.

Minha visão turva levou um momento para se ajustar. No final, a sala não era tão iluminada quanto meus sentidos inicialmente me fizeram acreditar. O amplo espaço parecia ser algum tipo de laboratório médico ou enfermaria. Bem à minha frente, uma plataforma gradeada servia de maca para a silhueta familiar demais do capitão da minha nave, Baldur. Grossas faixas de metal prendiam seu corpo completamente nu à plataforma. Ele estava de frente para mim, a maca levemente inclinada em talvez dez graus. Apesar de estar claramente inconsciente, meu capitão, felizmente, não parecia ter sofrido nenhum outro ferimento.

Eu desviei o olhar para a esquerda. Meu coração apertou ao ver Orin amarrado de forma semelhante em outra maca gradeada. No entanto, ao contrário de Baldur, que tinha apenas um soro conectado ao braço direito, meu médico também tinha o soro e uma bolsa separada conectada no braço e uma segunda bolsa no pescoço. Ambas as bolsas coletavam um líquido transparente. Abaixo de cada uma delas, um dispositivo plano as balançava lentamente para frente e para trás, como às vezes acontecia com as bolsas de sangue, o que eu sempre presumi ser para evitar a coagulação.

Se minhas suspeitas estivessem corretas, eles haviam implantado ovos de Besouro Kranax em Orin e agora estavam coletando seus fluidos para seu experimento demente.

Mas por que o mais velho dos meus tripulantes?

A resposta que me veio à cabeça me fez sentir um aperto no peito. Orin ainda tinha muitas décadas pela frente. Apesar da idade avançada, ele certamente não era dispensável. Mas os Sarenianos provavelmente não sabiam da mente científica brilhante que haviam capturado.

Eu engoli um gemido enquanto virava a cabeça para a direita para observar o resto da sala. Até mesmo o simples movimento dos olhos ao redor doía. Era como se agulhas me apunhalassem diretamente no cérebro. Felizmente, as outras poucas macas – embora se qualificassem mais como mesas de exame médico propriamente ditas – estavam vazias. Nenhum médico ou técnico de laboratório visível espreitava por perto.

Eles estão preparando o resto da minha tripulação para ser submetido a um tratamento semelhante – para não dizer tortura? E onde está Dawn?

A pior parte era não saber exatamente quem havia sido capturado. A tripulação da minha fragata só conseguiu nos informar que estávamos sob ataque antes de sofrermos um ataque devastador. Será que eles também conseguiram enviar um sinal de socorro às autoridades de Haven, que estavam parcialmente cientes de que poderíamos precisar de reforços? Melhor ainda, será que eles informaram meu pai? Embora o sinal demorasse um pouco para chegar a Braxia, até mesmo uma mensagem incompleta teria sido suficiente para fazer meu pai investigar.

Mais uma vez, eu olhei ao redor da sala. Embora meus olhos continuassem excessivamente sensíveis à claridade, apenas algumas luzes fracas iluminavam o espaço, confirmando que quem nos conteve aqui havia saído temporariamente. Eu rapidamente avaliei minhas dores e incômodos, aliviado por nada indicar danos graves... pelo menos por enquanto. No entanto, assim como Orin, eu tinha um soro e um cateter no braço esquerdo. Esticar o pescoço indicou que eu também tinha um cateter perto da nuca. Embora os cateteres estivessem inseridos, eu não conseguia ver nenhuma bolsa conectada a eles.

Eu silenciei a onda de medo que tentava me invadir. Isso só podia significar que os Besouros Kranax já haviam depositado seus ovos dentro de mim, mas era muito cedo para as larvas eclodirem, ou que estavam me preparando para a implantação dos ovos.

Mas se eles já estão drenando Orin, há quanto tempo estamos aqui?

A ideia deles submeterem minha mulher a esse tipo de tortura me fez ferver o sangue. Eu queria acreditar que eles não fariam isso. Depois de um passado tragicamente violento, os Sarenianos haviam reestruturado completamente sua sociedade e aprovado inúmeras leis para garantir a segurança e a proteção de suas mulheres. Certamente, qualquer que fosse a insanidade política que Deimos e seus acólitos estivessem perseguindo, não envolveria mutilar e assassinar mulheres?

Ignorando a dor física, eu contraí os músculos e me forcei contra as amarras. Embora não tenha me esforçado ao máximo, eu instintivamente sabia que nenhum esforço as quebraria. Deimos havia se certificado de que elas não se curvariam à força fenomenal de um puro-sangue – até mesmo um com poderes berserker.

O discreto farfalhar da porta se abrindo, interrompendo os bipes ocasionais das máquinas ao nosso redor, me assustou. Eu inclinei a cabeça em direção à porta, estremecendo com a dor aguda que me atravessou a cabeça. Uma raiva instantânea e uma sede de sangue me invadiram enquanto eu observava Deimos entrar casualmente, com um sorriso presunçoso nos lábios.

— Jakar Keran — Deimos disse com calor e entusiasmo, como se finalmente estivesse reencontrando um amigo há muito perdido — É uma pena que nos encontremos assim. Eu tenho acompanhado sua evolução com grande interesse nos últimos anos. Você teria sido um governante muito honrado para o seu povo.

— Se é assim que você se sente, então por que me prendeu assim? — eu perguntei em um tom calmo e informal, apesar da fúria que me consumia — Por que não me liberta?

Ele me lançou um olhar de desculpas — Não posso fazer isso. Você é um bom homem, mas não pode ter permissão para governar.

— Por quê? Por que você está traindo nossa aliança? — eu perguntei, com a voz endurecendo.

Deimos me lançou um olhar condescendente que me fez querer dar um soco na garganta dele enquanto ele balançava a cabeça lentamente.

— Eu não estou traindo nenhuma aliança. Nosso povo não é formalmente aliado. Você tem um acordo com o Príncipe Zerien. Mas ele não é o Imperador de Sarenia. Nemrox é. E, se o destino quiser, Zerien jamais será.

Eu recuei, chocado além das palavras. Até onde eu sabia, os Sarenianos adoravam o Príncipe Herdeiro. Desde jovem, ele se mostrou uma alma antiga. Seu próprio pai começou a delegar cada vez mais decisões a Zerien, chegando a se oferecer para abdicar mais cedo para que o filho pudesse se preparar para a iminente Grande Guerra da maneira que bem entendesse.

— O quê? Como você pode dizer isso? — eu perguntei, perplexo — E seja qual for a sua antipatia pelo Príncipe, você sabe que

Nemrox apoia todas as decisões do filho. O que você está fazendo é traição!

Deimos deu um passo ameaçador à frente, mostrando os dentes enquanto suas presas desciam. Naquele instante, a natureza violenta – quase selvagem – contra a qual seu povo lutava era evidente. E, no entanto, eu não temia que ele me fizesse mal algum... pelo menos não naquele momento.

— Não é traição, mas patriotismo — Deimos sibilou — Eu não trabalho para Zerien. Eu jurei ao Imperador e ao império. É meu dever proteger ambos de forças externas que querem nos destruir.

— E você fará isso sabotando a aliança primária deles?

— Eu estou fazendo isso para impedir que a história se repita — Deimos retrucou com uma expressão hipócrita — O Príncipe Zerien era tão promissor. Ele já foi forte, determinado, com a cabeça no lugar. E então ele conheceu aquela mulher Guldan e agora é inteiramente controlado pelo seu pau. Ele até se deitou com as Korletheanas.

— Zerien dificilmente está saturado de luxúria. Ele demonstrou notável contenção e respeito por Siona enquanto esperava que ela atingisse a maioridade — eu retruquei, ainda mais confuso — E a paz parcial que ele estabeleceu com os Korletheanos ocorreu muito antes dele conhecer Siona.

— Mas sem a influência negativa dela, nós o teríamos convencido a quebrar aquela trégua abominável. Os Korletheanos são uma mancha na galáxia que precisa ser apagada. Nós não descansaremos até que cada um deles seja exterminado — Deimos disparou, com a fúria ressurgindo — Como se aliar a eles não bastasse, Zerien chegou ao ponto de permitir que Faolen se casasse com uma Korletheana de merda e trouxe um bando deles para o nosso planeta natal, perambulando pela nossa própria corte de merda!

Eu olhei para ele incrédulo por um momento, sem palavras pela primeira vez na vida. Ele estava tão cego de ódio que não conseguia mais raciocinar logicamente.

— Siona não tem nada a ver com isso — eu disse com uma voz baixa e sensata, na esperança de acalmá-lo um pouco — Foi o Grande General – o jovem Titã, Vahleryon Praghan – quem convenceu Zerien da sabedoria de deixar o passado para trás. Zerien ficou chocado ao ver Faolen com uma Oráculo Korletheana. Você deve se lembrar que o próprio Faolen ficou furioso por essa ter sido a mão que o Destino lhe deu. Mas ela é sua alma gêmea. Suas almas vibram em perfeita harmonia. Esse vínculo é sagrado.

— Sim, é. O que prova que Faolen não é adequado para assumir meu cargo como chefe do Serviço Secreto Sareniano — Deimos rosnou, irritado.

Eu bufei com desdém — Inveja? Tudo isso porque você está bravo porque Zerien vai dar sua posição para outra pessoa?

Deimos bufou — Eu não dou a mínima para essa posição. O que me importa é Sarenia. Os Korletheanos causaram tanto mal que não conseguirão escapar tão facilmente. Desculpas não resolvem! Linhagens inteiras de Sarenianos foram exterminadas por causa do que fizeram conosco.

— Esses eram os *ancestrais* deles! Não desta geração! Vocês estão parecendo os híbridos me pedindo para punir retroativamente as pessoas por atos que eram legais quando foram cometidos — eu exclamei.

— Então, devemos simplesmente fechar os olhos e deixar para lá? — Deimos sibilou — Eles são todos do mesmo sangue inútil. Alguém precisa responder pelo genocídio que meu povo sofreu.

— Eles *estão* se redimindo! Aqueles que vieram para Sarenia, sabendo da péssima recepção que receberiam, o fizeram para ajudar seu povo a superar alguns dos erros que seus ancestrais cometeram contra vocês. O que mais vocês querem? Quando isso vai acabar? — eu desafiei.

— Tudo acabará quando o último deles for eliminado da galáxia. O "treinamento de *kah*" deles é insuficiente e tardio.

Naquele momento, eu percebi que não haveria como argumentar com ele. Seu ódio estava profundamente enraizado.

— Tudo bem, você odeia os Korletheanos. Mas por que *nos* matar? Por que submeter meu povo a essa tortura? — eu perguntei em tom de conversa.

Sua raiva desapareceu instantaneamente, e aquela expressão de desculpas retornou ao seu rosto ridiculamente bonito.

Infelizmente, você é um dano colateral nesta guerra. Se tivéssemos mais tempo, poderíamos ter ido mais devagar e evitado baixas desnecessárias. Mas sua ascensão está a apenas seis semanas de distância, e a de Zerien ocorrerá alguns meses depois. Eu não o odeio, Keran Xeldar. Muito pelo contrário. Eu o estudei desde o início das primeiras conversas entre nossos povos. Você é um bom homem. Mas também acolhe os Korletheanos e compartilha as visões de Zerien. As Oráculos confirmaram que, em todos os cenários em que um Xeldar governa, os Korletheanos sobrevivem. Portanto, não podemos permitir que você reine.

— Então você escolheu os Guldans? Eles são muito piores do que qualquer coisa que você poderia temer dos Korletheanos! — eu exclamei.

Deimos fez um gesto de desdém, como se eu tivesse dito algo bobo — Guldans são facilmente controlados. E em breve, os Braxianos de sangue puro também serão. Então tudo voltará ao normal.

— Você sabe que isso não vai funcionar, certo? — eu retruquei, imaginando quando esse agente de elite havia perdido a razão e caído nesse miasma de delírio.

Ele inclinou a cabeça para o lado e me olhou como se fosse eu quem estava sendo irracional — Já está funcionando. E agora, graças a você, eu não só receberei a forma mais concentrada do soro, como também tenho cobaias puros-sangues para testá-lo. Você eliminou o único fator de risco que restava em nosso plano, que era se os puros-sangues responderiam ao soro da mesma forma que os híbridos. Por isso, eu sou grato a você.

Eu silenciei a sensação de pavor que crescia dentro de mim — Onde estão os híbridos? O que você fez com eles?

— Relaxa, Jakar. Eles estão bem. Aliás, você salvou o punhado de híbridos que ainda seriam sacrificados pela causa — Deimos disse, em um tom de provocação.

Eu franzi a testa — Como?

— Mandando aquelas Veredianas curá-los, é claro. Nós estávamos extraindo o máximo proveito daqueles que estavam mais machucados por sua vida difícil em Braxia. Aqueles que jamais teriam uma vida normal por causa de seus ferimentos ou que tinham o mínimo a oferecer no contexto geral. Mas você os tornou impecáveis novamente. O desempenho deles no treinamento disparou. Além disso, por que se contentar com híbridos quando agora eu tenho muitos puros-sangues? E se é com sua companheira que você se preocupa, isso não é necessário. Eu a estou mantendo longe de problemas.

— Se você machucá-la... — eu sibilei.

— Relaxe! — ele ordenou, desta vez em um tom muito mais áspero — Nós não machucamos mulheres. Isso só aconteceu no passado por causa dos experimentos que os Korletheanos realizaram conosco. Mas agora estamos no controle.

— E, no entanto, aqui está você, fazendo experiências conosco para alcançar o futuro que almeja. Como você é melhor? — eu retruquei.

Seu rosto se fechou e ele enrijeceu — Não é a mesma coisa. E será por um curto período, sem efeitos colaterais permanentes, ao contrário do que os Korletheanos fizeram conosco. Assim que Braxia tiver um novo governante, que nossas alianças se solidifiquem e uma nova ordem seja estabelecida, seu povo ficará mais do que feliz em continuar como está. Não haverá necessidade adicional disso. Os efeitos são temporários, de qualquer forma.

Eu quase discuti com ele. Depois que as pessoas experimentavam o poder e o controle sobre os outros, tendiam a se viciar e se recusavam a abrir mão deles. Mas não adiantava tentar argumentar com aquele fanático. Por enquanto, tudo o que eu podia fazer era reunir o máximo de informações possível.

— Tudo bem. Você me pegou exatamente onde queria, e seu plano parece estar indo exatamente como você esperava — eu admiti — Então você não precisa da Dawn. Já que você afirma não fazer mal a mulheres, deixe-a ir. Você sabe que mantê-la refém deve estar causando sofrimento.

Deimos assumiu novamente aquela expressão de pena que estava começando a me irritar seriamente — Eu não posso fazer isso. Já a prometi para outro.

Meu estômago embrulhou e eu senti o sangue fugir do rosto enquanto o encarava em choque. Uma fúria assassina surgiu dentro de mim enquanto a imagem de Dawn se submetendo a Vintor sob a compulsão do Sareniano passava diante dos meus olhos. Aquele filho de um krillik arrogante provavelmente não mediria esforços para conseguir o que ela lhe negou.

— Isso é estupro! — eu gritei.

— Não! Não é nada disso! — Deimos disse, erguendo as duas mãos em um gesto apaziguador — Ele não vai tocá-la sem o seu pleno consentimento. Isso, eu prometo. Eu entendo como isso é perturbador para você. Dawn e você são almas gêmeas. Eu levei apenas um segundo para perceber que vocês dois estão em sintonia e que suas almas vibram em perfeita harmonia.

Meu coração disparou ao ouvir essas palavras. Mesmo assim, elas não me chocaram. Uma parte de mim sabia, eu senti a profunda conexão desde o momento em que a vi. Meu peito se aqueceu com carinho e uma poderosa onda de possessividade... quase instantaneamente esmagada pela fúria por aquele verme ousar tentar tirá-la de mim.

— A Dawn não vai sofrer. Eu vou fazê-la te esquecer. Como nenhum de vocês está apaixonado ainda, será mais fácil — Deimos continuou, parecendo satisfeito consigo mesmo — O outro homem pode não ser a alma gêmea dela, mas eles são Sintonizados. Se você não tivesse entrado em cena, eles teriam se casado e vivido muito felizes juntos. Ele é louco por ela.

Meu sangue gelou quando a compreensão surgiu em mim.

— Ancestrais — eu suspirei, horrorizado — É o Jaek?!

Deimos deu um sorriso presunçoso — Viu? Até você, que não tem o poder de ver almas como nós, percebeu a química entre eles.

— Ele jamais consentiria com isso — eu rosnei, me lembrando de como ele havia defendido Dawn quando Vintor a desrespeitou na reunião — Ele jamais a enganaria voluntariamente para que ficasse com ele.

A maneira como Deimos ergueu uma sobrancelha, insinuando "Tem certeza?", me tocou profundamente. Eu me orgulhava de ser um bom juiz de caráter. Apesar de tudo o que havia sofrido, Jaek me pareceu honrado.

— Amor e ódio podem levar as pessoas a extremos inesperados — Deimos disse casualmente — Sangue-puros transformaram a vida de Jaek em um pesadelo que o deixou incapacitado e desfigurado... até você o remendar alguns dias atrás. Mas ele ainda tinha décadas para seu ódio apodrecer. Você não acha uma estranha coincidência que ele seja bioquímico?

Minha garganta se encheu de sangue quando o choque, o horror e a descrença me invadiram. Isso não podia ser verdade. E, no entanto... Durante o encontro comigo, muitos dos híbridos demonstraram agressividade e ressentimento justificados pelo que haviam sofrido. Vintor foi o mais beligerante, aquele que eu não duvidaria que pudesse estar envolvido nisso. Mas Jaek? Ele estava entre os poucos racionais.

Será que eu o interpretei tão mal assim?

Um aparelho apitando ao lado da maca de Orin me impediu de responder – não que meu cérebro conseguisse formular uma resposta apropriada para o que inexplicavelmente me pareceu uma traição pessoal. Jaek não me devia nada, muito pelo contrário. Mas ele havia despertado em mim um sentimento protetor, de irmão mais velho.

— O que você está fazendo com ele? — eu perguntei quando Deimos foi verificar o monitor do meu oficial médico.

— Ele está fornecendo as primeiras amostras de um puro-sangue. Precisamos ver se os inibidores de recaptação que vocês produzem são mais potentes — ele disse distraidamente, enquanto digitava algumas coisas na interface do monitor. Então, ele se virou para mim com um sorriso quase malicioso — Estamos te tornando imune à sua própria serotonina.

— Deixe-o em paz — eu disse entre os dentes — Se você precisa fazer experiências com alguém, faça comigo, não com ele.

Ele riu baixinho e me olhou como se eu tivesse dito algo idiota — Ah, vamos lá, Jakar... Você é um Berserker, que é exatamente o que precisávamos. Você é valioso demais para ser danificado agora. O Orin aqui é mais velho e, portanto, dispensável. Ele está fornecendo as amostras que começamos a testar em Baldur — ele acrescentou, acenando para o meu capitão inconsciente — E o soro que estamos extraindo do velho está superando as expectativas. Imagine o quanto mais potente o seu será? Aqui, veja só...

Eu observei, impotente, enquanto ele pegava um pequeno frasco de uma das unidades de resfriamento no balcão. Ele o colocou em um hipospray e veio em minha direção.

— Não se preocupe, não vai doer.

Mesmo sendo inútil, eu lutei contra minhas amarras em uma necessidade instintiva de me proteger do inevitável. Ele pressionou a seringa contra a lateral do meu pescoço. Um chiado discreto acompanhou a leve sensação de queimação do soro entrando em meu corpo.

— Viu? Não foi tão ruim — Deimos disse, como se estivesse se dirigindo a uma criança fazendo birra — Com o soro dos híbridos, nós normalmente temos que esperar alguns minutos para os efeitos fazerem efeito. E o mais importante, nós tivemos a surpresa desagradável de descobrir que não funcionava muito bem em puros-sangues. Sua tripulação ou resistiu à nossa compulsão ou seu efeito desapareceu em minutos. Mas os efeitos do soro do nosso querido Orin não só se ativam em cerca de trinta segundos, como funcionam como um encanto em puros-sangues. Vamos fazer um pequeno teste, certo?

Tirando a queimação inicial da injeção – um fenômeno comum com hiposprays – eu não senti nenhuma diferença. Será que ele estava enganado?

O rosto de Deimos perdeu o tom provocador, e seus olhos começaram a brilhar ao se fixarem nos meus — Diga-me a verdade, Jakar Keran. Qual é o seu maior medo?

A vibração anormal de sua voz me atingiu como uma pedra no peito. Minha pele formigou, minha pressão arterial caiu e uma onda de tontura me atingiu. Ao mesmo tempo, meus lábios se abriram por vontade própria. Horrorizado, eu lutei para calar a língua, mas não tinha controle sobre ela. No fundo dos meus olhos, uma sensação de formigamento aumentava rapidamente em intensidade dolorosa quanto mais eu tentava resistir.

— Eu temo nunca poder estar à altura da grandeza do meu pai e, portanto, decepcionar Braxia e seu povo, tanto os puros-sangues quanto os híbridos. Eu temo trazer vergonha à Casa Xeldar.

Cada palavra parecia uma lâmina escaldante dilacerando minha língua. Me ouvir falar em voz alta – para o meu inimigo, nada menos – sobre os medos profundos que me atormentavam desde o nascimento me feriu mais do que a espada mais afiada. Ao mesmo tempo, isso atiçava o ódio que ardia em minhas entranhas por aquele verme. Eu o faria pagar mil vezes mais.

Seu sorriso simpático só me enfureceu ainda mais.

— Então você pode deixar esses medos de lado, Jakar Keran. Você não falhou com Braxia. Seu sacrifício, sua morte iminente, garantirão a prosperidade e a glória de Braxia. Então, veja bem, você cumpriu seu destino.

Sem dizer mais nada, Deimos se virou e saiu da sala. Pela primeira vez na minha existência, eu me senti derrotado enquanto o desespero nublava qualquer vontade e clareza de pensamento que eu ainda possuía.

CAPÍTULO 18
DAWN

E u andei de um lado para o outro pela sala, inquieta, com um milhão de pensamentos lutando entre si pelo domínio, enquanto um medo intenso me consumia. Depois de nos forçar a assistir ao que pareceram horas de vídeos de propaganda, os Sarenianos permitiram que os homens saíssem, mas eu não. Eu não podia nem implorar aos outros que me levassem com eles, porque Deimos havia me ordenado a permanecer em silêncio e segui-los obedientemente.

Ao longo dos anos, eu vi e ouvi muita coisa confusa. Mas nunca me senti tão impotente, tão violada até a medula. Quando as pessoas falavam de controle mental, eu sempre me perguntei como seria tentar resistir. Nunca, nem em um milhão de anos, eu poderia ter previsto isso. Isso me lembrou daqueles pesadelos em que você está correndo e o chão sob seus pés se transforma em areia movediça. Quanto mais você tenta se libertar, mais fundo e mais rápido você afunda.

Uma coisa que eu aprendi rapidamente foi parar de resistir à compulsão. Só de pensar nisso, a pressão dolorosa atrás dos meus olhos reavivou. Ela irradiava e aumentava gradualmente, transformando-se em sensações agudas e penetrantes dentro do meu cérebro. Eu não me perdi. Meus pensamentos ainda me pertenciam, mas qual-

quer comando que me tivesse sido dado ditava minhas ações. O verdadeiro problema começou quando Deimos ordenou que nos
concentrássemos na propaganda e assimilássemos a mensagem.

Até mesmo agora, eu conseguia sentir aquele veneno, insidioso,
espreitando no fundo da minha cabeça. Minha mente consciente sabia
que não estava certo, mas uma semente de ódio havia sido plantada e
tentava criar raízes. Só de pensar em um puro-sangue, de repente, me
deu uma sensação desagradável que eu nunca senti antes. Ao contrário
dos híbridos de quem cuidei ao longo dos anos no abrigo, eu pessoalmente nunca havia sofrido abusos dos puros-sangues.

Mas por que eles me mantiveram?

Essa pergunta não parava de ecoar na minha cabeça, acima da
cacofonia de confusão que se alastrava por dentro. A parte assustada de
mim não conseguia parar de desenterrar todas as histórias de horror
espalhadas sobre o que os homens Sarenianos faziam com as mulheres
azaradas o suficiente para serem presas deles. O tolo que atacou Grace
em público, a poucos metros de seu então mestre, o obscenamente rico
Anton Aldriss – anteriormente Anton Myers – deu credibilidade à
reputação deles de predadores implacáveis e obstinados.

A parte mais racional de mim se esforçou para afastar tais pensamentos paranoicos. Tecnicamente, eu era a concubina de Keran. Eles
poderiam tentar me usar para chantageá-lo emocionalmente. Os
híbridos também se importavam muito comigo. Deimos poderia tentar
forçá-los a se manterem firmes, ameaçando me machucar se não
obedecessem. O fato deles exigirem que bebêssemos aquele suco miserável pelo menos uma vez por dia me dizia que os efeitos haviam
passado. Talvez eles tivessem sido instruídos a não falar sobre nada do
que aconteceu ali, ou seriam responsáveis pelo que me aconteceria.

Mas talvez não tenha sido nada disso.

Eu olhei ao redor do quarto para onde ele me levou. Em outras
circunstâncias, eu me sentiria lisonjeada com a disposição espaçosa
daqueles aposentos pessoais. Embora não se qualificassem exatamente
como luxuosos, eu não podia reclamar do nível de conforto que
proporcionavam. A julgar pelo tamanho, incluindo uma mesa para duas

pessoas – que também poderia servir de escrivaninha – uma pequena área de estar com um sofá de dois lugares e até mesmo um replicador básico, este quarto teria sido reservado para pelo menos um oficial. O fato de eu não ter sido jogada dentro de uma cela, levada para um laboratório ou jogada nos aposentos mais apertados que eles tinham me deu esperança de que, quaisquer que fossem os planos deles para mim, eles não seriam tão horríveis.

Uma rápida exploração do cômodo – incluindo a sala de higiene privativa – não revelou nada que eu pudesse usar como arma. Embora eu já esperasse, meus ombros se curvaram em decepção.

Não foi a primeira vez que eu me repreendi por insistir em participar daquela reunião. Eu devia ter ouvido Keran. Seu instinto lhe dizia repetidamente que aquela era uma má ideia. Na minha teimosia, eu atribuí isso à sua superproteção. E, no entanto, eu acreditava genuinamente que tínhamos tomado todas as precauções possíveis para enfrentar qualquer coisa que surgisse em nosso caminho.

Mas ninguém poderia imaginar que o controle mental funcionaria em nós.

A questão era: onde estava Keran? Onde estava nosso reforço? Eu me lembro de ter ouvido uma explosão lá fora. Eu me recusei a acreditar que Keran e seus homens pudessem ter sido mortos. Pior ainda, meu estômago embrulhou só de pensar que eles poderiam ter sido capturados. Mas como isso seria possível?

Os Sarenianos não pareciam ter uma equipe enorme – pelo menos não pelo que eu tinha visto até então. Havia apenas os três usando sua compulsão sobre nós do palco. Depois, havia os dois Guldans e o humano, dois dos quais trabalhavam para Jardan. Embora eu não pudesse jurar, eu acreditava que eles estavam agindo sob compulsão.

Dito isto, se minhas suspeitas de que o edifício era, na verdade, uma nave espacial camuflada se mostrassem corretas, então uma equipe muito maior poderia estar cuidando de seus negócios na parte que eu ainda não tinha visto.

Meu coração se apertou diante da possibilidade de Keran estar trancado em algum lugar, com Besouros Kranax depositando seus ovos dentro dele. Por mais que eu não quisesse aceitar essa possibilidade, as gravações da propaganda tinham sido mais do que claras. Deimos queria que Keran e toda a linhagem Xeldar fossem destruídos.

Sim, se o capturassem, eles o matariam.

Se eles usassem os Besouros – e tinham todos os motivos para isso – isso me daria três dias para encontrar um jeito de nos tirar dali antes que os ovos eclodissem. Os outros híbridos sobreviveram a essa provação por uma média de seis dias depois disso. Então isso me daria alguns dias a mais para pelo menos levá-lo a uma câmara de estase até que uma curandeira Verediana pudesse reverter o dano.

Mas primeiro, eu precisava descobrir se eles o tinham pego, onde o mantinham e como sair daquele maldito quarto.

Como se em resposta a esses pensamentos, a campainha da porta ressoou no quarto, quase me fazendo pular da cama. Pressionando a palma da mão contra o peito, eu encarei a porta com medo, enquanto ela se abria com um leve ruído.

Deimos entrou com um sorriso caloroso no rosto perturbadoramente bonito. Enquanto outras mulheres se abanavam sobre ele, tudo naquele homem me arrepiava. Nele, até o decote profundo da blusa tradicional Sareniana e a elegante saia longa tinham algo de obsceno.

Ele direcionou uma bandeja flutuante carregada de pratos cobertos para a mesa do meu quarto, pousou-a e se virou para mim. Embora tenha parado alguns metros à minha frente, a uma distância que seria considerada respeitosa e inofensiva, sua presença parecia sugar todo o oxigênio do ambiente. O que eu antes considerava acomodações espaçosas agora me parecia claustrofóbico. Apesar do medo me revirar por dentro, eu me forcei a permanecer onde estava, me preparando para o que viria. Apesar das minhas respeitáveis habilidades de combate e autodefesa, sem uma arma, eu provavelmente não teria chance alguma de vencer uma luta física contra ele.

Com minha força Braxiana superior, eu conseguia lidar com homens comuns da maioria das espécies sem muita dificuldade. Mas Deimos não se encaixava nesse perfil. Embora eu não tivesse certeza, tudo em seu comportamento, até mesmo seu andar, revelava habilidades letais. Eu não ficaria surpresa em descobrir que ele pertencia a alguma facção militar ou guilda de assassinos.

— Minha querida Dawn, que surpresa agradável e inesperada foi encontrá-la entre nossos convidados esta noite — Deimos disse em um tom desagradavelmente charmoso.

Pelo menos ele não está usando sua compulsão... ainda.

Ele também não parecia portar nenhuma arma. Ou estava extremamente confiante em sua capacidade de me conter, ou não esperava que esse encontro se transformasse em violência. Eu certamente rezei por esta última opção.

— Sei que você tem muitas perguntas. A primeira é, sem dúvida, por que você está aqui e o que eu pretendo fazer com você. Deixe-me tranquilizá-la desde já: absolutamente nenhum mal lhe acontecerá, de forma alguma. Ao contrário dos rumores caluniosos espalhados pelos Korletheanos, nós, Sarenianos, somos extremamente protetores com as mulheres — ele disse em um tom tranquilizador.

— Então me deixe ir. Esta recepção definitivamente passou do ponto — eu respondi em tom severo, gesticulando para mim mesma, embora o alívio me inundasse.

É verdade que foram apenas palavras da parte dele. No entanto, meu instinto me dizia que ele falava sério.

— Receio que isso não seja possível. Veja bem, eu tenho um propósito muito maior para você. Para alcançá-lo, preciso de você aqui — Deimos disse em um tom de desculpas.

— As pessoas vão notar minha ausência. Minha assistente Melinda, o Príncipe Braxiano e os Doze, só para citar alguns — eu desafiei.

Deliberadamente, eu mantive silêncio sobre a tripulação e a guarda de Keran, que estavam de prontidão para nos ajudar. Se eles estivessem preparando uma missão de resgate, eu não podia arriscar avisá-lo. Eu silenciei a voz incômoda no fundo da minha cabeça, insistindo que a nave já tinha partido. Se um resgate estivesse chegando, já teria acontecido.

Meu peito se apertou quando Deimos me deu um sorriso presunçoso.

— Embora sua ausência seja notada, ninguém vai se preocupar com isso. Veja bem, todos se lembrarão claramente de você ter mencionado a licença prolongada que estava tirando, já que fugiu com Jakar Keran.

Eu fiquei de queixo caído e olhei para ele em choque, sem palavras.

— Ao contrário de vocês, Braxianos, outras espécies são muito fáceis de hipnotizar. Por que você acha que nenhum dos controladores planetários e da doca registrou ou se lembra de ter visto uma nave Sareniana entrando em seu espaço? As pessoas geralmente não gostam de conflitos. Quando você lhes diz que não há problemas, nada com que se preocupar, elas ficam ansiosas para concordar com essa afirmação. E, portanto, não resistiram à compulsão – Deimos explicou com orgulho descarado.

— Foi você! — eu suspirei com uma compreensão repentina — A razão pela qual os pacificadores e os Doze se recusaram a investigar os assassinatos de forma adequada. Você os controlou mentalmente para que estragassem o trabalho deles e nos permitissem morrer pelos seus planos doentios!

Uma expressão estranha passou por seu rosto. Ele hesitou por um segundo antes de me lançar o que desta vez reconheci como um olhar genuíno de simpatia.

— Sim, nós sugerimos que ignorassem a situação e que não havia nada de nefasto acontecendo, exceto um povo brutal causando os problemas de sempre. E eles aceitaram com muita alegria. Só se pode ir até certo ponto com o controle mental. Se uma compulsão for realmente abominável para você, mais cedo ou mais tarde, sua mente se rebelará contra ela, o que pode resultar em danos cerebrais graves. Nenhum deles lutou contra isso porque lhes convinha. Nós apenas os capacitamos a se comportar da maneira que queriam desde o início, que era não fazer nada.

Eu abracei a mim mesma, com uma raiva impotente fervendo em minhas veias. Embora eu não pudesse culpar os Doze e os pacificadores por serem vítimas da compulsão dos Sarenianos, nada justificava a falta de empatia deles pelo meu povo. Quaisquer que fossem as nossas deficiências, eles tinham o dever de nos proteger. Não importava que não gostassem de nós. Contanto que seguíssemos a lei, nós merecíamos tratamento igual.

— Mas sente-se, minha querida — Deimos acrescentou, apontando para o sofá — Temos muito o que discutir, e ficaremos mais confortáveis sentados.

— Não quero ficar sentada — eu respondi bruscamente — Quero ir embora.

Sua expressão endureceu imediatamente — Sente-se — ele ordenou, com a voz vibrando.

Lágrimas de raiva brotaram em meus olhos enquanto meu corpo obedecia à sua compulsão. Por uma fração de segundo, eu tentei resistir, mas a sensação de agulhas afiadas perfurando o fundo dos meus olhos retornou imediatamente, me forçando a ceder. Se resistir às suas ordens pudesse realmente causar danos cerebrais graves, essa exigência específica não valia a pena. Eu esperaria até poder atacar.

Ao me sentar, eu observei o Sareniano pegar uma das duas cadeiras perto da mesa e trazê-la para perto de mim. Ele a colocou cerca de um metro à minha frente antes de se acomodar. Por alguma estranha razão, meu instinto me dizia que ele estava fazendo isso para me deixar à vontade, em vez de se sentar ao meu lado. E eu odiava admitir que isso me deixava mais confortável.

Ele cruzou as pernas e recostou-se no assento. Inclinando a cabeça para o lado, ele me examinou como alguém examinaria uma criatura fascinante que não fazia muito sentido para ele.

— Não é mais fácil assim? — ele perguntou com sua voz normal, como se estivesse falando com uma criança malcomportada.

Eu apertei os lábios para silenciar o comentário áspero que me queimava a língua. Nem um pouco enganado, Deimos sorriu, mais divertido com a minha personalidade rebelde do que ofendido.

— Há um fogo em você que não é óbvio à primeira vista — Deimos disse, pensativo — Eu consigo entender por que o Príncipe Braxiano se sentiu atraído por você.

— Onde ele está? Onde está o Keran? O que você fez com ele? — eu perguntei, com a preocupação me revirando por dentro.

Deimos franziu a testa levemente — Você não deveria se importar tanto com um puro-sangue. Mas acho que este caso é um pouco único.

— O que você quer dizer?

Ele fez um gesto de desdém — Assim como você, Keran é um dos meus convidados. Antes de desperdiçar seu tempo e energia tentando mudar o inevitável, saiba que ninguém virá resgatá-lo.

— Nós compartilhamos o local desta reunião com o resto da equipe dele — eu disse abruptamente.

O sorriso indulgente que ele me deu confirmou meus piores medos.

— Estou ciente disso, e não importa. Eles também são meus convidados — Deimos disse, dando de ombros — Embora suspeitássemos – e esperássemos – que o Príncipe tentasse se intrometer em nossa reunião, no minuto em que ele se comunicou com os pacificadores, nosso informante nos avisou. Então, nós os esperávamos, mas não você.

Eu queria gritar de raiva com uma fúria impotente. É claro que tudo o que compartilhávamos com as autoridades locais teria sido passado para os Sarenianos. Não é de se admirar que eles estivessem dois passos à nossa frente.

— Mas mesmo que a tripulação do Príncipe tivesse conseguido comunicar nossa localização a outra pessoa, esta é uma nave modular. Nós estamos no ar há mais de uma hora desde que liberamos os outros híbridos. Nós não pousaremos novamente até a próxima reunião – que, naturalmente, será em um local diferente.

Eu contive o pânico que queria me invadir — O que você vai fazer com Keran e seus homens? Você já tem a sua droga. Por favor, não o machuque... não os machuque.

O ar de culpa que cruzou seu rosto me atingiu como uma adaga direto no coração.

— Sinto muito, Dawn. Não importa o que você pense de mim, eu não tenho prazer nisso. O Príncipe e seus homens também têm um propósito. Mas não tema, você vai esquecê-lo.

— Nunca! — eu sibilei.

— Claro que sim — ele respondeu, impassível — Você foi feita para alguém com quem está em sintonia.

Eu recuei diante desse comentário inesperado. Ainda mais perturbador foi o fato do rosto de Jaek ter surgido imediatamente na minha mente.

Poderia ser?

Seja qual for o caso, isso não altera em nada a minha necessidade – até mesmo o meu dever – de encontrar uma maneira de salvar Keran e seus homens. Antes que eu pudesse dizer isso, os olhos de Deimos começaram a brilhar, e sua voz assumiu aquela temida vibração sobrenatural.

— *Deixe de lado sua paixão por Keran. Ele foi apenas uma aventura e nada mais. Abrace os sentimentos que você sempre teve pelo seu único e verdadeiro amor, aquele que esperou pacientemente que vocês estivessem prontos para começar um futuro juntos.*

Cada palavra era como um martelo. E embora ele nunca tivesse mencionado o nome desse "único e verdadeiro amor" que eu deveria aceitar, minha cabeça sabia que só podia ser Jaek.

Minha cabeça ou meu coração?

Sim, eu sempre tive sentimentos fortes por Jaek. Se Keran não tivesse entrado na minha vida, eu teria me casado com Jaek. Sarenianos – assim como Korletheanos – podiam ver almas e saber, sem sombra de dúvida, se duas almas vibravam em harmonia. Por mais desagradáveis que fossem suas palavras, Deimos tinha sido sincero comigo desde que entrou aqui. Portanto, eu não tinha motivos para duvidar de sua afirmação de que eu estava em sintonia com outra pessoa. Poderia ser apenas uma paixão por Keran? Uma vozinha no fundo da minha mente gritava que não. E, no entanto, os fatos não podiam ser negados.

Mas o Sareniano não me deu a chance de processar minhas emoções conflitantes enquanto sua voz vibrante mais uma vez me comandava.

— *Assim que eu partir, você comerá a refeição que eu lhe trouxe e depois terá uma boa noite de sono para digerir e assimilar tudo o que aprendeu hoje sobre a maldade dos Korletheanos e como salvar os puros-sangues deles mesmos. Levante-se e vista-se às oito. Te vejo então.*

Seus olhos brilharam, selando sua ordem. Sem dizer mais nada, ele se levantou da cadeira, trouxe-a de volta para perto da mesa e saiu do meu quarto. Assim que a porta se fechou atrás dele, com vontade própria, meus pés me carregaram até a mesa. Sentindo-me entorpecida, eu tirei as tampas dos pratos com temperatura controlada e comi no piloto automático. Eu não conseguia nem dizer o que estava no meu prato. Meus pensamentos estavam muito confusos.

No minuto em que minha cabeça tocou o travesseiro, um abençoado esquecimento me tomou. Eu esperava que o sono me escapasse e me virasse a noite toda. Embora a manhã tenha me encontrado revigorada, minha mente permanecia uma bagunça caótica. Assim que eu pensei em Keran, uma sensação de desconforto se instalou na boca do meu estômago. Isso me deu aquela sensação desagradável que se tem ao relembrar uma paixão antiga e muito ruim, enquanto você se pergunta o que viu naquela pessoa.

Esses não são meus verdadeiros sentimentos.

Ainda me aterrorizava reagir daquela forma. Eu precisava escapar antes que Deimos me levasse para onde ele queria. E onde seria, para começar? Por que ele se importaria se eu acabasse com outra pessoa? Que propósito maior eu deveria servir?

Eu terminei de me arrumar com vinte minutos de sobra. Enquanto esperava o retorno do meu captor, eu avaliei minha situação. De qualquer forma, eu precisava sair daquela sala e encontrar Keran. Para isso, eu precisava fazer com que Deimos confiasse em mim, ou pelo menos baixasse a guarda. Se eu entrasse no jogo que ele tinha em mente, talvez alcançasse meu objetivo. De qualquer forma, isso precisava acontecer mais cedo do que tarde. Se uma única sessão de lavagem cerebral bastava para tornar os pensamentos sobre Keran desagradáveis, muitas outras poderiam me levar a odiá-lo.

Não importa se meu futuro estava com ele ou em outro lugar, eu estaria condenada se o abandonasse com seus homens ao destino horrível que Deimos tinha reservado para eles.

O toque da campainha pôs fim aos meus devaneios. Mais uma vez,

Deimos entrou sem esperar que eu o convidasse a entrar. Ele vestia uma blusa semelhante, sem mangas, com um decote profundo e uma saia longa, típica da moda Sareniana. Em outras circunstâncias, a cor branca imaculada de sua roupa poderia ter-lhe dado uma aura angelical. Mas tudo o que eu vi diante de mim foi malevolência envolta em uma casca de beleza enganosa.

Mesmo assim, eu travei a cara para esconder os pensamentos violentos que sua presença despertava em mim. Ele sorriu em aprovação ao me ver pronta, conforme instruído.

— Bom dia, Dawn — Deimos disse com uma voz alegre enquanto se dirigia à mesa, seguido por uma bandeja flutuante — Espero que tenha dormido bem, não?

— Sim — eu disse em voz neutra enquanto ele colocava a bandeja na mesa.

Só então eu notei um dispositivo estranho sobre a bandeja, ao lado dos pratos cobertos, parcialmente escondido por um copo cheio do suco horrível que nos fizeram beber na noite anterior. Ele tirou o dispositivo da bandeja, pegou o copo e o estendeu para mim.

Quando eu não aceitei imediatamente – meus pensamentos antes de ser complacente já estavam quase totalmente esquecidos – seu rosto perdeu todo o calor.

— Podemos fazer isso do jeito fácil ou do jeito difícil. Eu realmente gostaria de evitar o último — ele disse com voz severa.

Uma parte de mim queria resistir. Ele se orgulhava de afirmar que não fazia mal a mulheres. Eu realmente acreditava nisso. Então, ele teria que usar a compulsão. Considerando que eu não tinha conseguido resistir à ordem que ele me deu ontem à noite para estar pronta às oito da manhã, os efeitos do suco que eu bebi na noite passada ainda estavam ativos. O que eu ganharia com essa pequena rebelião? Deixar claro que não era fácil de ser dominada? E depois? Eu não me importava com o que ele pensasse de mim. O que eu precisava era que Deimos baixasse a guarda e começasse a confiar que ele me tinha onde queria.

— Tudo bem — eu disse quando seus olhos começaram a brilhar.

Eu peguei o copo dele e virei tudo de uma vez. Toda a tensão se dissipou dos seus ombros, e sua expressão encantadora retornou.

— Boa menina — ele disse com um tom de aprovação. Ele pegou o copo de volta e acenou para uma das duas cadeiras perto da mesa — Sente-se e aproveite sua refeição. Você tem um dia agitado pela frente, e não queremos perder tempo.

Reprimindo a vontade de mandá-lo se foder, eu obedeci mais uma vez. Assim como no jantar da noite anterior, só me deram uma colher e um garfo feitos de material reciclado e frágil. Se eu tentasse espetar qualquer coisa com qualquer tipo de força, eles entortariam ou quebrariam.

Eu me senti como uma criança quando descobri meu prato e percebi que a refeição já tinha sido cortada em porções pequenas, o que me poupou da necessidade de uma faca adequada.

— Eu entendo o quanto você deve estar irritada e frustrada agora. Mas você, minha querida Dawn, será fundamental para ajudar a transformar Braxia em uma sociedade mais inclusiva e pacífica.

Isso aguçou minha curiosidade. Embora eu não duvidasse que fosse algum sonho febril e confuso, qualquer informação que eu pudesse obter sobre seus planos insanos poderia ajudar a virar a maré contra ele.

— Você passará os próximos dias e semanas em treinamento intensivo para se tornar uma Embaixadora Braxiana — Deimos disse com entusiasmo.

Eu pisquei, completamente surpresa com aquela declaração inesperada.

— As pessoas precisam de estabilidade, familiaridade — ele continuou, aparentemente alheio à minha confusão — Você é a única constante para todos os híbridos. Aqueles que não estão apaixonados por você, a amam e respeitam como se fossem uma irmã, ou em alguns casos, uma mãe. Eles confiam em você de todo o coração, e cada um deles daria a vida por você. Você não tem ideia da profundidade da lealdade que conquistou desses homens, incluindo Vintor. Suas palavras ásperas foram ditas apenas por mágoa.

Minha garganta se apertou ao ouvir essas palavras. Eu também amava todos eles. Até aquele insuportável Vintor... Eles chegaram ao abrigo quebrados, maltratados e traumatizados. Eu os ajudei a se tornarem membros produtivos da nossa sociedade adotiva, mesmo quando ela não nos apoiou adequadamente. Eles eram minha família. Com cada um que morreu, um pedaço do meu coração também foi arrancado do meu peito.

— A compulsão só pode ir até certo ponto se, moralmente, o sujeito for suficientemente forte contra ela. Mas com o *seu* apoio, com a *sua* promoção das virtudes da nova sociedade, elas seguirão adiante.

Eu balancei a cabeça enquanto encarava o Sareniano, incrédula — Primeiro, você está superestimando meus poderes de influência sobre aqueles homens. E segundo, o que te faz pensar que eu apoiaria seus planos insanos de controlar os Braxianos? Como você mesmo disse, a compulsão só pode ir até certo ponto quando imposta a um alvo relutante. Eu definitivamente não estou disposta!

Ele me deu um sorriso indulgente e recostou-se na cadeira, cruzando as pernas mais uma vez naquela pose indiferente que havia adotado na noite passada quando falava comigo.

— Não, Dawn. É *você* quem subestima seu carisma. Quanto à sua relutância, quando seu treinamento terminar, você estará totalmente a bordo. Ao contrário do que você pensa, eu não quero transformar os Braxianos em um bando de zumbis irracionais. Eu quero que sua sociedade seja autônoma e prospere. Mas uma intervenção é necessária neste momento para evitar que um grande crime contra a galáxia fique impune e que uma tragédia ainda maior ocorra quando a Grande Guerra começar. E você será uma peça-chave.

— E de que tipo de treinamento estamos falando? — eu perguntei — Mais propaganda e lavagem cerebral?

Ele bufou e balançou a cabeça lentamente, não em negação, mas daquele jeito que as pessoas às vezes fazem para dizer: "O que eu vou fazer com você?"

— Você aprenderá sobre todas as pessoas de importância galácticas, os conflitos em formação, a política intergaláctica e a diplomacia. Depois de ser exposta à verdade e entender todos os erros que foram cometidos, todas as conspirações e maquinações em andamento, você verá a sabedoria da minha linha de ação. A guerra nunca é bonita. Inocentes são pegos no fogo cruzado. Mas isso evitará verdadeiros genocídios.

— Mas de quem é essa verdade? A *sua*? — eu perguntei, sem fazer nenhum esforço para esconder meus pensamentos.

— Não, Dawn. Você vai descobrir a *verdade*, os *fatos* coletados pelo nosso serviço de inteligência. Qual o sentido de ser Embaixadora se seus colegas a consideram uma fraude porque todos os seus fatos estão errados?

Isso me fez hesitar. Eu cruzei os olhos com ele, buscando um vislumbre de mentira. Mas ele sustentou meu olhar firmemente. Até ver o material que ele pretendia que eu aprendesse, eu não podia dizer com certeza se era legítimo ou adulterado. No entanto, eu não duvidava que ele realmente acreditasse na verdade. Para minha vergonha, eu não pude negar que estava intrigada com tudo aquilo. Mas como isso me ajudaria a libertar Keran, seus homens e a mim mesma?

— Termine sua refeição — Deimos disse, gesticulando com o queixo em direção ao meu prato quase vazio.

Eu dei mais algumas mordidas antes de empurrar o prato, saciada. Ele se levantou, pegou o aparelho da mesa e gesticulou para que eu me sentasse no sofá. Eu obedeci, observando com cautela o objeto em sua mão. Ele sorriu provocativamente em resposta à minha reação.

— Relaxa, Dawn. Eu já disse que não te machucaria — ele ergueu o dispositivo na minha frente. Parecia um bastão, com cada ponta mais estreita e levemente curvada — Esta belezinha é um aparelho de realidade virtual. Pode-se dizer que é uma sala holográfica portátil.

Segurando cada ponta, ele puxou delicadamente, e o bastão se separou em duas partes. Deimos me mostrou o lado interno da extremidade mais larga e reta de uma das duas peças.

— Este é um ímã que o manterá no lugar. Você o coloca como um visor, pressionando o ímã de cada metade bem atrás da têmpora, bem na frente da orelha, assim — ele continuou, colocando-o na frente da orelha direita para me mostrar — Viu? A parte de trás do bastão deve ficar bem na frente da sua orelha para ouvir o som, e a parte curvada bem na borda do seu olho.

Ele colocou a outra metade na frente da orelha esquerda. Agora eu conseguia ver como ele formava um visor incompleto.

— Depois que ambas as metades estiverem posicionadas, basta usar o comando vocal "Ativar" para ligá-lo — Deimos explicou.

Assim que ele o fez, um feixe luminoso disparou de ambas as pontas curvas. Elas se conectaram diante de seus olhos, formando uma tela holográfica.

— Desativar — Deimos disse.

Os feixes apagaram, e ele removeu cuidadosamente cada metade antes de me entregar. Eu as peguei instintivamente. Para minha consternação, seus olhos começaram a brilhar. Antes mesmo de começar a falar, eu sabia que sua voz vibraria.

— *Ao longo dos próximos dias, você seguirá o programa completo no ritmo ditado pelo dispositivo. Você só fará pausas quando ele indicar e responderá ao teste ao final de cada módulo. Passe no teste e eu permitirei que você veja o seu verdadeiro amor. E quando isso acontecer, você será gentil com ele e o verá de coração aberto.*

Seus olhos piscaram e o brilho desapareceu.

Para minha surpresa, eu não senti nenhuma dor aguda ou o desconforto que suas compulsões anteriores geralmente provocavam em mim.

Porque essas não são abomináveis para mim.

E não eram. Eu queria ver qual era o conteúdo daquele programa, e definitivamente queria ver Jaek – se eu tivesse adivinhado com precisão a identidade do meu suposto amor verdadeiro. Juntos, nós poderíamos encontrar uma saída dali e libertar os outros.

— Por que eu não posso vê-lo agora? — eu perguntei, tentando não parecer muito ansiosa.

— Primeiro, porque ele está ocupado fazendo trabalho essencial. Segundo, porque você ainda não o mereceu. E terceiro, porque você vai querer esperar o cheiro persistente da sua indiscrição desaparecer.

Eu estremeci, mais uma vez tomada por emoções conflitantes. Eu não tinha traído Jaek. Mas esse maldito controle mental estava distorcendo tudo.

Mas se ele é realmente sua alma gêmea...

— Eu preciso ir — Deimos disse — Coloque o visor e inicie o programa.

Embora ele não tivesse usado sua compulsão, eu não fiz alarde. Naquele instante, covardemente, eu quis escapar da minha própria mente. Assim que ativei o dispositivo, a tela preencheu minha visão, literalmente me dando a impressão imersiva de estar em uma sala holográfica. Eu segui as instruções na tela e lancei o primeiro módulo. Atrás da voz do mentor do dispositivo, eu ouvi vagamente o som da porta do meu quarto abrindo e fechando.

CAPÍTULO 19
DAWN

Durante cinco dias, Deimos me manteve completamente isolada enquanto eu passava por um intenso treinamento virtual. Sendo uma pessoa bastante sociável, se a maior parte do conteúdo não fosse tão fascinante, eu poderia ter enlouquecido. Como ele havia prometido, o material sobre costumes culturais, leis e política intergaláctica parecia factual. Assim que o treinamento começou a se voltar para a recontagem histórica, especialmente no que diz respeito aos Korletheanos, eu percebi um claro viés na forma como os fatos eram apresentados.

Sem dúvida, como muitos tópicos me fascinavam, eu não me vi lutando contra a compulsão. No entanto, no terceiro dia, eu notei uma mudança. Sutil no início, ela se tornou cada vez mais óbvia com o passar do tempo.

Inicialmente, ver belas imagens de Jaek surgindo repentinamente entre os módulos do treinamento me surpreendeu. Eu percebi então que não era a primeira vez. Por algum motivo, minha mente consciente não havia percebido, pois as imagens, sem dúvida, eram mensagens subliminares para me tornar ainda mais próxima de Jaek.

O fato de eu vê-las conscientemente agora foi o que me alertou. Eu também me vi capaz de deixar minha mente divagar em vez do foco

248

quase sobrenatural que a compulsão de Deimos havia me imposto. Mas como o teste final iria encerrar ou pausar a simulação, eu pensei melhor. Eu não podia correr o risco de o dispositivo me dedurar. Mas isso não me impediu de desobedecer à ordem de permanecer sentada.

Como o visor preenchia toda a minha visão com uma simulação imersiva, eu não podia arriscar tentar me mover pela sala sem cair ou me machucar. Como eu ainda estava consciente do meu corpo e conseguia sentir o sofá embaixo de mim, eu me levantei. Quando nenhuma sensação de dor nos olhos e no cérebro se manifestou, como geralmente acontecia sempre que eu desobedecia à compulsão, eu quase gritei de alegria.

Mas eu precisava ter cuidado. Embora não parecesse haver câmeras ou microfones escondidos nos meus aposentos, eu não podia correr riscos. Eu também precisava passar em todos os malditos testes dos módulos para poder ver Jaek. Ele era nossa única esperança de sair daqui.

Nos dias seguintes, apesar de beber o suco todas as manhãs quando Deimos me trazia o café da manhã, seus efeitos continuavam a passar ainda mais cedo. Eu comecei a formular uma série de hipóteses sobre o que poderia ser a causa.

Meu primeiro pensamento foi que eu havia desenvolvido alguma forma de imunidade natural. Mas isso parecia improvável. Caso contrário, Deimos provavelmente teria notado que isso também acontecia com os homens. Meu segundo pensamento foi que talvez o fato de eu ser mulher afetasse minha reação ao soro. Afinal, todas as vítimas eram homens. Com a promessa dos Sarenianos de nunca machucar mulheres, eles não teriam testado o soro adequadamente em nenhuma de nós. Então, esta manhã, eu notei como meu próprio cheiro havia mudado. Ao mesmo tempo, meus mamilos ficaram muito sensíveis.

E isso me levou à minha terceira hipótese. Como uma mulher híbrida, embora meus sistemas reprodutivos favorecessem principalmente minha herança Braxiana, eu ainda apresentava algumas pequenas reações fisiológicas humanas. Embora felizmente eu tivesse sido poupada do sangramento e das cólicas durante o ciclo menstrual de uma mulher humana, eu ainda tinha mamilos muito sensíveis – e uma libido hiperativa – durante esse período. Biologia não era meu forte, mas eu sabia o suficiente para estar ciente das mudanças hormonais que ocorriam no corpo de uma mulher durante esse período. E meu instinto dizia que esses hormônios estavam mexendo com o soro de Deimos.

Isso também significava que eu tinha uma janela muito pequena para agir, não apenas por causa dessa imunidade temporária ao soro, mas principalmente para resgatar Keran e os outros. Só a Deusa sabia em que estado eles se encontravam naquele momento. Pensar nos puros-sangues agora provocava sistematicamente uma reação negativa em mim. Sabendo que ela era artificial, eu me lembrava constantemente de que aqueles sentimentos não eram meus, mas impostos. Se eu ainda estivesse sob os efeitos da compulsão, não teria sido capaz de lutar contra ela dessa forma sem sofrer uma dor significativa.

Na noite do quinto dia, Deimos voltou com meu jantar. Como já era nosso ritual, eu comia enquanto ele revisava os resultados dos meus testes virtuais. Depois, ele definia a programação para o dia seguinte, me dava algumas dicas sobre o que eu deveria fazer pela manhã e ia embora.

Mas eu o interrompi antes que ele chegasse a essa parte. Assim que ele terminou de me elogiar pela minha ótima pontuação, eu agarrei a oportunidade.

— Obrigada — eu disse — Eu acho o treinamento fascinante.

— Fico feliz em ouvir isso — ele disse em tom de aprovação.

Fingindo estar nervosa, eu coloquei uma mecha de cabelo atrás da orelha e lambi os lábios — Eu concluí com sucesso os cinco primeiros módulos. Você mencionou que, se eu passasse nos testes, poderia ver o Jaek.

— Eu nunca mencionei um nome — Deimos disse, estreitando os olhos para mim.

— Você não disse? — eu perguntei, fingindo surpresa.

— Eu não disse — ele repetiu firmemente.

Desta vez, uma sensação desconfortável se instalou na boca do meu estômago. Eu naturalmente presumi que ele se referia a Jaek. Certamente ele não estava pensando em Vintor? Não podia ser Vintor. O treinamento continha imagens de Jaek.

Mas minha mente consciente não teria percebido se o efeito da droga não tivesse passado.

Porra! Percebendo que estava prestes a me entregar, eu rapidamente encontrei uma resposta que esperava que o acalmasse.

— Mas é o Jaek, né? — eu perguntei, sem fazer esforço algum para esconder a cautela na minha voz — Você disse que essa pessoa era minha alma gêmea, a pessoa que eu amei o tempo todo e que esperou pacientemente por mim. A única pessoa que se encaixa nessa descrição é o Jaek.

Deimos inclinou a cabeça para o lado, seus olhos azuis gélidos estudando minhas reações — E se eu te dissesse que não é o Jaek?

Eu me encolhi, meu estômago embrulhando — Então vamos ter um problema. Ele é o único por quem eu realmente tive sentimentos. E nos últimos dias, ele tem ocupado todos os meus pensamentos. Se você tinha outra pessoa em mente, então nem adianta.

Deimos ergueu uma sobrancelha. Eu não soube dizer se expressava diversão ou dúvida.

— Por que esse interesse repentino por Jaek? — ele desafiou.

Eu dei de ombros — Não é repentino. Eu sempre tive sentimentos por ele. Fortes. E ele sempre foi tão gentil e respeitoso comigo. No dia em que a curandeira Verediana o curou, Jaek me pediu para ir para Braxia com ele. Eu fiquei muito tentada — eu disse com sinceridade — Mas te ouvir dizer que aquele que estava pacientemente me esperando era minha verdadeira alma gêmea me tocou profundamente e me fez encarar meu relacionamento com Jaek com outros olhos. Acho que você tem razão, que Jaek e eu somos almas gêmeas. Eu só quero muito vê-lo. E não vou mentir que ficar trancada neste quarto o dia todo sozinha não tem sido fácil — eu acrescentei com uma risada nervosa.

Deimos assentiu lentamente, seu olhar ainda me estudando intensamente, sem dúvida em busca de mentiras — E quanto ao puro-sangue Keran?

Instintivamente, eu franzi o rosto – a reação de nojo que meu treinamento automaticamente desencadeava sempre que eu pensava em um puro-sangue. Embora eu normalmente me castigasse por isso e racionalizasse por que essa reação não vinha da verdadeira Dawn, desta vez eu a acolhi.

— Ele foi só um caso — eu disse, acenando com a mão em sinal de desprezo — Eu fingi ser humana a vida toda. Pelos padrões deles, eu não sou exatamente uma mulher atraente. Então acho que ter um príncipe herdeiro me bajulando e me chamando de linda me lisonjeou. No fim das contas, ele só estava me usando, se aproveitando das minhas inseguranças para conseguir o que queria. Ele me ofereceu um emprego em Braxia, mas provavelmente só para ficar com a consciência tranquila. Nós dois sabemos que o futuro Magnar jamais se casaria com uma mestiça sem riqueza, sem conexões, sem diplomas ou habilidades impressionantes para apresentar. Eu simplesmente me iludi, me entregando a um conto de fadas.

Embora eu tenha dito essas palavras para apaziguar o Sareniano, elas soaram verdadeiras demais para mim. Que futuro haveria realmente entre Keran e eu?

— Fico feliz em saber que você finalmente enxerga a verdade — Deimos disse com uma voz gentil — Aliás, a beleza física está nos olhos de quem vê. Você pode não se encaixar na estética de outras espécies, mas, pela sua própria, você é uma mulher deslumbrante. E o que os outros pensam de você é irrelevante. Aqueles que importam a veem em toda a sua glória. Para Jaek, não há mulher mais bonita do que você.

— Então é o Jaek! — eu exclamei, atordoada com minha própria reação entusiasmada.

Deimos riu baixinho — Claro que sim.

— Graças à Deusa — eu suspirei, pressionando as palmas das mãos contra o peito — Eu posso vê-lo?

O Sareniano franziu os lábios e me lançou um olhar lento e avaliador — Já está tarde, e eu não planejava deixá-la vê-lo por mais uma semana. Mas você está superando minhas expectativas. Então, sim, você pode vê-lo... Mas só por alguns minutos — ele alertou quando eu gritei — Termine sua refeição, depois eu te levo até ele.

Eu quase engasguei com a comida, de tão rápido que a comi.

Deimos riu baixinho enquanto me acompanhava para fora do meu quarto. Embora eu já tivesse passado por aqueles corredores quando ele me trouxe para cá, todos me pareciam novos. Eu não sabia dizer se o Sareniano me obrigou a esquecer o caminho ou se eu estava tão perturbada naquele dia que não conseguia me lembrar. Desta vez, eu me certifiquei de arquivar qualquer informação que pudesse me ajudar a navegar por aqueles corredores. Eu não tentei esconder que estava olhando ao redor, pois o contrário o deixaria desconfiado. Qualquer pessoa que explorasse um novo lugar demonstraria uma curiosidade natural sobre o que a cercava.

Para minha consternação, a nave revelou-se muito maior do que eu esperava. Ou melhor, a distância entre o laboratório e meus aposentos revelou-se grande demais. Embora eu não tenha notado nenhuma câmera ao longo do caminho, nós encontramos um Sareniano e, mais tarde, alguns Guldans, nenhum dos quais eu tinha visto antes. Isso, mais do que qualquer outra coisa, confirmou que eu nunca conseguiria passar por uma distância tão longa sem ser pega. Por outro lado, isso implicava que eu conseguiria destrancar meu quarto para sair.

Depois de passar por vários corredores de conexão e por um conjunto de portas de segurança, nós finalmente chegamos à ala médica e científica da nave. Várias portas indicavam claramente que apenas pessoal autorizado tinha permissão para entrar, enquanto outras solicitavam descontaminação primeiro. Eu estremeci ao pensar em que outros experimentos malucos eles poderiam estar realizando.

Nós finalmente paramos em frente a uma porta comum. Deimos parou em frente à fechadura biométrica, que escaneou seu rosto antes de lhe conceder acesso. Meu coração apertou ainda mais com aquela camada extra de segurança que eu jamais conseguiria contornar.

As portas se abriram com um ruído agudo, revelando um laboratório de médio porte, com apenas duas estações de trabalho no centro da sala. Toneladas de balcões abarrotados de apetrechos de pesquisa ocupavam os lados esquerdo e direito, enquanto gigantescas unidades de resfriamento repletas de frascos e ampolas se alinhavam por toda a parede dos fundos. No entanto, a figura solitária na sala chamou toda a minha atenção.

Meu coração disparou, e uma onda de afeto e alegria me percorreu quando Jaek levantou abruptamente a cabeça do trabalho para olhar com curiosidade quem havia entrado em seus domínios. Seus olhos escuros primeiro se arregalaram de surpresa ao me reconhecer, depois suas feições se fundiram em uma expressão de felicidade repleta de tanto amor que minha garganta se apertou de emoção.

Este homem realmente me amava.

E eu o amo...

Mas será que eu estava apaixonada por ele? Minha cabeça dizia que sim, mas meu coração ainda vacilava, uma parte timidamente dizendo sim, enquanto outra trazia imagens de Keran. Nem mesmo o desconforto desencadeado pela compulsão conseguiu apagar sua memória.

— Dawn — Jaek suspirou com um sorriso radiante.

— Oi — eu disse em voz baixa enquanto entrava na sala e caminhava em direção a ele.

— Você está deslumbrante, como sempre — Jaek disse quando parei bem na frente dele.

Eu abaixei os olhos e timidamente coloquei uma mecha de cabelo atrás da orelha. Deimos havia me fornecido um guarda-roupa de vestidos Sarenianos curtos e drapeados para usar durante minha estadia ali. Felizmente, por serem sem mangas, eles acomodavam meus ombros naturalmente mais largos. E o resto do vestido valorizava minha cintura fina e pernas longas.

— Obrigada. A moda Sareniana parece combinar comigo — eu respondi.

— Sim — ele disse com um sorriso de aprovação.

— Você tem trinta minutos — Deimos disse, interrompendo o momento — Eu voltarei então para levá-la de volta aos seus aposentos, Dawn.

Eu assenti com uma expressão genuinamente grata – não por ele voltar para me buscar, mas por me conceder um tempo a sós com Jaek. Embora breve, isso me deu a oportunidade de avaliar o quanto ele seria um aliado. Há dias eu me perguntava se os Sarenianos estavam usando Jaek para ajudar em seus experimentos. Ele era um bioquímico brilhante. Só a Deusa sabia o que eles poderiam obrigá-lo a fazer sob coação.

Meus olhos permaneceram fixos no Sareniano até a porta se fechar atrás dele. Imediatamente, eu voltei a me concentrar em Jaek, que ainda sorria para mim com um ar de admiração.

— É tão bom te ver. Não esperava que isso acontecesse tão cedo — ele disse com entusiasmo.

Eu franzi a testa — Você sabia que eu estava aqui?

Ele assentiu — Claro! Deimos disse que você concordou em se juntar a nós.

— Me juntar a vocês? — eu repeti, com genuína confusão – e uma ponta de preocupação.

— Sim, todos nós que escolhemos voltar para Braxia — Jaek disse como se fosse óbvio — Ao contrário dos outros, embora eu possa lutar, não tenho interesse em treinar com Jardan. Deimos me deu uma oportunidade única de trabalhar em um projeto que beneficiará os Braxianos como um todo e aumentará minhas chances de garantir uma posição no laboratório de pesquisa de Mercy Xeldar. Eu soube que ele lhe ofereceu treinamento para aspirar a um papel ainda maior em Braxia do que apenas assuntos híbridos?

— Certo — eu disse cautelosamente.

Ele sabia que Deimos me coagiu a fazer isso? Será que ele também estava se perguntando se eu tinha, de alguma forma, me transformado? Se o Sareniano ainda o mantinha sob seu domínio, eu não podia arriscar me expor ainda. Mas como verificar isso com segurança?

— Tudo o que eu aprendi sobre política, história galáctica, cultura e costumes estrangeiros, e muito mais, foi inestimável — eu disse com sinceridade — Eu nunca pensei em explorar esse campo. Minha vida inteira sempre foi dedicada a manter pessoas como nós seguras.

— E você fez um trabalho maravilhoso — Jaek disse carinhosamente. Seu sorriso então desapareceu, e ele pareceu hesitar antes de assumir uma expressão nervosa — Como estão as coisas entre você e o Príncipe?

Eu pisquei, surpresa com a pergunta. Ele não sabia que Deimos o mantinha prisioneiro aqui?

— Não existe mais o Príncipe e eu — eu disse cuidadosamente — Eu tive muito tempo para pensar nos últimos dias. É constrangedor admitir que eu simplesmente me deixei levar por uma paixão infantil. Não é comum encontrar um Berserker grande e forte, que por acaso é um príncipe com uma aura incrível de autoridade. As coisas estavam indo muito mal com os assassinatos e desaparecimentos. Eu estava perdida e impotente para proteger qualquer um de vocês. Ele apareceu no meu momento de desespero e ofereceu o que eu mais precisava.

Jaek baixou a cabeça com um ar de culpa — Todos nós falhamos com você. Nós deveríamos ter percebido que você precisava da nossa ajuda. Mas estávamos todos ocupados demais com nossas próprias vidinhas.

— Eu poderia ter pedido — eu disse em tom de deboche — Esse sempre foi o meu maior problema. Eu não sei pedir ajuda às pessoas que amo, só às pessoas que acredito que me devem ajuda, como os Doze e os soldados da paz. Na minha teimosia, eu estraguei tudo. Só quando você perde seus tesouros mais preciosos é que percebe o que tinha, mas nunca apreciou plenamente.

Não era minha intenção que minha voz tremesse ao dizer essas palavras, mas muitas emoções estavam crescendo dentro de mim.

Jaek segurou minha bochecha com uma das mãos e a acariciou gentilmente com o polegar, o que me pegou de surpresa.

— Algumas coisas nunca podem ser perdidas, Dawn. Algumas coisas são eternas.

Minha garganta se apertou e lágrimas brotaram em meus olhos. À sua maneira, Jaek acabou de me dizer que havia perdoado minha "indiscrição" e que seu amor por mim era eterno. Minha língua ardia de vontade de dizer a ele que eu também o amava. Eu sinceramente o amava. E, no entanto, quando eu falei do tesouro mais precioso que havia perdido, foi o rosto de Keran que flutuou diante da minha mente.

Deimos tem que estar errado. Se Jaek é minha alma gêmea, eu não deveria mais sentir saudades de Keran.

Um sinal sonoro me assustou e chamou a atenção de Jaek novamente.

— Só um minuto — ele disse em um tom de desculpas.

Enquanto ele mexia em uma máquina que agitava vários frascos, eu observei a sala. Eu não fazia ideia do que era aquilo. A droga que Deimos estava nos administrando havia sido sistematicamente misturada àquela bebida miserável. Embora meu instinto dissesse que os inúmeros frascos nas unidades de resfriamento continham mais daquela droga, eu não tinha certeza.

— Então, no que você está trabalhando? — eu perguntei casualmente.

Jaek levantou os olhos dos frascos que estava etiquetando, antes de colocá-los em um suporte, para olhar para mim.

— É uma cura para uma doença degenerativa que assola nosso povo — ele disse com orgulho.

— Híbridos? — eu perguntei, surpresa com a resposta.

— Todos os Braxianos, híbridos e puros-sangues, embora seja mais raro entre nós, híbridos. Eu estou tão perto!

— Nossa! O que isso faz?

— Eu criei um imunossupressor que impede que a serotonina nos ataque. Infelizmente, ele não dura e requer novas doses diárias. Estou tentando fazer com que dure mais.

Eu precisei de toda a minha força de vontade para esconder o horror que sentia. Orin havia confirmado que as vítimas de assassinato haviam sido drenadas de serotonina. Será que Jaek havia criado a droga que estava nos submetendo ao controle mental dos Sarenianos? Será que eles o enganaram fazendo-o acreditar que estava curando uma doença degenerativa?

— Isso é incrível — eu disse com entusiasmo forçado — Quando você diz que está perto, quer dizer que os efeitos do seu tratamento podem se tornar permanentes?

Para meu alívio, ele balançou a cabeça — Isso é altamente improvável. Mas, no estado atual, um paciente que recebe doses com muita frequência pode desenvolver efeitos colaterais negativos a longo prazo. Quero dizer, se isso durar mais de seis meses.

— Entendo — eu respondi, girando em círculos — Quem são seus pacientes? Como esse projeto caiu no seu colo?

— Eu só comecei a trabalhar nisso há uma semana. Aparentemente, Deimos estava acompanhando algumas das pesquisas que eu vinha realizando e me abordou sobre isso na reunião.

Eu quase chorei de alívio ao saber que ele não estava envolvido nisso desde o início. Isso pareceu confirmar ainda mais que Deimos o havia enganado. Como Jaek havia expressado seu desejo de trabalhar para a atual Dagna Braxiana em seu laboratório de última geração, Deimos não teria tido problemas em convencê-lo a aceitar o projeto. Jaek não teria resistido à compulsão, pois isso se alinhava com algo que ele gostaria de fazer.

Apresentando a ele como uma pesquisa altruísta para curar pessoas, não para controlá-las.

Meu ódio pelo Sareniano aumentou ainda mais. Mas haveria tempo depois para planejar sua punição. Por enquanto, eu precisava encontrar uma maneira de romper seu domínio sobre Jaek.

— Ah, entendi. Mas e os seus pacientes? São híbridos?

Ele balançou a cabeça novamente — Não, são puros-sangues que vieram direto de Braxia. Eu não sei os nomes deles. Nós apenas rotulamos as coisas como Paciente A ou B — ele acrescentou timidamente — Eu também não sou o médico deles. Só faço os exames de laboratório.

— Entendo — eu repeti, tentando esconder minha decepção — E como isso é administrado?

— Via oral ou por injeção — Jaek respondeu com naturalidade — Via oral é melhor. Basta diluir a dose em água ou suco.

— É isso, a cura em que você está trabalhando? — eu perguntei, apontando com o queixo para os frascos que ele estava colocando na bandeja.

Jaek olhou para eles antes de me lançar um olhar estranho e assentir — Sim, é. Aparentemente, os pacientes estão respondendo bem ao tratamento — Jaek continuou enquanto carregava a bandeja com os frascos etiquetados para uma das unidades de resfriamento — Deimos quer muito que eu termine tudo até a semana que vem para que possamos começar a produção em massa.

Eu franzi a testa — Por que a pressa?

Ele deu de ombros — Não tenho certeza, para ser sincero. Ele mencionou um surto da doença em certos complexos em Braxia. Mas acho que é mais porque ele quer deixar Haven nas próximas semanas, quando todos os que também partirem começarão a se movimentar.

Ele o quer pronto para encantar a população Braxiana antes da coroação.

Eu fiquei olhando para as unidades de resfriamento enquanto ele terminava de colocar a bandeja de frascos dentro de uma delas.

Ele hesitou por um segundo, como se estivesse em dúvida se deveria continuar — Como você pode ver, isso é muito sensível à temperatura. Ele precisa permanecer frio até ser administrado. Se passasse de 36 graus Celsius por apenas 30 segundos, estragaria e perderia todas as suas propriedades.

— Trinta e seis graus?! — eu exclamei, atordoada com a revelação — Eu tomo meu café duas vezes mais quente!

— Café? — ele perguntou, confuso.

— A versão humana do gwar — eu corrigi timidamente — A Melinda acha a nossa versão muito amarga. Ela sempre a afoga com creme e depois adiciona açúcar.

Embora eu tenha rido da expressão de desgosto que Jaek fez, minha mente estava a todo vapor. Essa informação parecia específica demais para ser dada aleatoriamente. Ele tinha me ensinado como neutralizar o soro. Mas como eu poderia usar esse conhecimento? Deimos geralmente ficava no quarto me observando beber o maldito suco, embora raramente emitisse novas compulsões. O suco apenas garantia que as anteriores continuassem em vigor.

— Isso significa que não funcionaria em um paciente febril? — eu perguntei, tomada por uma ideia repentina.

Um brilho estranho passou pelos seus olhos. Poderia ter sido admiração ou aprovação, mas desapareceu rápido demais para que eu tivesse certeza.

— Ainda funcionaria — Jaek disse, um pouco hesitante — Mas afetaria a taxa de degradação do medicamento. Nós chamamos isso de meia-vida, quando uma porcentagem do medicamento é perdida. A maioria dos medicamentos leva em consideração esses efeitos. Mas quando isso realmente não pode ser evitado, sabendo que o paciente pode estar lidando com esses tipos de fatores, o curandeiro ajustaria a dose de acordo para compensar essas perdas com base na porcentagem de degradação por unidade de tempo.

Jaek caiu na gargalhada quando meus olhos ficaram vidrados. Eu conseguia lidar com muitas coisas, mas ciência e eu não nos dávamos muito bem.

Em termos simples, seria desejável aumentar a dose desse medicamento específico se o paciente estivesse com febre alta ou em um ambiente muito quente. Mas o calor intenso só teria impacto se aplicado imediatamente após a injeção ou consumo, como com uma manta térmica muito quente. Isso anularia os efeitos do medicamento ou reduziria significativamente sua duração.

— Isso é fascinante. Você é realmente brilhante, sabia? — eu disse com toda a sinceridade.

A expressão tímida que se instalou em seu rosto me fez querer abraçá-lo. Jaek era um homem tão doce e adorável.

— Obrigado — ele disse timidamente.

Ele abriu e fechou a boca algumas vezes antes de olhar para algo acima da minha cabeça. Uma carranca vincou sua testa grossa, me levando a olhar por cima do ombro para ver o que poderia ter causado aquela reação. Eu observei o relógio e percebi que nossos trinta minutos provavelmente estavam quase acabando.

Meu coração afundou. Embora eu quisesse acreditar que Jaek havia tentado me comunicar como me libertar da compulsão, eu não podia jurar. Eu ainda não sabia ao certo qual era a posição dele e se ele me ajudaria a encontrar Keran e os outros para libertá-los.

— Há alguma chance da gente se encontrar de novo amanhã? — eu perguntei nervosamente.

— Eu estava pensando que poderíamos comer juntos de manhã — Jaek sugeriu prontamente.

Meu coração disparou — Eu adoraria! No entanto, Deimos costuma trazer minha comida para os meus aposentos...

— Eu não me importo de ir aos seus aposentos, se você concordar — Jaek interrompeu.

— Eu não me importo, mas não tenho certeza se Deimos concordará — eu respondi cautelosamente.

— Não se preocupe com isso. Eu cuido do Deimos — Jaek disse com um sorriso enigmático que me deixou perplexa.

Como se convocado por aquelas palavras, Deimos entrou na sala, seu retorno anunciado pelo discreto som das portas se abrindo.

— Hora de ir, Dawn — Deimos disse com uma voz alegre — Espero que tenha gostado da visita.

— Claro que sim — eu respondi com toda a sinceridade, antes de me virar e sorrir para Jaek — Tchau.

— Te vejo de manhã — ele respondeu.

— De manhã? — Deimos perguntou, franzindo a testa.

— Eu convidei a Dawn para comer comigo amanhã de manhã. Pelo que entendi, ela sempre come em seus aposentos, então eu me ofereci para encontrá-la lá antes que ela retomasse os estudos e eu voltasse para o laboratório — Jaek disse em um tom casual.

Os olhos azuis e gelados de Deimos se voltaram para mim, interrogativamente.

— Estou ansiosa por isso — eu disse, incomodada com o nervosismo na minha voz.

— Isso é um problema? — Jaek perguntou com a voz neutra quando Deimos não respondeu imediatamente.

— Não, claro que não — Deimos disse com entusiasmo forçado — Eu tenho certeza de que vocês dois vão se divertir muito. Venha, Dawn. Vamos.

Perplexa com o que parecia ser uma mudança de poder, eu me virei para olhar para Jaek com surpresa. Sorrindo presunçosamente, ele apenas piscou para mim. Mais confusa do que nunca, eu dei-lhe um sorriso incerto e segui Deimos para fora da sala.

O que diabos aconteceu?

CAPÍTULO 20
KERAN

Fervendo de raiva e impotência, mais uma vez eu paro de puxar minhas amarras. Meus pulsos estavam em carne viva de todas as minhas tentativas anteriores – e igualmente ineficazes. Apesar de saber que eu não tinha forças para rompê-las, eu continuei tentando teimosamente. Que outra escolha eu tinha?

Deimos nos manteve presos neste laboratório por cinco dias. Se não fosse pelo relógio na parede, eu não teria noção de tempo. Por outro lado, a primeira onda de larvas perfurando o peito de Orin dois dias atrás teria me dado a pista de que estávamos ali há pelo menos três dias.

Ele havia deixado seu clã orgulhoso – ele havia *me* deixado orgulhoso – rangendo os dentes de dor, sem jamais soltar um único grito ou implorar por misericórdia durante o que devia ser uma agonia. Apesar da minha relutância em dar aos nossos captores o que eles queriam, eu entrei em modo Berserker para amenizar a dor de Orin durante aquela última fase, parando imediatamente depois. Um Sareniano diferente de Deimos havia entrado na sala assim que o que eu acreditava serem as últimas larvas saíram do meu colega. Ignorando-me completamente, o Sareniano cuidou dos ferimentos de Orin, injetou nele o que eu esperava serem nanorrobôs curativos e pegou as bolsas de fluidos coletadas do meu oficial médico.

Duas horas depois, Deimos e aquele outro Sareniano – que parecia ser o especialista médico ou cientista deles – retornaram. Usando sua compulsão, eles me forçaram a permanecer imóvel enquanto implantavam ovos de Besouro Kranax dentro de mim. Normalmente, as pessoas que usavam esses insetos como instrumentos de tortura simplesmente os colocavam perto de uma incisão propositalmente esculpida nos membros ou no abdômen. Usar aberturas naturais do corpo, como as orelhas, a boca e o nariz, geralmente levava a uma morte rápida ou desfiguração extrema. Mas se você quisesse uma agonia lenta e horrível, você os colocava perto do ânus ou da vagina.

O médico Sareniano não fez nada disso. Com o tipo de seringa longa usada para punções lombares – embora com uma agulha visivelmente mais grossa – eles perfuraram meu umbigo para inserir os óvulos já colhidos diretamente onde queriam. Ao contrário dos meus homens, eu não recebi nenhum sedativo ou analgésico. Em vez disso, eles ordenaram que eu entrasse em modo Berserker. Sem escolha, eu obedeci a princípio, mas lutei contra a compulsão a cada passo. Só muito mais tarde naquela noite os efeitos da compulsão passaram – ou melhor, os efeitos do soro que a ativava.

Esta manhã, aqueles ovos começaram a eclodir. Puxar minhas amarras sem motivo inicialmente ajudou a aliviar a dor. Agora, isso só acrescentava uma nova fonte de desconforto.

Além das larvas, a culpa me consumia quando meu olhar pousou em Baldur, ainda preso à sua própria maca gradeada do outro lado da sala. Assim como Orin, sua pele naturalmente acinzentada – a típica tez Braxiana – havia adquirido um tom opaco. Até mesmo agora, eu conseguia ver uma larva saindo de sua barriga e outras se contorcendo sob sua pele. Felizmente, embora seu rosto estivesse tenso pela dor, ele estava sedado ou desfrutando dos efeitos dos analgésicos. Seja lá o que lhe tivessem dado, não foi suficiente para anestesiar completamente a dor, mas ajudou a torná-la tolerável.

Eu não queria imaginar o que passaria depois que todos os ovos eclodissem dentro de mim. Por enquanto, eu conseguia sentir distintamente dois deles abrindo caminho para sair. O mais doloroso – e assustador – estava se movendo para o norte, em direção ao meu coração e pulmões. Imagens de mim me afogando no meu próprio sangue não paravam de passar diante dos meus olhos.

Um grunhido profundo de Baldur interrompeu meus pensamentos horríveis. Outra onda de raiva impotente me atingiu quando uma segunda larva perfurou sua pele, logo acima da clavícula. Eu pensei em usar meus poderes de Berserker novamente para aliviar um pouco da dor dele, mas era exatamente isso que eles queriam. Das últimas vezes que eu fiz isso, eles implantaram ainda mais ovos em meus homens, já que minha aura os permitia suportar mais dor. Eu queria gritar e me enfurecer, colocar as mãos naqueles Sarenianos e fazê-los pagar mil vezes mais por tudo isso. Em toda a minha vida, eu nunca me senti tão derrotado.

Mesmo com eles nos curando entre as rodadas, nossos corpos só conseguiriam sustentar esse nível de trauma por um tempo limitado. Ninguém sabia onde estávamos e, com razão, meu pai não enviaria um resgate por pelo menos mais uma semana. Só quando eu não retornasse no prazo estipulado e não o avisasse sobre o motivo do atraso, ele interviria. E na velocidade máxima, uma equipe de resgate levaria pelo menos mais dois dias para chegar a Haven. A essa altura, Orin provavelmente já estaria morto.

Minha cabeça se virou quando eu ouvi o som sibilante da porta se abrindo.

— Jaek! — eu suspirei, meu coração disparado.

Nossos olhares se encontraram. Por um breve instante, uma expressão estranha passou por suas feições antes que seu rosto se endurecesse. Sem dizer uma palavra, ele continuou passando por mim e seguiu em direção a Orin.

— Jaek? — eu gritei novamente, confuso. Mas ele me ignorou.

Meu coração afundou enquanto um milhão de pensamentos colidiam em minha cabeça. Mesmo agora, vendo-o examinar Orin e Baldur, eu me recusava a aceitar que ele pudesse participar voluntariamente daquilo. Deimos havia insinuado isso, mas certamente Jaek estava agindo sob compulsão. Certo?

Ele limpou os ferimentos abertos dos meus homens, recolocou o soro quase vazio de Baldur e, em seguida, recolheu as bolsas de fluidos, conectando novas bolsas vazias em seus respectivos lugares. Depois de colocar as bolsas cheias em um recipiente com temperatura controlada e marcado como risco biológico, Jaek finalmente voltou sua atenção para mim.

Eu o observei se aproximar com passos cadenciados, a expressão dura e fria. Ele parou ao lado da minha maca. Pelo modo como o seu olhar percorreu o meu corpo nu, eu suspeitei que fosse a primeira vez que ele entrava nessa sala. Ele encarou o meu pau mole por alguns segundos que pareceram uma eternidade, o rosto se contorcendo em uma careta de desgosto e ódio. Palavras não eram necessárias para revelar que ele estava me imaginando fazendo sexo com Dawn.

Naquele instante, qualquer dúvida que eu ainda tivesse sobre sua participação voluntária naquela confusão desapareceu. A questão agora era se ele esteve envolvido o tempo todo ou se ele se juntou recentemente por retaliação pela mulher que amava.

Além de me sentir devastado por nosso único aliado em potencial ter se tornado um inimigo, eu não conseguia entender aquilo. Eu nunca estive tão completamente enganado sobre uma pessoa. Eu acreditei em Deimos quando ele afirmou que Jaek e Dawn eram Sintonizados. Mas Dawn jamais se apaixonaria por um homem capaz do que ele estava fazendo. Seria esse o verdadeiro motivo pelo qual ela nunca havia buscado um relacionamento com ele? Teria ela percebido a escuridão que espreitava dentro dele?

Jaek pegou a bolsa que continha meus fluidos, me fornecendo uma primeira olhada nela. Do jeito que eu estava deitado, ela estava fora do meu campo de visão. Ela estava três quartos cheia. Um sorriso malicioso se formou nos lábios de Jaek enquanto ele me lançava um olhar de lado.

— Bem, parece que, além de terem uma força bruta, os puros-sangues são de fato melhores em algumas coisas, afinal. Você produz o dobro de serotonina com metade dos Besouros do que os outros — Jaek disse, em tom de provocação.

— Como você pôde? — eu perguntei, quase em um sussurro, enquanto a raiva fervia em minhas veias — Por que você faria isso?

Ele deu de ombros e olhou para mim como se eu tivesse feito uma pergunta com uma resposta óbvia — Vingança, claro.

— As coisas estão mudando! Elas estão melhores do que nunca para os híbridos e melhorando a cada dia! Por que agora?! — eu exclamei.

— É tarde demais — Jaek disse com desprezo — O que você e seus homens estão suportando agora é apenas uma pequena amostra do sofrimento infinito e indefeso que nós, híbridos, suportamos. Nada disso foi por qualquer erro nosso, mas simplesmente por sermos o que éramos. E você, Jakar Keran, é definitivamente algo mais.

— E você acha que matar as mesmas pessoas que defendem os híbridos vai melhorar as coisas? Que isso vai fazer o passado desaparecer?

— Isso não fará com que desapareça, mas nos permitirá remodelar o futuro para melhor — ele respondeu com naturalidade.

Eu bufei, incrédulo — Para melhor? Virando marionetes dos Guldans e Sarenianos? — eu exclamei.

Ele bufou com desdém — Eu não sou marionete de ninguém.

— Sério? — eu desafiei em um tom duvidoso.

Jaek sustentou meu olhar com firmeza — Eu lhe asseguro, Jakar. Não sou.

Ele não se encolheu nem desviou o olhar enquanto um sorriso presunçoso se estabelecia em seus lábios. Ancestrais! Será que ele era realmente um participante voluntário? Será que ele inventou algum tipo de antídoto para si mesmo? Ou Deimos fez uma lavagem cerebral tão completa em Jaek que ele se convenceu de que essas eram de fato suas crenças?

Antes que eu pudesse responder, uma dor aguda me atingiu por dentro, perto do meu plexo solar. Eu mal consegui manter uma expressão neutra. Eu não queria dar a ele o prazer de testemunhar minha dor. Felizmente, ele voltou a falar.

— Quando eu escapei de Braxia, eu jurei a mim mesmo que nunca mais permitiria que os Braxianos abusassem de mim ou tirassem algo de mim. Eu levei anos para superar o trauma. Mas eu superei, e até aprendi a aceitar que ficaria para sempre incapacitado e desfigurado.

Ele levou a mão ao rosto agora liso, sem as cicatrizes de queimadura que o marcavam anteriormente. A expressão estranha que ele tinha ao entrar na sala e me ver cruzou seu rosto novamente, sendo rapidamente substituída por ressentimento.

— Assim como os outros, quando você chegou aqui, eu não tinha muita fé no que você poderia ou faria por nós. Mas Dawn continuou te elogiando, e todos nós a veneramos. Então, nós te demos o benefício da dúvida. Depois daquela façanha que você fez, pedindo favores às Veredianas para nos curar, você realmente convenceu muitos de nós. Você nos fez acreditar que se importava e que realmente se esforçaria para nos dar um lar. Mas o tempo todo, você estava se intrometendo, tirando de mim. Mas chega...

— Eu não tirei nada de você, Jaek. Certamente eu nunca vim aqui com essa intenção. Dawn e eu éramos solteiros, e a química entre nós foi inesperada — eu disse em um tom razoável.

— Foda-se a química entre vocês! — ele sibilou — Você sabe que eu a amo. E ela me ama. Você poderia ter se afastado e voltado a governar o seu planeta e transar com todas as concubinas que, sem dúvida, estão se atirando em você de todos os lados. Mas não. Você tinha que vir e levar a minha mulher. Dawn e eu somos Sintonizados!

Eu cerrei os dentes, tanto pela dor das larvas me comendo por dentro, quanto pelo ciúme possessivo que suas palavras despertaram.

— Deimos te contou?

Embora eu tenha formulado isso como uma pergunta, foi mais como uma afirmação.

Jaek ergueu o queixo, de modo desafiador — Sim. Mas ele apenas confirmou o que eu já sabia.

Eu assenti lentamente — Ele também me mencionou isso quando perguntei sobre o bem-estar da Dawn. Ele disse que eu não tinha com o que me preocupar, já que você cuidaria dela.

— Eu vou — Jaek disse corajosamente.

Eu estreitei os olhos para ele, sabendo que minhas próximas palavras seriam tolas na minha situação atual, mas fui incapaz de resistir —

Você pode estar Sintonizado, mas não é a alma gêmea dela. Porque, por acaso, eu sou. Deimos te contou isso?

Pela sua reação de choque, Jaek não sabia. A descrença deu lugar à dor, rapidamente substituída por uma expressão assassina em seu rosto. Eu amaldiçoei a mim mesmo por permitir que ele me irritasse o suficiente para provocá-lo enquanto estava preso naquela posição tão precária.

Eu me obriguei a assumir um ar mais simpático, quase apologético, enquanto continuava em um tom tranquilizador — Eu não fui atrás da Dawn por um sentimento de direito, e muito menos para te irritar. O Destino nos uniu, e...

Uma dor excruciante seguida de uma crise de tosse me interrompeu. O que a princípio eu pensei ser bile subindo pela minha garganta acabou sendo sangue, enquanto o gosto de ferro explodia em minhas papilas gustativas. Uma gota de sangue perolou em meus lábios. Eu a lambi, furioso por Jaek ter visto aquilo.

Sua raiva desapareceu, substituída por um sorriso maligno — O Destino pode ter unido vocês, mas não por muito tempo, ao que parece. Não se preocupe. Dawn vai se esquecer de você, e eu estarei lá para consolá-la.

Foi a minha vez de ficar irritado — Você deixaria um Sareniano controlar mentalmente uma mulher para ficar com você? — eu rosnei.

Jaek recuou, a indignação genuína em seu rosto me encheu de alívio.

— NUNCA! Não importa o que você pense, nada importa mais para mim do que a felicidade da Dawn.

— Então você a deixaria ficar com sua alma gêmea — eu o desafiei.

Seu rosto se fechou. Ele endireitou os ombros e assumiu uma expressão fria — Seu destino está fora do meu controle.

— Mas você faz parte dele — eu argumentei.

Ele bufou — Eu só percebi quando senti seu cheiro nela. Seu destino já estava selado muito antes de eu me envolver.

Aquilo me atingiu como uma pedra. A dor no peito atrofiava minha capacidade de pensar, sem mencionar a sensação de que meu pulmão esquerdo estava vazio, dificultando a respiração. Se ele tivesse se juntado a eles há apenas alguns dias por ciúmes, talvez pudesse ser desviado daquele caminho de loucura. Ou Deimos teria se aproveitado da tristeza de Jaek para controlá-lo mentalmente e apenas o convencido de que não o fez?

— Então você aproveitou a oportunidade para me punir por tomar o que você acha que é seu — eu disse severamente.

— Não, Jakar — Jaek respondeu em um tom estranho — Eu estou apenas mantendo a pessoa que amo segura. Pena que não posso dizer o mesmo de você.

Eu pisquei — O quê?

Ele olhou para meus homens, ainda parcialmente inconscientes devido à sedação — Você os deixa sofrer desnecessariamente. Como você pode ver, os analgésicos que damos a eles sem interferir na qualidade dos hormônios só funcionam até certo ponto. Como um Berserker, você poderia amenizar ainda mais o sofrimento deles, talvez até anulá-lo, enquanto acelera sua cura. E, no entanto, você não está usando seu poder.

Embora aquele comentário tenha tocado em um ponto sensível, eu sustentei seu olhar desafiadoramente — Você não dá a mínima para a dor deles. Você só quer meus hormônios de Berserker. Por que mais você e seu mestre não me deram analgésicos, ao contrário dos meus homens? E cada vez que eu usei meu poder, vocês só implantaram mais ovos neles.

Jaek riu baixinho — Você tem razão, eu não me importo. E, aparentemente, você também não. Eu vou pegar seus hormônios de Berserker de qualquer jeito. Vocês, puros-sangues, podem ser fortes, mas claramente não são inteligentes. Resistir à compulsão danifica o cérebro. Você vai descobrir que seguir em frente torna as coisas mais fáceis.

— E ser um fantoche como você? — eu retruquei com desdém.

— Como eu disse, eu não sou marionete de ninguém. Mas continue resistindo sempre que Deimos decidir te hipnotizar. Em breve, sua mente estará quebrada o suficiente para que possamos simplesmente pegar o que quisermos.

Outra crise de tosse com sangue respondeu às suas palavras, enquanto uma dor aguda cortava meu torso. Seus olhos se voltaram para o meu peito. Ele inclinou a cabeça para o lado, como se admirasse um fenômeno hipnotizante.

— Seu primeiro amiguinho está prestes a sair. Embora você esteja se mostrando pouco inteligente, tenho que admitir que você é durão. Sem analgésicos, a maioria das pessoas estaria gritando de agonia agora — Jaek refletiu em voz alta. Ele se virou para olhar meus homens pensativamente — Talvez a gente pare de dar analgésicos também para ver o quão durões eles são... — ele se virou para me encarar — ...ou o quão indiferente você é à dor deles. Talvez então, o Berserker dentro de você apareça e brinque.

Sem esperar pela minha resposta, Jaek pegou o recipiente com temperatura controlada onde havia colocado as bolsas de fluidos dos meus homens e saiu da sala. Assim que a porta se fechou atrás dele, eu invoquei meus poderes de Berserker. Em segundos, a dor no meu peito e abdômen caiu a níveis insignificantes e a tensão que marcava o rosto dos meus homens desapareceu enquanto minha aura os envolvia.

Sentindo-me derrotado, eu fechei os olhos e rezei aos Ancestrais para que me dessem uma saída dessa confusão.

CAPÍTULO 21
KRYGOR

Eu lancei um olhar sinistro para Ravik. O miserável me observava com diversão enquanto o assunto que vinha envenenando minha vida ultimamente finalmente surgiu em seu conselho particular. Minha irritação só o fez rir ainda mais. Seu segundo filho, Ganek, e os líderes de clã Boros Grumar e Raylor Caldes me observavam com curiosidade.

— Espere até chegar a vez da Lissy. Aí veremos o quanto você vai achar tudo isso divertido — eu resmunguei.

Ravik riu baixinho — Você provavelmente tem razão. Mas isso ainda vai demorar nove anos. E você está presumindo que eu vou deixar o homem tolo que vem farejando minha filha viver o suficiente para cortejá-la.

— Mercy pode ter algo a dizer sobre isso — Ganek provocou.

Ravik bufou — Minha mulher provavelmente vai ser a primeira a chutar a bunda dele.

Embora todos tivéssemos rido, eu balancei a cabeça — Lissy é realmente a filha da Dagna. Se qualquer homem precisar de uma surra, sua filha cuidará disso sozinha.

Ravik estufou o peito enquanto o resto do conselho concordava com a cabeça. Ele tinha todos os motivos para se orgulhar. Apesar de ter apenas nove anos, a pequena Lissy já se mostrava uma guerreira feroz. Não deveria ser surpresa, considerando que ela pertencia à raça Guerreira das Veredianas – como a mãe – o que lhe conferia habilidades naturais de combate. Mercy não havia treinado apenas a filha dela, mas a minha também. Minha Siona nunca deixava de me surpreender.

Saber que eu a perderia em breve mais uma vez me enfurecia. Mas eu não podia matar o Príncipe Zerien por "farejar minha filha".

— Respondendo à sua pergunta, Boros, sim, o Príncipe Zerien estará aqui em seis meses — eu respondi relutantemente — Bem, não aqui em Braxia — eu corrigi — O acordo era que, assim que Siona completasse dezoito anos, ele passaria um mês a cortejando na Venus Hive. Se ela consentir em se casar com ele depois disso, eles retornarão juntos a Sarenia para a coroação dele, no mês seguinte.

— Então está confirmado que Siona será a rainha deles? — Raylor insistiu.

— Ele esperou seis anos para que ela chegasse à idade adulta. Durante todo esse tempo, ele permaneceu fiel e firme em seu compromisso com ela. Por mais que eu desejasse poder manter minha filha aqui comigo, não tenho dúvidas de que ela será a rainha dele. Ela é louca por ele, de qualquer forma — eu acrescentei, desanimado.

— Nunca é fácil abrir mão da própria filha — Boros disse com compaixão — Mas esta união consolidará a aliança entre Braxia e Sarenia, assim como a união de Ravik com Mercy criou um vínculo inestimável com as Veredianas e, por extensão, com os Xelixianos e Korletheanos. Quem imaginaria que estaríamos em uma posição tão invejável hoje?

Todos nós concordamos.

— De fato, nós já percorremos um longo caminho desde a beira da falência. Mas a maré não virou tão favorável para alguns quanto para outros — Ravik disse, lançando um olhar significativo para Boros.

— Isso é inegável — Boros admitiu.

Seu clã era um dos mais pobres de Braxia, a ponto dele considerar enviar seus membros para trabalhar como mercenários durante o inverno, já que não teria condições de alimentar todos os seus. Suas terras eram ricas em pedra nyrian, considerada lixo na época, aqui em

Braxia. Sem Mercy, nós jamais teríamos percebido que os forasteiros as consideravam joias de luxo. Da noite para o dia, o clã de Boros Grumar – assim como o Clã Curik e o Clã Hurwas, que compartilhavam o Planalto Jyriak e as montanhas ao redor – haviam alcançado uma riqueza obscena.

E com as riquezas, veio o poder...

Aqueles que ficaram para trás e cujo poder e status haviam declinado constantemente ao longo dos anos desde então se ressentiram da nova riqueza desses clãs e jogaram a culpa no Magnar Ravik.

— Nós continuaremos trabalhando para melhorar a situação dos descontentes. Mas, por enquanto, precisamos começar a planejar a ascensão do Príncipe Zerien — Ravik disse — Precisamos decidir quem fará parte da delegação que nos representará em Sarenia, assim como discutir um presente de casamento apropriado. Como meu filho será Magnar até lá, ele me forneceu uma lista de sugestões para o conselho analisar em sua ausência.

— Falando nisso — Raylor interrompeu — quando Keran retornará? Sua própria coroação está se aproximando...

Vozes altas do lado de fora da sala privada do conselho interromperam o Líder do Clã Caldes. Nós trocamos olhares curiosos enquanto esperávamos para ver a origem da comoção. Para meu choque, eu reconheci a voz do meu neto.

— Eu preciso falar com o Magnar AGORA! — gritou a voz abafada de Gavin através da porta fechada.

Segundos depois, a porta se abriu abruptamente, e Gavin conteve o guarda com uma das mãos, sem esforço algum. Todos nos levantamos de um salto. Felizmente, embora todos os membros do conselho tenham assumido uma postura defensiva, ninguém sacou uma arma.

— Gavin, o que você está fazendo?! — eu perguntei severamente.

— Eu preciso falar com o Magnar e com você imediatamente — Gavin disse, com a voz tensa.

— Nós estamos no meio de um conselho — eu o lembrei, meu tom deixando claro que deveria ser óbvio para ele.

— Vovô, isso não pode esperar. Precisamos conversar, agora! — Gavin insistiu.

Eu lancei um olhar de lado confuso para Ravik. Ele encarava meu neto, com a testa franzida.

— Então fale — Ravik disse.

Gavin balançou a cabeça — Aqui não. Precisamos conversar em particular.

Que porra está acontecendo?

— Por favor — Gavin insistiu quando Ravik hesitou.

Com os dentes cerrados, nosso Magnar fez um gesto brusco com a cabeça para que Gavin o seguisse. Quando Ganek fez menção de ir junto, Gavin olhou em sua direção antes de assentir com firmeza. Isso me preocupou ainda mais. Ao sairmos da sala, o peso dos olhares dos outros Conselheiros queimou minhas costas.

Isso significava problemas.

Meu neto não interromperia nossa reunião de forma tão dramática sem um bom motivo. Com os crescentes rumores de contestações ao governo de Keran, o menor contratempo seria suficiente para incendiar tudo. Agora, os Conselheiros estariam especulando intensamente.

Nós saímos da sala pela porta dos fundos, que levava aos aposentos pessoais de Ravik. Seguimos pelo longo corredor, parando na primeira porta do seu escritório, a apenas três metros de distância. Seguir adiante e passar pelas pesadas portas de segurança nos levaria aos aposentos pessoais de sua família.

Ravik entrou primeiro em seu escritório, seguido por Gavin e eu, com Ganek encerrando a marcha.

— O que está acontecendo, garoto? — Ravik perguntou assim que a porta se fechou atrás de Ganek.

— Keran está com problemas. Temos que ir buscá-lo agora — Gavin disse energicamente.

— O QUÊ?! — Ravik exclamou, aproximando-se do meu neto, seu choque refletindo o nosso — Que tipo de problema?

Gavin hesitou, depois me lançou um olhar nervoso antes de voltar a olhar para Ravik. Ele abriu e fechou a boca algumas vezes, parecendo inseguro sobre como formular o que queria dizer, ou mesmo se deveria.

— O Magnar te fez uma pergunta, garoto. Responda! — eu rosnei.

Gavin suspirou, quase parecendo derrotado. Então, um brilho resoluto surgiu em seus olhos âmbar, e ele ergueu o queixo em desafio.

— Eu não sei em que tipo de problema ele está. Só sei que ele precisa da nossa ajuda e que precisamos ir imediatamente.

O mesmo ar de confusão e descrença tomou conta dos rostos de Ravik e Ganek, enquanto eu estreitava os olhos para meu neto.

— Que porra de resposta é essa? — Ravik rosnou.

— Eu sei o que parece, Magnar — Gavin disse em um tom de desculpas — mas você precisa confiar em mim. Algo terrível está acontecendo.

— Desculpe, mas você precisa me dar muito mais do que isso — Ravik retrucou — Que informação você recebeu? Que sinal você viu? O que o levou a acreditar repentinamente que meu primogênito precisa de ajuda?

Gavin passou os dedos nervosos pelos cabelos e engoliu em seco — Eu... Tem algo em mim que só meus parentes próximos sabem. Às vezes eu tenho... não premonições, mas uma sensação de coisas. É uma convicção profunda. E quando acontece, eu sempre estou certo. Este é um desses casos.

Meu estômago embrulhou. Pelo olhar que Ravik e Ganek lhe lançaram, eles claramente pensaram que ele tinha levado uma pancada forte demais na cabeça durante o treino, ou que tinha exagerado no vinho Braxiano. Mas eu sabia que não.

Percebendo que Ravik estava prestes a expulsá-lo do escritório, Gavin se virou para mim com uma expressão suplicante.

— Diga a ele, Vovô! Lembra da primeira vez que você me levou para caçar joarkals? Eu corri em direção ao rio. Você me disse para voltar, mas eu disse que tínhamos que ir para o rio e continuei andando?

— Sim — eu respondi em tom grave.

Alívio e gratidão brilharam em seus olhos antes que ele se virasse para Ravik, que claramente estava se perguntando o que aquilo tinha a ver.

— Quando eu cheguei ao rio, encontrei a pequena Gilana Veelan à beira do afogamento — Gavin continuou em um tom insistente — Mais alguns minutos e seria tarde demais para ela!

— Eu ouvi falar desse resgate — Ganek interrompeu — O Ancião Pattel continua elogiando suas virtudes por salvar a neta dele. Mas, pelo que ele me contou, você a encontrou enquanto pescava.

— Foi a história que eu contei — eu respondi no lugar de Gavin — Braxianos não têm previsão. Como eu não tinha certeza se tinha sido uma coincidência ou um dom verdadeiro, achei mais seguro manter segredo.

— Esse foi o único incidente? — Ravik perguntou.

Gavin balançou a cabeça — Não. Houve muitos outros ao longo dos anos. Nem sempre se trata de evitar uma tragédia. Pode ser algo tão bobo quanto saber, sem sombra de dúvida, qual dos três baús contém o prêmio, ou exatamente onde encontrar um dos meus irmãos escondidos. Eu não posso dizer o nome ou as coordenadas da localização deles, mas posso levá-los até lá por instinto. E agora, cada fibra do meu ser diz que precisamos partir imediatamente. É o mesmo sentimento que eu tive por Gilana. Se demorarmos, Keran morrerá.

— Precisamos contatar Baldur — Ravik disse.

— Eu já tentei — Gavin respondeu — Não houve resposta. Haven não é tão longe a ponto de haver um atraso de comunicação tão longo. Algo aconteceu.

Um nervo palpitou na têmpora de Ravik enquanto ele estudava o rosto de Gavin como se a resposta para uma pergunta pudesse ser encontrada ali. Ele então me lançou um olhar de lado. Depois de anos colaborando com o Magnar, palavras não eram necessárias para que eu entendesse sua pergunta silenciosa.

— Os instintos dele nunca falharam — eu respondi — Temos que ir.

Gavin expirou audivelmente, seus ombros caíram de alívio, enquanto ele me olhava com gratidão.

— Muito bem — Ravik disse com uma expressão preocupada — Partiremos imediatamente.

— Não! — eu exclamei, assustando os três homens — Você e Ganek não podem ir. A ascensão de Keran está sendo desafiada. Vocês dois devem ficar aqui para lembrar a todos que a Casa Xeldar ainda governa. Nós esperávamos que Keran já tivesse voltado para se preparar para sua coroação. Um de vocês, ou ambos, partindo agora levantará muitas perguntas.

— Se meu filho estiver em apuros... — Ravik começou com uma voz irritada.

— Eu o trarei de volta — eu interrompi.

— Nós o traremos de volta — Gavin corrigiu, sustentando meu olhar com desafio.

Em outras circunstâncias, eu teria ensinado ao garoto um pouco de humildade, mas considerando que eu não tinha ideia de onde começar a procurar pelo Jakar, nós precisaríamos confiar em seu instinto.

Eu resmunguei em concordância antes de me virar para Ravik — Eu posso justificar minha ausência dizendo que levei meus companheiros de clã para uma caçada fora do planeta.

— Tudo bem — ele rosnou relutantemente.

— O que dizemos ao Conselho? — Ganek perguntou.

— Nada — Ravik respondeu — Gavin só queria discutir assuntos pessoais. Eles vão presumir que tem a ver com pessoas que o procuraram para se tornar Magnar. Que acreditem nisso.

Virando-se para mim, o olhar escuro de Ravik cravou no meu com um brilho selvagem.

— Traga meu filho de volta vivo — ele ordenou.

— Pela minha honra — eu respondi, dando um soco no peito — Vamos, garoto — eu disse a Gavin enquanto me dirigia para a porta.

Com um último aceno para o Magnar e seu filho, nós saímos da sala.

CAPÍTULO 22
DAWN

Eu andei de um lado para o outro no quarto, torcendo as mãos nervosamente enquanto esperava Jaek chegar. Eu repassei mentalmente meu plano e os vários cenários que poderiam ocorrer. A maior incógnita era quem, entre Deimos e Jaek, traria o café da manhã. O pior cenário seria Deimos escoltar Jaek até lá e tratá-lo como prisioneiro, como fez comigo.

A última opção parecia provável até Jaek perguntar a Deimos se comermos juntos seria um problema. Naquele instante, houve uma clara mudança de poder. Mas por quê? A única explicação que eu consegui encontrar foi que Deimos queria manter Jaek feliz para que ele terminasse o trabalho em seu soro. Jaek aparentemente acreditava que eu havia me juntado a eles "voluntariamente" no projeto de se mudarem para Braxia. O fato de Deimos ser excessivamente controlador o deixaria desconfiado e potencialmente começaria a afetar sua compulsão.

O fato de Deimos ter usado a voz para me ordenar que me comportasse durante o café da manhã, depois de me acompanhar de volta ao quarto na noite anterior, indicava que não seria ele quem me traria comida naquela manhã. Eu precisava que fosse Jaek para que meu plano funcionasse. Acima de tudo, eu precisava saber se Jaek estava ciente do que estava acontecendo. E, segundo, eu precisava encontrar uma maneira de avisá-lo de que eu estava temporariamente livre do domínio do Sareniano.

Mas somente quando eu tiver certeza de que ele não vai me dedurar sobre a compulsão.

O som da campainha da minha porta me assustou profundamente. Apesar de tentar me livrar do susto, meu coração disparou quando a porta não abriu imediatamente. Deimos não esperava minha permissão para entrar.

No momento em que eu ia pedir ao meu visitante que entrasse, a luz vermelha no painel de controle da porta na parede ficou azul, indicando que ela não estava mais trancada. Teria Jaek a destrancado ou Deimos o fez remotamente? Como eu não conseguia imaginar Deimos entregando a chave da minha porta a Jaek, e como duvidava que ele quisesse que Jaek soubesse que estava me mantendo presa, ele provavelmente a destrancou no último minuto para que eu pudesse abri-la sozinha, como faria em circunstâncias normais.

Com o coração batendo forte, eu atravessei a curta distância até a porta e a abri.

Meu pulso acelerou quando encontrei Jaek do lado de fora, carregando uma grande bandeja flutuante. Ele parecia gostoso o suficiente para comer, com sua camiseta preta justa e calças pretas. Desde que Thesala o curou, Jaek passou a prender o cabelo em várias versões de rabo de cavalo, expondo a pele agora impecável do seu rosto.

Ele sorriu para mim com aquela ternura que fazia meu estômago revirar e meus joelhos vacilarem.

— Bom dia, linda — Jaek disse.

— Bom dia, bonitão — eu respondi, me sentindo tão nervosa quanto uma colegial em seu primeiro encontro, antes de acenar para ele entrar — Entre.

— Obrigado.

Eu dei um passo para trás para deixá-lo entrar, seguido pela bandeja. Seu olhar percorreu a sala com curiosidade indisfarçável enquanto ele se dirigia à mesa para colocar a bandeja.

— Estou com inveja — ele disse, provocante — Seus aposentos são mais luxuosos que os meus.

— Como deve ser para uma dama — eu respondi em um tom semelhante.

Ele riu baixinho enquanto despejava o conteúdo da bandeja na mesa, incluindo dois copos cheios do suco rosa.

— Hmmm, tem algo cheirando bem — eu disse com uma voz entusiasmada enquanto levantava a tampa de uma das bandejas.

— Espero ter pego todos os seus favoritos — Jaek disse, puxando uma cadeira para eu sentar.

Eu dei-lhe um sorriso agradecido enquanto começava a me sentar, meu olhar fazendo um inventário da comida no meu prato.

— Parece que sim! Até panquecas de mirtilo! Como você se lembrou... Ah! — eu disse, com uma expressão desanimada.

— O que foi? — Jaek perguntou com uma ponta de preocupação.

— Hmmm... Não é nada. Não se preocupe — eu disse com um sorriso na minha melhor interpretação de alguém decepcionada, mas fingindo que não estava — Sente-se. Eu sei que você tem uma agenda lotada pela frente.

Como eu esperava, Jaek franziu a testa e assumiu uma expressão teimosa — Não, tem alguma coisa. O que foi?

Eu me mexi na cadeira e dei-lhe um sorriso tímido — Não é grande coisa. Eu notei que não tem calda para as panquecas. Mas posso ficar sem.

Eu havia considerado uma série de coisas que poderiam estar faltando, com base nos tipos de pratos que Deimos me trouxe nos últimos dias. As panquecas não poderiam estar mais perfeitas.

Jaek piscou, seus olhos se voltando para o meu prato antes de se fixarem nos meus novamente — Ah! Não sabia que você gostava de calda. Não me lembro de você ter tido muita vontade de comer doce.

— Eu não costumava — eu respondi com uma expressão envergonhada — Ainda não costumo fazer isso, mas a Melinda me convenceu a adicionar um pouco de calda nas minhas panquecas e, de vez em quando, um pouco de creme no meu café.

Jaek franziu o rosto em desgosto — Eu não vou te ajudar a estragar o gwar com creme – não que tenhamos algum hoje – mas posso cuidar do seu vício em xarope.

Eu dei uma risadinha — Não é um vício, mas deixa as panquecas perfeitas. Infelizmente, meu replicador aqui não faz isso — eu disse, desanimada — Então, vou me virar sem dessa vez.

— De jeito nenhum! — Jaek disse em um tom que não admitia discussão — Eu vou buscar um pouco para você.

— Ah, não! Você não precisa fazer isso! — eu disse com a dose certa de culpa.

— Eu insisto. Só vou levar alguns minutos. Volto já.

Sem me dar a chance de discutir mais – o que eu não faria – Jaek saiu da sala.

Assim que a porta se fechou atrás dele, eu peguei meu copo e corri para colocá-lo dentro do replicador. Eu o coloquei para esquentar, com o coração batendo forte na garganta enquanto observava os segundos passarem em um ritmo dolorosamente lento. O tempo todo, eu rezei para que o suco não mudasse de cor ou tivesse alguma reação estranha que denunciasse que eu o havia adulterado.

Embora Jaek tivesse dito 36 graus por 30 segundos para anular os efeitos da droga, eu não podia arriscar esperar tanto tempo. Eu precisava esfriar a bebida novamente e pegar o segundo copo antes que ele voltasse. Como eu não sabia a que distância ficava o refeitório, ele poderia voltar em dois ou cinco minutos. Portanto, eu ajustei a temperatura para 45 graus por 15 segundos, antes de esfriar por mais 40 segundos para evitar uma mudança brusca de temperatura que pudesse estilhaçar o copo.

Quando eu tirei o copo do replicador, fiquei de coração partido ao encontrá-lo em temperatura ambiente, em vez de frio. Se eu me dedicasse mais tempo a este, provavelmente não teria tempo de repetir o processo com o segundo copo. Levando-o aos lábios, eu tomei um gole com cuidado e quase chorei de alívio quando percebi que o sabor não havia sido afetado pelo calor.

Tomando uma decisão rápida, eu coloquei o primeiro copo de volta no replicador para esfriá-lo por mais alguns segundos. Enquanto isso, eu corri para a sala de higiene e abri a torneira. Deixando a água correndo, eu corri de volta para fora e peguei o segundo copo sobre a mesa.

Eu mal conseguia respirar, meu peito estava apertado de medo. Pior ainda, eu temia não ouvir a campainha da porta quando Jaek voltasse, pois meu coração batia forte nos ouvidos. Felizmente, desta vez o primeiro copo havia esfriado a uma temperatura adequada. Eu coloquei o segundo copo para esquentar enquanto colocava o primeiro de volta ao prato de Jaek.

Mesmo que eu não tivesse tempo suficiente para estragar minha bebida, seu efeito passaria rápido, como aconteceu nos últimos dias. Livrar Jaek da compulsão era minha prioridade. Eu estava na metade do segundo copo quando ouvi algo lá fora. Na nave, que era muito bem isolada, o barulho externo raramente se infiltrava no meu quarto.

Em pânico ao pensar que Deimos poderia estar vindo nos espionar, ou que Jaek já estava retornando, eu peguei a bebida, perturbada por encontrá-la quase morna.

A bebida é minha. Ele nem vai notar!

Enquanto eu a levava para a mesa, a campainha da minha porta tocou. Por algum milagre, eu consegui reprimir o grito de medo que me subiu à garganta. Na pressa de colocar o copo ao lado do prato, eu derramei algumas gotas. Sem me importar com elas, eu corri para o banheiro e enfiei as mãos debaixo da água corrente.

— Só um minuto! — eu gritei enquanto fechava a torneira e pegava uma toalha de mão.

Eu corri de volta para a porta e a abri, torcendo para não parecer muito perturbada. Jaek estava do lado de fora, com a testa levemente franzida, e um pequeno frasco de xarope na mão.

— Desculpe — eu disse com uma expressão envergonhada antes de lhe mostrar a toalha com a qual enxugava as mãos ainda úmidas — Eu estava na sala de higiene.

Seus olhos se arregalaram em compreensão, e foi sua vez de assumir uma expressão de desculpas.

— Ah, desculpe por isso.

— Não precisa — eu disse com um sorriso caloroso — Eu já tinha terminado e estava lavando as mãos quando você chegou. Sente-se! Vou pendurar a toalha e já volto.

— Claro. Não tenha pressa — Jaek disse em um tom gentil.

Eu voltei para a sala de higiene, tentando fingir que não tinha nenhuma preocupação no mundo. Mas assim que saí do seu campo de visão, eu me encostei na parede e apoiei a nuca nela. Fechando os olhos, eu respirei fundo algumas vezes para me recompor. Tinha sido por pouco.

Me forçando a me endireitar, eu pendurei a toalha no cabide e voltei para o quarto. Meu coração apertou quando encontrei Jaek parado perto do meu prato, tocando a lateral do meu copo com as costas de dois dedos.

Seus olhos se ergueram rapidamente para encontrar os meus, seu rosto ilegível por uma fração de segundo. Eu reprimi o pânico que tentava me roubar o raciocínio racional enquanto minha mente corria atrás de uma desculpa para explicar aquilo. Mas a expressão de Jaek mudou de repente, como se ele tivesse acionado um interruptor.

— O suco não está gelado. Parece que eu me distraí e servi o segundo copo de uma jarra recém-preparada que não teve tempo de esfriar direito. Suco de Etil morno não é muito agradável.

— Ah... Sem problemas. Eu posso pegar um pouco de gelo no replicador — eu respondi rapidamente.

— Sim — Jaek disse com um aceno lento — Gelo servirá.

Ele me deu um sorriso estranho e foi se sentar em sua cadeira.

Sentindo-me fraca, eu forcei uma expressão relaxada enquanto replicava um pouco de gelo e o levava ao meu copo. O tempo todo, eu sentia o olhar de Jaek me fitando. Embora ele tivesse assumido a culpa pela minha bebida estar quente, eu sentia, visceralmente, que não o havia enganado. Jaek sabia o que eu tinha feito.

Por que ele não me denunciou? Será que ele me denunciaria para o Deimos? Seria essa a confirmação de que ele de fato me deu delibera-damente as informações necessárias para anular os efeitos da droga?

— Por novos começos — Jaek disse, erguendo seu copo.

— Por novos começos — eu repeti, erguendo meu copo.

Nós dois bebemos. Ver Jaek esvaziar o seu de uma só vez me levou a fazer o mesmo. Para meu alívio, ele não só não pareceu ter problema com o gosto, como também começou a bater papo informalmente enquanto comíamos. Eu fiquei inquieta, pois ele se concentrou em assuntos muito genéricos. Isso me fez pensar se talvez eu estivesse enganada sobre ele ter adivinhado que eu havia mexido nas nossas bebidas. Ou então, talvez meu quarto estivesse com escutas. Se ele soubesse, não falaria abertamente.

Deusa, eu odiava andar cegamente em meio a tanta incerteza!

— Alguma novidade sobre seus pacientes? — eu perguntei, ansiosa para levar a discussão para um assunto mais sério.

— Eles estão se saindo exatamente como eu queria. Na verdade, estão superando minhas expectativas — Jaek disse em um tom misterioso.

— Ah, que bom ouvir isso! Quanto tempo você acha que vai levar para saber se eles vão se recuperar totalmente?

— Na verdade, eles devem nos deixar em alguns dias — Jaek disse com entusiasmo.

Eu fiquei pálida. Que porra ele quis dizer com "nos deixar"? Eu tinha que acreditar que não era uma maneira mais gentil de dizer que eles estariam mortos. Mas isso não poderia ser verdade se eles estivessem se saindo exatamente como ele queria. Jaek estava tentando curá-los do que ele acreditava ser uma doença fatal.

Mas ele não interage com os pacientes. Ele apenas dá o medicamento ao médico.

Pelo que sabíamos, o cientista maluco que tratava Keran e seus homens os estava matando lentamente. Em dois dias, nós estaríamos aqui há nove dias – o tempo que normalmente leva para as vítimas morrerem.

— Daqui a alguns dias? Por quê? — eu perguntei, tentando esconder o medo que queria me sufocar.

— Nós aterrissaremos para a próxima – e esperamos que seja a última – reunião informativa com os demais. Segundo Deimos, se tudo correr conforme o planejado, aqueles que optarem por retornar a Braxia partirão conosco dessa vez, e nossos pacientes estarão a caminho de casa.

— Conosco? Quer dizer que todos os outros híbridos estarão a bordo desta nave conosco? — eu perguntei, com o coração disparado com a notícia, em pânico ao pensar que o tempo poderia estar se esgotando para Keran e seus homens.

— Sim, todos nós nos reuniremos, como nos bons e velhos tempos — Jaek disse com um sorriso, embora não chegasse a alcançar seus olhos.

Silenciando a sensação de desconforto que se instalava na boca do meu estômago, eu abri a boca para responder, mas, em vez disso, soltei um suspiro quando a campainha tocou. Como de costume, Deimos abriu a porta imediatamente, sem esperar ser convidado a entrar. A julgar pela expressão de desaprovação – para não dizer indignação – no rosto de Jaek, ele não gostou de tamanha grosseria.

Antes que qualquer um de nós pudesse dizer qualquer coisa, os olhos de Deimos começaram a brilhar, e ele se dirigiu a nós com sua voz vibrante.

— *Ah, que bom ver o amor florescer entre vocês dois. Infelizmente, Jaek, você tem trabalho a fazer, e você, minha querida Dawn, precisa voltar aos estudos* — Deimos disse. Seus olhos brilharam por momentos antes do brilho desaparecer.

Eu precisei de toda a minha força de vontade para reprimir o rugido vitorioso que me atingiu a garganta quando sua compulsão falhou completamente. Nenhum formigamento, nenhuma sensação de pontada no cérebro ou atrás dos olhos e, acima de tudo, nenhuma vontade de obedecer. Mas aquela alegria morreu quando Jaek respondeu ao seu comando.

— Sim, eu tenho muito trabalho a fazer. Preciso ir.

Sua voz era quase monótona, como se toda a vida tivesse sido sugada dele. O choque e a confusão que eu senti ameaçavam me expor. Eu me forcei a entrar na brincadeira e assenti obedientemente.

Jaek se virou para mim, seu rosto se iluminando novamente com uma expressão terna — Eu me diverti muito. Espero que possamos fazer isso de novo... quem sabe amanhã?

— Claro. Eu adoraria — eu respondi com um sorriso que esperava não parecer forçado demais.

— Ótimo! — Jaek disse com um sorriso radiante.

Para minha grata surpresa, ele não foi embora imediatamente, mas recolheu nossos pratos vazios na bandeja antes de ir em direção à porta.

— Te vejo amanhã — ele disse com uma voz doce.

— Até mais — eu respondi enquanto o observava sair.

Deimos me encarou por alguns segundos, com o rosto ilegível, antes de assentir e seguir Jaek para fora.

Sentindo-me entorpecida e completamente confusa, eu me forcei a sentar no sofá e ativar o visor para que Deimos não percebesse que eu não havia obedecido imediatamente à sua compulsão. Mas como diabos eu iria me concentrar naquele treinamento quando minha mente lutava para entender o que tinha acabado de acontecer?

Jaek devia ter sido imune à compulsão, assim como eu. Será que eu não esquentei a bebida dele por tempo suficiente? O fato de eu ter esfriado a bebida mais rápido explicava por que o efeito ainda funcionava nele? Será que os efeitos das doses anteriores estavam persistindo? Os homens eram mais sensíveis à droga?

Ou ele pode estar fingindo como eu.

Isso me fez hesitar. Se ele tivesse de fato adivinhado o que eu tinha feito antes, teria esperado e agido de acordo. Frustrada além das palavras por não ter nada além de mais perguntas sem resposta, eu inicie o próximo módulo.

Quanto mais cedo eu terminasse essa tarefa, mais cedo eu poderia pensar em encontrar uma saída quando a nave atracasse novamente.

CAPÍTULO 23
KERAN

O som de vozes me tirou da abençoada inconsciência que me protegia da dor constante que se tornou meu mundo. Meu corpo era um poço sem fundo de agonia enquanto as larvas me devoravam por dentro. Eu havia perdido a noção do tempo. Eu só sabia que cada vez que um punhado de larvas saía de mim, Jaek implantava mais alguns ovos em uma parte diferente do meu corpo. Para minha vergonha, eu me peguei desejando mais de uma vez que a próxima larva abrisse caminho até meu cérebro ou meu coração e me matasse.

Engolindo um gemido, eu invoquei meu poder Berserker. Ultimamente, ele estava demorando mais para ativar. Eu estava muito quebrado, muito derrotado para invocar rapidamente a fúria que alimentava aquela habilidade. Assim que eu consegui, a intensidade da dor debilitante despencou, diminuindo para mais da metade. No entanto, por mais que eu apreciasse o alívio que isso proporcionava, eu odiava como nublava minha mente. Ficava mais difícil pensar e lidar com conceitos complexos.

Ainda assim, isso me permitia focar nas pessoas falando.

— Por que você parou de implantar ovos nos outros dois? — Deimos perguntou em um tom desconfiado.

— Os hormônios deles estão muito fracos — Jaek disse em um tom de desdém — A serotonina do Keran é muito mais potente. Viu?

Minhas pálpebras pesavam uma tonelada, mas eu as forcei a abrir na esperança de também ver o que Jaek estava mostrando ao meu captor. Com a visão turva, eu espiei os dois homens parados a alguns metros de mim. Seja lá o que Jaek estivesse mostrando a ele, ele já tinha deixado para trás. Eu tinha demorado demais.

— Estou mantendo os outros como cobaias. Minha versão do soro não é perfeita, mas foi significativamente melhorada. Você poderá testá-lo hoje tanto nos híbridos quanto nos puros-sangues. Seu amigo Kalal está fazendo exatamente isso com a tripulação de Keran.

— Entendo — Deimos respondeu.

— Ao contrário do que você continua pensando, eu não nego analgésicos a ele só por despeito. Sim, eu gosto da dor dele — Jaek admitiu com uma alegria maliciosa — Mas sempre que ela se torna intensa demais, ele entra em modo Berserker, como aconteceu agora. Quando isso acontece, ele produz dez vezes mais serotonina do que qualquer outro puro-sangue. A serotonina dele é a mais pura e poderosa que poderíamos desejar. Colher dos outros é perda de tempo.

Apesar do ódio que queimava em minhas entranhas pelo pequeno traidor, ouvir que ele havia parado de torturar meus homens agiu como um bálsamo para minha alma partida.

— Justo — Deimos admitiu, sua voz ainda não totalmente convencida — Mas por que você implanta tão poucos ovos nele? Ele não produziria ainda mais serotonina se você igualasse o número que Zeory usou com os híbridos?

Jaek balançou a cabeça com firmeza, com uma expressão de desdém no rosto — A quantidade extra seria insignificante. A glândula pineal de uma pessoa só consegue produzir uma quantidade limitada de serotonina, e ele já está quase no máximo da capacidade. Implantar mais ovos só vai matá-lo mais rápido, com muito pouco retorno.

Deimos resmungou de forma evasiva, claramente ainda não convencido. Isso pareceu irritar Jaek, cujo rosto e tom endureceram.

— Se você vai questionar tudo o que eu faço, então coloque Zeory de volta no comando e veja seus planos ruírem — Jaek sibilou — Eu não tenho tempo para a inveja mesquinha dele. Se ele tivesse sido mais competente, eu não estaria corrigindo tantos dos erros dele, e você já teria um soro totalmente funcional. Sem mim, você teria se esforçado muito para usar o soro híbrido de Zeory em puros-sangues. Meus resultados falam por si.

— Eu não questiono a qualidade do trabalho que você realizou em tempo recorde — Deimos disse em um tom conciliador — Mas, considerando a importância deste projeto para mim, eu tenho todo o direito de fazer perguntas.

— Então faça suas perguntas em vez de ser o porta-voz das birras da Zeory — Jaek retrucou, quase sem se acalmar — Nós dois sabemos que ele adoraria provar minha incompetência para poder ser reintegrado como cientista-chefe deste projeto. Nós também sabemos que ele verifica cada linha dos meus relatórios e testa todas as minhas amostras em busca de uma falha como prova contra mim. Ele tem falhado sistematicamente, então ele recorre a essas perguntas mesquinhas para te fazer duvidar de mim.

Deimos deu um suspiro e esfregou alguns dos pequenos chifres que sobressaíam em seu cabelo negro.

— Você não está errado — o Sareniano disse com a voz cansada — É que o tempo não está do nosso lado. Eu gostaria que partíssemos para Braxia hoje à noite. Mas não temos soro suficiente para toda a população deles.

Desta vez – para minha maior tristeza – a raiva de Jaek se dissipou e ele lançou um olhar solidário ao companheiro. Eu esperava que a discordância entre eles se intensificasse ainda mais. A discórdia dentro de suas fileiras só nos beneficiaria.

— Nós temos o suficiente por enquanto. E é exatamente por isso que precisamos manter Keran vivo. Ele continuará produzindo mais soro para nós a caminho de Braxia. Quando chegarmos, só precisaremos reunir mais alguns Berserkers para aumentar a produção.

Outra onda de ódio pelo traidor surgiu dentro de mim. Como ele havia me enganado tão completamente?

— Mesmo com mais alguns Berserkers, isso nunca será suficiente! A população deles chega a milhões! — Deimos argumentou — O plano original era ordenhar todos os híbridos que concordassem em se juntar a nós em Braxia. Se conseguíssemos todos os setecentos e sessenta e três homens que Jardan está treinando, teríamos o suficiente em poucas semanas para atingir nossa meta, mas agora...

Meu cérebro congelou ao ouvir essas palavras. Por um breve instante, eu me perguntei se a névoa criada pelo meu modo Berserker estava me fazendo ouvir coisas. Certamente Deimos não tinha acabado de admitir para Jaek que teria traído seus companheiros híbridos, enganando-os a segui-lo com promessas de um futuro melhor, apenas para usá-los como fábricas de serotonina?

— Mas agora, você tem algo muito melhor — Jaek continuou com entusiasmo no lugar de Deimos quando sua voz se perdeu — O soro que eu extraí de Keran é muito mais potente do que você imagina. Com o dele, basta uma fração da dose híbrida anterior para obter o mesmo efeito. Se derramarmos na fonte de água deles, vamos distribuí-lo para o planeta inteiro sem que nenhum deles perceba.

— O soro é sensível ao calor — Deimos argumentou — Se eles ferverem a água...

— Já estou trabalhando para resolver esse probleminha — Jaek interrompeu, presunçoso — Quando chegarmos a Braxia, eu já devo ter resolvido isso para você. E a melhor parte é que meu soro aprimorado age ainda mais rápido do que antes, alguns segundos em vez de minutos, como a versão mais fraca da Zeory. Deixe-me mostrar.

Jaek foi até uma das unidades de resfriamento, pegou um frasco de soro e, em seguida, um hipospray de uma das gavetas do balcão à direita. Ele voltou até Baldur e o pressionou contra seu pescoço. Segundos depois, os olhos de Baldur se abriram de repente, a injeção o tendo visivelmente despertado de qualquer estado de sedação em que o mantinham.

Assim que ele reconheceu Jaek, meu Capitão mostrou os dentes para o traidor de forma ameaçadora. Jaek riu, totalmente imperturbável. Ele tirou um pequeno dispositivo do bolso, que parecia um controle remoto.

— Está vendo esta coisinha? — ele perguntou a Baldur, balançando-a diante dos seus olhos — É um brinquedinho bonitinho que vai mandar uma descarga elétrica muito forte no seu Príncipe quando você apertar bem aqui.

— Vai se foder — Baldur sibilou.

— Tsk, tsk, tsk. Isso não é nada legal — Jaek disse, substituindo despreocupadamente o cartucho vazio do hipospray pelo frasco de soro que havia tirado da unidade de resfriamento — Isso deve ajudá-lo a se comportar de forma mais cooperativa.

Mesmo contido, Baldur tentou em vão se desvencilhar do hipospray. Assim que Jaek terminou de injetá-lo, ele se virou para Deimos, que observava toda a cena com uma expressão preocupada.

— Ordene que ele pegue o controle remoto quando eu o entregar e use-o para eletrocutar Keran — Jaek instruiu Deimos.

Visivelmente relutante, Deimos obedeceu. Mesmo enquanto eu me preparava para o que seria, sem dúvida, extremamente desagradável, meu coração doía por Baldur. Sua família serviu a minha por gerações. Sua lealdade à minha linhagem era profunda.

Pela forma como seu rosto se contorceu segundos antes dele apertar o botão do controle remoto, seus esforços para combater a compulsão lhe causaram uma dor intensa. Eu já estava mais do que familiarizado com a sensação de pontada. Mas nada me preparou para a descarga elétrica brutal que me atingiu meio segundo depois. Uma crise de tosse seguiu meu grunhido involuntário de dor. Sangue jorrou da minha boca. Desta vez, não foi por causa de uma larva perfurando um dos meus pulmões, mas por eu ter acidentalmente dado uma mordida violenta na parte interna da minha bochecha esquerda em reação à descarga elétrica.

Pior ainda, as larvas dentro de mim, claramente não tendo apreciado aquela pequena façanha, começaram a cavar freneticamente para sair do ambiente hostil que havia se tornado meu corpo.

— Escória Sedrak. Você não é melhor que seu pai. Que seus Ancestrais o amaldiçoem — Baldur disparou, com a voz transbordando ódio.

Enquanto Deimos o ignorava, o olhar que Jaek lançou ao meu Capitão soou como um assassinato. Por um breve instante, eu temi que ele o atacasse. O pai de Jaek, o Líder do Clã Torvin Sedrak, foi um dos indivíduos mais imundos que eu já conheci, e um traidor. Entre seus muitos pecados, ele não só permitiu que seus filhos puros-sangues e os outros jovens de seu clã caçassem seu filho híbrido, como também se deleitava em vê-lo sofrer. Que tipo de homem se deleitava com o sofrimento de sua própria semente? Meu pai sentiu grande prazer em executar Torvin. Mas, depois de tudo o que Jaek suportou, ser comparado ao seu pai o magoou profundamente.

— Impressionante — Deimos admitiu, enquanto me olhava pensativo, aparentemente alheio à fúria de Jaek — Mas isso foi sensato? Achei que você não queria matá-lo?

Forçando seu olhar a se afastar de Baldur, Jaek voltou sua atenção para seu colega.

— Vai ser preciso muito mais que isso para matar aquela fera. Ele está no modo Berserker, o que lhe permite suportar muita dor — Jaek respondeu em tom de desdém antes de apontar para algo ao lado da minha maca — Viu como isso aumentou a produção de serotonina dele?

Deimos mal olhou para a bolsa que coletava meus hormônios antes de se concentrar novamente no híbrido — Você gosta de torturá-lo — ele disse pensativo, parecendo perturbado, talvez até um pouco assustado.

— Claro que sim — Jaek retrucou, como se o Sareniano tivesse dito o óbvio – e de fato tinha — Ele nunca devia ter tocado na minha mulher.

— Certo...

A voz sintética da inteligência artificial da nave ressoou de repente pelo sistema de comunicação.

Iniciando sequência de reentrada. Tempo para pouso, T menos quarenta e seis minutos.

— Preciso ir — Deimos disse, com a voz levemente tensa — Assim que pousarmos, certifique-se de que Nirkon lhes sirva suco de Etil com o soro adequado.

— Eu cuidarei disso assim que terminar minha refeição com a Dawn — Jaek disse de forma quase provocadora, como se desafiasse Deimos a desafiá-lo sobre isso.

O Sareniano franziu o rosto como se tivesse mordido algo nojento, mas não discutiu. Jaek sabia que Deimos precisava dele e estava claramente usando seu poder, talvez até testando seus limites.

Isso não vai acabar bem para os Sarenianos.

— Só não se atrase — Deimos resmungou antes de sair furioso da sala.

Jaek encarou a porta por alguns segundos com uma expressão estranha no rosto. Seu olhar se voltou para o relógio na parede acima da porta. O híbrido parecia petrificado enquanto continuava olhando para o relógio e os segundos passavam, e então, de repente, ele entrou em ação.

Ele vasculhou um dos armários do outro lado do quarto, tirou uma espécie de cobertor e o colocouo sobre Baldur. Pelo jeito que a cor branca mudou para laranja, eu percebi que ele havia colocado um cobertor térmico sobre ele.

Que porra ele está fazendo?

Meu corpo inteiro ficou tenso quando Jaek tirou algo do bolso e voltou sua atenção para mim. Eu me preparei para o que, sem dúvida, seria outra descarga elétrica terrível. Para meu choque, ele brandiu um hipospray. Ele o pressionou contra meu pescoço, seus olhos fixos nos meus. Apesar de duros e frios, eles não demonstravam o ódio que eu esperava.

Meus olhos se arregalaram em choque quando, segundos depois que ele aplicou a injeção, a dor que nem meu modo Berserker conseguiu amenizar desapareceu.

— Você tem quatro larvas restantes dentro de você. Eu esperava que elas já tivessem saído, mas elas não parecem estar com pressa. Você terá que lidar com elas — Jaek disse em um tom meio abafado, a voz carregada de tensão — Em quarenta minutos, suas amarras serão destravadas automaticamente. Esta será sua única chance de escapar. Neste armário, você encontrará um recipiente com a etiqueta "risco biológico". Na verdade, ele contém roupas básicas para você e Baldur. Desculpe, sem sapatos e sem armas, mas há um mapa com o layout da nave. Contanto que você siga as indicações no mapa, não deverá esbarrar em ninguém.

Nada poderia descrever a profundidade do choque que eu senti naquele momento. Muitas emoções conflitantes lutavam dentro de mim. Seria um truque cruel para me punir ainda mais por "tocar na mulher dele"? A dor teria me perturbado tanto a ponto de eu estar alucinando com a mudança de ideia de Jaek? Será que ele estava brincando com Deimos o tempo todo, apenas esperando a hora certa para nos libertar?

"Eu não sou marionete de ninguém."

Suas palavras e a convicção com que ele as proferiu ecoaram em minha mente. Será que ele havia tentado me dizer que estava de fato enganando os Sarenianos?

— FOCO! — Jaek sibilou em um tom baixo.

Eu pisquei, assustado e envergonhado por deixar meus pensamentos vagarem em um momento tão crítico, e me forcei a me concentrar novamente em suas palavras. Estar no modo Berserker sempre tornava mais difícil pensar. Por mais que eu apreciasse a felicidade da quase total ausência de dor, graças ao meu poder Berserker agora auxiliado pelos analgésicos que Jaek havia acabado de me injetar, eu precisava de uma mente clara para não estragar o que provavelmente seria nossa única chance de sobreviver a isso.

Eu desativei meu poder Berserker, ignorando a dor que ressurgiu. Pelo menos, o que quer que Jaek tivesse injetado em mim ainda a tornava cinco vezes mais tolerável do que a agonia excruciante que antes me destroçava.

— Estou ouvindo — eu disse em um tom firme, mas também baixo.

O brilho de aprovação nos olhos de Jaek, embora breve, me convenceu mais do que qualquer outra coisa que ele pudesse ter feito ou dito de que aquilo era real. Eu tinha perguntas, inúmeras, mas esperava que houvesse tempo depois para respondê-las.

— O caminho azul no mapa os levará até seus homens, atualmente presos no porão. Deve haver um único Sareniano com eles, chamado Kalal — Jaek continuou, olhando nervosamente para o relógio — Eu modifiquei o soro que seus homens receberam esta manhã. Quando vocês chegarem lá, seus efeitos já terão passado, ou logo passarão. Há apenas outros quatro Sarenianos a bordo deste segmento destacável da nave modular. Os outros dois módulos têm pelo menos trinta pessoas, tanto Guldans quanto Sarenianos. Eles destruirão este módulo se vocês tentarem fugir com ele. Libertem seus homens e sigam o caminho amarelo até o salão de reuniões, onde estarão todos os outros híbridos.

— Dawn? — eu perguntei.

— Eu vou buscá-la agora. Ela estará no corredor conosco. Vamos mantê-la segura — ele olhou para o relógio novamente, sua tensão aumentando ainda mais — Preciso ir. Não falhe.

— Qual é a do cobertor? — eu perguntei enquanto ele se afastava da minha maca.

Ele olhou para Baldur, que nos olhava confuso — Isso vai queimar o soro da compulsão do organismo dele.

Eu quase o chamei mais uma vez para que prometesse que manteria Dawn segura, mas eu não precisei. O que quer que Jaek estivesse tramando, eu sabia, sem sombra de dúvida, que ele daria a vida por ela.

Meus olhos se voltaram para o relógio para avaliar quanto tempo nos restava antes de me virar novamente para o meu Capitão. Gotas de suor escorriam em sua testa, devido ao cobertor aquecido. Apesar do desconforto, Baldur sustentou meu olhar com determinação inabalável.

Não importava o quanto ele havia ouvido da nossa conversa, meu Capitão sabia que o caos logo se instalaria.

— Esteja pronto — eu disse a ele silenciosamente.

Ele respondeu com um sorriso malicioso.

CAPÍTULO 24
DAWN

Pela milionésima vez, eu olhei para o meu relógio. Jaek nunca se atrasava. Embora tivessem se passado apenas oito minutos, cada segundo a mais alimentava minha paranoia crescente. Meu segundo café da manhã com ele na manhã anterior não me trouxe nenhuma informação nova que eu pudesse usar para me libertar e libertar os outros. Ele também não me deu a oportunidade de mandá-lo sair novamente para que eu pudesse mexer em nossas bebidas.

Isso, somado ao fato de Deimos nem ter se dado ao trabalho de vir nos obrigar a voltar ao trabalho, destruiu qualquer esperança que eu pudesse ter de que Jaek não estivesse de fato sob o domínio do Sareniano. Mas nossa nave atracaria a qualquer momento. Esta era provavelmente a última chance de Keran sair vivo daqui. Eu não podia mais jogar pelo seguro. Assim que Jaek chegasse, eu o confrontaria sobre tudo o que estava acontecendo e rezaria para que ele pudesse compreender, apesar da compulsão.

Mas por que ele está atrasado?

Claro, minha mente foi direto para o medo de que Deimos tivesse descoberto que Jaek havia de fato se libertado da compulsão e implantado centenas de ovos nele como punição. Obviamente, isso não fazia sentido. Mesmo que Deimos o tivesse capturado, ele não sacrificaria uma mente tão brilhante. Ele simplesmente aprisionaria Jaek e quebraria lentamente sua vontade, como vinha tentando fazer comigo.

Um grito escapou de mim quando minha campainha finalmente tocou. Ao contrário dos dois dias anteriores, a fechadura não tinha ficado azul, indicando que eu poderia destrancá-la por dentro. Uma sensação de pavor me invadiu quando a porta se abriu imediatamente. Apenas Deimos entrava sem esperar ser convidado.

— Jaek! — eu suspirei, choque e confusão crescendo dentro de mim quando o vi parado no batente da porta.

Ele entrou no meu quarto, com o rosto tenso, seguido por uma única refeição coberta na bandeja flutuante. Como ele não me cumprimentou nem respondeu, minha ansiedade aumentou ainda mais. A porta terminou de se fechar ao mesmo tempo em que ele colocava a bandeja na minha mesa.

Assim que isso aconteceu, Jaek se virou para me olhar com uma intensidade que me fez dar um passo involuntário para trás.

— Eu sei que você está imune ao suco de Etil. Eu também. Sente-se e coma. Temos pouco tempo — Jaek disse em um tom que não admitia discussão.

Eu fiquei paralisada por um segundo. Choque, medo, descrença e esperança me invadiram em rápida sucessão. Silenciando o tsunami de perguntas que queimavam minha língua, eu saí do meu transe e obedeci sem reclamar. Depois de me sentar na cadeira, eu me forcei a descobrir meu prato, qualquer fome que eu pudesse ter sentido desapareceu no minuto em que Jaek soltou aquela pequena bomba.

Para minha surpresa, Jaek não se sentou, pegando o guardanapo da minha bandeja e meu suco de Etil.

— Em menos de vinte minutos, Keran escapará do laboratório onde está preso com um de seus homens — Jaek disse enquanto rasgava metodicamente o guardanapo em tiras longas e estreitas.

— O QUÊ?! — eu exclamei — Ele está...?

— ESCUTE! — Jaek interrompeu severamente — Não há tempo para perguntas. Nós só temos uma chance.

Com o coração batendo forte, eu assenti com a cabeça e me forcei a concentrar em suas palavras.

— Como você provavelmente adivinhou, Deimos me fez usar a droga para nos tornar vulneráveis à sua compulsão. Eu só comecei depois daquela reunião em que ambos participamos — ele disse com firmeza.

Jaek desviou o olhar do guardanapo que rasgava para me encarar enquanto dizia aquelas palavras. Naquele instante, eu percebi que ele precisava que eu acreditasse nele. Como não percebi nenhuma mentira nele, eu respondi com um aceno firme. Um pouco da tensão se dissipou imediatamente de seus ombros.

— Eu adulterei a droga que eles serviram à tripulação de Keran esta manhã, e a que será servida aos nossos companheiros híbridos quando eles chegarem à reunião — ele continuou enquanto terminava de rasgar os últimos pedaços do guardanapo.

Que porra ele está fazendo com isso?

Ele tirou uma bolsa do bolso e despejou o pó acinzentado que ela continha no copo de suco.

— Os efeitos neles durarão apenas alguns minutos — Jaek explicou enquanto sacudia o copo para ajudar o pó a se dissolver mais rápido — Precisamos esperar o máximo possível para dar ao Príncipe e seus homens a chance de nos alcançar naquela sala. Mas, no minuto em que os Sarenianos subirem ao palco para começar seu discurso, precisamos agir e dar o alarme.

— Como? — eu perguntei.

Enquanto Jaek me explicava rapidamente seu plano, eu observei fascinada enquanto ele pousava o copo, tirava um par de luvas cirúrgicas do bolso e as vestia. Agindo rapidamente, ele mergulhou algumas tiras do guardanapo no suco e as colocou sobre a mesa, uma ao lado da outra. Eu levei alguns segundos para perceber que ele estava formando uma lâmina com elas, até mesmo afiando uma das pontas. Em segundos, os guardanapos endureceram.

— Coma! — Jaek disse severamente, interrompendo a descrição do plano — Pode demorar um pouco até a nossa próxima refeição, e você vai precisar de energia.

Minhas bochechas esquentaram e eu enfiei mais uma colherada de ovos mexidos na boca. Eu realmente não estava com vontade de comer naquele momento, mas o comentário dele fazia sentido. Se tivéssemos que correr, a última coisa que eu precisava era que meus níveis de açúcar no sangue caíssem tanto que eu ficasse tonta ou fraca.

Jaek correu para a minha sala de higiene apenas para retornar momentos depois com uma toalha. Ele a mergulhou no copo, e o tecido absorveu a maior parte do líquido restante. Com a mesma rapidez e eficiência, ele enrolou a toalha na ponta plana da lâmina improvisada, moldando-a como um cabo. No entanto, ele pareceu se esforçar no final, flexionando os dedos com frequência enquanto fazia isso. Eu percebi então que a substância em suas luvas também estava tentando endurecê-las. Quando terminou, ele teve que rasgar as luvas das mãos, pois elas estavam duras demais para serem simplesmente arrancadas.

— É importante que você não demonstre nada, como tem feito até agora — Jaek disse enquanto eu engolia minha última mordida.

— Eu não vou — eu disse, me levantando.

Jaek me avaliou de cima a baixo e franziu a testa para a saia curta do meu vestido — Acho que não te deram nenhuma calça?

Eu balancei a cabeça com um olhar de desculpas.

— Imaginei — ele disse, desanimado.

Ele cutucou cuidadosamente a lâmina improvisada com a ponta do dedo, sem dúvida verificando se estava bem seca. Aparentemente satisfeito, ele a pegou e a estendeu para mim.

— Que tal isso? — ele perguntou.

Eu peguei a arma dele, impressionada com o quão resistente e leve ela parecia, além de razoavelmente equilibrada para algo feito sob essas condições.

— É incrível — eu disse, genuinamente impressionada.

Ele me ajudou a prender a lâmina nas dobras do meu vestido e me fez andar e me movimentar para garantir que ninguém notasse minha arma.

— Você é mesmo brilhante — eu disse com a voz rouca quando estávamos prontos para ir.

Nossos olhares se encontraram e uma comunicação silenciosa se estabeleceu entre nós. O amor em seus olhos estava me deixando com a mente em pedaços. Mesmo lutando contra a doutrinação embutida nos módulos de treinamento que Deimos me impôs, parte dela permaneceu comigo. Elas só reforçavam o fato de que eu sempre tive sentimentos profundos por Jaek.

Ele segurou meu rosto com as duas mãos e estudou meu rosto com tanto desejo que meus olhos se encheram de lágrimas. Este homem me amava de verdade. Por que ainda havia um muro entre nós? Ver aquele amor repentinamente substituído pela tristeza me destruiu.

— Eu te amo, Dawn. Eu te amei a vida toda. Mesmo que você nunca possa ser minha, saiba que tudo o que faço é por você... é por amor a você.

Quando ele puxou meu rosto para perto do seu, eu esperei que ele me beijasse. Ele o fez, mas não nos lábios, como eu esperava e temia. Em vez disso, ele pressionou os lábios na minha testa com uma reverência que me destruiu. Por que eu não podia retribuir seus sentimentos? Deimos afirmava que nós éramos almas gêmeas. Meu coração transbordava de amor por Jaek. E, no entanto, mesmo com o condicionamento para não gostar de sangues-puros, sempre que eu considerava ceder aos meus sentimentos por ele, o rosto de Keran aparecia diante dos meus olhos. Tinha que haver algo mais...

Jaek me soltou como se tocar minha pele queimasse suas mãos. Desviando o olhar, ele girou nos calcanhares e se dirigiu para a porta.

— Vamos — ele disse.

Pela sua expressão estoica e determinada, ninguém imaginaria que aquele momento de vulnerabilidade terna e confissão sincera tinha acabado de acontecer. Deixando de lado o miasma de confusão e turbulência interior que sempre me invadia ao pensar em Keran e Jaek, eu me concentrei na tarefa em questão.

Enquanto eu repassava as instruções de Jaek em minha mente, uma sensação de euforia e esperança se misturava a tantos medos que era impossível contar. A principal preocupação que dominava todos os meus pensamentos era se Keran e seus homens conseguiriam chegar ao salão de reuniões.

Embora não tivesse entrado em muitos detalhes, Jaek confirmou que Keran havia sido implantado com ovos de Besouro Kranax e que ainda havia larvas tentando escapar dele. Se ele fosse arrastado para uma briga, talvez não conseguisse se defender – supondo que tivesse saúde suficiente para sair daquela prisão sozinho.

Eu também não sabia o quanto a doutrinação havia se enraizado nos outros híbridos. Muito provavelmente, eles permaneceram sob a compulsão dos Sarenianos durante todo esse tempo. Quão profundo era o ressentimento deles pelos puros-sangues naquele momento? É verdade que Deimos não tentou nos fazer odiá-los, apenas sentirmos uma sensação de superioridade misturada a um certo desdém. Eu só esperava que isso não os tornasse relutantes em se aliar a Keran e seus homens quando as coisas piorassem durante nossa fuga.

Mas meu maior medo era que – supondo que tudo desse certo e conseguíssemos escapar daquele prédio – a tripulação Sareniana-Guldan restante viesse atrás de nós com vingança. Pelo que Jaek havia explicado, a nave se dividia em três partes. Nós estávamos no módulo central, o único dos três que pousaria. Este não tinha armas nem um sistema de defesa digno de menção. Os outros dois módulos rivalizavam com um caça-naves. Considerando que eles haviam conseguido derrubar a fragata de Keran, nós não teríamos a menor chance se nos atacassem.

Portanto, precisávamos impedir que Deimos e o punhado de tripulantes em nosso módulo soassem o alarme.

Enquanto caminhávamos pelos corredores que levavam à sala de reuniões, eu fiquei maravilhada com a maneira como Jaek conversava superficialmente, como se não tivéssemos nenhuma preocupação no mundo. Isso facilitava a minha participação. Mas eu o conhecia bem o suficiente para ver a tensão endurecendo suas costas musculosas e ombros largos.

Em mais de uma ocasião, eu me peguei aguçando os ouvidos na esperança de captar algum indício de que os homens haviam escapado. Mas isso não seria bom. Embora tivéssemos pousado há alguns minutos, precisávamos que o módulo completasse sua implantação em terra primeiro. Se os Sarenianos descobrissem nossa trama cedo demais, provavelmente alçariam voo e retornariam aos outros módulos. Aí estaríamos ferrados.

Eu só podia rezar para que tudo ocorresse conforme o planejado.

CAPÍTULO 25
KERAN

C om os olhos grudados no relógio, eu lutei contra o medo crescente de que aquilo tivesse sido de fato uma brincadeira de mau gosto. Os minutos continuavam passando sem que as tiras de metal que nos prendiam se destravassem automaticamente, como Jaek prometeu. Já haviam se passado trinta e dois minutos, dois a mais do que quando deveríamos ter sido libertados. O cobertor térmico de Baldur havia voltado à cor branca, indicando que havia parado de funcionar – o temporizador provavelmente estava zerado.

No minuto seguinte, quando o relógio marcou, nossas amarras se abriram de repente com um chiado suave. Eu mal consegui conter o rugido vitorioso que queimou minha garganta. Na pressa de pular da maca, eu raspei a pele nas bordas das amarras abertas. Mas aquela dor não era nada comparada ao que eu vinha suportando ultimamente. No entanto, minhas entranhas devastadas não aprovaram o movimento repentino.

Eu cerrei os dentes com a sensação de ter cacos de vidro espalhados por toda a minha barriga e peito. Por um segundo, eu considerei entrar no modo Berserker, mas pensei melhor. Com o analgésico que Jaek me deu, eu conseguiria funcionar bem o suficiente. Eu precisava manter a mente lúcida e só recorreria às minhas habilidades Berserker se acabássemos em combate.

Baldur pulou da sua maca ao mesmo tempo que eu. Felizmente, Jaek o vinha tratando com nanorrobôs de cura nos últimos dois dias. Embora seu corpo ainda apresentasse as cicatrizes arredondadas onde as larvas haviam saído da carne, ele não parecia sentir nenhum tipo de dor perceptível.

Eu corri direto para o armário que Jaek havia indicado e encontrei o recipiente de material biológico. O sangue subiu da minha garganta para a boca quando me abaixei para pegá-lo. Eu engoli o sangue e tentei ignorar a sensação horrível dos parasitas que ainda se moviam por mim. Se "apenas" quatro larvas conseguiam me destruir daquele jeito, eu não conseguia nem imaginar como seria ter pelo menos vinte me devorando por dentro simultaneamente. Aliás, pelo menos quarenta a quarenta e cinco larvas haviam se esgueirado para fora de mim desde a minha captura.

— Como você está se sentindo, Jakar? — Baldur perguntou em um tom baixo, mas preocupado.

— Com vontade de matar uns Sarenianos — eu respondi em um sussurro similar — Precisamos chegar até nossos homens rapidamente.

Embora eu não tivesse respondido à sua pergunta propriamente dita, ele entendeu que minhas palavras significavam que eu conseguiria lidar com a situação.

Pelo menos por enquanto...

Depois de colocar o recipiente no balcão, eu abri a tampa. A trava fez um clique e o ar pressurizado sibilou ao ser liberado. A visão de um saco cheio de um líquido transparente – que presumi ser nossa serotonina – me surpreendeu. Eu o levantei e encontrei um segundo saco embaixo, que também removi. Só então eu vi um saco plástico muito maior com roupas dentro. Eu as retirei rapidamente, entregando uma calça e uma camiseta para Baldur antes de vestir o outro conjunto.

Embora eu não conseguisse sentir o cheiro de Jaek nelas, eu presumi que fossem suas roupas. Felizmente, o tecido elástico não se ajustava tão mal aos nossos corpos maiores. Como ele havia mencionado, não havia sapatos ou armas lá dentro. Enquanto eu consultava o mapa deixado no fundo do contêiner, Baldur rapidamente vasculhou as gavetas e armários em busca de algo que pudéssemos usar como armas, sem sorte.

Não importava. Em combate, com ou sem armas, um Braxiano era capaz de destruir a maioria dos oponentes, mesmo que também morresse no processo. E não há glória maior do que morrer em batalha destruindo o inimigo.

Nós abrimos a porta, nos preparando para o que nos aguardava do outro lado. Como Jaek previu, não encontramos uma única alma à vista. Eu gostaria de poder questioná-lo sobre o tamanho da equipe com a qual teríamos que lidar. Se o Destino quisesse, a maioria estaria ocupada demais organizando a reunião para ficar vagando pelos corredores.

E nós tivemos que atravessar muitos deles.

Sem o mapa fornecido por Jaek, teríamos levado horas para encontrar nosso destino. Nós avançamos em silêncio, atentos a qualquer sinal de câmeras ou detectores de movimento, enquanto atravessávamos uma ala inteira visivelmente dedicada à pesquisa. Em mais de uma ocasião, eu reprimi a vontade de entrar em uma das salas ao longo do caminho para procurar um sistema de comunicação ou uma arma. Mas, até então, Jaek havia mantido sua palavra. Eu não arriscaria pôr em risco nossa fuga saindo do roteiro.

Apesar do frescor das placas gradeadas cobrindo o chão sob nossos pés, andar descalço tinha a vantagem de manter nossos passos ainda mais silenciosos.

Quando nos aproximamos de um primeiro conjunto de portas que marcava a entrada de uma seção diferente, meu coração disparou ao ver uma fechadura biométrica na parede. Como não podíamos voltar, seguimos em frente, prontos para quebrar a fechadura. No entanto, assim que chegamos ao alcance dos sensores de movimento, as portas se abriram automaticamente diante de nós.

Como diabos Jaek conseguiu fazer tudo isso?

Ele me convenceu tanto que se voltou contra nós! Mas, se não fosse por isso, Deimos jamais teria baixado a guarda o suficiente para permitir que Jaek fizesse aquilo. Depois do que pareceu uma eternidade, nós finalmente chegamos ao corredor que levava ao porão. À medida que nos distanciávamos, o som abafado de vozes chegou até nós através das portas pesadas.

Baldur e eu trocamos um olhar antes de começarmos a correr. A dor na minha barriga e no peito aumentou com aquele esforço básico. Sem diminuir o ritmo, eu invoquei meus poderes Berserker. Desta vez, não tive dificuldade para ativá-los. Entre os analgésicos e a ansiedade pré-batalha com a ideia de esmagar um daqueles que nos haviam prejudicado, eu entrei facilmente em fúria de batalha.

Aqui novamente, as portas se abriram automaticamente quando nos aproximamos.

O espetáculo que nos aguardava lá dentro alimentou ainda mais minha raiva. Todos os meus quinze homens estavam alinhados diante de um único Sareniano. Coleiras de choque em volta do pescoço os mantinham sob controle. Metade deles estava ajoelhada, incluindo Orin, com o ódio ardendo nos olhos. A outra metade, incluindo Tagar e Nowik, lutava visivelmente contra a compulsão e tentava permanecer de pé.

— *Eu disse para se ajoelhar!* — o Sareniano chamado Kalal – de acordo com Jaek – disse com aquela voz vibrante e repugnante.

Parado a quatro metros de nós e levemente à direita, Kalal não notou nossa entrada. Os rosnados de dor dos meus homens, tentando resistir à sua influência, abafaram o som discreto das portas se abrindo. Com a disciplina lendária que lhes garantiu um lugar na tripulação do meu pai, meus homens não pestanejaram e nem remotamente denunciaram nossa presença ao notarem Baldur e eu.

A fúria fervendo em minhas veias só reforçou minha aura Berserker. Um a um, os rosnados dos homens que ainda estavam de pé perderam seu tom de dor e foram completamente substituídos por raiva, enquanto minha aura amortecia a sensação de facada de lutar contra a compulsão que lhes era infligida. O soro também provavelmente estava prestes a perder seus efeitos. Os que estavam de pé se endireitaram, enquanto os que estavam ajoelhados se levantaram lentamente. O medo seguido de pânico que se instalou no rosto de Kalal foi o que mais me excitou.

— *Ajoelhem-se! Todos vocês, ajoelhem-se! Eu ordeno!* — gritou o Sareniano com sua voz vibrante.

Quando isso não os fez obedecer, ele começou a se afastar deles enquanto tentava, desajeitadamente, ativar o colar de choque. Um grito de guerra selvagem escapou da minha garganta no mesmo instante em que ele apertou o botão. Enquanto os colares normalmente fariam meus homens se contorcerem de dor no chão, minha aura apenas os fez torcer o rosto enquanto continuavam avançando.

Mas, alertado pelo meu grito, Kalal se virou e viu Baldur e eu avançando sobre ele. O puro terror em seu rosto fez meu sangue correr direto para o meu pau. Havia algo de orgástico em ver um inimigo tremendo de pavor enquanto você o matava.

— *Pare! Pare!* — ele gritou desesperadamente, mesmo quando percebeu que sua compulsão não tinha poder sobre nós.

Ele recuou, quase tropeçando para trás no processo, antes de se lembrar de que meus homens vinham em sua direção pelo outro lado. Em um último esforço, o Sareniano começou a correr em direção à parede, provavelmente na esperança de me contornar e correr em direção à porta. Ao mesmo tempo, ele estendeu a mão para sua braçadeira, sem dúvida para pedir ajuda em seu comunicador.

Kalal só conseguiu dar alguns passos antes de eu ficar em cima dele. Eu o agarrei pela nuca com uma das mãos, levantando-o sem esforço. Ele chutou e se debateu, estendendo o braço direito para trás para me forçar a soltá-lo. Mas seu grito assustado se transformou em um guincho agudo quando agarrei seu braço esquerdo com a mão livre e o arranquei do lugar. O delicioso cheiro de sangue encheu meu nariz enquanto eu jogava o membro decepado para meus homens.

Mesmo com a dor da coleira de choque, Tagar o pegou e verificou a braçadeira ainda presa ao pulso para se certificar de que o Sareniano não havia conseguido ativar seu comunicador. Baldur pegou o controle remoto que Kalal havia deixado cair quando o peguei e desativou as coleiras de choque.

— Os Braxianos não são marionetes de ninguém — eu rosnei na cara de Kalal.

Seus olhos reviravam de choque e dor. Por mais que eu adorasse brincar com ele, eu precisava tirar meus homens dali e encontrar minha mulher. Com um rosnado selvagem, eu soquei seu peito com toda a minha força. Os ossos desabaram com uma deliciosa mistura de sons úmidos e de trituração, sua coluna se dobrando ao meio com o impacto. Um espasmo violento sacudiu seu corpo. Ele emitiu um breve som gorgolejante e então ficou imóvel. Eu limpei a sujeira e o sangue azul que cobriam minha mão em sua saia antes de jogar seus restos mortais como trapos sujos.

— Jakar! — Orin gritou, sua voz cheia de preocupação enquanto ele corria para o meu lado.

Eu coloquei a mão no ombro do homem mais velho para me tranquilizar, satisfeito em vê-lo razoavelmente bem recuperado de sua provação anterior.

— Eu estou bem — eu disse, com as palavras arrastadas pela fúria do sangue — Precisamos ir.

Meus homens se aproximaram de mim, o amor e a felicidade genuína em seus olhos enquanto me olhavam aqueceram meu coração, mesmo através da névoa do meu estado alterado.

— O scanner dele mostra dois Sarenianos a uma curta distância daqui, no que parece ser o convés — Tagar disse, me mostrando a interface da braçadeira de Kalal — Todos os outros, três Sarenianos, dois humanos, dois Guldans e um bando de híbridos estão reunidos na outra extremidade da nave, no nível inferior.

— Jaek disse para libertar os homens e ir direto para a saída — eu disse, apesar da minha vontade de ir e matar os Sarenianos que provavelmente pilotavam este módulo.

— Eles poderiam soar o alarme — Baldur argumentou.

— E nós poderíamos ser detectados tentando chegar lá — eu respondi, mesmo concordando com sua avaliação.

— Se apenas dois de nós usarmos a braçadeira de Kalal para detectar qualquer sistema de câmera ou tripulante que se aproxime, poderemos eliminar aqueles dois Sarenianos e alcançar o resto de vocês depois — Thanor ofereceu.

— Tudo bem. Você e Baldur podem ir atrás deles. O resto de nós seguirá o plano — eu disse em um tom que não admitia discussão.

Aliviado, meu Capitão assentiu bruscamente. Pelo canto dos olhos, eu notei Nowik vasculhando o cadáver de Kalal em busca de qualquer outra coisa que pudesse ser útil, mas não encontrou nada. Até seus sapatos seriam pequenos demais para Baldur ou para mim.

Como um, nós nos movemos em direção às portas reforçadas do porão de carga. Para minha consternação, as portas não se abriram automaticamente como quando entramos. Meu coração apertou ao ver a luz vermelha na fechadura biométrica ao lado da porta. Claro, elas facilitariam a entrada, mas impediriam a saída dos prisioneiros.

— Tragam o corpo — eu ordenei, agradecendo silenciosamente aos Ancestrais por não ter destruído o lindo rosto de Kalal como pretendia inicialmente.

Thanor agarrou o tornozelo do Sareniano morto e o arrastou até nós. Ele se agachou ao lado do cadáver e abriu seus olhos. E então, ele pegou o Sareniano pela nuca e segurou seu rosto diante do scanner. Por uma fração de segundo, meus homens e eu prendemos a respiração. Então, a luz, felizmente, ficou azul.

Com o scanner na braçadeira de Kalal confirmando que ambos os caminhos estavam livres, Baldur e Thanor seguiram em direção aos pilotos enquanto o resto de nós corria o longo caminho pela nave até a saída.

CAPÍTULO 26
DAWN

Jaek e eu andávamos lado a lado pelo salão de reuniões, tentando parecer alegres e relaxados enquanto nos integrávamos aos outros. Nossa proximidade e a frequência com que Jaek roçava casualmente meu braço ou ombro, e tocava delicadamente a parte inferior das minhas costas para me empurrar para a frente, atraíam muitos olhares especulativos – e de aprovação. Alguns até inventavam desculpas para se aproximar de mim e me cheirar. Embora decepcionados por não sentirem o cheiro de Jaek em mim, certamente pareciam satisfeitos por não sentirem o cheiro persistente de Keran.

Nós estávamos jogando um jogo perigoso. Embora não os estivéssemos enganando descaradamente, sabíamos que conclusões eles tirariam disso. Mas não podíamos nos dar ao luxo deles me ignorarem ou evitarem naquele momento. Até Vintor parecia um pouco mais tranquilo. Obviamente, ele não gostou que eu não o tivesse escolhido, mas acalmou seu ego o fato de minha escolha ter sido outro híbrido em vez de um puro-sangue.

Outra onda de híbridos invadiu o prédio. Pela primeira vez, eu desejei que tivessem agido como sempre e chegado atrasados em vez de adiantados. Eu não fazia ideia de quão longe ou perto Keran e seus homens estavam. Nós precisávamos dar a eles o máximo de tempo possível, mas também nos dar a chance de executar nosso próprio plano.

Tentando agir com indiferença, Jaek e eu caminhamos até Vintor, que estava sozinho perto da mesa de bebidas, pegando uma para si. Ele pareceu surpreso quando eu parei ao seu lado e peguei um copo vazio. Uma ponta de constrangimento misturada com culpa percorreu seu rosto bruto.

— Você quer beber alguma coisa? — ele perguntou com a voz rabugenta que sempre usava para esconder o constrangimento.

— Sim, mas termine de se servir. Eu pego depois — eu disse com um sorriso gentil.

Ele resmungou de um jeito que significava "não seja boba" e pegou meu copo da minha mão para enchê-lo com uma das três grandes jarras. Minha garganta se apertou ao observá-lo. Vintor sempre foi irascível e podia se mostrar bastante cruel durante seus acessos de raiva. Mas, no fundo, ele não era um homem mau. Apenas um pouco mimado. Eu entendia perfeitamente que a raiva havia alimentado suas palavras desagradáveis para mim, e agora elas o envergonhavam. Embora ele provavelmente nunca fosse pedir desculpas, essa era sua maneira de começar a se desculpar e se redimir. Uma parte de mim queria bagunçar seus cabelos e dizer que estava tudo bem.

Mas nós tínhamos coisas mais importantes para resolver.

Assim que ele me entregou o copo cheio, eu o peguei e coloquei um sorriso amável no rosto, o qual eu sabia que não alcançava meus olhos enquanto eu o encarava atentamente.

— Não demonstre nenhum choque ou emoção em resposta ao que eu vou dizer — eu disse em um tom baixo e coloquial — Isso é muito sério, e precisamos de você. Entendeu?

Além de estreitar os olhos levemente, Vintor fez um trabalho fenomenal em manter a expressão um tanto descontente que ele demonstrou quando nos aproximamos da mesa ao seu lado.

— Claro que sim — ele respondeu, com naturalidade.

— Este lugar, esta reunião inteira é uma armadilha — eu continuei, com o coração disparado enquanto me obrigava a não olhar ao redor em busca de alguém que pudesse nos espionar, pois esse comportamento específico levantaria suspeitas — Deimos é o assassino.

Desta vez, Vintor não conseguiu esconder completamente um leve recuo. Tinha sido discreto o suficiente para não chamar a atenção, e eu não podia culpá-lo por isso. Eu gostaria de acreditar que, em uma situação semelhante, eu poderia ter demonstrado o mesmo nível de estoicismo depois que uma bomba tão grande tivesse sido lançada sobre mim.

Apoiando meu quadril na lateral da mesa para parecer ainda mais casual, eu joguei meu cabelo por cima do ombro com a mão livre e tomei um gole da minha bebida antes de continuar a falar.

— Ele manteve a mim, ao Príncipe Braxiano, e seus homens prisioneiros pelos últimos onze dias. Essas reuniões não têm como objetivo nos fornecer informações sobre uma possível realocação para Braxia, mas sim nos fazer uma lavagem cerebral para nos tornarmos seus fantoches.

Acabou sendo uma bomba demais para Vintor aguentar. Ele balançou a cabeça, incrédulo, e lançou um olhar interrogativo para Jaek, carregado de uma ponta de indignação.

— Isso é algum tipo de piada? — Vintor perguntou.

Felizmente, ele não fez isso de uma forma que revelasse que algo poderia estar errado. Embora não acreditasse no que eu disse, ele teve bom senso o suficiente para não nos colocar em perigo, se fosse verdade. Tendo passado a juventude lutando pela sobrevivência, os híbridos nunca excluíam a possibilidade de que qualquer situação pudesse ser potencialmente perigosa.

Jaek balançou a cabeça e sorriu como se tivesse acabado de fazer um anúncio maravilhoso para um velho amigo — Quem me dera que fosse uma piada. Neste momento, Keran e seus homens estão tentando escapar para se juntar a nós aqui. Deimos pretende que todos nós partamos com ele esta noite. Assim que o fizermos, ele extrairá todos os hormônios de vocês para criar seu soro de controle mental. E ele planeja que eu aperfeiçoe esse soro.

Desta vez, a descrença de Vintor vacilou, mas não desapareceu completamente. Ele franziu a testa e lançou um olhar pensativo ao redor da sala. De repente, ele sorriu e acenou para um dos nossos amigos que o acenava. Nós também sorrimos e acenamos antes de voltarmos nossa atenção para Vintor.

— Não temos muito tempo — Jaek disse em um tom baixo, porém insistente — Você foi forçado a esquecer as sessões de lavagem cerebral a que foi submetido. Mas aqui vai um teste simples. Você odiaria uma espécie que nunca conheceu e que nunca lhe fez mal?

— Claro que não — ele disse, dando de ombros.

— Então por que você odeia os Korletheanos? — Jaek perguntou, impassível.

Vintor encarou Jaek, sem palavras. Em outras circunstâncias, sua expressão de espanto teria sido hilária. Era preciso muita coisa para deixar Vintor sem palavras.

— Deimos o fez odiá-los porque eles são inimigos jurados dos Sarenianos. Ele quer nos usar para exterminá-los — eu disse com uma voz gentil.

— Mas como? Nós somos imunes! — Vintor sibilou em voz baixa.

Eu apenas levantei meu copo para mostrá-lo a ele como se estivesse comemorando e então tomei um gole.

— Relaxe — Jaek acrescentou rapidamente — Esta está segura. Eu mexi nela antes da reunião. Eu também fui prisioneiro dele pelos últimos onze dias. Ele acha que ainda estamos sob seu domínio, e precisamos manter as coisas assim.

— Entendido — Vintor respondeu, com um brilho duro nos olhos, embora sua expressão facial permanecesse aparentemente pacífica.

— Você precisa ser discreto e espalhar a notícia — Jaek disse — Diga a todos para ficarem em guarda, mas não ataquem até que Dawn ou eu demos o sinal. Se possível, poupem Nirkon. Acreditamos que ele também esteja sob o domínio deles.

Ele assentiu com firmeza e sorriu antes de dar um tapinha no ombro de Jaek — Fico feliz em ouvir isso. Você merece isso mais do que ninguém.

Vintor pronunciou essas palavras um pouco mais alto, sem dúvida para fazer os outros acreditarem que ele estava nos parabenizando pela nossa aparente felicidade juntos. Com isso, ele se afastou. Imitando-o, nós nos misturamos aos outros, fazendo a ronda para avisar o máximo de pessoas possível. Em meio a tudo isso, o treinamento que haviam recebido das mãos de Jardan brilhou intensamente. Apesar dessa revelação chocante, todos permaneceram estoicos, como guardas de segurança de verdade deveriam fazer, independentemente das circunstâncias ou crises que enfrentassem.

O tempo passou rápido demais. Pela primeira vez, eu desejei que os híbridos tivessem se atrasado, como costumavam fazer quando eu realizava reuniões informativas em Genxia. Mas todos já estavam ali, os últimos retardatários entrando na sala ainda faltando pelo menos cinco minutos para o início programado da reunião. E ainda nenhum sinal de Keran e seus homens.

O silêncio repentino que se abateu sobre a sala me assustou. Ver todas as cabeças se virando em direção à entrada despertou minha curiosidade. De todas as coisas que eu esperava, testemunhar duas dúzias de Guldans armados invadindo a sala com pelo menos cinco ou seis Sarenianos no meio deles fez meu sangue gelar.

Será que eles pegaram o Keran? Será que nos ouviram espalhando a notícia?

Para minha consternação – e apesar de ser típico dele – Vintor deu um passo à frente com uma expressão descontente no rosto.

— O que está acontecendo? Qual é o significado disso? — ele perguntou, acenando para os recém-chegados — Por que tantos Guldans armados?

Aparentemente imperturbáveis por terem sido notados, os Guldans e Sarenianos apenas encararam Vintor, com rostos ilegíveis, enquanto os outros híbridos assentiam ou grunhiam em apoio às perguntas de Vintor.

— Está tudo bem! Está tudo bem! — Nirkon exclamou enquanto abria caminho pela multidão para ficar em frente aos Guldans e Sarenianos — Eles estão aqui para servir como líderes de equipe para aqueles que escolherem se mudar para Braxia esta noite. Vocês continuarão seu treinamento com eles em grupos menores, com foco maior em suas necessidades individuais. Não se incomodem com as armas deles. Este é o equipamento e traje padrão que vocês usarão como parte de suas funções na guarda real do Magnar Gavin. Por favor, não precisam se alarmar. Está tudo bem.

Embora longe de se convencerem, os híbridos pareceram – ou pelo menos agiram como se estivessem – apaziguados com suas palavras. Eu precisei de todas as minhas forças para imitar a reação deles. Mas, no fundo, o pânico absoluto ameaçava me dominar. Além de não acreditar nem por um minuto na explicação que Nirkon deu, isso poderia arruinar completamente nossos planos. Todos nós poderíamos lutar. Mas sem armas contra tantos homens armados, as coisas poderiam ficar feias para nós em tempo recorde.

Visivelmente aliviado, Nirkon nos convidou a terminar nossas bebidas e nos sentar. Eu lancei um olhar de lado para Jaek, pensando no que deveríamos fazer. Ele sorriu e acariciou meu cabelo delicadamente, como se dissesse que estava tudo bem. Eu sorri de volta, apesar da cautela que endurecia meu rosto, e segui em direção aos assentos.

Desejando estar em uma posição central para que todos pudessem nos ouvir e ver assim que déssemos o sinal, Jaek e eu nos dirigimos aos assentos no meio da quinta fileira da frente. Para minha surpresa, quando o último dos nossos amigos se sentou, Nirkon se dirigiu ao palco, subindo nele em vez de ficar no pé da escada como fez da última vez. Deimos e seus acólitos ainda não estavam à vista.

No entanto, os Guldans e Sarenianos armados recuperaram minha atenção. Meu estômago embrulhou quando eles se dividiram em dois grupos de doze Guldans e três Sarenianos. Eles se espalharam ao longo das paredes, de cada lado das fileiras elevadas de assentos. Embora sua postura não pudesse ser chamada de ameaçadora, eles claramente não eram líderes de equipe, mas sim carcereiros.

Deimos sabe o que estamos fazendo.

Não poderia haver outra explicação. Um olhar para os outros híbridos confirmou que eles compartilhavam da minha inquietação – para não dizer, do meu medo. Eu comecei a questionar todas as decisões que havíamos tomado e a sensatez do nosso plano. Teríamos condenado os híbridos em nosso desejo tolo de dar a Keran e seus homens uma chance de escapar?

Naquele momento, eles provavelmente estavam chegando à mesma conclusão que eu sobre a nossa situação atual. Além de não terem armas, aqueles como eu, no meio da fileira deles, e aqueles cujos assentos ficavam mais altos, na configuração semelhante a uma arquibancada, seriam alvos fáceis quando tentássemos confrontar nossos inimigos. Aqueles mais próximos das laterais provavelmente seriam baleados antes que pudessem fazer qualquer coisa, com seus corpos inconscientes criando obstáculos adicionais para aqueles que estavam mais para dentro.

Com a cabeça girando, eu tentei encontrar uma solução alternativa. Sem dúvida, Jaek e os outros estavam fazendo o mesmo.

Nirkon parou no centro da frente do palco, o microfone flutuante erguendo-se do chão e flutuando logo abaixo do seu queixo. Ele levantou a mão, e só então eu notei a taça cheia de uma bebida espumante presa entre seus dedos.

— Meus caros amigos, esta noite começamos a reescrever a história de Braxia com vocês no papel central. Para celebrar o que esperamos ser o início de uma nova e frutífera colaboração com cada um de vocês, nosso anfitrião nos convida a compartilhar uma taça do mais fino espumante Sareniano. Meus amigos passarão as taças — Nirkon disse com um entusiasmo quase exagerado.

Eu enrijeci, tomada por um pavor gelado. Não havia dúvida de que Deimos havia misturado o soro ao espumante. Nós não podíamos mais duvidar de que ele sabia que tínhamos adulterado o suco servido naquela noite. E aqueles guardas garantiriam que bebêssemos algo que nos deixaria novamente à mercê do Sareniano.

Antes que eu pudesse pensar em alguma maneira de nos tirar daquela confusão, Vintor – que estava sentado apenas uma fileira atrás de nós – se levantou.

— Isso não é prematuro? — Vintor perguntou, com um tom de desafio na voz — Durante o treinamento com você e Jardan, vocês dois repetiram, a ponto de nos irritar, que nunca deveríamos beber álcool ou desfrutar de qualquer tipo de consumível que altere a mente antes que um contrato tenha sido completamente revisado e assinado. Eu não vi nem assinei nenhum contrato. E vocês? — ele acrescentou, olhando interrogativamente para nossos companheiros.

Naquele instante, eu poderia ter beijado o Vintor. Ele tinha apresentado um argumento muito válido que não revelaria o fato de que sabíamos que o vinho nos faria mal.

Para meu choque, o rosto de Nirkon ficou inexpressivo. Ele me lembrou de um androide com defeito que desligou repentinamente para realizar uma reinicialização de emergência. Ele piscou, depois fez uma careta, sua dor rapidamente disfarçada antes de assumir uma expressão excessivamente amigável e impressionada.

A pergunta o fez lutar contra a compulsão que o afetava.

Jardan e sua equipe passaram décadas construindo uma reputação impecável por sempre fazerem o que é certo para seus clientes. Treiná-los para nunca assinar um contrato enquanto estivessem sob efeito de álcool e drogas seria uma crença profunda para eles. Ser compelido a nos convencer a ir contra esse ensinamento fundamental para ele obviamente entraria em conflito com sua capacidade ou desejo de obedecer.

— Sim, claro. Fico feliz em ver que todos vocês se lembram da importância de ter a mente clara antes de assumir qualquer compromisso — Nirkon admitiu graciosamente — Mas isso é diferente. Além do fato do nível de álcool ser muito baixo e não ter nenhum efeito digno de nota em homens com a sua massa física, aceitar este brinde também é um sinal de cortesia e respeito ao seu anfitrião.

Eu não conhecia Nirkon bem, pois só o tinha visto pessoalmente algumas vezes, mas eu percebi que ele estava com dificuldade para dizer aquelas palavras, por mais sutis que fossem.

— Com todo o respeito ao nosso anfitrião, nós esperaremos — Vintor disse em um tom que não admitia discussão, o que fez os outros concordarem com a cabeça e grunhir.

Nirkon parecia perdido, sem saber como reagir. Ele já convivia com híbridos há tempo suficiente para reconhecer quando uma batalha estava perdida. Vintor e os outros não se deixariam abalar naquele momento.

Para minha surpresa, Jaek se levantou e se virou para falar com nossos companheiros.

— Se Nirkon diz que não nos fará mal e que evitará que ofendamos involuntariamente nosso anfitrião, que mal poderia fazer uma única taça de espumante Sareniano de luxo? — Jaek perguntou.

Apesar dos meus melhores esforços, eu não duvidei que meu rosto refletisse o mesmo choque e consternação demonstrados nos rostos dos outros. O que diabos ele estava fazendo? Por que ele sugeriria uma coisa dessas? Mas, mesmo com essas perguntas surgindo em minha mente, de repente eu me perguntei se ele estava apenas tentando ganhar mais tempo para Keran e seus homens. Será que ele também teria adicionado algum tipo de antídoto ao suco de Etil que havia preparado para esta reunião?

Depois de encarar Jaek com indisfarçável confusão, Vintor assentiu como se tivesse tido uma compreensão repentina. Ele sorriu para Jaek com uma expressão levemente condescendente, como se fosse uma pessoa ingênua ou ignorante.

— Você sempre foi o mais educado entre nós — Vintor disse em um tom condescendente — No entanto, isto é dirigido a guerreiros e aspirantes a guardas reais, não a cientistas. Disciplina e força de vontade diante da tentação são de suma importância. Portanto, nós continuamos a nos recusar a beber antes da assinatura do contrato — ele então se virou para olhar para Nirkon com um sorriso presunçoso enquanto estufava o peito — Se isto foi um teste para ver se aprendemos seus ensinamentos, boa tentativa. Mas será preciso muito mais do que isso para nos enganar.

Eu fiquei de queixo caído e olhei para Vintor com um respeito renovado, enquanto Jaek abaixava a cabeça em sinal de condescendência, com um sorriso indefinível se abrindo nos lábios. Até Nirkon sorriu em aprovação.

Mas nem todos reagiram favoravelmente a essa resposta. Enquanto os Guldans armados continuavam a esconder seus pensamentos por trás de uma máscara de completo estoicismo, os Sarenianos franziam a testa, sem esconder seu descontentamento.

Um painel secreto se abriu na parede do fundo do palco e encerrou o impasse sobre as bebidas. Um silêncio tomou conta da sala quando Deimos e seus dois companheiros marcharam até o estrado. Com um único olhar, ele sinalizou para Nirkon descer do palco. O treinador Guldan pareceu não conseguir obedecer rápido o suficiente.

Meu estômago se contraiu diante da expressão fria e dura no rosto do Sareniano. Ele parou no centro, em frente ao palco, e seus amigos retomaram suas posições em cada extremidade, como haviam feito da primeira vez. Os telões gigantes nas paredes atrás deles ganharam vida. Eu me lembrava muito bem do que havia acontecido da última vez. No entanto, eu não duvidava da eficiência de Jaek em adulterar a bebida.

Dito isso, como essa tinha sido a deixa que Jaek me deu sobre quando dar o sinal, eu abri a boca para falar. Para minha surpresa, Jaek agarrou minha mão e a apertou com firmeza, o que entendi ser sua maneira de me dizer para ficar quieta.

Eu lancei-lhe um olhar interrogativo de lado. Ele sorriu de forma tranquilizadora. Confusa, eu obedeci, imaginando o que havia mudado. Claro, eu agradeceria qualquer minuto extra que pudéssemos dar a Keran para chegar aqui, mas também tinha o dever de proteger nossos amigos. Para minha consternação, Deimos nem se deu ao trabalho de nos cumprimentar ou fingir ser um anfitrião encantador. Em vez disso, ele foi em frente.

— Entendo que vocês recusaram minha hospitalidade — Deimos disse, com a voz fria —Isso é muito rude. Permita-me insistir.

— Insista o quanto quiser, a resposta é não — Vintor respondeu em um tom áspero — Francamente, é você quem está sendo rude tentando nos impor seus supostos costumes e nos coagir a fazer algo que pode ser potencialmente prejudicial a nós e contrário a tudo o que nos ensinaram. Isso está começando a parecer uma má ideia. Talvez você não seja a pessoa com quem queremos nos associar.

Os outros concordaram em voz alta com as palavras de Vintor. O rosto de Deimos endureceu enquanto seu olhar percorria a plateia. Eu me preparei assim que seus olhos azuis-gelo começaram a brilhar.

— *Peguem os copos que serão servidos a vocês e bebam* — Deimos comandou com sua voz vibrante.

Só quando o formigamento deixou de se manifestar e um ar de indignação tomou conta dos rostos dos meus companheiros foi que eu percebi que estava prendendo a respiração.

— Que porra você pensa que está fazendo? — Vintor sibilou — levantando-se com um pulo — Você esqueceu que somos Braxianos?

Muitos dos outros também se levantaram, com os músculos inchados de raiva.

Uma fúria fria tomou conta do rosto assustadoramente belo de Deimos enquanto ele olhava para Jaek. A condenação interior não poderia ser mais evidente.

— Confirmando minhas suspeitas — Deimos respondeu a Vintor, embora continuasse a encarar Jaek — Eu queria acreditar que você era inteligente o suficiente para fazer a coisa certa. Você teria tido uma vida boa com a mulher que cobiçava – mesmo que ela fosse destinada a outro. Mas agora, vamos fazer do meu jeito... do jeito difícil.

Enquanto o medo enchia meu coração ao pensar que ele provavelmente havia cortado a tentativa de fuga de Keran pela raiz, um medo ainda maior tomou conta de mim quando suas palavras pareceram ser o sinal que os Guldans e Sarenianos armados estavam esperando.

Para meu horror, mais Guldans e Sarenianos começaram a entrar na sala, vindos do fundo. Os que estavam em cada lado dos nossos assentos ativaram suas armaduras. Usando uma tecnologia semelhante à dos Tuureanos – a elite militar das Veredianas – a armadura foi acionada a partir do cinto de armas deles. Parecia óleo negro se espalhando por todo o corpo, formando uma concha impenetrável ao redor deles antes de endurecer. Obviamente, era uma ilusão de ótica. Na verdade, o traje era composto de pequenas conchas hexagonais que se conectavam como peças de um quebra-cabeça para formar o traje. Embora a deles sem dúvida os tornasse mais difíceis de derrotar, o metal que usavam não chegava nem perto da armadura de celesium das Veredianas. Nenhum metal na galáxia era tão resistente e impenetrável quanto o celesium.

Movendo-se como um, meus companheiros investiram contra os Guldans ou Sarenianos mais próximos. Os da primeira fila tentaram perseguir Deimos no estrado, mas o filho de um krillik ergueu uma espécie de escudo de energia protetora que bloqueava o acesso ao palco por todos os lados, o escudo indo até o teto. Como eu temia, os híbridos mais próximos das bordas foram baleados antes que pudessem desferir o primeiro golpe. Alguns deles desabaram sobre o atirador, prendendo-o ao chão. Apesar do medo que eu sentia por eles, saber que estavam sendo atordoados em vez de mortos me permitiu focar em uma maneira de obtermos vantagem.

Mas isso também foi interrompido.

Embora o caos tenha se instalado na velocidade da luz, tudo parecia se mover em câmera lenta, desde o primeiro homem sendo baleado até os Sarenianos arremessando algumas esferas sobre nossos assentos. Jaek e eu mal conseguimos dar alguns passos à frente antes de vermos as esferas voando acima de nós. Na fração de segundo que eu levei para entender o que eram, os braços fortes de Jaek me envolveram. O chão correu em minha direção enquanto ele me derrubava antes de me proteger com seu corpo. Uma dor aguda explodiu em meu ombro esquerdo quando o bati contra o canto de um dos assentos. Mas essa dor logo foi esquecida, substituída por uma sensação brutal de facada no ouvido devido à explosão violenta das granadas de concussão que explodiram acima de nós.

Ao meu redor, os homens grunhiam ou gritavam de dor. Apesar do zumbido agudo nos meus ouvidos e da onda de tontura que tentava me engolir, eu ouvia o som abafado de corpos desabando ao meu redor.

Isso não pode estar acontecendo!

Pela forma como o corpo de Jaek ficou mole, me esmagando, a explosão o deixou inconsciente. Como seus efeitos não durariam, eu precisava proteger Jaek por tempo suficiente para que ele e os outros se recuperassem. Apoiando as palmas das mãos no chão, eu o empurrei para cima para tirá-lo de cima de mim, mas não com tanta força a ponto de chamar a atenção. Ele rolou para o lado, me libertando.

Eu levantei a cabeça e me vi olhando para as panturrilhas do meu amigo Rikku. Um mar de corpos meio caídos no chão ou sobre as cadeiras me cercava. No final das fileiras, de ambos os lados, os Sarenianos injetavam nos homens inconscientes o que presumi ser uma versão funcional do soro de controle mental. Ainda parados nas laterais como um bando de covardes, os Guldans mantinham suas armas apontadas para nós, atordoando qualquer um que parecesse estar se recuperando da explosão da concussão.

Deitada de bruços, eu discretamente remexi no vestido para pegar a lâmina improvisada que Jaek havia feito para mim. Um silêncio quase sinistro pairou sobre a sala, perturbado apenas pelo som ocasional de uma arma disparando, o grunhido de um dos meus companheiros e o som arrastado de corpos sendo virados para serem injetados.

Com o coração disparado, eu esperei que o Sareniano que injetava nas pessoas na minha fileira se aproximasse da minha posição. Ainda abrigado atrás do escudo de energia no palco, Deimos tentava contatar alguém em seu comunicador. Pela sua reação de choque e raiva, ele provavelmente recebeu más notícias. Seria Keran? Deimos acabou de descobrir que os puros-sangues haviam conseguido escapar?

Mas o corpo de Rikku se deslocando me lembrou que a hora de agir havia chegado. Mantendo a cabeça baixa para parecer inconsciente, eu só conseguia ver as pernas do Sareniano. Em sua arrogância, os Sarenianos não haviam ativado suas armaduras como os Guldans. Embora suas armaduras ainda tivessem vulnerabilidades que pudessem ser exploradas, seria mais difícil para mim infligir um golpe incapacitante ou fatal.

Eu faria esse filho da puta se arrepender do dia em que ele mexeu com a gente.

Assim que ele se curvou para afastar meus cabelos do pescoço, eu entrei em ação. Eu levantei a cabeça bruscamente e a joguei para o lado, batendo a parte de trás do meu crânio com força em seu rosto. Mesmo com a audição ainda abafada pela granada de concussão, eu ouvi o som glorioso de ossos sendo triturados enquanto eu quebrava seu nariz. Seu grunhido de dor se transformou em um som gorgolejante quando enterrei minha lâmina em sua garganta, que ele gentilmente me expôs em sua reação instintiva de puxar a cabeça para trás e para longe da fonte da dor.

Gritos alarmados ecoaram por toda parte quando nossos supostos captores viram sangue azul jorrando do pescoço de seu acólito. Dois Guldans apontaram suas armas para mim. Eu mal tive tempo de puxar o Sareniano moribundo à minha frente como um escudo de carne. Enquanto eu tentava pegar sua arma ainda embainhada no cinto, inúmeros híbridos – que aparentemente também estavam esperando a hora de revidar – entraram em ação.

Embora alguns deles ainda tenham sido baleados antes que pudessem sair de suas fileiras de assentos, muitos conseguiram escapar, ajudados pelo fato de que os Guldans hesitaram em atirar por causa dos Sarenianos que estavam nas arquibancadas conosco.

Eu não tive tais escrúpulos.

Agachada atrás do Sareniano, agora morto, como cobertura, eu atirei em tantos Guldans quanto pude, especialmente aqueles que miravam em nossos homens conscientes. Mas a armadura deles amorteceu o dano, mesmo depois de eu ter ajustado a arma para letal. Apesar de não matá-los imediatamente, isso causou dor suficiente para desviá-los e dar aos meus companheiros uma leve vantagem.

Com todos ainda em condições de se mover tendo saltado das arquibancadas, a batalha avançou para a entrada, com o espaço mais aberto facilitando o combate corpo a corpo. Mas as probabilidades não estavam a nosso favor. Suas armas e armaduras lhes davam uma vantagem injusta. Para cada Guldan ou Sareniano que nosso lado conseguia matar, dez de nós éramos derrubados ou atordoados.

Nesse ritmo, logo seríamos esmagados.

Meu sangue fervia, a raiva crescendo dentro de mim, acompanhada de uma sede repentina por sangue. Eu não queria apenas matar aqueles Guldans e Sarenianos, eu queria fazê-los sofrer e implorar por misericórdia. Ver Jaek se agitar ao meu lado pareceu ser o gatilho que eu precisava para ceder à minha sede de sangue. Se nós fôssemos capturados, eu primeiro mataria o máximo possível daqueles desgraçados.

Eu me levantei com um salto e corri para fora das arquibancadas, saltando sobre corpos inconscientes antes de saltar sobre um Guldan parado junto à parede, atirando nos meus amigos. Quando ele ouviu meu grito de guerra, já era tarde demais, pois eu caí sobre suas costas, derrubando-o no chão. Antes que ele pudesse se levantar, eu quebrei seu pescoço.

Ao contrário dos Sarenianos, que tinham escrúpulos em machucar mulheres, os Guldans não tinham tais reservas. Ao me ver matar seu amigo, outro Guldan rugiu de fúria e me deu um tapa. Como eu ainda estava agachada sobre seu companheiro morto, eu me abaixei rapidamente para evitar que ele me desse um tapa violento com as costas da mão. Sua luva blindada teria me atingido na bochecha direita. Eu não lhe dei chance de se equilibrar e me lancei sobre ele, montando em seu peito. Carregada pelo meu peso e pela força do impacto, ele cambaleou para trás a curta distância até a parede. Provavelmente teria caído se não fosse pelo apoio.

Rosnando como uma fera raivosa, eu agarrei seu rosto blindado e bati repetidamente a parte de trás de sua cabeça contra as placas de metal que cobriam a parede. Sua armadura não se estilhaçou, mas as placas da parede se dobraram sob os fortes impactos. Eu só conseguia imaginar o quanto de dano sua armadura estava causando na parte de trás de seu crânio. No quarto golpe, o Guldan ficou mole. Uma parte de mim lamentou o fato de que ele já estava acabado, mas havia mais presas para serem abatidas.

Eu pulei da minha vítima enquanto ela deslizava pela parede e me virei bem a tempo de ver um punho enorme enluvado vindo em direção ao meu rosto. Com apenas um segundo para reagir, eu desviei para a direita, com a luva dele roçando minha bochecha esquerda. Infelizmente, eu tropecei no Guldan cuja cabeça eu tinha acabado de bater na parede e perdi o equilíbrio.

Eu caí com força, aterrissando de bunda, com as pernas em cima da vítima. Por direito, uma dor terrível deveria irradiar pela minha perna e lombar, considerando a força com que atingi meu osso pélvico. Mas eu senti apenas um leve desconforto. Apesar da minha altura e tamanho não desprezíveis, meu agressor me levantou com facilidade e jogou minhas costas contra a parede. Mais uma vez, eu achei estranho que a força do impacto não me atordoasse nem me fizesse gemer de dor.

Segurando-me pelo pescoço, ele puxou o braço direito para trás para me socar. Enquanto eu me esquivava novamente, eu desferi um golpe brutal com o cotovelo sobre o braço dele, que me prendia contra a parede pelo pescoço, rompendo seu aperto. Seu punho atingiu a parede ao lado do meu rosto, segundos antes de eu empurrá-lo para longe. Meu pé, acertando com força seu peito, interrompeu sua tentativa de me atacar novamente e o fez voar para trás.

Ele caiu pesadamente de bunda. Levado pelo impulso, a parte de trás do seu crânio também atingiu o chão. Atordoado, ele balançou a cabeça e rolou de bruços para se levantar. Grande erro... Eu corri em sua direção e bati o pé na base de sua espinha. Ele gritou e jogou a cabeça para trás, exatamente como eu esperava. Inclinando-me para a frente, eu envolvi seu maxilar com as duas mãos e puxei com toda a minha força. Um grito prolongado e selvagem escapou de mim enquanto eu me esforçava com uma força sobrenatural – muito além da minha força Braxiana natural – até que suas costas estalaram e ele acabou dobrado ao meio de uma forma anormal.

Um movimento repentino no canto da minha visão me fez girar, pronta para me defender. Como se estivesse em câmera lenta, eu observei a lâmina de um Guldan vindo em minha direção. Eu nunca teria tempo de me esquivar. Mas a espada não me atingiu. Em um piscar de olhos, Jaek saltou das arquibancadas e se chocou contra meu suposto assassino, jogando-o para longe. Eles caíram em um emaranhado de membros. Movendo-se a uma velocidade inacreditável, Jaek se levantou novamente. Agarrou o Guldan blindado pelos quadris, ergueu-o como uma boneca de pano e o segurou de cabeça para baixo. Com um grito selvagem, ele jogou a cabeça do Guldan nas placas de metal grelhadas que cobriam o chão. Apesar da armadura, os ossos do pescoço, ombros e peito do Guldan cederam com a força do impacto. Sua cabeça afundou tão profundamente entre os ombros que quase se poderia pensar que ele havia sido decapitado.

Eu deveria ter ficado horrorizada, mas nunca me senti tão eufórica, tão poderosa... tão sanguinária. Minha pele formigava e estava febril, enquanto um fogo consumidor queimava em minhas veias.

Ao meu redor, a mesma sede de sangue parecia ter tomado conta dos meus companheiros híbridos. Os que ainda estavam inconscientes se agitavam em ritmo exponencial. A maré estava virando. Uma onda repentina de pânico tomou conta dos Guldans e Sarenianos, muitos gritando para que recuassem. Eles correram em direção à saída, o movimento começando do lado oposto da sala.

Primeiro, eu ouvi os rugidos selvagens, depois vi feras ainda mais selvagens irrompendo na sala, perfurando armaduras, pele e ossos com um único golpe. Os puros-sangues haviam se juntado à briga.

Em um breve instante de clareza, eu percebi que minha força aumentada, sede de sangue e a explosão repentina de energia cruel que meus companheiros e eu estávamos usando para voltar ao topo quando estávamos à beira da derrota eram o resultado da aura de um Berserker.

Keran estava aqui.

CAPÍTULO 27
KERAN

Depois do que pareceu uma jornada interminável por um labirinto de corredores, nós finalmente chegamos ao elevador para o andar inferior. Naturalmente, ele não comportava todos nós. Eu desci com o primeiro grupo, e o segundo seguiu logo em seguida. Mais uma vez, se não fosse pelo mapa de Jaek, nós não saberíamos qual dos três corredores ramificados deveríamos ter pego para chegar ao salão de reuniões. Mas o mapa logo deixou de ser necessário.

Enquanto corríamos pelo corredor da esquerda, o som abafado da batalha nos dava todas as direções necessárias. Eu acelerei o passo, ignorando a dor crescente no estômago. Esse esforço estava piorando os danos internos causados pelas larvas. Eu só podia esperar sair dali antes que elas me matassem. Acima de tudo, eu esperava durar o suficiente para levar Dawn, os híbridos e meus homens para um lugar seguro.

Quando chegamos à porta, Tagar e Nowik dispararam à minha frente. Eles a abriram, entrando primeiro para garantir que eu pudesse seguir com relativa segurança. Mas não havia segurança em meio ao caos que reinava naquela sala. Um único olhar bastou para revelar como os híbridos estavam perdendo. Uma fúria cega me invadiu ao ver incontáveis Guldans, totalmente armados e blindados, atirando nos híbridos desarmados. Mesmo que a luz azul em suas armas indicasse que estavam configurados para atordoar e não matar, ainda me irritava que eles os atacassem com probabilidades tão desiguais.

Eu não precisei dizer uma única palavra para que meus homens soubessem o que fazer. Eles atacaram os Guldans e os Sarenianos como as Fúrias em que se transformavam sempre que fortalecidos pelo meu poder Berserker. Embora eu não tivesse feito isso intencionalmente, eu levei segundos para perceber que minha aura também se estendia aos híbridos. Eu fiquei imensamente feliz em vê-los infligir dor severa aos agressores.

Ao entrar na sala, o escudo de energia que isolava o palco onde Deimos e seus dois acólitos se abrigavam imediatamente chamou minha atenção. Um desprezo absoluto agravou o ódio que preenchia meu coração por aquele homem. Ele nem sequer teve coragem de lutar sua própria batalha, abrigando-se enquanto outros faziam o trabalho sujo por ele.

Eu silenciei meu impulso instintivo de ir atrás dele e, em vez disso, procurei por Dawn. Os Guldans e Sarenianos em pânico facilitaram minha tarefa, pois começaram a fugir em direção à saída assim que nos viram entrando. A maioria deles não conseguiu ir muito longe, pois meus homens os agarraram pelo caminho, quebrando membros com uma facilidade quase insultuosa e esmagando suas cabeças contra as paredes ou as laterais das arquibancadas, fazendo-os explodir como frutas maduras demais em uma chuva de sangue e órgãos.

Enquanto saíamos das arquibancadas para a área aberta em frente às mesas de refrescos – que haviam sido destruídas há muito tempo pela briga – e que levava à saída, eu finalmente avistei minha mulher. Ela lutava com uma selvageria que me deixou instantaneamente duro como uma rocha. Vê-la esfaquear repetidamente um Sareniano no rosto com a adaga de aparência mais estranha que eu já tinha visto me fez derramar algumas gotas de pré-sêmen. Dawn havia me contado sobre seu treinamento de combate e autodefesa, mas eu nunca imaginei que ela fosse tão proficiente e tão selvagem. Mesmo assim, eu precisava dela fora dali e em segurança. Além de sua destreza em batalha, a única coisa que me impedia de correr até ela era a quantidade de híbridos vigiando minha mulher enquanto lutavam ao seu lado.

Em uníssono, híbridos e puros-sangues uniram forças para obliterar nossos inimigos. Aqueles que ainda estavam inconscientes estavam gradualmente despertando e imediatamente se lançando à batalha. Assim que os últimos oponentes conseguiam escapar pela saída ou sucumbiam aos nossos golpes, a voz de Deimos ressoou pelo sistema de comunicação da sala. Todos nos viramos para olhar o palco.

Da minha posição, as arquibancadas bloqueavam minha visão, mas eu ainda conseguia ver os telões gigantes acima delas. O rosto de Deimos preenchia todos eles, seus olhos brilhando. Meu estômago embrulhou quando ele abriu a boca.

— *Híbridos, matem os puros-sangues. Matem o Príncipe antes que ele escape e reúna os Korletheanos contra vocês!* — Deimos comandou com sua voz vibrante.

Meus homens e eu nos preparamos, assumindo posições defensivas caso eles se voltassem contra nós. Nós estávamos cercados, em desvantagem numérica de vinte para um. Os híbridos recuaram, uma centelha de ódio percorrendo seus rostos ao ouvir a palavra Korletheanos. Mas nenhum parecia ansioso para cumprir a ordem de nos atacar.

— Isso não vai funcionar, seu filho da puta psicótico — Jaek gritou para Deimos — Eu coloquei um antídoto no suco que eles beberam. Você não tem mais poder sobre nós!

Desta vez, foi Deimos que demonstrou um ódio profundo misturado a uma ponta de loucura. Se Jaek estivesse ao seu alcance, ele o teria estripado. Ele ativou o comunicador em sua braçadeira.

— Fechem a sala, tranquem todas as saídas e saiam — ele ordenou pelo comunicador enquanto girava nos calcanhares.

Eu não soube dizer se ele queria que ouvíssemos isso ou se simplesmente não se importava de ainda estar perto o suficiente do microfone flutuante para captar sua conversa, mas isso nos deixou animados.

— Todos para fora! Para as suas naves, agora! — eu ordenei antes de me virar para Tagar — Baldur?

Ele balançou a cabeça — Não o vi.

Ainda não sabíamos se Baldur e Thanor haviam conseguido derrotar os dois Sarenianos que pilotavam este módulo. Se eles tivessem sobrevivido e nos colocado no ar, estaríamos ferrados.

— Precisamos derrubar o escudo de energia antes que Deimos escape — eu disse, apontando na direção geral do palco. A tela gigante exibia um palco vazio e parte da porta secreta aberta pela qual os três Sarenianos haviam escapado.

Para minha consternação, em vez de correrem para fora com os outros, Dawn, Jaek e Vintor abriram caminho no meio da multidão em nossa direção.

— Keran! — Dawn gritou.

Ela se jogou em meus braços, e os meus instintivamente a envolveram. Ancestrais! Como eu sentia falta da sensação da minha mulher contra mim. Nem mesmo o sangue subindo pela minha garganta devido ao impacto contra minhas entranhas machucadas diminuiu a felicidade que eu senti ao me reunir a ela. Mas agora não era hora de me deleitar com a minha mulher.

Eu a empurrei delicadamente, segurando seus braços com as duas mãos — Você precisa ir. Leve os outros para Genxia. Nos encontraremos lá.

— Não! Venha conosco! — Dawn exclamou.

— Nós precisamos capturar Deimos. Não podemos deixá-lo escapar — eu disse com a voz severa.

— Mas você está ferido! — Dawn argumentou.

— Eu vou ficar bem. Você precisa ir. Preciso saber que você está segura.

Ela pareceu prestes a discutir novamente, mas não disse nada, com preocupação e confusão estampadas em seu lindo rosto.

— Seus homens precisam que você os leve para um lugar seguro, Dawn. Cada um de nós tem seu dever — eu disse.

Sua respiração ficou ofegante. Pela rapidez com que ela piscou, Dawn tentava conter as lágrimas que brotavam em seus olhos. Segurando seu rosto com as duas mãos, eu apertei seus lábios em um beijo desesperado por um breve instante antes de soltá-la.

— Mantenham-na segura — eu ordenei, meu olhar pousando

primeiro em Jaek e depois em Vintor, que estavam de pé um de cada lado da minha mulher.

Ambos me deram um aceno firme antes de conduzi-la em direção à saída. Eu fui direto para o palco onde meus homens já atiravam no escudo de energia com as armas dos Guldans e o detonavam com as mesas e bancos. Estava demorando muito. O fato das portas não terem sido trancadas como ele ordenou me deu esperança de que Baldur e Thanor tivessem conseguido despachar os pilotos. Mas se Deimos tivesse uma nave auxiliar lá, provavelmente nunca conseguiríamos detê-lo antes que ele desaparecesse.

Justo quando esses pensamentos estavam cruzando minha mente, a voz de Thanor atravessou a névoa da minha sede de sangue.

— Andem! Deixem-me passar! — ele gritou, abrindo caminho entre meus homens.

Minha alegria ao vê-lo de volta com Baldur logo deu lugar à surpresa quando ele ergueu o antebraço em frente ao escudo de energia. Ele digitou freneticamente as instruções na interface da estranha braçadeira presa ao seu pulso. Em segundos, o escudo de energia se desfez. Um milhão de perguntas se impunham à minha língua, mas elas teriam que esperar.

Meus homens ecoaram meu rugido vitorioso enquanto invadíamos o palco e atravessávamos a porta secreta ainda aberta. O curto corredor atrás dela dava para um hangar contendo uma única nave auxiliar. Para minha surpresa, o grande conjunto de portas por onde ela voaria permaneceu fechado. Ao longe, a voz de Deimos ecoava pela sala quase vazia, repreendendo alguém chamado Zeory para se apressar.

Nós demos a volta na nave e encontramos os três Sarenianos perto do painel de controle perto das portas. O que mexia nele – provavelmente Zeory – parecia perturbado enquanto Deimos o encarava. O terceiro Sareniano tinha um ar de resignação enquanto observava seus companheiros.

— Não percam tempo! — Thanor gritou para os Sarenianos em tom de provocação — Vocês e esta nave não vão a lugar nenhum — ele acrescentou, erguendo o braço esquerdo para exibir a braçadeira em volta do pulso.

Enquanto muitas outras espécies teriam entrado em pânico e começado a implorar por clemência ou demonstrado comportamento errá-
tico, como bater na porta selada, os três Sarenianos se viraram para nós
em desafio. Por mais que eu quisesse fazê-los sofrer pelo que haviam
feito aos híbridos, aos meus homens e a mim, a reação deles despertou
em mim um respeito relutante. Eles sabiam que estavam prestes a
morrer, mas o fariam lutando até o fim, provavelmente na esperança de
abater alguns de nós no processo.

— Parece que eu o subestimei gravemente, Jakar — Deimos disse,
dando alguns passos em minha direção, antes de parar a uma distância
não ameaçadora.

— E a lealdade dos Braxianos entre si, o que inclui os híbridos —
eu disse em um tom áspero — Você diz que tudo o que faz é por Sarenia, mas esperava muito menos devoção do meu próprio povo. Fanáticos como você, que permanecem presos ao passado, quase sempre
acabam do lado errado da história, se é que são lembrados. Apesar de
sofrerem tremendamente nas mãos de algozes ainda vivos, nossos
híbridos decidiram deixar o passado para trás e lutar por um futuro
melhor. Você está obcecado em vingança contra pessoas que morreram
há mais de um século.

— Eles merecem pagar! — Deimos gritou, com a raiva à flor da
pele.

Eu balancei a cabeça com pena, surpreso por conseguir formular
pensamentos tão coerentes na minha condição e através da minha
névoa Berserker — Ódio... Mais ódio. Só traz dor e sofrimento aos
inocentes e, no fim das contas, sempre termina em fracasso.

— É aí que você se engana — Deimos disse com arrogância —
Você pode ter frustrado este plano, mas é apenas um entre muitos. Nós
somos uma legião e estamos determinados a acabar com os Korletheanos. Você ainda não está sentado no trono e nunca estará. Zerien
também não. Nossa causa vencerá.

— Eu quase lamento que você não viverá para ver os outros traidores também serem abatidos — eu rosnei, estendendo a mão para
Nowik.

Embora ele tenha colocado a espada que havia arrancado de um dos Guldans em minha mão sem fazer alarde, eu não deixei de notar a ponta de preocupação nos olhos de Nowik. Mas mesmo que Deimos fosse um traidor, não haveria honra em simplesmente executá-lo. Baldur colocou uma espada no chão e a empurrou com o pé. Ela deslizou sobre as placas de metal, e Deimos a deteve com o pé antes de se abaixar para pegá-la. Tagar gesticulou para um dos outros dois Sarenianos, enquanto Baldur gesticulou para Zeory. No caso de Baldur, era pessoal, pois o cientista havia implantado os primeiros besouros dentro dele.

Meus homens se espalharam em um amplo círculo ao nosso redor. Os outros dois Sarenianos avançaram, pegando as espadas fornecidas. Mesmo tendo nos emparelhado para duelos simultâneos, nós mantivemos um olho no outro, pois cruzamentos eram frequentes nesse tipo de batalha.

Os Sarenianos estenderam suas garras e presas enquanto se aproximavam lentamente de nós. A fluidez com que se moviam facilmente nos levaria a pensar que possuíam DNA felino em vez de anfíbios. Nós circulamos uns aos outros, estudando nossos respectivos oponentes, procurando uma fraqueza para explorar. Os Sarenianos não tinham a nossa força. Seus ossos se quebravam como galhos em nossas mãos. O desafio era realmente conseguir pegá-los. Os merdinhas eram rápidos e escorregadios.

O Sareniano sem nome atacou primeiro, investindo contra Tagar. Isso agiu como um sinal, incitando o resto de nós a entrar em ação. Deimos investiu contra mim, mas não da forma selvagem – quase imprudente – como Zeory atacava Baldur. Qualquer um com olhos podia ver que, apesar de sua respeitável habilidade de combate, o cientista não era um guerreiro. Deimos me golpeou com a espada de forma calculada, observando minhas reações e minha velocidade. Nosso tamanho enorme frequentemente enganava as pessoas, fazendo-as pensar que seríamos gigantes lentos e desajeitados.

Isso continuou por um curto período, com Deimos pulando de pé como um boxeador entre investidas. Na sétima vez, já havia se tornado um padrão previsível que não me enganava nem um pouco. Ele tentava me fazer pensar que eu sabia o que ele faria em seguida, e então ele partiria para o ataque. Na oitava vez, enquanto avançava, ele mudou a posição do braço livre, os dedos curvados no ângulo perfeito para usar as garras em um golpe violento. Foi sutil o suficiente para que a maioria dos oponentes não percebesse.

Eu aparei o ataque de espada dele com a minha e imediatamente dei um tapa na mão dele, que tentava me eviscerar com suas garras horríveis. O golpe deveria ter quebrado seu pulso, mas o desgraçado antecipou meu contra-ataque e torceu o corpo inteiro enquanto caía no chão, rolando para fora do alcance antes de pular de volta para se levantar. Porra, ele era escorregadio! Pelo jeito que se movia, parecia que ele não tinha um único osso no corpo.

Para minha surpresa, Deimos avançou sobre mim. No último minuto, ele caiu de joelhos e se curvou para trás tão baixo que a nuca quase tocou o chão enquanto seu impulso o levava além de mim. Ele golpeou minhas pernas com a espada. Eu pulei por cima dela, mas antes que eu pudesse pousar de volta, ele já havia se endireitado e girado sobre si mesmo para arranhar a parte de trás das minhas panturrilhas, no meio da rotação.

A sensação de queimação não era nada em comparação com a dor aguda que irradiou pelo meu estômago e peito no momento em que pousei. Em minha sede de batalha, eu quase tinha esquecido as larvas que ainda me consumiam por dentro. Os analgésicos e os efeitos atenuantes dos meus poderes Berserker me deixaram descuidado. Eu tentei dar um golpe de costas em Deimos, mas ele já havia se afastado. Tentando aproveitar sua vantagem, o Sareniano coordenou uma série de ataques com sua espada, garras e chutes estratégicos, me mantendo na defensiva.

Em algum momento durante esse tempo, Baldur matou Zeory. Eu o vi socar o cientista, quebrando seu maxilar. Mas eu estava ocupado demais me esquivando da ofensiva de Deimos para ver quando ele abriu sua cabeça. A julgar pela bagunça destroçada e ensanguentada no chão, Baldur enfiou as mãos na boca de Zeory e puxou cada lado como se estivesse abrindo uma armadilha para ursos.

Deimos não vacilou nem reconheceu a morte do companheiro. Pela forma como ele aumentava a velocidade e a ferocidade do ataque, o

Sareniano estava ficando cada vez mais confiante de que conseguiria me derrotar. Eu entrei no jogo, esperando o momento certo enquanto nossas espadas se chocavam. Quando ele me atacou novamente, eu não tentei desviar e apenas me inclinei para o lado, deixando a lâmina roçar a lateral do meu ombro.

Seus olhos se arregalaram enquanto o impulso o levava direto para mim. Ele tentou girar para fora do alcance. Antecipando seu movimento, eu girei para um chute giratório. O chute o atingiu em cheio no estômago, fazendo-o voar alguns metros para trás. Meu cérebro mal registrou o rugido de aprovação dos meus homens quando Deimos caiu pesadamente de costas com um baque forte. Visivelmente sem fôlego, ele tentou se levantar, mas eu já estava em cima dele. Eu o levantei com as duas mãos acima da cabeça e o joguei de volta no chão.

O Sareniano caiu em um ângulo ruim, deslocando o ombro esquerdo com um estalo audível. Atordoado, ele rolou de bruços e se esforçou para sequer levantar a cabeça. Sentindo-me generoso, eu gentilmente recoloquei seu ombro no lugar pisando nele com força. Deimos soltou um grito agudo de dor, que se transformou em um rugido de agonia quando eu coloquei meu pé entre suas escápulas, abaixei-me para agarrar suas nadadeiras e as arranquei de suas costas.

Sangue azul jorrou das feridas. Eu descartei os apêndices em forma de asas que o marcavam como um Sareniano maduro e agarrei seus cabelos pela nuca para puxá-lo de volta para cima. Apesar da dor e ainda meio atordoado, Deimos me deu um soco, acertando em cheio, bem abaixo do meu plexo solar. Uma dor ofuscante explodiu por toda a parte superior do meu corpo. O sangue subiu pela minha garganta, quase me sufocando, enquanto o Sareniano tentava acompanhar o movimento arranhando meu rosto. Eu mal consegui erguer um braço protetor diante de mim. Suas garras cortaram fundo meu antebraço. Um segundo depois, e ele teria arrancado meu olho.

Desesperado para se libertar da minha mão que ainda o segurava pelos cabelos, Deimos me deu uma cotovelada, mirando mais uma vez na minha barriga. Eu me virei para o lado, o suficiente para que ela se atingisse nas minhas costelas, provocando outra onda lancinante de agonia. Enfurecido, eu agarrei seu braço, impedindo-o de me dar outra cotovelada, e bati minha testa contra seu lindo rosto, bem na ponta do nariz. Eu senti os ossos cederem. Ele emitiu um som estrangulado, e toda a sua energia pareceu se esvair. Ele cambaleou em pé, seus olhos azuis gélidos visivelmente lutando para não rolar para trás da cabeça.

Esticando o braço com que ele me deu uma cotovelada, eu o bati violentamente sobre o meu joelho levantado, quebrando-o na articulação. O grito gutural de Deimos transformou-se em um grito longo e arrastado quando eu chutei a frente do seu joelho, quebrando-lhe a perna. Ele desabou numa massa de membros quebrados, o seu sangue azul-escuro escorrendo pelas rachaduras das placas gradeadas que cobriam o chão.

Eu me elevei sobre ele, a fúria fervendo em meu sangue enquanto o observava lutar para permanecer consciente.

— Como eu disse, pessoas como você sempre perdem — eu rosnei.

Ele não respondeu, não que eu esperasse. Eu bati o pé em seu peito, e sua caixa torácica cedeu. Sangue jorrou de sua boca. Desta vez, seus olhos reviraram para a nuca, mas ele não morreu imediatamente. Ele ofegava o peito partido, com a respiração dolorida e úmida.

Ao me virar para encarar meus homens, eu levei um momento para perceber que minha própria respiração soava angustiada. Eu cuspi o sangue que enchia minha boca, apenas para ver mais sangue subindo pela minha garganta. Sentindo-me tonto, eu olhei ao redor da sala que havia ficado em silêncio. Eu não me lembrava de ter notado Tagar matando o Sareniano sem nome.

— Jakar? Você está bem? — Tagar perguntou, com a preocupação audível.

Eu abri a boca para responder, mas um som alto lá fora nos fez olhar para a porta, como se pudéssemos ver através do metal reforçado. Meu sangue gelou nas veias ao reconhecer a série de baques altos que ressoavam em rápida sucessão: explosões.

— Abra a porta — eu ordenei a Thanor, minha voz quase irreconhecível, de tão rouca.

Ele correu para a porta, seus dedos já voando na interface da braçadeira Sareniana. Momentos depois, as portas se abriram com um rangido. Eu me aproximei, meus passos hesitantes, minha cabeça girando e meu coração disparado.

Assim que eles terminaram de abrir, eu percebi que estávamos nos fundos do prédio. Embora não conseguíssemos ver o lado por onde os híbridos estavam escapando, a fumaça subindo à nossa direita e o som distinto das explosões deixavam claro o que estava acontecendo. Os outros módulos da nave estavam derrubando as naves dos híbridos.

Enquanto o horror se apoderava de mim, um único pensamento se repetia em minha mente...

Dawn.

CAPÍTULO 28
KRYGOR

De pé no convés, enquanto começávamos a descer para a atmosfera de Haven, eu encarei meu neto com crescente preocupação. A inquietação do garoto estava me deixando ainda mais louco do que eu já estava. Embora ele estivesse fazendo um trabalho notável em esconder suas emoções, eu o conhecia bem o suficiente para ver o medo profundo que ele sentia de que estávamos ficando sem tempo para salvar Keran. Nos últimos dois dias, ele nos forçou a levar nossa nave ao limite para fazer a viagem de Braxia em tempo recorde.

Em todos os meus anos observando-o crescer até se tornar o jovem formidável que se tornou, Gavin nunca se mostrou tão frenético. Seja lá o que seu sentido sobrenatural tivesse percebido, isso o deixou – e, por extensão, a mim – nervoso. Embora seus pais tivessem confiado seu treinamento de guerreiro aos meus cuidados, eles não ficaram muito felizes ao descobrir que eu o levaria para o que provavelmente seria uma batalha de verdade. Como eles também amavam Keran profundamente e confiavam em minha capacidade de cuidar de seu primogênito, eles não se opuseram à entrada de Gavin na missão. Por outro lado, como o menino havia atingido a maturidade legal, ele não precisaria do consentimento deles.

Ainda assim, eu estava agora em dívida com a obrigação de trazer de volta os primogênitos de dois dos casais mais queridos do meu coração.

Como esperado, no momento em que nossa nave começou a descer, o controle aéreo nos chamou. Assim que o Capitão Yulan abriu a comunicação na tela, o humano de aparência jovem que apareceu começou a exigir que voltássemos ou atracássemos no espaçoporto para a devida identificação. Fragatas como a nossa – claramente uma nave de guerra – não tinham permissão para entrar no espaço de Haven para proteger as diversas espécies ameaçadas de extinção que o planeta abrigava.

— Nós estamos aqui em uma missão de resgate — eu respondi em um tom firme — Nosso Príncipe Herdeiro, Jakar Keran Xeldar, está em apuros. Estamos aqui para salvá-lo e esperamos muita hostilidade daqueles que o detêm.

— O quê?! — o controlador exclamou através do nosso comunicador — Vocês estão enganados. Jakar Keran Xeldar deixou Haven há quase duas semanas. Ele fugiu com a humana Dawn Merrick, que anteriormente administrava o abrigo Genxia para híbridos Braxianos.

— *Você* é que está enganado — Gavin retrucou em um tom áspero — O Príncipe está aqui e em uma situação terrível. Nós não vamos voltar, e não temos tempo para cuidar dos seus trâmites administrativos. Envie reforços para o nosso local, assim como primeiros socorros. Tempo é essencial.

— Vocês não podem entrar em nosso espaço aéreo com naves de guerra — exclamou o controlador, com o rosto jovem assumindo uma expressão de pânico — Nós não queremos iniciar uma guerra com os Braxianos, mas se persistirem em violar nosso espaço aéreo, seremos forçados a enviar tropas para derrubá-los.

— Você ouviu meu neto — eu intervim asperamente — Nós estamos aqui para um resgate. Enviem essas malditas tropas. Nós avisamos que poderíamos precisar de reforços. Sua falha em ajudar enquanto o futuro herdeiro de Braxia estiver em perigo em seu próprio planeta será motivo para uma guerra.

Com um gesto de cabeça, eu indiquei ao meu capitão para encerrar a comunicação. Yulan obedeceu. Nossa comunicação disparou imediatamente, com o controlador tentando nos contatar novamente, mas o ignoramos.

— Para onde? — Yulan perguntou a Gavin.

— Norte — ele respondeu com segurança.

— Uh... Quão ao norte? — Yulan insistiu.

— Vá para o norte. Eu te aviso se precisar de ajustes — Gavin disse, com o tom endurecendo.

Yulan me lançou um olhar incerto. Eu assenti com firmeza para que ele prosseguisse conforme solicitado. Embora claramente não convencido, meu capitão obedeceu e mudou nosso curso para o norte. A maioria da tripulação compartilhava o sentimento de Yulan em relação à missão. Por mais que respeitassem meu neto, os Braxianos não tinham esse tipo de poder de vidência. Uma parte de mim se arrependia de tê-lo convencido, junto com seus pais, a manter suas habilidades em segredo.

A dureza que ele demonstrou desde que nos enviou nessa missão angustiou ainda mais meus homens. Gavin sempre teve uma personalidade amigável, educada e, muitas vezes, travessa. Meus companheiros de clã interpretaram essa mudança de comportamento como prova adicional de que havia algo de errado com o garoto. Eu vi isso como um sinal do intenso estresse, preocupação e senso de urgência que ele sentia em relação a Keran. Eu não precisava entender o que os sentidos de Gavin lhe diziam, ou o quão irracionais algumas de suas declarações soavam. Eu confiava nele implicitamente.

E essa confiança era a razão para o sentimento implacável de pavor que me apertava por dentro. Para Gavin estar tão perturbado, algo terrível havia acontecido – ou estava acontecendo – com Keran. Eu não queria imaginar um cenário em que voltaria para casa, para Ravik, com o filho dele em um saco para cadáveres.

Gavin de repente ficou tenso, sua pele cinza – um tom no espectro mais claro para a maioria dos Braxianos – ficou ainda mais pálida, deixando todos os meus sentidos em alerta máximo.

— Ajuste nosso curso para nordeste — Gavin ordenou repentinamente a Yulan antes de se virar para mim, com o rosto tenso — Precisamos energizar todas as armas e deixar nossos homens prontos para voar nos caças. Nós só teremos uma chance.

Desta vez, Yulan parecia determinado a desafiar o comando de Gavin. Uma parte de mim também queria dizer a ele que aquilo estava saindo do controle. Nós já tínhamos as forças de defesa de Haven vindo atrás de nós a toda pressa. Agora, com nossas armas energizadas, seríamos considerados um perigo claro e imediato para a segurança da população que eles juraram proteger. Se ele estivesse errado e acabássemos trocando tiros com as forças de paz de Haven, isso criaria um pesadelo diplomático com consequências duradouras para Braxia.

E ainda assim, eu não hesitei.

— Mudem o curso para nordeste e ativem as armas — eu ordenei a Yulan antes de abrir o comunicador da nave — Todos os homens, aos postos de batalha. Pilotos e tropas, preparem-se para decolagem imediata.

Eu não deixei de notar o olhar agradecido que Gavin me lançou antes de voltar a focar na paisagem de Haven na tela. Nós não conseguíamos ver nada além de um mar de árvores gigantes formando uma floresta densa à nossa frente. No entanto, à medida que nos aproximamos, duas das naves mais estranhas que eu já tinha visto saíram da furtividade e começaram a atirar em alvos no chão que ainda não conseguíamos ver.

Todos os membros da minha tripulação começaram a xingar e entraram em ação, todas as dúvidas evaporaram. O alívio por meu neto ter razão se misturava à preocupação que eu sentia por Keran. Em que diabos ele havia tropeçado? Quem seria tão ousado a ponto de lançar tal ataque contra o herdeiro Braxiano em um planeta santuário?

Gavin aproximou-se do painel de navegação, substituindo Yulan parcialmente, que não contestou suas ações. Normalmente, isso seria inaceitável, mas o garoto provavelmente sentiu que seria mais fácil simplesmente digitar os comandos que seu instinto infalível lhe dizia serem necessários, em vez de perder tempo tentando explicá-los a outra pessoa.

— Não deixem que eles se alinhem — Gavin gritou, antes de se virar e gritar para os postos de batalha de cada lado do convés — Atirem neles! Atirem nas duas naves agora!

Sem esperar pela resposta, Gavin saiu correndo do deck. Eu xinguei baixinho.

— Abatam essas naves e protejam nosso povo — eu disse — Yulan, você fica com a ponte.

Feito isso, eu corri atrás do garoto. Como eu suspeitava, ele foi direto para o hangar e embarcou em um dos nossos três perseguidores. Eu o segui e ordenei que o piloto decolasse. Nós nem nos demos ao trabalho de sentar, como o resto dos nossos homens já a bordo.

Lá fora, um espetáculo surreal nos recebeu enquanto a floresta se abria em um vasto espaço aberto. Um prédio semelhante às naves estranhas estava no meio da clareira, cercado por incontáveis naves particulares. As duas naves atiravam tanto nas naves quanto na entrada do prédio. Um zoom nesta última revelou a presença de incontáveis híbridos. Eu levei cerca de um segundo para perceber que eles estavam tentando chegar às suas naves antes de serem atacados e agora corriam de volta para dentro do prédio em busca de abrigo.

Inicialmente, eu não havia entendido o motivo pelo qual Gavin havia dito ao meu capitão para não deixar as duas naves se alinharem. Mas, quando começamos a pousar, eu tive uma visão melhor da parte inferior de ambas as naves, o que revelou a presença do feixe usado pelos Guldans para seu ataque de Siren. Assim que duas naves equipadas com essa tecnologia letal se alinhassem e ativassem seus feixes, qualquer edifício, nave ou estrutura que se encontrasse no caminho do feixe sofreria danos ultrassônicos massivos. Qualquer forma de vida dentro delas sofreria ferimentos ainda mais traumáticos, possivelmente levando à morte.

Minha fragata e nossos outros dois caças começaram a assediar as duas naves inimigas, forçando-as a desviar o ataque. Assim que nosso próprio caça pousou, Gavin nem esperou a rampa terminar de baixar para pular da embarcação. Ele correu em direção à entrada do prédio onde os híbridos haviam se refugiado. Os destroços das explosões se acumularam em frente à entrada, bloqueando-os.

Para meu choque total, assim que os híbridos nos viram se aproximando, as expressões de raiva em seus rostos se transformaram em espanto. Quando todos começaram a sussurrar "Magnar Gavin", meu sangue congelou. Que porra estava acontecendo? Como o boato que estava sendo espalhado em nosso planeta natal chegou aos híbridos de Haven? Embora visivelmente perturbado por se referirem a ele dessa forma, Gavin permaneceu concentrado na tarefa em questão.

— Precisamos remover esses destroços e tirá-los daqui rapidamente antes que aquelas duas naves retornem — Gavin disse.

Ele invocou seu poder Berserker ao mesmo tempo que eu, amplificando a força tanto dos nossos homens quanto dos híbridos. Mas segundos depois de começarmos a remover os destroços, Gavin virou a cabeça para a direita.

— Keran — ele sussurrou com um olhar aterrorizado.

Ele largou o pedaço de metal retorcido que estava removendo e saiu correndo. Eu xinguei novamente, ordenando que dois dos meus homens o seguissem e que os outros libertassem os híbridos antes de perseguir o garoto. Eu não conseguia nem imaginar o que mais encontraríamos. Mas antes mesmo de avançarmos alguns metros, Keran – auxiliado por dois de seus guardas – virou a esquina do prédio.

A sensação de pavor que crescia dentro de mim desde que começamos esta jornada atingiu o ápice quando eu vi o estado em que o Príncipe Herdeiro se encontrava, sem mencionar o sangue azul manchando suas roupas e as de seus guardas. Por que eles enfrentaram e mataram Sarenianos? Que porra estava acontecendo? E o que eles fizeram com Keran?

Ele parecia estar com dificuldade para respirar enquanto sangue vermelho escorria do canto de sua boca.

Para meu completo horror, Gavin emitiu um rosnado selvagem e então sacou sua arma, configurando-a para letal antes de apontá-la para Keran.

— Gavin, não! — eu gritei enquanto o garoto começava a correr ainda mais rápido.

Igualmente horrorizados, Tagar e Nowik ergueram suas armas para o meu neto, ordenando-lhe que parasse. Como ele não obedeceu, ambos atiraram nele. Apesar de suas armas estarem configuradas para atordoar, nunca deveria ter chegado a esse ponto. Que loucura havia tomado conta do menino?

Gavin se esquivou, rolou e ativou o escudo de energia de sua braçadeira enquanto se levantava, impulsionado pelo impulso. Sem diminuir a velocidade, ele mirou novamente no Príncipe e atirou. Tagar e Nowik empurraram Keran meio atordoado para o chão, protegendo-o com seus corpos enquanto levantavam suas armas para atirar novamente em Gavin, junto com Baldur, Thanor e seus outros homens que o seguiam.

No entanto, Gavin não atirou nos três homens no chão. Em vez disso, ele continuou atirando em linha reta. Só então nós vimos seus tiros atingirem o escudo furtivo de alguém atrás de onde o Príncipe estava. A ilusão tremeluziu enquanto Gavin – saltando sobre Keran e seus guardas – continuava a descarregar sua arma no assassino invisível. Ao mesmo tempo, os homens de Keran também atiraram no escudo furtivo, que desmoronou em segundos, pouco antes de Gavin pousar diante do Sareniano assim revelado.

O assassino golpeou Gavin com uma lâmina, que se esquivou facilmente antes de torcer e quebrar o braço. Mesmo gritando, o Sareniano ergueu sua arma na outra mão para atirar no meu neto, mas não teve chance. Em um movimento rápido, Gavin quebrou seu pescoço. Quando o assassino caiu, o garoto colocou o pé em seu peito e puxou, arrancando sua cabeça. Ele a jogou para o lado como se fosse lixo antes de se virar para Keran.

Um silêncio quase ensurdecedor se abateu sobre nós enquanto olhávamos alternadamente para Gavin e para o Sareniano morto, completamente incrédulos. Mais alguns segundos e Keran estaria morto, assassinado enquanto permanecia entre seus guardas.

Mas nossa sensação de admiração desapareceu instantaneamente quando Tagar e Nowik se afastaram do Príncipe, enquanto Gavin se agachava diante dele. O som ofegante da respiração de Keran se transformou em um suspiro sufocado, e espasmos violentos sacudiram seu corpo.

Gavin o virou. Uma fúria lancinante me percorreu ao ver uma larva enorme se esgueirando para fora do peito de Keran. Pela sua localização, ela havia perfurado seus pulmões ou viajado através de seu coração. Orin correu para o seu lado com uma expressão de pânico no rosto. Mais sangue jorrou da boca de Keran.

— As larvas o estão matando — Orin disse — Precisamos colocá-lo em estase imediatamente.

Gavin não esperou que ele terminasse a frase para pegar Keran. Carregando-o nos braços, meu neto correu de volta para a nossa nave auxiliar. Ao longe, uma das duas naves inimigas despencava no chão, destruída pelos meus homens, enquanto a outra fugia.

CAPÍTULO 29
DAWN

Q uando os pacificadores de Haven finalmente chegaram, a batalha já havia terminado. Uma resposta tão lenta era mais do que ultrajante. Eu não conseguia entender se a manipulação mental que os Sarenianos haviam feito com eles explicava esse fracasso épico, mas os líderes da defesa do planeta teriam muito a responder.

Felizmente, Jaek, Vintor, Tagar e Krygor cuidaram deles. Eu não tinha tempo para a polícia local nem para lidar com a enorme confusão política e diplomática que se seguiria. Minha única preocupação era com Keran. Eu ainda estava presa dentro do prédio quando vi Gavin correr de volta para o perseguidor carregando o Príncipe. Eu quase perdi a cabeça antes de perceber que eles haviam encontrado outra saída do prédio.

Virando-me, eu abri caminho pela multidão e usei a passagem secreta no fundo do palco para encontrar a outra saída. Em outras circunstâncias, eu teria me deleitado ao ver o corpo destroçado de Deimos no hangar, ao lado dos cadáveres de seus acólitos. Mas o medo pelo bem-estar de Keran se sobrepôs a qualquer outro pensamento. Eu mal percebi que Jaek, Vintor e outros haviam me seguido.

Percebendo que já havia uma saída aberta, eles redirecionaram os outros para a saída por ali, em vez de continuarem removendo os destroços da entrada. Para meu alívio, quando eu subi correndo a rampa do perseguidor, os puros-sangues que o comandavam não tentaram me impedir ou questionar minhas exigências de saber onde Keran estava. Em vez disso, um deles me levou à enfermaria.

A espera mais longa da minha vida começou naquele momento. Keran teve uma parada cardíaca. Duas vezes eles foram forçados a reanimá-lo, com sucesso na segunda tentativa. Uma larva havia perfurado seu coração e outra tentava escapar pela mesma área. Considerando o estado extremo em que ele se encontrava, Orin – o oficial médico deles – decidiu colocá-lo em estase após injetá-lo com seus nanorrobôs médicos mais avançados. Eles continuariam a trabalhar nele mesmo em estase.

Foram necessárias mais de cinco horas de trabalho árduo dos nanorrobôs para costurar os ferimentos internos mais graves antes que Orin considerasse seguro realizar uma cirurgia em Keran para remover as larvas restantes e remendar o que os nanorrobôs não conseguiram consertar ou levariam muito tempo para consertar.

O tempo todo, Jaek ficou de guarda comigo, repreendendo-se pelo estado em que Keran se encontrava. Ele havia implantado os ovos no caminho mais seguro possível. Mas fazer Baldur eletrocutar Keran os deixou em pânico, e eles se desviaram, indo em direção a órgãos vitais. Ele só fez isso para ganhar a confiança de Deimos, sem nunca imaginar que o tiro sairia pela culatra.

Por mais que eu quisesse consolá-lo, eu estava consumida pela preocupação com Keran e pelo horror de todas as coisas terríveis que vinham acontecendo enquanto eu assistia impotente ao treinamento forçado do Sareniano. Assim como Jaek se repreendia, eu também não conseguia parar de me culpar por não ter encontrado uma maneira antes de nos ajudar a escapar. Se eu tivesse sido mais esperta, o Príncipe não estaria lutando pela vida.

Diante do estado precário de Keran, nós permanecemos em Haven por três dias até que ele se estabilizasse o suficiente para realizar a viagem de volta ao seu planeta natal. Orin sabiamente não quis nos arriscar no espaço profundo caso sua saúde entrasse em um estado crítico que exigisse equipamentos ou medicamentos que não tínhamos a bordo.

Durante esse tempo, Krygor condenou os Doze, os pacificadores e Haven como um todo por todos esses fracassos. Aquele homem era um monstro. O brilho de insanidade em seus olhos o tornava ainda mais intimidador do que Keran. Uma parte de mim desejava ter testemunhado os Doze se contorcendo diante daquele gigante enquanto ele liberava sua ira sobre eles.

Ele havia apresentado uma queixa formal ao Conselho Galáctico, e suas forças oficiais de manutenção da paz, os Sentinelas, conduziriam uma investigação completa sobre toda essa confusão. É verdade que a compulsão foi em grande parte a culpada por esse desastre. No entanto, como um planeta santuário, Haven e seus administradores deveriam ter estabelecido múltiplas medidas paliativas para proteger sua população de ataques externos.

O fato de Khel Praghan – que por acaso era cunhado da Dagna Mercy – comandar os Sentinelas me garantiu que ele seria minucioso e que os Doze não escapariam facilmente, como costumava acontecer quando eles discriminavam abertamente nós, híbridos.

Apesar de tudo isso, eu não lhes desejava mal. O trabalho que eles realizavam era importante. Apesar de todas as suas deficiências, eles ainda nos forneceram abrigo razoável e relativa segurança para híbridos que não tinham a quem recorrer. Eu só esperava que lições fossem aprendidas e melhorias significativas fossem feitas para evitar tragédias semelhantes no futuro.

A viagem de volta a Braxia levou três dias. Durante a viagem, Orin manteve Keran praticamente sedado, permitindo que ele voltasse a si de vez em quando apenas para garantir que suas funções cerebrais não tivessem sido afetadas pelo episódio cardíaco e para garantir que a recuperação estivesse caminhando na direção certa. Nessas raras ocasiões, eu consegui conversar com ele por alguns minutos antes que seu médico-chefe o anestesiasse novamente.

A menos de uma hora do desembarque em Braxia, minha preocupação com Keran gradualmente se transformou em preocupações mais egoístas sobre como os outros híbridos e eu seríamos recebidos. Com exceção das mulheres híbridas que haviam se estabelecido nas principais cidades de Haven, todos os outros híbridos optaram por retornar a Braxia conosco. A enorme fragata de Krygor tinha espaço mais do que suficiente para acomodar todos nós. Quando deixamos Haven, seus homens ainda não haviam conseguido localizar a fragata e os perseguidores de Keran. Mas eles conseguiram no dia seguinte à nossa partida.

O som das portas da enfermaria se abrindo me tirou dos meus devaneios. Para minha surpresa, em vez de Orin vir acordar Keran, foi Gavin quem entrou. Eu não consegui evitar a sensação de admiração que sua presença sempre despertava em mim. Pelos padrões Braxianos, aquele jovem era de tirar o fôlego. Eu nunca tinha conhecido um híbrido tão grande. Se não fosse por suas feições suaves, quase delicadas, ele facilmente passaria por um puro-sangue.

Embora eu percebesse que parte do meu fascínio pelo jovem vinha dos efeitos persistentes da compulsão, meu coração também se encheu de gratidão por ele ter vindo nos resgatar e, acima de tudo, salvado a vida de Keran.

— Olá, Dawn — Gavin disse com aquela voz incrivelmente gentil, porém profunda — Como ele está?

Eu sorri antes de acariciar gentilmente a mão de Keran — Ele está bem, melhorando aos poucos, graças ao Orin.

Eu fiz um gesto para que ele se sentasse em um dos assentos de hóspedes ao lado da cama.

Ele sorriu, mas balançou a cabeça — Não vou ficar tempo suficiente. Mas não se preocupe, as Veredianas vão dar um jeito nele.

Eu assenti, com a garganta apertada — Sim, foi o que o seu avô disse. Eu vi o quão poderosos elas são e sou grata.

Gavin inclinou a cabeça para o lado e me lançou um olhar estranho — Você está apaixonada por ele — ele disse com naturalidade.

Eu hesitei, o que o fez erguer uma sobrancelha curiosa. Essa pergunta não parava de me martelar desde o nosso resgate. Eu amava Jaek, mas não estava apaixonada por ele. Não havia dúvida em minha mente de que, quaisquer que fossem os meus sentimentos por ele, jamais se igualariam aos que eu esperava sentir pela minha alma gêmea. Toda vez que eu pensava no meu futuro, o rosto de Keran surgia diante dos meus olhos.

— Na verdade, eu não sei mais o que eu, Dawn Merrick, sinto. O que os Sarenianos fizeram conosco, essa doutrinação, torna difícil distinguir o que realmente vem de mim e o que foi implantado na minha cabeça — eu respondi com toda a sinceridade — Quando eu te vejo, o primeiro pensamento que me vem à mente é "este é o meu Magnar". Eu o afasto imediatamente, mas ainda é minha reação instintiva. Meu coração me diz que eu estou apaixonada por ele, mas minha cabeça...

— Sua cabeça foi mexida — Gavin interrompeu em um tom gentil, mas firme — Confie no seu coração, você está apaixonada por ele.

Eu estreitei os olhos para ele — O que te dá tanta certeza?

Ele deu de ombros — Eu simplesmente sinto.

Eu enrijeci, meu olhar se fixando em seus deslumbrantes olhos âmbar — Sentiu? Como sentiu que precisava vir resgatar Keran?

Desta vez, foi a vez dele hesitar, antes de balançar a cabeça — Não. Não é a mesma coisa. Mas o jeito como você olha para ele, o toca, se preocupa com ele me lembra do jeito como minha mãe interage com meu pai. Eu tenho a sorte de estar cercado de casais que se amam de verdade. Meus pais, Ravik e Mercy, e meu avô com a Hope. Almas gêmeas têm um jeito único de se olhar. Você tem esse olhar sempre que está com ele.

Eu sorri antes de olhar ternamente para Keran — Você pode ter razão.

— Claro que sim — ele respondeu, provocante — Quanto à doutrinação, não se preocupe. As Veredianas poderão ajudar todos vocês nessa questão também.

Eu suspirei, meus ombros se curvando enquanto pensava nos híbridos novamente.

— Essa coisa toda é uma bagunça total — eu disse em um tom desanimado — Os homens tinham ótimas perspectivas apresentadas por Jardan. Eles abriram mão de tudo para vir servi-lo.

Uma expressão inquieta se instalou no rosto de Gavin, e ele se mexeu — Foi o que eu ouvi. Jardan está furioso. Ele está discutindo há horas com o Vovô, alegando que, já que o assassino foi capturado, os híbridos deveriam ter permanecido em Haven durante a recuperação e então tomado a liberdade de escolher entre buscar oportunidades com ele ou se estabelecer em Braxia.

— Ele tem razão — eu disse, pensativa — A maioria dos homens não tem condições de pagar a viagem de volta para Haven. Muitos podem achar que não têm escolha a não ser ficar em Braxia depois que a poeira baixar.

Gavin franziu a testa levemente — Então você concorda com a opinião dele sobre isso?

Eu franzi os lábios enquanto refletia sobre o assunto — Talvez. A verdade é que não tenho ideia do que nos espera lá. E se os puros-sangues forem hostis a nós? Teria sido mais seguro se apenas alguns de nós fôssemos até Braxia e avaliássemos a situação antes de trazer todos de volta.

— Os tempos mudaram — Gavin disse em um tom firme, mas reconfortante — Vocês acabaram de nos salvar de sermos controlados mentalmente pelos Sarenianos. Esperem ser recebidos como heróis ao pousarem. Vocês ganharam a gratidão de todo o planeta.

Será que ele estava certo? Será que isso poderia ter deixado os puros-sangues mais favoráveis a nós? Eu franzi a testa quando um pensamento diferente me ocorreu.

— A questão é se eles serão gratos a nós ou a você — eu desafiei em voz baixa — Afinal, sem a sua chegada inesperada, nossa fuga teria fracassado. Nós ouvimos rumores de que a população o queria como o próximo Magnar. Deimos também estava tentando nos doutrinar para sermos seus servos leais como o novo governante de Braxia. Este resgate incrível, sem dúvida, fará com que eles o queiram ainda mais.

Gavin franziu a testa e balançou a cabeça enquanto eu falava — Talvez alguns deles tentem me dar crédito, mas isso não muda a sua participação nisso. E no que diz respeito a governar Braxia, Keran é o nosso futuro Magnar. Eu não.

— O futuro Magnar é aquele que vencer a batalha em cinco semanas — eu o lembrei gentilmente — Por mais que eu reze para que ele seja o escolhido, duvido que Keran esteja recuperado o suficiente para a luta extenuante que terá que enfrentar. Segundo Krygor, o mais breve que uma curandeira Verediana poderá cuidar de seus ferimentos não será antes de pelo menos três semanas. E, pelo que eu entendi, a extensão de seus ferimentos o deixará fraco por mais algumas semanas depois disso, enquanto ele recupera suas forças, já que a curandeira utiliza todos os seus recursos internos para curá-lo.

Meu coração afundou ao ver a expressão perturbada no belo rosto de Gavin. Apesar de conhecer os fatos que eu havia acabado de expor a ele, uma parte de mim esperava que ele tivesse contra-argumentos para acalmar meus medos. Não me importava se Keran se tornaria rei ou não. Essa nunca foi a fonte da minha atração por ele. No entanto, ele dedicou a vida inteira a se preparar para desempenhar esse papel com o melhor de suas habilidades e em benefício do nosso planeta natal. Nas semanas que passei ao seu lado, eu passei a admirar o homem e o líder que havia nele. Eu não duvidava que ele seria o Magnar perfeito. Por ele, eu queria me apegar à esperança.

A porta se abrindo poupou Gavin de dar uma resposta que ele parecia não ter. Ao mesmo tempo, a voz sintética da inteligência artificial da nave anunciou nosso pouso iminente. Meu estômago embrulhou mais uma vez, a tensão que havia diminuído durante a conversa com Gavin voltando com força total. O jovem se desculpou, me deixando com Orin.

O chefe médico imediatamente se ocupou com Keran.

— Tem certeza de que é uma boa ideia? — eu perguntei a Orin quando ele se preparou para aplicar um hipospray no pescoço de Keran.

Ele me lançou um olhar compreensivo, interrompendo temporariamente sua ação para me responder — Em um mundo ideal, minha querida Dawn, não, eu não o acordaria. Mas todos ouviram o que aconteceu em Haven. Se o Jakar voltar para casa em uma maca, isso dará aos seus detratores toda a munição necessária para convencer os outros de que ele não está apto a governar. Nosso povo é movido pela força. Keran precisa ser visto caminhando por sua própria força.

Eu apertei os lábios, totalmente inconformada. Eu entendia perfeitamente os argumentos dele, mas, naquele momento, a saúde de Keran importava mais para mim do que qualquer coisa que qualquer pessimista pudesse desejar.

— Não se preocupe — Orin disse com uma voz suave — Ele se recuperou o suficiente para ficar bem, desde que sejamos breves nas civilidades. Ele precisa simplesmente sair, deixar que seu clã e o Conselho o vejam, e então poderá se recolher aos seus aposentos.

Eu assenti rigidamente enquanto ele acordava Keran antes de lhe administrar um analgésico potente. Com a ajuda de Orin, eu lavei o rosto de Keran, o ajudei a se vestir e penteei seu cabelo. Apesar de estar um pouco pálido, ele escondeu a dor notavelmente bem. Aparentemente, eu não estava conseguindo esconder bem minha própria angústia. Ele estendeu a mão para minha bochecha e a acariciou delicadamente.

— Eu vou ficar bem, Dawn — Keran disse em um tom tranquilizador — Enquanto você estiver ao meu lado, tudo ficará bem.

Minha garganta se apertou ao ouvir essas palavras. Fazia uma eternidade que não tínhamos qualquer tipo de momento romântico ou privado juntos. Naquele instante, eu percebi que ansiava por ouvir que ele ainda precisava e me queria.

— Sempre — eu sussurrei, incomodada com o leve tremor na minha voz — Enquanto você precisar de mim, eu estarei aqui.

— Eu sempre precisarei de você, Dawn.

Meu coração derreteu quando ele me puxou para seu abraço e me deu o beijo mais maravilhoso que já havíamos trocado. Foi um beijo terno e cheio de respeito e devoção que me derreteu de dentro para fora.

Orin pigarreando nos lembrou que tínhamos uma audiência.

— Nós aterrissamos — ele disse com uma expressão envergonhada, que contrastava terrivelmente com suas feições ferozes.

Keran riu baixinho enquanto minhas bochechas queimavam. Apesar do seu estado debilitado, Keran assumiu a liderança enquanto nos dirigíamos para a saída da nave. Se eu não soubesse, ele poderia ter me enganado, me fazendo pensar que estava em plena saúde.

Ao nos aproximarmos das portas abertas da nave, meu nervosismo aumentou. Krygor tentou me tranquilizar, afirmando que apenas um pequeno grupo nos receberia, mas havia pelo menos cinquenta pessoas do lado de fora da nave. À direita – que também continha o maior grupo – as pessoas em pé pareciam ser membros do clã e funcionários. À esquerda, eu reconheci os rostos de alguns dos membros mais famosos do Conselho do Magnar Ravik. Minhas entranhas se contorceram dolorosamente quando meu olhar percorreu o rosto do meu pai.

Embora eu soubesse que esse momento chegaria inevitavelmente, eu não estava tão preparada para ele quanto acreditava estar. Ao lado do Conselho, uma deslumbrante mulher Guldan, com cabelos brancoprateados e chifres negros, estava com uma versão mais jovem de si mesma, além de uma linda criança híbrida, meio Braxiana, meio Guldan. Elas eram a esposa de Krygor, Hope, e suas filhas. Eu não pude deixar de olhar novamente para a filha mais velha. Além de ser de tirar o fôlego, eu me perguntava como uma jovem de aparência tão doce se sairia casada com o príncipe Sareniano Zerien. Meu recente encontro com seu povo me deixou cautelosa.

No entanto, o casal impressionante parado bem à nossa frente retomou toda a minha atenção. Ravik Xeldar era ainda mais imponente pessoalmente do que nas imagens e gravações que eu vi dele. Embora Keran tivesse a mesma altura e tamanho do pai, e apesar de ser a sua cara, o poder interior e a aura de autoridade do Magnar pareciam ofuscar tudo e todos. Suas feições brutas testemunhavam que o mais puro sangue Braxiano corria em suas veias. Seu sorriso enquanto descíamos a rampa me fez querer correr para me esconder.

Mas sua companheira me tirou o fôlego. Dagna Mercy era a personificação da perfeição feminina. Como todas as Veredianas, seu corpo havia sido esculpido pela própria Deusa. Manchas escuras, típicas de sua espécie, enfeitavam os lados de seus braços e pescoço, as das pernas escondidas por sua longa saia preta. Seus cabelos negros caíam até os tornozelos em uma única trança. Seus chifres negros, marcandoa como uma híbrida Guldan, repousavam sobre sua cabeça como uma coroa. Ela também exalava uma aura de poder, com uma forte dose de "não mexa comigo se você sabe o que é bom para você". E, no entanto, a profundidade negra de seus olhos não continha nada além de calor enquanto ela nos observava nos aproximando.

— Bem-vindo ao lar, meu filho — Ravik disse a Keran, nos encontrando no final da rampa.

Ele o puxou para um abraço, dando-lhe um único tapinha másculo nas costas antes de soltá-lo. Visceralmente, eu acreditava que ele ansiava por segurá-lo por mais tempo, mas se forçou a se afastar porque estávamos em público.

— É bom estar em casa, pai — Keran disse, com a voz cheia de um mundo de afeto.

Mercy deu um passo à frente, beijando-o na bochecha e acariciando seus cabelos de uma forma maternal que também me comoveu.

— Bem-vindo de volta, Keran — ela disse com uma voz rouca que faria qualquer homem cair de joelhos.

— Obrigado — Keran respondeu calorosamente antes de se virar para quem eu presumi ser seu irmão.

Eles trocaram um abraço masculino similar. Depois de soltá-lo, o irmão manteve uma das mãos em seu ombro, lançando-lhe um olhar nada impressionado.

— Então você parte em uma missão para prender um assassino e acaba violando todas as leis de santuário em Haven. Parece que não posso te perder de vista — ele disse em um tom de provocação.

Keran riu baixinho — Aparentemente não — ele admitiu. E então, ele gesticulou para mim — Pai, Mercy, Ganek, por favor, apresento-lhes Dawn Merrick. Dawn, esta é a minha família.

Sentindo-me incrivelmente constrangida, eu sorri, chocada ao ver cada um deles apertar minha mão na tradicional saudação humana. Mesmo assim, eu notei como as narinas de Ravik e Ganek se dilataram ao sentir meu cheiro. Eu não sabia se Krygor ou os guardas de Keran haviam revelado minha linhagem ao Magnar deles, mas agora não haveria mais como escondê-la – não que eu tivesse tentado.

— É uma honra conhecê-la, Dawn — Mercy — Estou ansiosa para nos familiarizarmos melhor.

— A honra é minha, Dagna — eu disse timidamente.

Deusa, eu me sentia completamente inadequada comparada à perfeição que eram as companheiras de Ravik e Krygor.

Mercy fez um gesto de desdém — Me chame de Mercy. Você verá que somos bem informais por aqui.

— Muito bem, Mercy — eu disse, me sentindo desajeitada.

— Bem-vindo de volta, Jakar — um homem que eu reconheci como Boros Grumar, um dos Conselheiros, gritou para Keran quando Ravik gesticulou para que fôssemos em direção à fortaleza que também servia como sua morada.

— Obrigado, Boros — Keran respondeu quando nos aproximamos.

Não querendo me aproximar demais do meu pai, eu fiquei um pouco para trás, a um passo atrás de Keran. Para minha surpresa, ele pegou minha mão e me puxou para o seu lado. Todos os olhares se fixaram em nossas mãos unidas, antes de se voltarem para mim, com olhares especulativos. Eu lutei contra a vontade de me contorcer e mantive uma expressão neutra no rosto.

— Estávamos aguardando ansiosamente o seu retorno — Boros continuou — Com base no relato da sua aventura em Haven, temos assuntos urgentes para tratar. Todo o Conselho está aqui e...

— Isso terá que esperar — eu disse em um tom que não admitia discussão.

O choque no rosto do Conselheiro refletia o que eu sentia por dentro. Eu não conseguia acreditar na ousadia das minhas palavras. Mesmo assim, eu não as retiraria nem recuaria. Apesar da atuação espetacular de Keran, ele estava com dor e precisava voltar para a cama logo.

— Nós temos questões urgentes de segurança nacional para resolver — Boros disse em um tom que implicava que ele não conseguia acreditar que eu estava me intrometendo.

Eu levantei o queixo e endureci o olhar — Urgente, não. Importante, sim. O Príncipe acabou de chegar de uma longa viagem. Ele ainda nem viu os filhos. Seu encontro pode e vai esperar.

Quando Boros abriu a boca para discutir mais um pouco, Keran o interrompeu.

— Sua Dassa falou. A reunião vai esperar.

Eu fiquei tensa, suas palavras me atingiram como um soco no estômago. Um silêncio atordoado se instalou entre os presentes. Keran tinha acabado de me dar o título de esposa de um príncipe herdeiro de Braxia. Não de uma concubina, não de uma amante, mas de sua esposa... Eu lancei um olhar nervoso de lado para Ravik. Em vez da indignação que eu esperava, tanto ele quanto Mercy me olhavam com aprovação.

— De fato, a Dassa falou — meu pai disse, com surpresa e admiração.

Meu coração disparou quando ele deu alguns passos à frente, e suas narinas se dilataram, como se para confirmar o que ele já suspeitava. O jeito como ele estufou o peito e o brilho em seus olhos verdes – da mesma cor que os meus – gritavam orgulho. Aquilo mexeu com a minha cabeça.

— Espero ter a oportunidade de falar com a Dassa depois que todos vocês tiverem descansado e se recuperado da jornada — Raylor Caldes acrescentou.

Eu dei-lhe um aceno firme e segui Ravik enquanto ele continuava caminhando em direção à fortaleza.

— E os híbridos? — eu perguntei a Ravik enquanto reduzíamos a velocidade na entrada do enorme edifício feito de pedra cinza-escura e detalhes em bordô.

— Nós preparamos acomodações adequadas para eles. Vou levá-los para um passeio depois que estiverem todos acomodados — Ravik disse em um tom gentil.

— Obrigada — eu disse, aliviada, embora ainda insanamente inti-midada pelo homem.

Nós seguimos ele e Mercy para dentro. Paredes cinza-escuras e piso marrom nos receberam. Essas cores teriam dado à resi-dência uma aparência sombria se não fossem as janelas impo-nentes que deixavam a luz do sol entrar. Por mais que eu quisesse explorar a fortaleza, não pude evitar um suspiro de alívio quando finalmente chegamos ao quarto de Keran. Ele era gigantesco, assim como a cama. Uma imensa varanda privativa oferecia uma vista de tirar o fôlego do complexo Xeldar, que rivalizava em tamanho com a maioria das pequenas cidades de Haven.

— Nós cuidaremos do resto — eu disse a Ravik, quando ele pareceu hesitar se deveria ficar ou não.

Ele me encarou. Eu o encarei sem pestanejar. Ele assentiu em concordância e lançou um olhar preocupado para Keran, que estava tirando a camisa. O Magnar me encarou com um brilho perturbado, quase vulnerável, nos olhos negros.

— Cuide bem do meu filho — ele disse em voz baixa.

— Eu vou. Eu prometo — eu prometi.

Ele sorriu e, para meu completo choque, acariciou minha bochecha gentilmente, de forma paternal, antes de sair. Eu fechei a porta atrás dele. Assim que ela se fechou, os ombros de Keran se curvaram. Toda a sua força e energia pareceram se esvair.

— Keran! — eu sussurrei, o pânico enchendo minha voz enquanto corria para o seu lado.

Eu passei o braço por suas costas e o ajudei a sentar na beira da cama. Com as palmas das mãos apoiadas no colchão, uma de cada lado, Keran lutava para se manter ereto. Eu me ajoelhei diante dele para tirar as botas e o ajudei a se deitar. Ele subiu na cama para descansar a cabeça nos travesseiros grandes e fofos. Seu peito vibrou com um gemido de alívio. Como Keran adorava dormir nu, eu pensei em tirar suas calças, mas desisti. Seria um esforço excessivo da parte dele, depois do esforço a que já havia se submetido.

Quando eu puxei o cobertor sobre ele para aconchegá-lo, ele agarrou minha mão.

— Fique comigo — ele sussurrou, com a voz um pouco arrastada, como se estivesse lutando para se manter acordado.

— Claro — eu respondi.

Eu tirei os sapatos e rapidamente tirei o vestido antes de me deitar na cama com ele. O calor escaldante do seu peito nu contra o meu me fez sentir um arrepio delicioso. Fazia muito tempo que eu não sentia o calor do seu abraço. Eu odiava que isso estivesse acontecendo nessas circunstâncias.

Para minha consternação, Keran não apenas me deixou deitar ao seu lado, como quase me puxou para cima dele. Considerando seus ferimentos, eu não achei que fosse uma boa ideia, mas ele apertou o abraço quando tentei me afastar. Um ronronar de satisfação escapou de sua garganta.

— Obrigado, minha Dassa — Keran sussurrou, antes de fechar os olhos.

Com a emoção apertando minha garganta, eu beijei delicadamente o canto do seu maxilar antes de encostar a cabeça em seu peito. Ouvindo as batidas constantes do seu coração, eu agradeci à Deusa por nos trazer de volta para casa em segurança.

CAPÍTULO 30
DAWN

Nos dias que se seguiram, Keran se recuperou a passo de tartaruga. Apesar da eficácia dos nanorrobôs de cura e da cirurgia a que se submeteu, ele ainda não conseguia retomar seu treinamento de combate nem realizar atividades excessivamente extenuantes. Em outras circunstâncias, eu estaria rindo da sua inquietação. Tendo sempre levado uma vida ativa, Keran não conseguia ficar parado por muito tempo. E a verdade era que, como a maioria dos homens Braxianos, o Príncipe precisava praticar atividades físicas regulares – e de preferência violentas – para liberar o excesso de energia que possuía.

A curandeira Verediana não chegaria aqui por algum tempo. Após muita discussão, ficou acertado que uma de suas curandeiras mais poderosas viria para cá. Ela, por acaso, era a mãe de Mercy, Maheva. Como o Príncipe Zerien estava visitando seu planeta natal para fortalecer a aliança entre seus povos, ele se ofereceu para levá-la consigo em sua viagem para discutir a tragédia ocorrida em Haven.

Ao que tudo indicava, Zerien estava furioso. Obviamente, ele queria abordar o assunto pessoalmente e reafirmar aos Braxianos seu compromisso contínuo com a aliança. No entanto, mesmo na velocidade de dobra mais rápida, ainda levaria cerca de três semanas para completar a viagem de Veredia a Braxia. Como outras naves Veredianas estavam ainda mais distantes, esta continuava sendo a melhor solução.

Enquanto isso, quando não estava cuidando de Keran – que estava gostando, apesar de reclamar que eu o estava mimando – eu dividia o resto do meu tempo entre dar testemunho ao Conselho, ajudar os híbridos a se estabelecerem e conhecer os membros do clã de Keran, assim como seus costumes e modo de vida. Uma coisa era ler e assistir a documentários sobre um povo, e outra completamente diferente era viver entre eles. Mas, até então, eu estava adorando cada minuto.

Os Braxianos de fato percorreram um longo caminho nos dezenove anos desde que Ravik proibiu a caça e os maus-tratos aos híbridos. A revolução econômica promovida por Mercy, finalmente dando ao mercado clandestino das mulheres Braxianas a visibilidade que merecia, desempenhou um papel significativo na melhoria do lugar e dos direitos das mulheres em sua sociedade. Minha mente fervilhava de entusiasmo com todas as maneiras pelas quais eu poderia ajudar ainda mais a melhorar seu papel, educação e oportunidades dentro de seus clãs e na sociedade em geral.

Mas antes de me entregar àquele projeto futuro, meu foco permanecia nos meus companheiros híbridos. Ravik não estava brincando quando afirmou que eles haviam recebido acomodações adequadas. Elas eram mais do que respeitáveis. Embora chamassem o local de quartel, era na verdade um enorme estabelecimento semelhante a um hotel, geralmente reservado para os guerreiros intergalácticos que visitavam Braxia para seus jogos de gladiadores bianuais.

O gigantesco edifício podia acomodar mais de dois mil convidados. Ele contava com uma grande cafeteria, sala de treinamento, piscina coberta e sala de entretenimento com tudo o que se poderia desejar. Ele também ficava a poucos passos da arena de combate menor, atrás da fortaleza de Magnar. Com o tempo, eles construíram uma arena muito maior, bem do lado de fora das muralhas da cidade, para receber um número muito maior de convidados à medida que sua população crescia. Essa arena menor agora era reservada principalmente para o treinamento da guarda real do Magnar.

Eu temia muito que os homens se sentissem aprisionados no quartel, por mais dourada que fosse a gaiola. Felizmente, isso não aconteceu. Provavelmente, isso se devia ao fato de alguns dos mais respeitados Anciões puros-sangues os visitarem regularmente, não apenas para compartilhar as diversas oportunidades que poderiam surgir para aqueles que escolhessem permanecer ali, mas também para ouvir suas queixas, a dor que sofriam e suas aspirações. Foi bastante terapêutico para muitos deles se sentirem finalmente ouvidos.

Assim como eu, eles não tinham permissão para circular livremente pelo complexo ou mesmo visitar seus respectivos clãs – não que muitos parecessem muito ansiosos para fazer isso. Os efeitos da compulsão ainda persistiam. Como nós não podíamos ter certeza de que Deimos não havia implantado algum comando adormecido que pudesse ser acionado a qualquer momento, era mais seguro para todos os envolvidos nos manter parcialmente em quarentena. Mais uma vez, as Veredianas salvariam o dia, pois haviam providenciado uma de suas leitoras de mentes para acompanhar Maheva até lá. Ela seria capaz de nos libertar de qualquer controle mental e doutrinação que tivéssemos sofrido. Considerando o quão bem estávamos sendo cuidados, as duas semanas extras que tivemos que esperar pela chegada delas não perturbaram ninguém.

De um ponto de vista egoísta, eu tinha que admitir que, além de apreciar tudo o que estava aprendendo com esses Anciões visitantes, eles me davam uma desculpa para me esconder do meu pai. Eu nunca me considerei uma covarde, mas a ideia de encontrá-lo me aterrorizava. Minhas emoções não faziam muito sentido. Uma parte de mim queria impressioná-lo e temia que ele me achasse deficiente de alguma forma. A outra – apesar de saber que as leis haviam mudado e que ele não podia mais me reivindicar como propriedade – ainda temia que ele tentasse fazer exatamente isso. Como seu clã finalmente havia voltado às boas graças da família de Keran, eu não queria que um conflito envolvendo a mim criasse uma nova cisão. Mas eu jamais me submeteria ao tipo de controle que suas mulheres suportaram por tanto tempo.

E então uma terceira parte de mim não queria acabar se decepcionando com quem meu pai poderia se tornar. Durante toda a minha vida, eu sempre presumi que ele era o mesmo tipo de monstro intolerante e cruel que meu meio-irmão Gerwin havia sido. Keran, corrigindo essa ideia equivocada, me fez pensar se talvez houvesse um futuro em que meu pai pudesse se tornar parte da minha vida. Ver Ravik e Krygor com suas respectivas filhas despertou um desejo profundo que eu nunca imaginei que uma mulher da minha idade ainda pudesse sentir. Aos 44 anos, você pensaria que eu já teria superado os problemas com meu pai.

No quinto dia, minha maré de sorte de escapar do meu pai chegou ao fim. Ou melhor, ele tirou minha capacidade de escapar. Ao sair do quartel, depois de passar algumas horas com os híbridos, eu o encontrei parado na entrada. Meu coração disparou e uma onda de pânico me invadiu. Era cedo demais. Eu não me sentia preparada para nada disso.

Mas o que você vai fazer? Sair correndo feito uma covarde?

A vergonha queimou minhas bochechas por sequer cogitar fugir de uma simples conversa. Considerando o que eu havia acabado de enfrentar em Haven sem desmoronar, certamente eu teria coragem suficiente para lidar com o que quer que surgisse de uma conversa com meu pai?

Nossos olhares se encontraram, um desafio brilhando forte nos dele. Meu orgulho doía ao pensar que ele adivinharia os pensamentos covardes que me passavam pela cabeça. Eu ergui o queixo desafiadoramente e marchei em sua direção com uma confiança que eu absolutamente não sentia. No entanto, o brilho de aprovação em seus olhos enquanto me aproximava me confortava, pois eu aparentemente estava me saindo bem o suficiente.

— Líder do Clã Caldes — eu disse em uma voz educada, mas distante, como uma saudação.

— Dassa Dawn — ele respondeu em um tom similar — Você me daria a honra de caminhar comigo?

Eu engoli em seco e assenti com firmeza. Ele sorriu. Seu alívio e felicidade genuína me pegaram de surpresa. Eu esperava que ele assumisse um ar altivo, como se minha aceitação não só fosse esperada, como também merecida. Ele abriu as portas grandes e gesticulou para que eu prosseguisse. Eu agradeci com outro aceno de cabeça, e essa demonstração de boas maneiras contrastou com a imagem que eu vinha criando injustamente na minha cabeça de como seria esse encontro.

Ao sairmos do prédio, meu pai assumiu a liderança, dirigindo-se silenciosamente para a grande área aberta entre o quartel e a pequena arena, a algumas centenas de metros de distância. Pedras marrom-avermelhadas cobriam o espaço quadrado, que poderia ser considerado uma pequena praça de cidade. Ali, as pessoas aparentemente costumavam se reunir para socializar e fazer apostas antes das lutas, quando esta costumava ser a arena principal. Ela era completamente aberta, sem nenhum obstáculo que pudesse nos proteger da vista.

Embora pudesse ter sido um estratagema para mostrar a todos que ele estava passando um tempo com a Dassa deles, eu tive a nítida sensação de que ele havia escolhido aquele local para mim. Nós estávamos longe o suficiente de ouvidos indiscretos para podermos falar livremente, mas em um espaço público o suficiente para que, caso eu me sentisse desconfortável a qualquer momento, pudesse me afastar ou pedir ajuda – não que eu esperasse que isso fosse necessário.

Foi só quando quase chegamos ao centro da praça, caminhando no ritmo lento de duas pessoas passeando tranquilamente na floresta, que meu pai finalmente quebrou o silêncio um tanto constrangedor entre nós.

— Quando Keran voltou de Haven, nós esperávamos que ele trouxesse notícias inacreditáveis sobre o que havia acontecido lá — meu pai disse em um tom pensativo — Mas nada me preparou para que parte dessa notícia fosse descobrir que eu tenho uma filha adulta.

— Tenho certeza de que deve ter sido chocante — eu disse em voz neutra.

— Chocante? Não, de jeito nenhum — ele respondeu, como se eu tivesse dito algo bobo — Surpreendente, alucinante, sim. Mas, acima de tudo, exaltante.

Eu virei a cabeça para olhá-lo de lado ao ouvir aquela última palavra. Eu odiava a incerteza que sentia, e principalmente a menininha carente dentro de mim erguendo a cabeça na esperança de ser desejada. Ele sustentou meu olhar com firmeza, com os olhos perturbadoramente idênticos aos meus.

— Eu sempre quis uma filha, mas o destino só me deu filhos homens... ou assim eu pensava — ele continuou.

— Mesmo uma híbrida? — eu retruquei, meu tom endurecendo involuntariamente.

Ele parou de andar e se virou para mim com uma expressão muito séria. Como um homem puro-sangue, ele era bem mais alto que eu, apesar dos meus 1,93 m. Meu pai não era tão grande quanto Keran, mas definitivamente se encaixava no estereótipo de grandeza e intimidação. Ele mantinha o cabelo castanho-escuro bem curto e, como todos os homens Braxianos, não tinha pelos faciais – exceto pelas sobrancelhas grossas em sua testa forte, quase neandertal – e usava uma camisa justa que não escondia nada dos músculos impressionantes do peito e dos braços. Eu não sabia sua idade exata, provavelmente no final dos sessenta, como Ravik. Mas, para os padrões humanos, ele não aparentava ter mais do que quarenta e poucos anos.

— Os tempos mudaram, Dawn. É verdade que, há não muito tempo, teria sido mais problemático. Mas não há mais estigma associado a isso. Novas leis protegem você e todos os outros híbridos — ele disse em um tom muito sério. Seu olhar me percorreu como se não conseguisse acreditar que eu estava realmente diante dele — Eu gostaria de ter descoberto antes.

Eu enrijeci, a desconfiança e a cautela instintivas me tornando excessivamente agressivas — Por quê? O que teria acontecido se você soubesse antes? Teria me forçado a vir aqui?

Ele recuou. A expressão de mágoa em seus olhos me envergonhou. Até então, ele não me deu nenhum motivo para atacá-lo ou insinuar que me desejava mal de alguma forma. E, no entanto, por algum motivo, a vontade de atacá-lo e repreendê-lo queimava minha língua.

— Ancestrais, absolutamente não! Pelo menos não no começo — ele corrigiu, olhando para mim com uma expressão levemente ofendida — Certamente você sabe o quão horrivelmente você teria sido abusada? Eu posso ter muitos defeitos, mas nunca teria desejado que minha própria filha – minha única filha – fosse submetida ao que nossas leis permitiam. Sua mãe foi sábia em tê-la escondido.

— Se você era tão contra esse tipo de violência, você é o Líder do Clã. Você poderia ter impedido — eu desafiei.

Meu pai balançou a cabeça e passou os dedos nervosos pelos cabelos curtos castanho-escuros. Minha garganta se apertou ao ver a expressão de tristeza que perpassou suas feições rudes.

— Você descobrirá em breve que a força e o poder regem Braxia — ele disse com a voz um pouco cansada — Eu não poderia ter proibido o que a lei permitia, e pior ainda, o que o Magnar anterior promovia. O pai de Ravik era um monstro. Ele caçava híbridos por diversão. Ele tinha uma sala de troféus inteira com os crânios, às vezes até as espinhas, daqueles que ele havia matado.

Eu engoli em seco e me abracei, meu coração se partindo por todos aqueles inocentes cujo único crime foi terem sido gerados com um ser de outro planeta.

— Gerwin teria te caçado — meu pai disse com um olhar assombrado, permeado por uma dor profunda — Não sei onde eu errei com aquele garoto. Ele sempre teve tanto ódio e desejo de violência no coração. Não havia como redimi-lo. E, no entanto, eu o amava. Ele era meu primogênito. Nenhum pai deveria ter que enterrar seu filho. Muito menos vê-lo morrer daquela forma horrível.

— Eu ouvi algumas coisas bastante... preocupantes sobre ele — eu disse cautelosamente.

Meu pai bufou, o olhar perdido em pensamentos enquanto balançava a cabeça lentamente. Eu não sabia dizer se era de descrença ou desgosto... talvez uma mistura dos dois. Depois de um instante, ele voltou a se concentrar em mim com um olhar severo e determinado.

— Não há necessidade de eufemismos entre nós, filha. Gerwin era uma fera cruel e incontrolável. Por mais que isso me doesse como pai, eu nunca questionei que meu filho precisava ser usado como exemplo. É claro que eu o defendi e implorei por ele, como era meu dever como seu pai e líder do clã. Afinal, a vergonha dele também era de todo o clã.

Por mais que uma parte de mim sentisse empatia pela dor que ele sem dúvida sentiu ao ver seu herdeiro ser executado de forma tão brutal e pública, outra parte permaneceu desconfiada.

— Para ele ser tão cruel e cheio de ódio, ele deve ter aprendido isso em algum lugar — eu disse, meu olhar intenso deixando claro que eu questionava que papel ele poderia ter tido nisso.

Seu rosto endureceu, e ele sustentou meu olhar firmemente, me desafiando a chamá-lo de mentiroso.

— Ele certamente não aprendeu isso comigo. Eu tenho muitos, muitos defeitos, mas não gosto de tortura. Eu não sinto prazer em abusar daqueles mais fracos do que eu. Se eu quiser lutar, será com alguém de poder igual ou superior, para que eu possa provar meu valor e minha força. Só os covardes desafiam aqueles que têm a garantia de derrotar.

Sentindo-me castigada, eu assenti e baixei o olhar. Nós ficamos em silêncio por um segundo, e então meu pai se virou e começou a andar novamente naquele ritmo extremamente lento. Eu o segui sem dizer uma palavra.

— Os tempos mudam, Dawn. As pessoas mudam — meu pai continuou com a voz calma após um momento — Nós aprendemos e crescemos constantemente, se abrirmos a mente para isso. Eu gostaria de saber naquela época tudo o que sei agora. Talvez eu tivesse sido um pai melhor e criado Gerwin para ser diferente. Eu nunca saberei. Mas agora, tenho uma filha... uma filha de uma beleza de tirar o fôlego, cujos louvores são constantemente entoados não apenas pelos híbridos, mas também pelos guardas reais e por todos os membros do Clã Xeldar.

Ele parou de andar novamente para me olhar. O orgulho em sua voz e em seus olhos me impressionou. Eu pisquei algumas vezes, gritando internamente para que minhas lágrimas não aparecessem. Eu não queria que ele me achasse uma chorona ou uma mulher emocionalmente frágil.

— Espero que você me permita conhecê-la e que você queira conhecer seu clã e seus irmãos — ele acrescentou em voz baixa.

Meu estômago deu um nó só de pensar nisso. Eu não sabia se medo, curiosidade ou desejo haviam me motivado. Eu sempre quis pertencer a uma família. Minha mãe adotiva tinha sido maravilhosa comigo, mas, em muitos aspectos, ela tinha sido mais uma cuidadora do que uma mãe de verdade. Embora tenhamos mantido contato, ela seguiu em frente com a própria vida quando eu atingi a idade adulta. Eu esperava ter irmãos para me importunar, amar, confiar e apoiar quando precisassem de mim. Embora os híbridos no abrigo tivessem preenchido parte desse papel, nunca foi algo real.

— Não há pressa, Dawn — meu pai acrescentou rapidamente quando eu hesitei — Temos o resto de nossas vidas para nos conhecermos. Eu só queria que você soubesse que estamos aqui e que esperaremos o tempo que você precisar para nos tornar parte da sua vida.

Mais uma vez, eu pisquei rapidamente para conter as lágrimas que ameaçavam sair. Eu havia tentado imaginar essa conversa de um bilhão de maneiras diferentes. Nenhuma vez ela se desenrolou assim. Eu não conseguia dizer se ele estava apenas dizendo o que sabia que me acalmaria ou se estava sendo sincero. Afinal, ele era um político de alto escalão em Braxia. Mas seu tom e comportamento soavam verdadeiros.

— Obrigada. Como você disse, temos a vida inteira pela frente — eu disse com gratidão.

Ele sorriu, a felicidade genuína em seus olhos enchendo meu coração de calor. Ele abriu a boca, mas hesitou, parecendo escolher as palavras certas antes de falar. Isso deixou todos os meus sentidos em alerta máximo.

— Você ser nossa futura Dagna é uma tremenda honra para o nosso clã e para mim como seu pai — ele disse cuidadosamente, me deixando ainda mais nervosa — No entanto, nós não percebemos a princípio o quão gravemente ferido o Jakar estava. Nos últimos dias, passamos a entender melhor a extensão do que ele suportou. Na verdade, o Conselho não acredita que ele se recupere a tempo para o Marghor.

— Marghor? — eu perguntei, lutando contra a sensação de medo que crescia dentro de mim.

Ele é um daqueles que estão pressionando para que Gavin se torne o próximo Magnar?

— Marghor é uma celebração especial que acontece uma vez por ano — meu pai explicou — Tecnicamente, significa "Dia da Reconciliação". Mas, na prática, é o dia de acerto de contas entre clãs e indivíduos. Com o passar dos anos, também se tornou o evento oficial em que se pode desafiar o Magnar pelo seu trono. Ele é especialmente difícil porque todos os que lançarem o desafio serão jogados juntos na arena em uma batalha de todos contra todos, até o último sobrevivente. Não é incomum que muitos dos desafiantes unam forças para derrotar a maior ameaça antes de reduzirem os números até que um único vencedor sobreviva.

Eu estremeci. Keran poderia ter uma chance de vencer um duelo, supondo que tudo corresse bem com as Veredianas quando elas chegassem em algumas semanas, e que ele se recuperasse o suficiente nos poucos dias que faltavam para o Marghor. Mas ele jamais sobreviveria a uma briga descontrolada.

— Entendi — eu disse sem me comprometer, esperando para ver onde ele queria chegar com aquilo.

— A notícia do que aconteceu e do estado dele se espalhou por toda parte — meu pai continuou, franzindo a testa — Por causa disso, ainda mais pessoas o desafiarão pelo trono. Se ele não estiver pronto, você não deve deixá-lo lutar. É melhor que ele perca e viva para lutar outro dia.

Eu recuei, de queixo caído, enquanto o encarava incrédula — Você quer que Keran perca o trono?! — eu exclamei, estupefata.

— Não. Eu quero que ele viva — ele disse em um tom firme — A morte de Gerwin e a terrível crise financeira pela qual nosso planeta passou na mesma época me abriram os olhos. Braxia precisa do Clã Xeldar para continuar governando. Se Keran entrar no Marghor e perder a luta, ele será eternamente desafiado, mesmo que volte mais tarde e acabe vencendo. Se ele não estiver pronto este ano, que outro reivindique o trono, e então ele poderá recuperá-lo com uma vitória esmagadora quando estiver totalmente curado.

Eu assenti lentamente, reconhecendo o mérito dos seus argumentos, mas ainda não estando pronta para concordar com eles.

— Entendo o que você está dizendo, mas esse governante temporário pode causar grandes danos. Ele pode desfazer a maior parte do que Magnar Ravik conquistou nas últimas duas décadas — eu argumentei.

— Não se o Gavin entrar na luta — meu pai disse, presunçoso — Ele é inteligente, forte e invicto na arena. Ele compartilha todos os valores dos Xeldars. Ele protegerá Braxia até que Keran consiga derrotar qualquer desafiante.

— E se o Gavin decidir que gosta do emprego e quiser ficar com ele? — eu retruquei, com o desconforto voltando com força total.

É verdade que Gavin me expressou claramente que não tinha a menor intenção de governar Braxia. Mas, uma vez que experimentasse o gostinho do poder, será que ele ainda estaria tão ansioso para renunciar a ele?

Meu pai fez um gesto de desdém — Nada, nem mesmo o trono o manterá aqui. Na pior das hipóteses, supondo que, por alguma razão altamente improvável, Keran não se recupere o suficiente para derrotar possíveis oponentes, Gavin abdicará. Ele esperou a vida toda para conhecer sua alma gêmea Verediana pessoalmente. Quando completar 21 anos, daqui a três anos, ele partirá para o Quadrante Ocidental para ficar com ela. Ai de quem tentar afastá-lo dela.

— Você me deu muito em que pensar — eu disse, esfregando a testa.

— Espero que isso inclua a possibilidade de visitas ocasionais ao seu clã e ao seu pai — ele respondeu em um tom suave.

Eu sorri, me sentindo repentinamente tímida, e assenti.

Ele sorriu de volta, seu olhar percorrendo meu rosto novamente com uma mistura de orgulho e possessividade que me destruiu. Levantando uma de suas mãos enormes, ele acariciou minha bochecha delicadamente.

— Até lá, minha filha.

Ele abaixou a mão e foi embora. Eu pressionei a palma onde ele havia me tocado, como se quisesse recapturar a sensação.

— Até lá, pai — eu sussurrei baixinho.

CAPÍTULO 31
KERAN

E u encarei o belo rosto do Príncipe Zerien sentado à minha frente na sala de conselho particular do meu pai. A raiva contorcia suas feições. Dizer que o Príncipe Sareniano estava lívido seria o eufemismo do século. Nós passamos as últimas horas recontando tudo o que aconteceu em Haven. Embora tivéssemos compartilhado algumas informações e relatórios com ele para que se preparasse para o nosso encontro durante sua longa viagem de Veredia até aqui, ele queria ouvir os detalhes diretamente de nós, e especialmente de mim.

— Pela minha honra, eu juro investigar minuciosamente este plano abominável e erradicar cada traidor — Zerien disse em um tom apaixonado, misturado a uma raiva fervilhante — Por favor, nunca duvidem do meu compromisso com a nossa aliança. Eu rejeitei os Guldans desde o início. Eu nunca tive dúvidas de que Sarenia e Braxia lutariam lado a lado na Grande Guerra. Nós somos amigos, em breve seremos família — ele acrescentou, lançando um olhar significativo para Krygor.

— Não se preocupe, Zerien — eu disse com uma voz suave — Eu não duvido do seu comprometimento com a nossa aliança. Ambos temos extremistas fanáticos entre o nosso povo. E os Guldans sabem muito bem como explorar suas fraquezas para atingir seus próprios objetivos. Precisamos ser extremamente vigilantes. E você pode ter um problema semelhante se formando antes da sua coroação. Se Deimos disse a verdade, e não tenho motivos para duvidar disso, há uma grande célula de traidores planejando a sua ruína em seu planeta natal.

Ele assentiu lentamente, com um músculo pulsando na têmpora — Eu sabia que tínhamos alguns encrenqueiros. Eles já andam barulhentos há algum tempo. Mas nunca, nem em mil anos, eu esperaria que chegassem a tais extremos. Eu preciso voltar para casa para reorganizar imediatamente nosso serviço secreto e começar a caçar os traidores. Também precisamos descobrir quem são os contatos deles com os Guldans e como estão recrutando nosso pessoal.

— Também estamos investigando do nosso lado — Krygor disse em um tom sombrio — Mas o fato deles terem a tecnologia Siren instalada em naves modulares Sarenianas indica que eles vêm planejando isso há muito tempo. Os Guldans não compartilham sua tecnologia facilmente. Isso significa que eles têm armas ainda mais poderosas que ainda não revelaram, e que estão armando nosso próprio povo contra nós. Tenham cuidado. Vocês podem enfrentar algo maior e mais mortal do que imaginam em casa.

— Eu serei cauteloso — Zerien disse com uma expressão preocupada. Ele me olhou de relance, pedindo desculpas — Infelizmente, há uma chance de eu não conseguir voltar a tempo para a sua coroação.

Eu acenei com a mão, dispensando-o — Não se preocupe com isso — eu disse em um tom amigável — Garantir a paz e a ordem em seu planeta natal vem em primeiro lugar. Lembre-se de que existe a possibilidade de eu não ser o Magnar com quem você lidará.

Zerien bufou e olhou para mim como se eu tivesse levado algumas pancadas demais na cabeça — Claro que será. A Oráculo disse isso.

Eu lancei-lhe um olhar de "Você deveria saber mais" em resposta — Oráculos não podem garantir um caminho. Elas veem possibilidades, não certezas. Se um Vidente tivesse me visto governando, esta conversa seria irrelevante. Mas nenhum viu.

Algumas mulheres Korletheanas com poderes de previsão podiam voluntariamente sondar o futuro para ver o que aconteceria em uma situação específica. Geralmente, elas viam três ou mais resultados possíveis. As escolhas que o alvo fazia ao longo do caminho alteravam esses resultados, cancelavam alguns ou criavam novos. Essas mulheres eram chamadas de Oráculos. Seus equivalentes masculinos, chamados Videntes, não tinham controle sobre quando suas visões vinham. Mas quando vinham, o que quer que vissem certamente aconteceria. Faolan, o caçador Sareniano que Zerien pretendia nomear como seu novo chefe do serviço secreto, havia se casado com uma Oráculo Korletheana.

Zerien assentiu em concordância — Você tem razão, nenhum Vidente viu. No entanto, ela viu oito caminhos possíveis. E, dentre eles, só há um em que você não se torna Magnar. Então, não, Keran, eu não vou lidar com um Magnar diferente. As probabilidades estão sempre a seu favor, meu amigo.

Eu sorri. Embora eu nunca admitisse, suas palavras me encorajaram muito. Apesar dos meus melhores esforços, eu vinha perdendo a esperança de continuar o trabalho que meu pai havia começado e para o qual eu vinha me preparando a vida toda.

Nós encerramos a reunião logo em seguida. O Príncipe estava ansioso para voltar para casa e colocar a casa em ordem. Mas não sem antes dar uma passada no complexo de Krygor para ver sua alma gêmea, Siona. Se ele voltasse para cá em cinco meses para garantir seu noivado com ela, não poderia adiar a tarefa de desmantelar quaisquer planos traiçoeiros que estivessem sendo tramados em Sarenia.

Assim que ele partiu, eu voltei para meus aposentos, onde Maheva e Dawn se juntaram a mim. Eu tive o prazer de conhecê-la bem ao longo dos anos, pois ela era mãe da Mercy e, por extensão, minha avó adotiva. Mas, para mim, ela era simplesmente Nana Maheva, como gostava de ser chamada.

Durante as três horas seguintes, ela apenas colocou as mãos no meu peito nu para realizar sua magia. As Veredianas da geração dela só podiam usar seus poderes psiônicos através do toque. Devido aos experimentos que os Korletheanos realizaram nelas, as gerações mais jovens desenvolveram poderes adicionais que podiam ser ativados simplesmente por um pensamento ou por um olhar. A maioria deles eram os jovens Titãs, que a galáxia tanto reverenciava quanto temia.

Mas a cura não veio sem uma carga de dor. No meu caso, Maheva insistiu que eu tomasse um sedativo leve assim que viu a extensão dos meus ferimentos internos persistentes. Para minha consternação, ela acabou dividindo o tratamento em dois dias, me fazendo devorar nossa comida mais saciante, antes de dormir como uma pedra. Ao final do segundo dia, seus motivos se tornaram dolorosamente óbvios.

Eu sabia que a cura dessa forma consumiria minhas reservas de energia e qualquer gordura que eu tivesse. Como os Braxianos eram naturalmente magros, perder um pouco de massa muscular no processo era esperado. Mas eu nunca teria imaginado que chegaria a esse ponto. Eu fiquei tão emagrecido que era como se eu tivesse passado fome por semanas, se não meses.

Para minha consternação, Maheva disse que eu precisaria de um mês comendo alimentos ricos, com muitas proteínas e descansando antes de voltar ao meu antigo eu. Eu não tinha um mês, apenas duas semanas antes do Marghor. Pelos olhares que meus membros do clã e servos me lançaram quando pensaram que eu não estava olhando, eles também perceberam o resultado que me aguardava.

Se não fosse pelo apoio e pela presença constantes de Dawn ao meu lado, eu provavelmente teria caído em depressão. Eu odiava me sentir tão impotente. Parecia que, desde que eu embarquei naquela viagem fatídica para Haven, qualquer controle que eu tivesse sobre a minha vida, sobre o meu destino, havia sido arrancado das minhas mãos.

Apesar disso, mesmo que fosse só para encontrar minha linda Dawn, eu passaria por essa provação novamente. Além de cuidar de mim até eu recuperar a saúde, ela agia como o cão de guarda mais cruel quando o Conselho ou meus companheiros de clã exigiam demais de mim. Quando ela decidia que era hora de eu descansar, era melhor não desafiá-la.

Meu pai a aprovava, e a exigente Mercy a adorava, assim como o resto do meu clã, o que me deixou muito feliz. Ganek, meio brincando, me provocou dizendo que, se eu não a tivesse conhecido primeiro, ele mesmo a teria cortejado. Considerando o quanto ele desprezava Dana, isso dizia muito. Mas, acima de tudo, meus filhos eram loucos por Dawn. Neyti não parava de elogiar as virtudes da minha mulher. O fato de Dawn ter praticamente adotado meus filhos como seus lhe rendeu a lealdade eterna da babá e da equipe.

Me incomodava que ela não tivesse começado a se misturar com os outros clãs. Inicialmente, foi por questões de segurança, até que as Veredianas confirmassem que todos os híbridos haviam sido desprogramados da doutrinação que receberam. Desde então, ela não demonstrou nenhum interesse especial em bancar a turista em Braxia. Além do meu clã e do pai dela, ela só havia sido apresentada aos líderes de clã que faziam parte do Conselho do meu pai. Infelizmente, por mais que eu quisesse que todos os clãs a conhecessem, ela ainda não podia.

Até eu ter certeza de que seria Magnar, eu não poderia apresentar Dawn como a futura Dagna. E a probabilidade disso acontecer diminuía a cada dia. Felizmente, Dawn não parecia se importar com nenhum título ou posição. Tudo em suas palavras e ações demonstrava sua devoção a mim e em ajudar a trazer um futuro melhor para os híbridos e as mulheres Braxianas.

Mentalmente exausto após mais uma reunião com o Conselho, eu fui até a creche. O som agudo da risada do meu filho pequeno me fez sorrir muito antes de chegar à porta.

Meu coração derreteu de amor enquanto eu observava minha companheira brincando com meus filhos sob o olhar de aprovação de Neyti.

— Eu vou te comer! — Dawn disse em um tom ameaçador e brincalhão para meu filho pequeno, Argos.

Deitado no trocador, vestindo apenas uma fralda limpa, ele encarava minha mulher com olhos da mesma cor cinza que os meus, e sua boca se abriu em um sorriso largo e banguela. Dawn abaixou a cabeça e soprou audivelmente em sua barriga redonda. Argos caiu na gargalhada, seus pequenos membros se mexendo em todas as direções, enquanto ela começava a dar mordidas falsas em sua barriga e a mastigá-la.

— Não! Não coma o A'gos! — Kratos gritou com sua voz de bebê.

Ele envolveu a perna de Dawn com os braços pequenos para puxá-la para longe. Brincando, ela fingiu ser incapaz de resistir à sua força "tremenda" e soltou Argos para se agarrar às bordas do trocador, como se precisasse de algo para se agarrar. Kratos continuou puxando, e Dawn soltou a mesa para voltar sua ira contra ele.

— Tudo bem! Eu não vou comê-lo... ainda. Você é maior e será uma refeição melhor mesmo — Dawn disse, curvando os dedos como garras enquanto encarava meu filho mais velho.

Kratos soltou um grito agudo e soltou a perna dela para fugir. Dawn lhe deu uma pequena vantagem antes de ir correndo atrás dele com o rosnado teatral de uma fera feroz. Ela o pegou no colo no meio do caminho e o jogou no ar. Kratos gritou novamente enquanto Neyti ria. Dawn o pegou sem esforço e levantou sua barriga até o rosto antes de assoprá-la e fingir comê-la, como fez com o irmão dele.

Embora se contorcesse e risse, Kratos apenas fingiu tentar se libertar, implorando para que ela não o comesse entre risadinhas. Ela finalmente demonstrou misericórdia, trocando suas falsas mordidas por beijos por todo o rostinho dele. Quando ela parou, Kratos a encarou com adoração, beijou sua bochecha e enterrou o rosto em seu pescoço.

Minha garganta se apertou de emoção quando Dawn o abraçou ternamente e pressionou seus lábios no topo de sua cabeça.

— Eu também ganho um abraço? — eu perguntei, entrando na sala.

Assustada, Dawn levantou a cabeça bruscamente e se virou para mim — Ei, você! Não te ouvi entrar!

— Papai! — Kratos exclamou, estendendo a mão para mim.

— Eu sou mortalmente silencioso — eu respondi, provocante, enquanto diminuía a distância entre nós antes de pegar meu filho. Ele me abraçou. Eu retribuí o abraço e beijei sua testa.

— K'atos salva A'gos — meu filho disse, apontando o dedo para o irmãozinho — Dawn, come K'atos!

— Ela comeu você?! — eu exclamei com um choque exagerado.

Kratos me deu um grande aceno de cabeça.

— Come, come, come K'atos — ele disse, cutucando os diferentes pontos em sua barriga onde ela o havia mordido.

Eu lancei um olhar brincalhão para Dawn — Você não pode comer meus filhos. É proibido.

— Mas eu estava com fomeeeee — ela disse em um tom chorão antes de fazer uma careta que me fez rir.

— Então teremos que garantir que Rehata cozinhe mais comida para mantê-la bem alimentada — eu respondi, me voltando para meu filho — Você foi corajoso protegendo seu irmãozinho, como é seu dever.

— K'atos foti! — ele exclamou flexionando seu braço esquerdo para cima em um esforço para exibir seus bíceps, mas só exibiu um bracinho gordinho de bebê que até eu quis dar uma mordida brincalhona.

Dawn, Neyti e eu caímos na gargalhada.

— Sim, homenzinho — Dawn disse carinhosamente — Você é muito forte.

Ele estufou seu pequeno peito orgulhosamente.

— Muito forte e também muito pronto para dormir — Neyti interveio.

Apesar de alguns protestos fracos, Kratos não fez muito alarde enquanto o colocávamos na cama e lhe demos um beijo de boa noite.

Nós voltamos juntos para o meu quarto... o nosso quarto. Eu tirei as botas e levei Dawn para a sala de estar perto da lareira. Eu me sentei e a acomodei no meu colo. Ela bagunçou meu cabelo antes de passar o braço em volta dos meus ombros.

— Dia longo? — ela perguntou com uma voz simpática.

— Sem fim — eu respondi, parecendo desanimado.

— Como você está se sentindo? — ela perguntou com uma ponta de preocupação.

— Estou cansado de estar cansado — eu disse, minha irritação com a situação claramente audível — Eu queria que o Deimos ainda estivesse vivo para eu poder acabar com ele de novo.

Dawn riu baixinho e balançou a cabeça — Embora eu entenda o sentimento, ele definitivamente não vai voltar depois do que você fez com ele. O que você precisa é de comida e descanso.

Eu revirei os olhos e resmunguei, exasperado — Rehata está me empanturrando como se quisesse que eu fosse o prato principal do próximo banquete. Quando saio da mesa, mal consigo respirar, de tão cheio. A essa altura, ela vai me engordar antes de me curar.

Dawn riu e me encarou como se eu estivesse sendo um pirralho nessa situação — Primeiro, Braxianos não engordam. E segundo, precisamos te dar um pouco de carne de volta.

Embora ela tivesse dito isso em tom provocativo, suas palavras tocaram em algo sensível. Pela minha expressão, ela percebeu que algo estava errado e seu sorriso desapareceu.

— O que houve? — ela perguntou preocupada.

— Você me acha muito magro agora? — eu perguntei, me sentindo idiota por ser tão inseguro com minha aparência atual, eu que sempre repreendi outros Braxianos – especialmente nossas mulheres – por questionarem seu apelo físico e sua atratividade com base em normas estéticas fabricadas.

— Você não está tão magro — ela respondeu, franzindo a testa, olhando para mim como se eu tivesse perdido a razão — Você perdeu um pouco de massa muscular por causa da recuperação, mas ainda é deslumbrante. Sabe quantos homens matariam para ter um corpo metade tão divino quanto o seu, mesmo agora? — ela passou a mão pelo meu peito em uma carícia suave, porém possessiva, que acendeu uma chama na boca do meu estômago — Você é sempre perfeita para mim.

Meu coração explodiu ao contemplar seu lindo rosto — Eu te amo, Dawn — eu disse, expondo todos os meus sentimentos.

Uma emoção forte cruzou seu rosto, e ela me lançou um sorriso trêmulo — Eu também te amo, Keran.

Meus olhos percorreram os dela, procurando. Eu não duvidei que ela quisesse dizer aquilo. No entanto, a parte insegura de mim precisava de mais segurança.

— E o Jaek? — eu perguntei em voz baixa.

Ela suspirou e acariciou minha bochecha delicadamente antes de pousar a palma da mão no meu peito — Eu sempre o amarei também — Dawn disse, com os olhos fixos nos meus — Quando Deimos disse que Jaek e eu éramos Sintonizados, acho que ele não mentiu. No entanto, não acredito que Jaek e eu sejamos almas gêmeas. Eu o amo, sempre o amei e sempre amarei. Mas eu nunca me apaixonei por ele e nunca senti por ele o que sinto por você. Mesmo com a compulsão, seu rosto sempre brilhou diante de mim, me dizendo para permanecer fiel a você. Uma parte de mim sempre soube que Jaek não era o cara certo. Acho que é por isso que eu nunca entrei em um relacionamento com ele. Ele é um homem maravilhoso e espero que encontre sua alma gêmea. Ele merece ser feliz.

Eu assenti lentamente, tentando conter a alegria que transbordava em meu coração — Ele é realmente um bom homem. A leitora de mentes Verediana disse que ele passou no teste com louvor. Ele sempre esteve ao nosso lado, mesmo enquanto trabalhava com Deimos.

Ela sorriu com uma mistura de alívio e melancolia — Sim, eu também recebi essa confirmação. No fundo, eu sabia que ele não podia ser um traidor. Mercy está muito feliz com a notícia. Ela estava ansiosa para contratá-lo em seu laboratório. Jaek está nas nuvens.

— Fico feliz. Ele terá acesso às melhores ferramentas e trabalhará ao lado de algumas das mentes mais brilhantes da galáxia — eu disse.

— Na verdade, ele já sabe no que quer trabalhar primeiro — Dawn disse com uma expressão séria.

— Oh?

Ela assentiu — Ele acredita que os traidores Sarenianos ainda têm cópias do trabalho de Zeory sobre aquele soro. Jaek quer criar um antídoto ou vacina – eu não entendo nada de ciência – que nos impeça de cair novamente na compulsão.

— Que maravilha! — eu exclamei — Eu nunca mais quero me sentir tão impotente.

— Somos dois — Dawn disse com uma expressão de desgosto — As Veredianas levarão mais alguns dias para terminar de desprogramar todos os híbridos, mas estão progredindo bem.

— Você sabe o que eles farão então? — eu perguntei.

Ela assumiu uma expressão preocupada — Alguns deles pretendem aceitar um dos contratos de Jardan. São principalmente aqueles que foram abusados por seus próprios clãs e não desejam reacender esse relacionamento. Os outros disseram que ficariam se você ou Gavin ascendessem ao trono. Se for qualquer outra pessoa, eles partirão.

Isso me atingiu profundamente. Não era mistério para ninguém que minhas chances de ascender estavam diminuindo a cada dia. Com Gavin retornando à estação espacial de seu pai – Venus Hive – eu não tive a chance de discutir o assunto com ele. Infelizmente, ele só retornaria com o resto da família bem a tempo para o Marghor. Mas eu não duvidava que a perspectiva de ter que intervir o pesasse.

— E você, Dawn? O que pretende fazer? — eu perguntei, odiando o fato de estar nervoso com a resposta dela.

Ela me olhou como se eu tivesse feito uma pergunta idiota — Eu não vou a lugar nenhum até você me expulsar.

— Você sabe que isso nunca vai acontecer — eu respondi.

— Então você tem sua resposta.

— Magnar ou não, eu quero você como minha esposa, se você me aceitar, apesar de estar quebrado — eu disse, me sentindo dominado pela emoção.

— Você não está quebrado, seu bobo. Você foi remendado e agora está se recuperando. Magnar ou não, nunca poderá haver outro homem para mim além de você. Eu escolho você, seja lá o que o futuro nos reserve — ela disse, acariciando meus cabelos.

— Eu estou quebrado. Não toco em você há quase seis semanas, e...

— Ai, Deusa, sério?! — Dawn exclamou, incrédula, me interrompendo — Caso tenha esquecido, você passou duas dessas semanas sendo devorado por dentro, outra semana lutando pela sua vida e as três seguintes se recuperando enquanto tentava salvar uma aliança e se preparar para sua coroação. Não é como se você estivesse reclamando de dores de cabeça todas as noites ou alguma outra desculpa esfarrapada. Relaxe um pouco.

— Justo, mas ainda assim... Que tipo de Braxiano eu sou para desejar minha companheira, mas ser fraco demais para satisfazê-la? — eu disse com autodepreciação.

Dawn se mexeu, se sentando de lado no meu colo, e montou em mim — O tipo de Braxiano que provavelmente deveria deixar a companheira cuidar disso.

Eu abri a boca para discutir, mas ela me silenciou com um beijo voraz. Qualquer desejo de prosseguir com a conversa se inflamou quando uma faísca de fogo explodiu na boca do meu estômago. Embora ela tivesse iniciado o beijo, eu assumi imediatamente. Eu segurei sua nuca com uma das mãos enquanto inclinava a cabeça para o lado para aprofundar o beijo. Minha outra mão deslizou por suas costas até a curva roliça de seu traseiro. Eu apertei sua nádega esquerda antes de pressionar sua pélvis contra a minha. Um arrepio a percorreu ao sentir meu membro rapidamente ficando ereto entre nós.

Ancestrais! Com que facilidade essa mulher conseguia me incendiar o sangue!

Mas Dawn aparentemente falava sério quando disse que cuidaria disso. Agarrando minha mão que segurava sua nuca, ela a puxou, libertando-se, antes de agarrar meu cabelo na nuca. Ela puxou minha cabeça para trás – infelizmente, não com tanta força quanto eu normalmente gostaria – expondo meu pescoço para seus lábios explorarem. Por mais que eu gostasse de sexo selvagem, eu suspeitava que minha mulher se limitaria ao lado mais suave das coisas por pelo menos mais algumas semanas.

Eu silenciei meu impulso natural de assumir o controle e a deixei liderar. Enquanto beijava e mordiscava meu pescoço, Dawn enfiou a mão por baixo da barra da minha blusa. Eu estremeci, meus músculos abdominais se contraindo sob o calor da palma da mão. Ela acariciou meu peito, o dedo indicador circulando minha aréola direita, antes de dar um leve toque no mamilo e beliscá-lo com força. Aquilo ressoou diretamente na minha virilha. Eu respirei fundo, sibilando entre os dentes, e minhas mãos se acomodaram em suas coxas, sob a barra da saia curta.

Elas acariciaram um caminho sobre a deliciosa almofada de seu traseiro, subindo pela curva de suas costas, levantando seu vestido no processo. Dawn parou de beijar meu pescoço e se endireitou levemente para me encarar. Eu dei a ela um sorriso impenitente por tentar vencê-la em seu próprio jogo, já que ela também estava levantando minha blusa enquanto acariciava meu peito e beliscava meu mamilo. Sem se deixar abater, ela continuou tirando minha blusa, me forçando a levantar os braços. Eu obedeci de bom grado, pois isso também me permitiu livrá-la de sua roupa.

Só que eu não tinha problemas em jogar um pouco sujo.

Como um de nós teve que ceder, eu levantei o vestido dela até que ele estivesse sobre a cabeça, antes de puxar meus braços para fora das mangas da minha camisa. Assim que ela terminou de tirá-la, eu retomei a remoção do vestido, apenas para parar quando a gola passou por sua boca e nariz. Dawn engasgou ao perceber que eu a havia efetivamente amarrado e cegado com sua vestimenta. Segurando seu vestido com uma das mãos para mantê-la presa, eu recuperei sua boca em um beijo voraz. Embora ela lutasse para se libertar, minha mulher não se esforçou muito, o que me agradou tremendamente.

Eu adorava tê-la à minha mercê.

Minha mão livre acariciou a pele macia de suas costas a caminho do fecho magnético do sutiã. Eu rapidamente o soltei. Para minha alegria, era um sutiã sem alças, permitindo-me desfazer dele sem libertar minha mulher de suas algemas improvisadas. Eu interrompi o beijo e a inclinei para trás enquanto meus lábios deslizavam por seu pescoço, sobre sua clavícula e até o mamilo firme de seu seio generoso. Seu gemido fez meu pau estremecer dentro das calças de desejo, enquanto ele se esforçava contra o tecido apertado.

Eu ansiava por estar enterrado até as bolas dentro da minha companheira. Mas eu precisava dar prazer a ela primeiro.

Enquanto eu lambia e acariciava seu pequeno nó, Dawn começou a girar em cima de mim, esfregando seu núcleo contra meu membro. Ancestrais! Ela estava me deixando louco de desejo. Aproveitando meu breve momento de distração enquanto eu apreciava seu corpo, Dawn libertou os braços presos no vestido e o descartou. Eu esperava que ela tentasse retomar o controle. Em vez disso, ela colocou as mãos nos meus ombros para melhor apoio enquanto se inclinava para trás e intensificava seus giros sobre mim.

Isso atiçou ainda mais o fogo que gradualmente se transformava num inferno na minha virilha. Com um grunhido carente, eu arrebentei o pedaço estreito de tecido que prendia a calcinha dela em volta da cintura e deslizei a mão entre suas coxas. Caralho! Minha mulher já estava encharcada de tesão por mim. O cheiro da sua excitação fez minha boca salivar e meus músculos pélvicos se contraírem.

Eu deslizei dois dedos dentro dela, meu polegar massageando seu clitóris enquanto eu continuava a chupar seus seios. Ela esfregou seu sexo na minha mão, sua respiração ofegante intercalada com gemidos enquanto ela buscava o clímax. Quando ela começou a tremer em meus braços, eu levantei a cabeça para olhar seu lindo rosto.

Ancestrais, ela era deslumbrante!

Com os olhos fechados, em uma expressão quase de dor, os lábios entreabertos e as bochechas coradas, minha mulher era a personificação da sensualidade feminina. Eu queria beijá-la novamente, mas a necessidade de admirar sua beleza enquanto ela se desfazia por mim suplantou esse desejo. E momentos depois, ela o fez.

Dawn gritou, seu corpo se contraindo em meus braços. Suas unhas cravaram em meus ombros, causando-lhes a mais deliciosa ardência, antes dela enterrar o rosto no meu pescoço. Eu acariciei suas costas e continuei esfregando seu clitóris – sua essência inundando minha mão – enquanto ela se deleitava em seu orgasmo. Eu só cedi quando ela desceu, seus giros gradualmente diminuindo até cessarem.

Quando ela se endireitou e viu meu sorriso presunçoso, Dawn franziu o rosto, parecendo querer me dar um tapa. Isso só me fez rir. O brilho desafiador que surgiu em seus lindos olhos verdes só fez o sangue correr ainda mais para minha virilha – como se eu já não estivesse dolorosamente duro o suficiente.

Minha mulher envolveu meu pescoço com a mão e apertou, não com tanta força a ponto de me estrangular, mas o suficiente para estreitar um pouco minhas vias aéreas. Dizer que isso me excitava não era suficiente. Dawn se inclinou para frente e tomou meus lábios em um beijo brutal. Eu abri os lábios para aprofundá-lo, mas ela levou meu lábio inferior à boca, chupando-o algumas vezes antes de dar uma mordidinha forte que ressoou direto no meu pau. Eu sibilei levemente, mais de surpresa do que de dor, e me peguei desejando mais uma vez que ela tivesse feito isso com mais força.

Ela deslizou uma enxurrada de beijos pelo meu pescoço e peito, enquanto se deixava deslizar pelo meu colo. Suas unhas arranharam minha pele em um caminho descendente, a queimação maravilhosa arrancando um gemido de aprovação de mim. Eu abri as pernas quando ela deslizou para o chão e se acomodou entre elas. Minha mulher beijou meu abdômen e provocou meu umbigo com a língua. Suas mãos desabotoando minha calça me lembraram de como meu pau estava dolorosamente confinado. Outro chiado escapou de mim, desta vez de êxtase quando ela o libertou. Eu levantei minha bunda enquanto ela puxava minha calça para ajudá-la a tirá-la de mim.

Antes mesmo que a peça terminasse de passar pelos meus pés, Dawn já estava alcançando meu eixo. Ela não perdeu tempo me provocando. Envolvendo a base do meu pau com a mão, ela o apertou forte, quase dolorosamente, de onde saíram gotas de pré-sêmen. Meu grunhido de aprovação se transformou em um rosnado quase selvagem quando minha parceira se inclinou para frente, primeiro lambendo a cabeça e depois me levando para dentro do calor escaldante de sua boca.

Meus dedos encontraram o caminho por seus cabelos enquanto ela começava a se mover na minha frente, sua mão se movendo em contraponto à sua boca. Era tão bom. Bom pra caralho. Eu nunca parava de me maravilhar com o quanto de mim Dawn era capaz de absorver, com o quão fundo ela engolia meu pau. Cada vez que ela roçava os dentes no meu comprimento enquanto se afastava, faíscas elétricas explodiam em minhas entranhas e se espalhavam por todo o meu corpo. Sua outra mão acariciando e apertando minhas bolas só aumentava o turbilhão de sensações que incendiavam meu sangue.

Como sempre que minha companheira chupava meu pau, o prazer crescia rápido demais, forte demais, me levando à beira da insanidade. Um vulcão rugia em minhas entranhas, ameaçando entrar em erupção a qualquer momento. Uma parte de mim queria abraçar essa promessa de êxtase supremo. Como Dawn já havia demonstrado no passado, ela realmente gostava de engolir tudo o que eu tinha para dar. Mas eu queria minha semente enchendo seu ventre. Eu precisava daquele corpo perfeito dela me envolvendo, sentir sua respiração soprando em meu peito e ouvir aqueles gemidos sensuais e guturais dela bem perto do meu ouvido.

— Pare e suba no meu pau — eu disse, com a voz tão rouca de desejo que mal conseguia entender — Preciso estar dentro de você.

Como Dawn costumava se recusar teimosamente a atender a esses pedidos sempre que eu os fazia, eu esperava ter que lutar com ela mais uma vez. Para minha surpresa – e absoluto deleite – minha parceira não se importou. Depois de uma última lambida, ela subiu de volta em cima de mim, montando no meu colo, com os joelhos um de cada lado das minhas coxas. Em nenhum momento sua mão soltou meu pau. Ela deu mais algumas estocadas firmes antes de alinhar a cabeça com sua abertura.

Eu coloquei minhas mãos em cada nádega de seu traseiro para ajudá-la a se apoiar enquanto ela se abaixava sobre mim, meus músculos abdominais se contraindo dolorosamente em antecipação. Mas Dawn parecia ainda mais impaciente do que eu para que fôssemos um. Com os olhos fixos nos meus, ela não tentou aliviar minha circunferência nada desprezível dentro dela e simplesmente se empalou no meu pau. Nós dois gritamos com a sensação de queimação. Rangendo os dentes contra a vontade violenta de derramar minha semente ali mesmo, eu puxei minha companheira com força contra mim e enterrei meu rosto em seu pescoço. Eu inalei seu cheiro e me concentrei na sensação maravilhosa de seus braços ao meu redor, sua pele quente pressionada contra a minha e de suas mãos vagando febrilmente sobre minha pele.

Mas minha Dawn parecia possuída. Mais uma vez, ela não esperou e começou a se mover para cima e para baixo em meu comprimento, na mais requintada tortura. A maneira como suas paredes internas apertavam meu pau a cada movimento me deixava à beira do abismo. Eu sempre me orgulhei muito da minha resistência e capacidade de dar à minha mulher orgasmos múltiplos antes de me entregar à minha própria libertação. Mas essa mulher só precisava me tocar para me deixar à beira de gozar como um adolescente.

Ancestrais, eu nunca me cansaria dela.

Lava rodopiava na boca do meu estômago, inundando minhas veias, incendiando cada uma das minhas terminações nervosas enquanto Dawn cavalgava meu pau com fúria desenfreada. Todos os pensamentos de descanso e nenhum esforço extenuante desapareceram da minha cabeça enquanto eu começava a estocar para cima dentro dela em contraponto aos seus movimentos. Nossas línguas se misturavam e se chocavam, nossas mãos exploravam, arranhavam, reivindicavam com algo próximo ao desespero. Mesmo perdido nela, eu não conseguia chegar perto o suficiente da minha companheira.

Afogado em um mar de êxtase, eu nem vi o clímax de Dawn se aproximar. De repente, ela jogou a cabeça para trás, gritando enquanto era levada. Suas paredes internas, apertando meu pau, arrancaram meu próprio orgasmo. Eu rugi quando meu sêmen jorrou para dentro da minha mulher. Mas mesmo enquanto o êxtase líquido jorrava de mim, eu apertei meus braços em volta de Dawn, bombeando para dentro e para fora dela freneticamente. Eu ainda a queria... precisava demais dela.

Apesar de enchê-la até a borda, meu pau não amoleceu. Quando minha companheira desceu do êxtase, seu terceiro clímax já estava se formando. Respirando com dificuldade, a pele coberta de suor, Dawn voltou a se mover sobre mim. Desta vez, ela lutou contra a própria necessidade de se desfazer novamente. Com os olhos fixos nos meus, sua mão agarrando meus cabelos na nuca quase dolorosamente, ela me cavalgou com força até que meu segundo orgasmo me atingiu. Eu pensei que minha mente se quebraria com a violência com que ele me atingiu. Dawn uniu sua voz à minha, nossos movimentos erráticos enquanto eu a enchia mais uma vez com meu sêmen.

Dawn desabou sobre mim, com a cabeça apoiada no meu ombro. Eu me sentia mole, minhas pálpebras lutando para se manter abertas enquanto o quarto girava ao meu redor. Até meus braços segurando minha mulher perto pesavam uma tonelada.

— Você vai ser a minha morte — eu sussurrei em meio ao rugido do meu sangue correndo nos ouvidos — E eu não poderia desejar uma maneira mais gloriosa de partir.

Ela riu baixinho e me deu um beijo no pescoço — Você não tem permissão para morrer. Nem hoje, nem nunca.

Eu sorri e apertei meu abraço — Eu te amo, Dawn.

— Eu também te amo — ela respondeu, aconchegando-se ainda mais em mim.

CAPÍTULO 32
KERAN

As duas semanas seguintes acabaram sendo as mais rápidas e lentas de toda a minha vida. Mesmo tendo retomado o treinamento com meus homens, na manhã do Marghor, eu ainda não estava nem perto de estar pronto para uma batalha de vale-tudo. Se fosse um duelo mano a mano, eu me sentia razoavelmente confiante de que conseguiria derrotar qualquer oponente... exceto Gavin. Mas hoje, todos viriam para cima de mim primeiro para me tirar da equação antes de se voltarem uns contra os outros.

Eu me senti derrotado ao entrar na antecâmara privada da arena. Ali, eu poderia conceder pequenas audiências ou simplesmente passar um tempo com minha família ou amigos próximos antes de entrar no camarote real para o evento. Apesar das pedras luminosas incrustadas nas altas paredes cinza-escuras banharem o salão com uma luz agradável, eu me sentia claustrofóbico, como se as paredes do inevitável estivessem se fechando sobre mim.

Através das portas fechadas, os gritos de uma multidão já animada se infiltravam. Todos os assentos estavam lotados. O Marghor sempre atraía um grande público, mas este estava batendo novos recordes. Nenhum assento ficou vago. Algumas pessoas tiveram que ficar em pé no fundo ou sentar na escada, entre as fileiras de bancos. Eu suspeitei que ainda mais pessoas se amontoassem nas antecâmaras privadas de seus clãs para discutir seus planos finais para o evento de hoje.

Eu havia mandado meus guardas embora, precisando de um momento para me recompor antes que o resto da minha família chegasse, o que aconteceria a qualquer momento. O fato de eu não ter conseguido ver Gavin antes desses procedimentos pesava muito sobre mim. Por mais que eu rezasse para que o garoto se apresentasse e assumisse esse papel pelo bem de Braxia até que eu pudesse assumir, a culpa também me atormentava. Era injusto colocar um fardo tão pesado em ombros tão jovens. Por outro lado, Gavin era uma alma velha. E o dever não se importava com a idade. Ainda assim, se eu pudesse poupá-lo de lidar com o ninho de krillik que era governar um povo tão caótico, eu o faria sem hesitar.

Minha espinha enrijeceu ao som de passos se aproximando. Eu rapidamente os reconheci como sendo do meu pai. Como ele normalmente era muito mais discreto, o fato de andar tão ruidosamente indicava que queria me dar uma chance de me preparar para sua chegada. Eu endireitei os ombros e coloquei no rosto o que esperava ser uma expressão relaxada.

A maçaneta girou e a porta se abriu com um rangido muito sutil. Meu pai entrou, com a aparência tão assustadora e imponente de sempre – a personificação de tudo o que eu sempre aspirei ser. A suavidade e a afeição em seus olhos de obsidiana contrastavam terrivelmente com suas feições selvagens. Mas eles quase quebraram a fachada estoica que eu tanto tentava exibir.

— Meu filho — meu pai disse, parando diante de mim e colocando as duas mãos em meus ombros.

— Pai — eu respondi em saudação.

Ele estudou minhas feições, apertando meus ombros como se fosse para avaliar minha robustez. Embora tivéssemos altura e massa corporal semelhantes, de repente eu me senti como um garotinho, fraco e assustado.

— Hoje é um dia importante — ele disse com uma voz quase solene — Nada mais, nada menos. Aconteça o que acontecer, eu estou orgulhoso de você e tenho fé em você. Você superou tudo o que eu sempre quis em um herdeiro. Eu sei quais medos o corroem. Sei quais preocupações deixam o Conselho fora de si. Tire-as da cabeça. Você governará Braxia. Se não for hoje, será outro dia. Eu fiz o que pude pelo nosso mundo. Você o tornará ainda maior. Disso, não tenho dúvidas.

— Eu não sou você, pai. Ninguém jamais poderá ser você — eu respondi, odiando o leve tremor que transparecia em minha voz.

— Graças aos Ancestrais! — meu pai exclamou, como se eu tivesse dito algo absurdo — Você é mais inteligente e muito mais sábio do que eu jamais fui ou jamais serei. Você não viu quantas vezes eu confiei nos seus conselhos? Não percebeu como eu sempre peço sua opinião sobre todos os conflitos antes de tomar uma decisão? O que você achou que era aquilo?

— Um teste? — eu perguntei com voz hesitante.

— Eu acabei de dizer que você é mais inteligente do que eu. Não me faça revisitar essa crença — ele disse, meio brincando.

Eu bufei e então dei a ele um sorriso tímido.

— Você precisa parar de criar expectativas impossíveis para si mesmo. Você é mais do que bom o suficiente. Você é mais do que ótimo. Minha força física me permitiu manter este trono em uma época em que a violência só podia ser quebrada pela violência — meu pai disse, segurando meu rosto com as duas mãos e seu olhar sombrio penetrando em minha mente — Nós estamos entrando em uma nova era. Os desafios que temos pela frente precisam de diplomacia e sabedoria, não de quebra de crânios. Você é o homem para isso. Acredite em si mesmo como eu acredito em você.

— Eu te amo, pai — eu disse, com a garganta apertada de emoção.

— Como eu te amo, meu filho. Você é meu orgulho e minha alegria. Nunca se esqueça disso.

Ele me puxou para perto de si e me deu um longo abraço, que eu retribuí. Aquele homem não entendia o herói que ele era aos meus olhos. Eu só rezava para poder ser metade do bom pai para os meus próprios filhos e, se o destino quisesse, para os filhos que Dawn e eu teríamos juntos.

Eu o soltei com muita relutância, ainda assim grato pelo peso que suas palavras tiraram dos meus ombros. O som de mais passos se aproximando nos interrompeu. Momentos depois, Dawn e Mercy entraram, de braços dados enquanto conversavam animadamente. A expressão de satisfação no rosto do meu pai refletia a alegria que florescia em meu coração. Eu adorava como nossas companheiras haviam se tornado irmãs. Se hoje não fosse o Marghor, Hope também estaria com elas. Se não fossem as características físicas tão óbvias que as marcavam como espécies completamente diferentes, seria de se pensar que elas eram irmãs de sangue.

— Tanta beleza em um só cômodo — meu pai disse, olhando para as mulheres — Quase deveria ser considerado ilegal.

— A bajulação quase lhe dará tudo, querido marido — Mercy disse, provocando.

— Tudo? — ele repetiu em um tom sugestivo que fez Dawn corar, enquanto Mercy lançava um olhar travesso para seu companheiro.

Eu já tinha superado há muito tempo a sensação de ficar nervoso com aqueles dois flertando um com o outro.

— Venha, minha fera. Dê um pouco de privacidade aos dois pombinhos antes de envergonhar Dawn ainda mais com suas insinuações — Mercy disse, soltando o braço do meu companheiro antes de pegar a mão do meu pai.

Eu bufei enquanto a vermelhidão nas bochechas de Dawn aumentava ainda mais. Naturalmente, Mercy fez aquilo de propósito para provocá-la.

Assim que eles saíram pela porta do outro lado da sala, que levava ao camarote real, Dawn se virou para mim. Ela esperou até a porta se fechar para se aproximar e me abraçar.

— Você está bem? — Dawn perguntou em voz baixa — Parece que interrompemos algo intenso.

Eu balancei a cabeça e sorri, afastando uma mecha de cabelo do rosto dela — Nós tínhamos terminado de conversar. Meu pai disse que estava orgulhoso de mim e que eu deveria acreditar em mim mesmo.

— Com certeza! — Dawn disse em um tom enérgico que me pegou de surpresa — Pare de tentar ser ele. Pare de se comparar a ele. Vocês são duas pessoas diferentes, com qualidades completamente distintas que os tornam perfeitos para o papel que a Deusa lhes deu. Ravik fez a sua parte, agora é a sua vez. A força vem em muitas formas. Sim, a força física de Ravik é incrível, mas a sua também. Não importa que você não seja tão forte quanto ele. Até agora, ninguém ousou desafiá-lo porque eles sabiam que levariam uma surra. Eles só estão considerando isso agora porque você está temporariamente enfraquecido.

— Verdade, mas eu ainda não sou o homem mais forte de Braxia — eu não pude deixar de argumentar.

Ela me olhou como se eu fosse um caso perdido – o que provavelmente era — Você não vê qual é a sua maior força? Você se concentra na capacidade de lutar quando está entrando na reta final antes da Grande Guerra. O que nosso povo vai precisar em um futuro próximo é de alguém com a capacidade de unir as pessoas para uma causa. Seu poder é seu carisma e sua capacidade de conquistar a lealdade das pessoas. Seus homens morreriam por você. Gavin te ama tanto que sentiu sua necessidade além das estrelas e veio te salvar. Até os híbridos estão dispostos a ficar aqui por você. Não pelo seu pai, não pelo clã deles, mas por você.

Suas palavras me deixaram sem palavras. Eu nunca havia olhado para a situação por esse ângulo. Ela estava certa. Nos poucos anos que restavam antes da Grande Guerra profetizada, a diplomacia e a formação de alianças determinariam nosso destino, uma vez que toda a galáxia se chocaria em uma batalha sangrenta. Isso era algo para o qual eu havia me preparado ao longo dos anos.

— Você é o símbolo e a voz da unidade — Dawn continuou com uma voz apaixonada — Você garantiu mais alianças galácticas e acordos comerciais do que qualquer um de seus antecessores. Um bom rei não é aquele que consegue esmagar mais crânios, mas aquele que faz as pessoas quererem participar da destruição de crânios com ele e por ele, por lealdade e confiança. Tenha fé em si mesmo, assim como nós temos fé em você. Esta é a sua hora.

Suas palavras me fizeram refletir ainda mais, pois ecoavam muito do que meu pai havia dito. Será que eu estava mesmo tão cego para o que todo mundo estava vendo?

— Você tem ideia do quanto eu te amo? — eu perguntei, com o coração transbordando de carinho.

— Não tenho muita certeza — ela disse, fingindo confusão — Acho que você vai ter que passar as próximas décadas me explicando isso.

— Tente me impedir — eu disse antes de reivindicar seus lábios em um beijo possessivo.

Uma estranha sensação de paz me invadiu enquanto eu me deleitava com aquele momento terno com minha alma gêmea. Minha família estava certa. Eu havia criado expectativas que jamais exigiria de outra pessoa. O Marghor não era o fim. Mesmo que outra pessoa conquistasse o trono hoje, eu o recuperaria em algumas semanas. Quem se importaria com uma única batalha perdida se eu finalmente vencesse a guerra?

Eu terminei o beijo e pressionei minha testa na dela por mais alguns segundos de ternura antes de dar um passo para trás para admirar sua beleza. Minhas mãos deslizaram pelas curvas suaves de seus ombros largos até pousar em seus braços nus. Meu olhar se voltou para seu braço esquerdo e meu polegar acariciou delicadamente o ponto logo abaixo do ombro.

Dawn ficou um pouco tensa, e meus olhos se voltaram novamente para os dela.

— Tire o implante — eu disse — Os meninos precisam de uma irmã.

Embora eu tivesse dito isso como uma ordem, meu estômago embrulhou de nervosismo ao pensar que ela talvez ainda não estivesse pronta para ter um filho comigo.

Dawn ergueu uma sobrancelha, desafiadora — O que te faz pensar que eu ainda não fiz isso?

Eu fiquei de queixo caído enquanto olhava para ela, querendo ter certeza de que não estava interpretando mal sua declaração.

— Sério? — eu perguntei, com esperança evidente na minha voz.

Seu rosto perdeu aquele tom provocador, e ela me deu um sorriso tímido enquanto concordava.

— Boa menina — eu sussurrei, meu peito se enchendo de uma

alegria possessiva enquanto imagens da barriga da minha esposa inchada com nossos futuros filhos passavam pela minha mente.

Eu recuperei seus lábios em um beijo apaixonado, derramando neles toda a devoção que sentia por ela. Dawn se derreteu contra mim. Naquele instante, eu percebi que tudo o que mais importava para mim estava aqui, em meus braços.

A abertura da porta encerrou o momento.

— Ei, vocês dois! Agora não é hora de ficar se pegando! — Ganek exclamou, atrasado como sempre — E cadê o meu beijo?

Sem esperar por uma resposta, ele puxou Dawn para o seu abraço, estendendo a bochecha para ela. Minha companheira caiu na garga-lhada antes de beijar sua bochecha. Satisfeito, o maldito a soltou apenas para agarrar meu rosto com as duas mãos e me dar um beijo sonoro – e levemente molhado – na minha própria bochecha. Eu o empurrei enquanto o encarava de brincadeira.

— Argh! — eu resmunguei, fingindo irritação, enquanto enxugava o rosto com as costas da mão — Que nojo.

— Mentiras! As moças dizem que eu tenho o melhor beijo de Braxia — Ganek respondeu, presunçoso.

Eu revirei os olhos, enquanto Dawn ria mais um pouco. Irreverente como sempre, Ganek passou o braço esquerdo em volta dos meus ombros e o direito em volta dos de Dawn, e nos conduziu para fora da antecâmara até a grande sacada que servia de camarote real.

Assim que saímos, as vozes altas da multidão de mais de cem mil pessoas irromperam em aplausos estridentes que me surpreenderam. Ganek nos soltou discretamente, dando um passo para trás enquanto Dawn e eu avançávamos. Eu acenei para a multidão, e suas vozes se elevaram ainda mais. Em outras circunstâncias, uma saudação tão calo-rosa teria sido a confirmação de sua aprovação em relação a mim como seu futuro líder.

Nós nos sentamos à direita dos tronos do meu pai e da Mercy, no centro do camarote, com Ganek sentado à esquerda deles. Tagar e Nowik sentaram-se um pouco mais à frente, nas laterais mais distantes do camarote. Nossos lugares de convidados permaneceram vazios. Jovens não eram permitidos nesses eventos, pois alguns deles ocasionalmente terminavam em mortes bastante horríveis. Embora eu não me importasse com a ausência do Conselho, eu teria acolhido com satisfação a presença de Krygor.

Para o Marghor, cada clã se sentava junto em sua respectiva seção da arena, bem em frente à antecâmara privativa designada. Muitos acordos de última hora ou alianças temporárias eram firmados nesses bastidores. Eu não duvidei que eles tivessem sido usados extensivamente hoje, não apenas para planejar quem me desafiaria, mas também para aqueles que buscavam uma resolução pacífica para um conflito com outro clã.

Em um instante, meu pai inauguraria oficialmente o Marghor pela última vez em seu reinado. Ele então convidaria aqueles que desejassem lançar um desafio a se apresentarem. Em frente à seção de cada clã, uma pequena saliência em forma de semicírculo permitia que o Líder do Clã falasse ao microfone para lançar um desafio ou fazer uma declaração. O emblema de cada clã figurava em destaque em uma faixa fixada na grade dessa saliência.

Como status e poder eram tudo em Braxia, os clãs disputavam constantemente posições para se mudarem para uma seção mais invejável, com assentos mais próximos dos níveis inferiores da arena para uma melhor visão da ação e mais próximos do camarote de Magnar. O Clã Aldriss tinha essa honra, com seu camarote localizado diretamente à nossa direita. Além de todo o clã, Anton e Grace – os pais de Gavin – também estavam presentes.

Eu os cumprimentei com um aceno de cabeça. Grace acenou entusiasticamente, seu lindo rosto se iluminando com um sorriso radiante enquanto me observava com aqueles olhos âmbar incomuns que seu filho havia herdado. Ela parecia tão delicada cercada por seus enormes membros do clã. Anton também sorriu, mas foi Gavin quem prendeu minha atenção. Se não fosse por suas feições jovens, você pensaria que ele era o pai de Anton, em vez do contrário, de tão impressionante que era seu tamanho.

O garoto me encarou. Sua boca se abriu em um sorriso misterioso, e então ele piscou para mim.

Que porra foi essa?

Meu pai, ao se levantar para se aproximar do microfone na frente do nosso camarote, me fez ignorar o comportamento estranho de Gavin. Mesmo assim, vê-lo apagou a última ponta de preocupação que ainda me incomodava. A sensação de paz que eu senti depois de conversar com Dawn mais uma vez me invadiu.

— Povo de Braxia, bem-vindos à minha arena e a esta celebração anual do Marghor — meu pai disse com uma voz poderosa.

O sistema de som o amplificou por toda a arena, e as telas gigantes – estrategicamente posicionadas de modo que cada assento pudesse ter uma boa visão de quem estivesse falando em suas saliências – ampliaram seu rosto assustador.

A multidão saudou suas palavras com mais gritos animados. Ele permitiu que eles continuassem por alguns segundos antes de levantar a palma da mão. Todos se aquietaram imediatamente.

— Foi uma grande honra servir como seu Magnar pelos últimos trinta e cinco anos — meu pai continuou — As coisas nem sempre foram fáceis, às vezes até terríveis. Mas nós perseveramos. Juntos, como uma só nação, nós prevalecemos. Seres de fora tentaram nos arruinar, mas falharam. Tentaram nos submeter à sua vontade, mas falharam. Quaisquer que sejam os nossos problemas – e eles são muitos – juntos, nós continuaremos a prevalecer, e nossos inimigos continuarão a fracassar.

Rugidos vitoriosos e gritos de guerra ressoaram por toda a arena em resposta. Eu sorri, meu coração se enchendo de orgulho pelo que ele de fato havia conquistado e pelas adversidades impossíveis que havia superado durante seu reinado.

— Esta noite, eu estou organizando este evento pela última vez, pois em breve passarei meu papel para o próximo pobre coitado que terá o prazer de lidar com suas bobagens coletivas, inúmeras exigências e queixas intermináveis — meu pai acrescentou com uma expressão de alívio exagerada.

Dawn ofegou, pressionando a palma da mão contra o peito enquanto encarava meu pai, incrédula. Mercy bufou, enquanto o resto da multidão e eu caímos na gargalhada. Algumas pessoas até tiveram a decência de parecer um pouco envergonhadas, já que estavam entre as que depositaram aquelas reclamações intermináveis aos pés dele.

Ele sorriu enquanto a multidão se acalmava novamente Seu Magnar é apenas um homem com uma missão impossível a cumprir para o bem maior de Braxia. Não existe "eu" no Magnar. Este é um trabalho duro e ingrato. Mas um que eu faria tudo de novo, nem que fosse para nos ver aqui, orgulhosos, como estamos hoje. Eu mal posso esperar para ver o quanto seremos maiores sob o comando do nosso novo líder.

Os participantes aplaudiram, muitos gritando seu nome quase como um grito de guerra.

— E agora, como eu sei que vocês vieram aqui principalmente para ver seus clãs vizinhos se despedaçarem, eu vou encerrar logo antes que comecem a atirar pedras em mim — meu pai continuou, provocando mais risos — Hoje é o Marghor, o Dia da Reconciliação, que – como todos sabemos em Braxia – na verdade significa acertar contas, resolver conflitos de longa data e perseguir o prêmio final. Então, se algum de vocês quiser lançar um desafio, fale agora.

Assim que ele pronunciou essas palavras, dezesseis Líderes de Clã se levantaram de um salto e se aproximaram de seus respectivos microfones. Um terço deles provocou risos ou reações divertidas na plateia. A rivalidade de longa data entre o Clã Colpen e o Clã Hurwas havia se tornado uma lenda. O Líder de Clã Lomar Colpen foi, de fato, o primeiro a praticamente correr para o microfone – não que isso lhe permitisse falar antes. Mais uma vez, o status ditava a ordem em que cada clã poderia lançar seu desafio. Colpen seria o quarto.

A tela gigante exibindo uma imagem em close do Líder do Clã Tonor Korlan indicou que ele falaria primeiro.

— O Clã Korlan desafia o Clã Sodagh a obter reparação pela perda de quase cem reavers, envenenados pelo despejo descuidado de lixo tóxico nas águas que compartilhamos, apesar dos rigorosos decretos ambientais. Como o Líder do Clã Orgin Sodagh recusou qualquer acordo razoável, assim que esmagarmos seu campeão, nós exigimos o valor original do rebanho perdido e uma segunda vez esse valor como indenização punitiva.

Ganek assobiou entre dentes, enquanto a multidão soltava suspiros de alegria e outros insultavam o Clã Sodagh. Eles deveriam ter se conformado, pois não possuíam um guerreiro forte e habilidoso o suficiente para derrotar o Líder do Clã Tonor em um duelo justo. Como o banco transferiria automaticamente os fundos para o vencedor, Orgin Sodagh não podia nem tentar evitar o pagamento. O fato de Tonor ter exigido a indenização máxima permitida por sua perda específica revelava sua exasperação com o assunto.

— Um desafio foi lançado — meu pai disse — Clã Sodagh, vocês vão respondê-lo ou vão desistir?

— Nós responderemos ao desafio — respondeu Orgin Sodagh, para grande alegria da multidão.

Mesmo com probabilidades tão improváveis, era melhor arriscar do que simplesmente entregar somas tão grandes de créditos.

Um por um, outros sete clãs lançaram desafios de queixas pessoais semelhantes a outros clãs, com apenas um desistindo, pois o acordo solicitado era, na melhor das hipóteses, ridículo. Por que eles não haviam feito um acordo antes do Marghor? Por pura mesquinharia, para forçar o Líder do Clã, Garmon Popok, a reclamar publicamente sobre ter sido superado em um leilão para um lucrativo acordo comercial com seres de outro planeta.

Quando a tela finalmente exibiu Jorak, o herdeiro do Clã Arthol, eu me preparei para o que eu já sabia que aconteceria. Meu pai havia executado seu pai, Yorbek, por ser um dos quinze que estupraram seu primeiro amor. Desde então, Jorak buscava uma oportunidade de vingança sem infringir nenhuma lei. Seu clã se opôs a quaisquer mudanças benéficas que meu pai tentasse fazer por Braxia, alimentando o descontentamento e, de modo geral, sendo uma pedra no sapato. Lembrar como Gavin havia humilhado seu clã durante aquela partida de Beikor me trazia um prazer infinito.

— Eu, Jorak, herdeiro do Clã Arthol, desafio o herdeiro, Jakar Keran, pelo trono de Braxia — Jorak disse com um tom altivo — Embora todos apreciemos os esforços do Jakar para frustrar uma conspiração contra nós, todos que têm olhos podem ver o quão extenuante aquela única missão foi para ele. Nós precisamos de um homem mais forte para liderar o temível povo de Braxia.

Enquanto aplausos e vaias saudaram os desafios anteriores, um silêncio ensurdecedor acolheu o dele. O filho miserável de um krillik... Suas palavras não me feriram tanto quanto me enfureceram. Mas eu mantive uma expressão neutra. Eu podia sentir a raiva jorrando aos montes da minha mulher. Sem olhar para ela, eu coloquei a mão em seu colo e a apertei suavemente para que ela soubesse que estava tudo bem. Todos nós já esperávamos por isso.

— Seu desafio foi registrado — meu pai disse em um tom neutro — Uma batalha de Marghor será travada.

Embora seu rosto não revelasse nada de seus sentimentos, meu pai queria correr pela arena para dar uma surra na cara presunçosa de Jorak. Como eu esperava mais desafios, as chances de Jorak vencer eram mínimas. Ninguém assinaria um acordo secreto quando o papel de Magnar entrava em cena. Uma pena, na verdade. Uma parte de mim quase desejou que aquela cobra vencesse, só para ter o prazer de destruí-la em duas semanas, quando eu voltasse a ser eu mesmo.

Consecutivamente, seis dos sete clãs restantes, cujo líder se levantou para falar, também me desafiaram pelo trono, o último querendo resolver uma disputa com o Clã Zorook.

— Há outros desafios? — meu pai perguntou.

Todos os presentes pareceram prender a respiração, muitos olhares, incluindo os meus, voltados para a seção do Clã Aldriss. Quando Gavin se levantou, eu quase desmaiei de alívio. De todos os clãs que me desafiaram, o Clã Zotan tinha as maiores chances de vitória. Eles eram fanáticos. Nas duas ou três semanas que eu levaria para desafiar o líder deles, ele poderia causar graves prejuízos econômicos e diplomáticos.

O clima sombrio que se instalou na arena se dissipou imediatamente, quando a multidão começou a gritar em aprovação – os híbridos se reuniram em uma seção própria, gritando mais alto. Grace lançou um olhar atordoado ao filho e tentou segurar sua mão para contê-lo. Anton a deteve e se inclinou para sussurrar em seu ouvido. Seja lá o que ele disse, não pareceu tranquilizá-la nem um pouco.

— Eu sou Galvin Aldriss e falo em meu nome, não em nome do meu clã — o garoto disse com um ar de autoridade que impunha respeito — Como sete clãs escolheram Marghor em vez da Reconciliação, eu me sinto compelido a me juntar à briga.

Um rugido ensurdecedor irrompeu da multidão. Apesar do alívio que eu senti, meu coração doeu um pouco. Gavin sorriu e ergueu os braços com uma presunção que fez as pessoas gritarem seu nome. Eu bufei. O garoto sabia como seduzir uma plateia. Alguém que não o conhecesse pensaria que ele tinha um ego à altura de sua incrível força e habilidades de combate. Mas ele era o homem mais doce e humilde que eu conhecia... até você o contrariar ou aqueles que ele amava.

Gavin abaixou os braços e gesticulou para que todos se calassem. Uma energia quase elétrica percorreu a plateia superanimada, mesmo enquanto eles se acalmavam.

— Mas, como já disse antes, eu não quero ser Magnar, e isso não vai mudar. Ravik tem sido um Magnar maravilhoso, e Keran será igualmente ótimo.

Suas palavras soaram como uma bomba nuclear explodindo na arena. Todos os rostos refletiam o mesmo choque e consternação que eu sentia.

— Então por que eu entro no Marghor se não quero ser Magnar? — Gavin perguntou com um brilho de divertimento nos olhos âmbar — Porque o Marghor não se trata exclusivamente de se tornar o próximo governante de Braxia. Esse é apenas um dos possíveis resultados. Leiam a lei. O Marghor significa que o vencedor leva o bem mais valioso de um dos perdedores. Como o atual Magnar ou seu herdeiro são os únicos que não podem recusar este desafio, o trono pode ser o prêmio escolhido, mas não precisa ser.

— O Marghor se tornou uma luta pelo trono há séculos! — Jorak exclamou, parecendo indignado.

— O rapaz está certo — disse o Ancião Pattel Veelan, com a voz quase inaudível a princípio, enquanto ainda se aproximava do microfone da seção de seu clã — O Marghor não tem nada a ver com o trono. O fato dele só ter sido usado dessa forma por gerações não muda a lei. Dois ou mais homens entram na arena. O último a ficar de pé pode reivindicar o trono ou um dos bens mais valiosos do perdedor, que não pode exceder um terço da riqueza total dessa pessoa.

Eu me senti fraco enquanto murmúrios animados e atônitos ecoavam na multidão, soando como o zumbido de um enxame de insetos.

— Então diga-nos, Gavin, filho de Anton, que prêmio você busca de um daqueles que você derrotar, caso seja o vencedor? — perguntou o Ancião Pattel.

— Quando eu vencer – e eu vencerei – levarei a única coisa que não possuo por direito próprio em Braxia: terras.

A multidão quase se engasgou ao mesmo tempo. Eu estava sem palavras demais para reagir.

— A lei permite que um máximo de cinco acres sejam reivindicados dessa forma. E eu consigo pensar exatamente em quais acres eu quero — Gavin continuou com um sorriso quase malicioso enquanto seu olhar se voltava intensamente para Jorak Arthol e depois para Stamor Zotan.

A plateia caiu na gargalhada, vaiou e provocou Jorak e Stamor. Esquecendo todo o decoro, meu próprio irmão riu alto, enquanto Mercy levava um dedo aos lábios para esconder a própria hilaridade. Enquanto Stamor demonstrava claramente seu descontentamento, o rosto de Jorak estava tão vermelho que eu quase me preocupei que ele fosse ter um derrame. Quase...

Eu balancei a cabeça, admirado, para o garoto. Ele era realmente o filho orgulhoso de Anton – que era um mestre em avaliar e negociar contratos. Gavin aprendeu com seu pai a avaliar os pontos fortes e fracos de qualquer documento escrito e a usar qualquer brecha a seu favor. Neste caso, a meu favor.

— O desafio de Gavin Aldriss foi lançado — meu pai disse, sem disfarçar o divertimento — Nove desafios de Reconciliação foram registrados, e oito concorrentes decidiram entrar no Marghor. Se ninguém mais quiser ser ouvido, as batalhas começarão na ordem em que foram lançadas.

— Magnar Ravik! O Clã Zotan desiste do desafio por Marghor.

Apostar nossas terras não é o que buscamos — disse rapidamente o Líder do Clã Stamor, parecendo extremamente desconfortável.

— O mesmo com o Clã Lorvis — disse Horus Lorvis.

Um por um, os sete Líderes de Clã que desafiaram meu reinado se retiraram, sua humilhação aumentada pela multidão zombeteira. Eu fiquei sem palavras. De todos os resultados possíveis, eu nunca sequer pensei neste.

— Resta apenas um candidato. Gavin Aldriss, você ainda deseja manter seu desafio? — meu pai perguntou.

— Não, Magnar, não há mais ninguém com quem eu queira lutar — Gavin disse — Mas, se me permite, gostaria de dizer algumas palavras.

Embora surpreso com o pedido, meu pai assentiu e gesticulou para que Gavin prosseguisse. O menino deixou o olhar percorrer a plateia enquanto organizava seus pensamentos. Um silêncio ensurdecedor pairava sobre a arena enquanto esperávamos que ele falasse.

— Hoje deveria ser o Dia da Reconciliação. Mas, do meu ponto de vista, parece mais o Dia da Vergonha — Gavin disse com uma voz tão dura quanto o brilho em seus olhos — Keran Xeldar tem cinquenta anos. Desde o dia do seu nascimento, ele foi criado para se tornar o próximo Magnar. Em todos esses anos, ninguém, nenhum de vocês, jamais o desafiou pelo trono. Sabem por quê? Porque vocês sabiam que não poderiam derrotá-lo. Nenhum de vocês pode derrotá-lo em um duelo justo. Acho que nem eu consigo.

Minha surpresa inicial ao ouvi-lo chamar aquele dia de "dia da vergonha" transformou-se em choque completo ao ouvir aquela última declaração. Eu fiquei boquiaberto enquanto ele continuava com uma raiva quase mal contida.

— Mas hoje, vocês estão vindo em grupos para atacá-lo porque ele supostamente está fraco — Gavin disparou com desprezo — Vocês são os fracos por desafiá-lo agora — ele apontou um dedo furioso na minha direção — Keran indo investigar os assassinatos dos híbridos nos salvou de virarmos marionetes nas mãos de traidores. Em um período de duas semanas, ele foi devorado por dentro por quase cinquenta larvas, sem analgésicos. Com quatro delas ainda corroendo seu coração, ele derrotou o líder dos traidores em um duelo justo. E VOCÊS O CHAMAM DE FRACO?!

Minha garganta se apertou enquanto eu olhava para Gavin, meu coração transbordando de amor e respeito pelo garoto. Igualmente comovida, Dawn, às cegas, estendeu a mão para mim e a apertou com força. Como eu e todos os outros, nós ficamos fascinados por seu discurso apaixonado.

— Agora ele retorna, tendo salvado a vida de incontáveis híbridos, descoberto uma conspiração que poderia ter destruído Braxia e Sarenia, e a reação instintiva de vocês é atacá-lo como um bando de abutres? — Gavin perguntou — Sim, ele está enfraquecido depois de tal provação. Quem não estaria? Metade de vocês, covardes, que o desafiaram, não teria sobrevivido a dez larvas de Besouro Kranax, quanto mais a cinquenta. Que vergonha para vocês, e vergonha para as suas casas. Vocês querem provar sua força e seu valor como o próximo líder de Braxia? Lutem com ele em duas semanas, quando ele estiver totalmente recuperado. Mas todos sabemos que não conseguirão.

Os clãs que me desafiaram tentaram fazer barulho ao serem chamados, mas foram rapidamente silenciados pela multidão que gritava com eles.

— Para Keran Xeldar, o próximo grande Magnar de Braxia! — Gavin disse, batendo no peito com o punho.

Ao mesmo tempo, os participantes se levantaram e bateram no peito com os punhos enquanto repetiam as palavras dele.

E assim, Gavin Aldriss garantiu que eu sentaria no trono do meu pai.

EPÍLOGO
DAWN

As duas semanas que se seguiram ao Marghor foram surreais. Eu ainda não conseguia acreditar como Gavin havia revertido toda a situação. Isso confirmou o que eu havia dito a Keran sobre sua capacidade de mobilizar pessoas e conquistar sua lealdade. Mas a reação da multidão realmente confirmou a decisão para mim. Apesar das poucas vozes dissidentes, a população Braxiana amava Keran de forma esmagadora e apoiava seu reinado. A consternação deles quando os primeiros desafios começaram a surgir dizia muito. Diante das adversidades profetizadas que pairavam sobre a galáxia, a união do nosso povo seria vital se quiséssemos sair vitoriosos.

Minha vida se transformou em um turbilhão de atividades. Entre ajudar nos preparativos para a coroação de Keran, ser apresentada aos vários clãs como sua futura Dagna e lidar com os híbridos, ao final de cada dia, eu não tinha mais energia.

Por mais que eu odiasse Deimos, o treinamento forçado a que ele me submeteu realmente valeu a pena. Eu já sabia tudo sobre os principais clãs, desde os nomes de seus Líderes e Conselhos, até seus principais ofícios e os obstáculos com os quais lutavam. O fato de eu "lembrar" seus nomes com tanta facilidade e ter uma compreensão tão "instintiva" de seus problemas me tornou extremamente popular entre os clãs. Naturalmente, eu não lhes disse que tinha uma vantagem injusta em vez de algum tipo de memória fotográfica.

Para minha agradável surpresa e alívio, ninguém parecia se importar com o fato de eu ser híbrida. Eu esperava que eles se ofendessem com o fato de Keran não ter escolhido uma puro-sangue, mas logo ficou claro que esperavam que minha experiência e conhecimento fora do planeta beneficiassem Braxia da mesma forma que Mercy fez. Embora eu não fosse iniciar nenhum dos meus projetos ajudando mulheres a crescerem a curto prazo, todas as pessoas a quem mencionei isso de passagem para avaliar seu potencial interesse ficaram intrigadas. Até mesmo seus homens ofereceram pouca ou nenhuma resistência.

Isso me confundiu a princípio, até que eu me lembrei de que foi o mercado clandestino de mulheres que contribuiu em grande parte para mudar o destino econômico de Braxia. Embora este mundo jamais se tornasse um matriarcado, nos dez anos desde a chegada de Mercy, os homens finalmente compreenderam que somente quando as mulheres pudessem prosperar adequadamente sua sociedade alcançaria seu pleno potencial.

O próprio clã do meu pai me recebeu de braços abertos. É verdade que houve muitos momentos constrangedores, especialmente com meus três irmãos mais velhos, mas estávamos levando isso na esportiva. Embora meu pai se mostrasse um tanto fanfarrão – uma característica comum entre os homens Braxianos – seu orgulho evidente em me reivindicar me tocou mais do que palavras poderiam expressar. Eu não duvidava que meu status pendente como a nova Dagna de Braxia tivesse um papel nisso, mas ele também demonstrou um desejo genuíno de que formássemos um vínculo entre pai e filha. Mais importante – pelo menos até agora – ele não parecia querer usar meu relacionamento com Keran para tentar burlar as regras em benefício do clã dele ou ganhar favores especiais. Eu esperava que as coisas continuassem assim, pois eu realmente queria uma família para pertencer, além daquela que Keran e eu construiríamos juntos.

Para minha completa alegria, mais de dois terços dos híbridos decidiram ficar em Braxia. A mamãe ursa em mim adorou poder mantê-los comigo – mesmo que muitos deles se mudassem para outras cidades distantes do complexo Xeldar. Muitos optaram por dar uma nova chance ao seu clã de origem. Outros decidiram se estabelecer em um clã diferente, onde suas habilidades poderiam ser potencializadas ou onde pretendiam aprender uma habilidade comercial específica que o clã tinha a oferecer. Os Anciões que visitaram os híbridos no quartel desempenharam um papel fundamental em possibilitar esses pareamentos.

Descobrir que Vintor também permaneceria em Braxia me deixou sem fôlego. Mais surpreendente ainda, ele havia pedido para se juntar ao clã de Krygor e treinar com seus homens. Com seu ego, eu esperaria que ele pedisse a Keran para deixá-lo se juntar à sua guarda real – não que Vintor realmente tivesse muita chance nesse aspecto. Os guardas reais eram todos feras insanas que provavelmente poderiam quebrá-lo com um estalar de dedos. Então eu me perguntei se não era simplesmente para se gabar de estar com Gavin e sua família. Mas então eu percebi que ele estava planejando a longo prazo. Em três anos, Gavin deixaria Braxia para o Quadrante Ocidental, para se juntar aos Sentinelas, a força de paz de elite comandada pelo pai do líder dos Titãs. Vintor pretendia acompanhá-lo.

Meu coração disparou quando Krygor aceitou. Se alguém podia dar a Vintor a disciplina que lhe faltava, certamente era aquele homem.

Os híbridos restantes decidiram aceitar os contratos de Jardan. O agente Guldan ficou em êxtase. Mesmo com apenas algumas centenas de pessoas inscritas, Jardan mais do que compensaria seu investimento os treinando. Ele estava ainda mais feliz por Nirkon ter saído ileso dessa provação e livre da compulsão dos Sarenianos. Infelizmente para Jardan, Keran não aprovou que ele realizasse seus esforços de recrutamento diretamente em Braxia. No entanto, caso alguém expressasse o desejo de partir para buscar oportunidades fora do planeta, ele o encaminharia.

Enquanto isso, Mercy e Hope me acolheram como se fôssemos irmãs a vida toda – o que foi bom, considerando o vínculo estreito entre nossos respectivos maridos. Eu ainda me sentia como o patinho feio na presença delas, de tão deslumbrantes que eram. Mas em nenhum momento elas me fizeram sentir como se me achassem deficiente. Sem o apoio, os conselhos e a orientação infinitos delas, eu provavelmente teria feito muita coisa errada.

Nossas personalidades completamente diferentes deveriam ter tornado essa amizade impossível, e ainda assim funcionou. Mercy era uma incendiária com uma língua afiada o suficiente para fazer até o mais temível Braxiano correr para casa, para sua mãe, em lágrimas. Ela não se importava nem um pouco com as bobagens de ninguém e tinha as habilidades de combate para dar uma surra memorável em qualquer um que a cutucasse. Hope era a cuidadora, a mediadora e a voz da razão. Ela odiava conflitos e sempre se esforçava para encontrar uma solução pacífica sempre que detectava tensão entre as pessoas. Embora claramente submissa, Hope não era uma pessoa que agradava a todos nem uma pessoa fácil de lidar. Assim como Mercy, se você mexesse com ela ou com as pessoas que ela amava, que a Deusa tivesse misericórdia de você, porque Hope não demonstraria nenhuma.

E eu? Eu não sabia bem como descrever meu papel naquele trio. Eu estava apenas acompanhando a jornada e aproveitando cada minuto. Enquanto Hope me ensinava a ser a anfitriã perfeita ao receber dignitários, Mercy me ensinou a chutar traseiros no minuto em que soube que eu tive aulas de combate e autodefesa. Ela vinha treinando as mulheres Braxianas, assim como as mulheres Guldans que haviam fugido de Guldar para se juntar à rebelião que Tevek – o filho primogênito de Hope – estava co-liderando para derrubar o ditador em seu planeta natal.

Acontece que Siona – a filha de Hope – também vinha treinando com Mercy. Além de ser tão impressionante quanto a mãe, Siona estava se revelando tão letal quanto qualquer Guerreira Verediana. Mercy lhe deu um conjunto completo de armadura de celesium, incluindo a trança blindada que a jovem usava com precisão insana. Considerando que ela se casaria com o Príncipe Zerien em apenas alguns meses, tais habilidades seriam úteis contra aqueles que buscavam depô-lo antes mesmo de seu reinado começar.

E agora mesmo, tínhamos uma cerimônia de coroação para a qual Hope e Mercy estavam me preparando.

Virando-me para um lado e para o outro, eu me admirei no espelho. Além de realçar meus olhos da mesma cor, meu vestido verde-floresta abraçava meu corpo de uma forma pecaminosamente sexy. Com um decote profundo, ele se ajustava à cintura e se agarrava aos meus quadris até o meio do meu traseiro, antes de se soltar em uma linha assimétrica até o meio das minhas coxas. Mercy dispensou minhas preocupações de que ele fosse um pouco provocativo demais para um evento tão formal com um aceno de mão desdenhoso.

— Braxianos estão sempre excitados e adoram exibir suas esposas-troféu. Deixe-os babar por sua Dagna e exiba seus dotes enquanto ainda os tem. De qualquer forma, seria um crime esconder pernas como as suas — Mercy disse em um tom que não admitia discussão, antes de acenar para Hope e depois para si mesma — Caso você não tenha notado, nossas roupas são igualmente reveladoras.

Olhei para cada mulher e tive que admitir que seus vestidos eram tão ousadas, se não mais, que o meu.

— A verdadeira questão é se você se sente desconfortável usando-o ou apenas se preocupa com o que os outros podem pensar do seu vestido — Mercy disse em um tom sério.

— Eu adoro o jeito que fico com ele — eu disse, com sinceridade — Ele me faz sentir bonita.

— Porque você é! — Hope disse, como se fosse evidente.

— Então você respondeu à sua própria pergunta, minha querida — Mercy disse, caminhando com passos determinados em direção à porta — Se você gosta, se te faz sentir confiante, e contanto que não seja indecente, então use, e que se dane o que os outros pensem. Vamos lá. Temos uma coroação para assistir, e nossos homens para enlouquecer.

Rindo, eu dei uma última olhada no espelho, maravilhada com o penteado incrível que Hope tinha feito para mim, trançando apenas a metade superior do meu cabelo e entrelaçando joias. Respirando fundo para me revigorar, eu segui as outras para fora.

Nós chegamos à entrada do Grande Salão com poucos minutos de sobra antes do início da cerimônia. Os convidados, compostos por todo o Clã Xeldar, os Líderes de cada clã e suas esposas, dignitários estrangeiros de planetas aliados ou amigos – incluindo Veredia, Korlethea,

Xelix Prime, Dantor, Avea e Sarenia – já haviam entrado no Grande Salão e se acomodado. Infelizmente, como havia avisado, o Príncipe Zerien não pôde retornar a tempo para a coroação. A caça aos traidores em seu meio, a apenas alguns meses de sua ascensão, exigia toda a sua atenção e recursos.

Nós estávamos conversando em voz baixa quando Krygor finalmente saiu da pequena câmara adjacente ao Grande Salão, seguido por Ganek. Ele acenou para Mercy e para mim antes de acompanhar sua esposa para dentro. Ganek piscou para mim, deu o braço a Mercy e a acompanhou para dentro também. Momentos depois, Keran saiu, ladeado por Tagar e Nowik.

Embora eles tivessem sido anteriormente os guardas pessoais de Ravik, como ele estava deixando o cargo, ele os designou permanentemente para Keran, que não poderia estar mais feliz. O mesmo para mim. Enquanto seus dois guardas usavam seus uniformes formais de guerreiro feitos de couro escuro bordado com o emblema Xeldar, Keran estava descalço e nu, exceto por uma saia curta e magnificamente costurada, feita pela combinação de peças das peles das várias criaturas letais que ele havia derrotado ao longo dos anos. Um grande e elaborado colar feito de dentes e ossos de feras semelhantes repousava em seu peito nu. Para completar o traje tribal, uma pesada coroa entrelaçada de chifres e presas repousava em sua cabeça. Ele parecia um bárbaro dos tempos antigos, ou um deus vingativo descido entre os mortais para fazer julgamentos.

E ele estava gostoso pra caralho!

Nas últimas três semanas, ele havia recuperado a maior parte da massa muscular. Em todos os aspectos importantes, Keran estava completamente de volta ao seu antigo eu. Minha boca encheu de água ao ver as cicatrizes de batalha adornando os músculos salientes de seu peito, braços e coxas. Quando Maheva o curou dos estragos causados pelas larvas do Besouro Kranax, ele insistiu para que ela não removesse as cicatrizes de batalha visíveis que cobriam seu corpo. Eu revirei os olhos diante dessa vaidade tola. E, no entanto, eu fui a primeira a ter prazer em lamber cada uma delas na privacidade de nosso quarto.

Pelo olhar selvagem que lançou em minha direção, Keran também estava apreciando a vista. Eu agradeci silenciosamente a Mercy por não permitir que minhas inseguranças me fizessem vestir algo mais recatado. Ele parou na minha frente, segurou meu rosto com as duas mãos e me deu um beijo possessivo que fez meus joelhos tremerem.

Cedo demais, ele se afastou, me deixando com uma sensação de desolação. Sem dizer uma palavra, ele se virou para as grandes portas do Grande Salão e começou a caminhar em sua direção. Eu segui três passos atrás dele, como Mercy havia me ensinado, e os guardas fecharam a marcha mais quatro passos atrás de mim. Os dois guardas que guardavam as portas as abriram quando nos aproximamos. Assim que começaram a se separar, o som de tambores tribais preencheu o ar, seguido por um cântico sem palavras dos homens Braxianos presentes, pontuado por um grito gutural a cada quatro batidas.

Embora usassem calças e calçados adequados, os homens estavam todos sem camisa, exceto por uma faixa com o emblema do clã, pendurada no ombro esquerdo e atravessando o torso. Eu me senti minúscula entre as inúmeras fileiras de Braxianos puros-sangues gigantes em ambos os lados do corredor. Minha pele se arrepiou enquanto eles batiam no peito com os punhos a cada grito gutural.

Apesar da luz natural inundar o quarto escuro através das janelas gigantes do chão ao teto, o fogo queimava nas tochas nas paredes, localizadas um metro abaixo dos altos estandartes de cada clã pendurados acima delas.

Bem à sua frente, diante de um estandarte ainda maior com o brasão Xeldar, Ravik estava sentado em seu enorme trono de ossos. Mercy estava à sua direita, segurando uma almofada sobre a qual repousava algum tipo de joia. Ganek estava à sua esquerda, também segurando uma almofada sobre a qual repousava uma lâmina adornada com joias. Em um semicírculo à sua frente, seis de cada lado do corredor, os membros do seu Conselho estavam diante dos bancos de pedra que se erguiam do chão nas raras ocasiões em que Ravik realizava suas reuniões do Conselho ali, em vez de em seus aposentos privados. Eles estavam de frente para nós quando nos aproximamos. Ao contrário do restante dos presentes, eles não estavam entoando cânticos nem batendo no peito.

Conforme nos aproximávamos do trono, eu finalmente avistei os dignitários estrangeiros sentados nas três primeiras fileiras de cada lado, com as esposas dos Conselheiros, assim como os filhos híbridos de Mercy e Ravik.

Os tambores e os cânticos silenciaram ao mesmo tempo em que paramos a alguns metros do trono de Ravik. Ele se levantou e gesticulou para que a multidão se sentasse. Eles obedeceram, o silêncio perturbado apenas pelo farfalhar de tecidos. Ao contrário de todos os outros, Krygor – que estava em pé em frente ao primeiro banco de pedra do Conselho à esquerda – entrou no círculo aberto entre o trono e o Conselho, onde Keran estava, comigo alguns passos atrás e levemente à sua direita.

Ravik desceu os dois degraus do seu trono e parou cara a cara com seu filho, ao alcance do seu toque.

— Jakar Keran Xeldar, filho primogênito do Magnar Ravik Xeldar, por que você veio até nós neste dia? — Krygor perguntou com uma voz solene.

— Estou aqui para reivindicar meu direito de nascença, o trono de Braxia — Keran disse em um tom firme.

— Ravik Xeldar, governante de Braxia e filho primogênito do falecido Sigmer Xeldar, você ouviu a reivindicação do seu primogênito. Você atende ao pedido dele?

— Eu faço isso e orgulhosamente entrego meu trono ao meu filho Keran — Ravik disse em voz alta.

O amor em seus olhos enquanto ele contemplava o filho me deixou de cabeça para baixo. E, no entanto, uma pontada de preocupação me atingiu enquanto eu me esforçava para manter a cabeça erguida e observar o ritual.

— Alguém aqui deseja contestar este pedido ou esta concessão? — Krygor perguntou com voz firme aos presentes.

Como em um casamento humano tradicional, agora era o momento em que alguém poderia lançar um desafio final ao seu governo. Quando o silêncio contínuo respondeu às suas palavras, toda a tensão se esvaiu da minha espinha enquanto Krygor voltava sua atenção para o pai e o filho.

— O pedido de Keran foi atendido — Krygor disse antes de acenar para Ravik e retornar ao seu assento.

— Por trinta e cinco anos, eu liderei esta grande nação que se manteve inabalável, mesmo diante de muitas adversidades. Hoje, é com grande honra que eu transmito este dever ao meu filho, com seus fardos e triunfos, confiante de que ele nos conduzirá a uma nova era de grandeza — Ravik disse.

Embora encarasse Keran enquanto falava, na verdade ele estava se dirigindo aos presentes. Ele gesticulou para Ganek, que prontamente se aproximou. Ele parou ao lado do irmão e do pai e entregou a almofada com a lâmina cravejada de joias ao seu pai. Ravik a pegou antes de estender a mão para Keran. Ele silenciosamente colocou a palma da mão, voltada para cima, na mão aberta do pai. Ravik fez um corte no centro da palma do filho e então colocou a lâmina de volta na almofada. Keran permaneceu estoico e apenas fechou a mão em punho sobre os ladrilhos vermelho-escuros que cobriam o chão. Ele a apertou, permitindo que o sangue escorresse do ferimento para o chão.

— Sangue é vida. Sangue é morte — Keran disse com uma voz solene — Eu juro que darei até a última gota do meu sangue para proteger Braxia e todo o seu povo. Com os Ancestrais e esta honrosa presença como minhas testemunhas, eu juro derramar o sangue de qualquer um que ameace nosso povo ou nossos aliados até que nenhum deles sobreviva.

Ao mesmo tempo, os homens Braxianos na plateia gritaram "Ah-hoo" em resposta às palavras de Keran.

Ele abriu a mão novamente, deixando a palma para cima. Ravik molhou o polegar no sangue brilhante antes de espalhar uma pequena quantidade na testa de Keran.

— Que todos os seus pensamentos e decisões estejam sempre voltados para o futuro brilhante de Braxia e não apenas o seu — Ravik disse, repetindo o gesto nos lábios de Keran — Que cada palavra dita seja baseada na sabedoria. Que derrotem seus inimigos, reúnam seus aliados e elevem o povo tanto nos bons quanto nos maus momentos — em seguida, ele molhou o polegar novamente no sangue ao redor do corte e esfregou uma mancha com o polegar sobre o peito de Keran — E enquanto bater, que seu coração permaneça sempre fiel em sua devoção indivisa a Braxia e ao seu povo. Que ele se encha de uma fúria implacável por aqueles que ameaçam nosso mundo e que transborde de compaixão por aqueles que buscam nossa proteção.

Mais uma vez, os homens Braxianos na plateia gritaram "Ah-hoo".

Ravik então olhou por cima do ombro para Mercy e lhe deu um aceno discreto. Ela se aproximou silenciosamente, estendendo ao marido a almofada bordada sobre a qual repousavam o que agora eu conseguia distinguir serem duas braçadeiras ricamente ornamentadas e adornadas com joias.

Ele pegou a maior e a ergueu para que todos vissem.

— Estas braçadeiras foram forjadas pelos melhores artesãos Braxianos com uma liga dos melhores metais extraídos por nossos clãs mineradores e adornadas com as gemas e pedras mais raras deste planeta — Ravik disse antes de prendê-las ao redor do pulso da mão ensanguentada de Keran — Com esta personificação do coração, da alma e da paixão do nosso povo, eu os vinculo a Braxia como seu governante e protetor.

Outro "Ah-hoo" ressoou pela sala.

Meu estômago revirou quando os olhos escuros de Ravik se voltaram para mim. Seu rosto assustador se suavizou quando ele sorriu e estendeu a mão em minha direção. Meus joelhos tremeram quando me aproximei de Keran.

— Keran Xeldar, esta é a mulher que você escolheu para governar ao seu lado? — Ravik perguntou.

— Ela é — Keran disse, o orgulho possessivo em sua voz me deixando ainda mais fraca.

— Dawn Merrick, filha do Líder do Clã Raylor Caldes, é seu desejo se tornar a esposa de Keran Xeldar e reinar ao seu lado como sua Dagna? — Ravik perguntou.

— Sim — eu disse, orgulhosa de que minha voz não revelasse o quão nervosa eu estava.

— Você fará um juramento de sangue de lealdade e devoção a este homem e ao povo de Braxia?

— Eu farei — eu disse sem hesitar.

Mais uma vez, ele pegou a adaga da almofada de Ganek e cortou delicadamente minha palma. A lâmina era tão afiada que eu mal senti a ferroada. Ravik não me sujou de sangue, mas colocou minha palma ensanguentada com a face voltada para baixo sobre a de Keran.

— Por meio desta troca de sangue, eu os vinculo, marido e mulher, perante Braxia e os Ancestrais — Ravik disse. Pegando a braçadeira menor da almofada de Mercy, ele a apertou em volta da minha mão ensanguentada — E com esta braçadeira, eu a vinculo, Dawn Xeldar, a este mundo e ao seu povo.

Keran e eu nos viramos para nos encarar. Meus olhos estúpidos começaram a arder de emoção ao vê-lo me fitar com completa adoração. Eu mal notei Ravik colocando as mãos acima e abaixo das mãos entrelaçadas de Keran e a minha.

— Com o pôr do sol do meu reinado, saúdem o amanhecer do seu novo governante — Ravik disse — Saudações ao Magnar Keran! Saúdem a Dagna Dawn!

A multidão repetiu suas palavras em um cântico entre gritos de alegria e aplausos. Mas tudo isso era ruído de fundo para mim, enquanto eu me afogava nas profundezas tempestuosas dos olhos do meu marido. Quaisquer que fossem os obstáculos que o futuro nos trouxesse, nós os enfrentaríamos juntos, com nossa família, nossos amigos e nossos aliados. Ai de quem se interpusesse em nosso caminho.

— Eu te amo, minha Dagna — Keran sussurrou.

— Eu também te amo, Magnar — eu sussurrei de volta segundos antes dele retomar meus lábios.

FIM

KERAN

Criando Amalia
Revés do Destino
Mãos do Destino
Desafiando o Destino
Destino Imperial

BRAXIANOS
Anton's Grace
Ravik's Mercy
Krygor's Hope
Keran's Hope

O NEVOEIRO
Nevonauta
Pesadelo

OS REINOS DAS SOMBRAS
Destinada ao Espectro
Destinada Ao Ceifador

VALOS DE SONHADRA
Cidade de Gelo
Prisão de Gelo

DONZELAS DE SANGUE DE KARTHIA
Seduzindo Thalia

CONTOS SOMBRIOS
A Maldição do Barba Azul
O Corcunda

OUTROS LIVROS
Homem de Aço
Um Alienígena para o Natal

SOBRE O AUTOR

A autora bestseller do *USA Today*, Regine Abel, é uma viciada em fantasia, paranormal e ficção científica. Qualquer coisa com um pouco de magia, um toque de inusitado e muito romance a fará pular de alegria. Ela adora criar guerreiros alienígenas gostosos e heroínas radicais que evoluem em novos mundos fantásticos enquanto embarcam em aventuras repletas de mistério e reviravoltas que você nunca imaginou.

Antes de se dedicar como escritora em tempo integral, Regine havia se entregado a outras paixões: a música e os videogames! Depois de uma década trabalhando como Engenheira de Som em dublagem de filmes e shows, Regine tornou-se Designer de Jogos Profissional e Diretora Criativa, uma carreira que a levou de sua casa no Canadá para os EUA e vários países da Europa e Ásia.

Facebook

https://www.facebook.com/regine.abel.author/

Website

https://regineabel.com

Grupo de leitura *Regine's Rebels*

https://www.facebook.com/groups/ReginesRebels/

Newsletter

http://smarturl.it/RA_Newsletter

Goodreads

http://smarturl.it/RA_Goodreads

Bookbub

https://www.bookbub.com/profile/regine-abel

Amazon

http://smarturl.it/AuthorAMS

Loja Etsy

http://rapublishing.etsy.com

www.ingramcontent.com/pod-product-compliance
Lightning Source LLC
Chambersburg PA
CBHW060808030726
47503CB00002B/395